EIN BRITISCHER SPORT-LIEBESROMAN

REPLAY

(K)EINE CHANCE FÜR MR. DUNKEL UND GEFÄHRLICH

Amy Daws

IMPRESSUM

Copyright © 2023 Amy Daws

Alle Rechte vorbehalten.

Englischer Originaltitel: Replay
Deutsche Übersetzung: Noëlle Niederberger
Korrektorat: Sabine McCarthy

Veröffentlicht durch: Stars Hollow Publishing,
PO Box 90022, Sioux Falls, SD 57109, USA
Taschenbuch ISBN: 978-1-944565-76-3
Lektorat: Stephanie Rose
Formatierung: Champagne Book Design
Umschlagdesign: Amy Daws

Dieses Buch ist nur für den Privatgebrauch lizenziert. Kein Teil dieses Buches darf ohne schriftliche Genehmigung der Autorin in irgendeiner Form oder mit irgendwelchen elektronischen oder mechanischen Mitteln, einschließlich Informationsspeicherungs- und Informationsabrufsystemen, vervielfältigt werden. Die einzige Ausnahme ist das Zitieren von kurzen Auszügen in einer Rezension. Wenn Sie dieses Buch lesen und es nicht gekauft haben, gehen Sie bitte auf www.amydawsauthor.com, um herauszufinden, wo Sie ein Exemplar kaufen können. Danke, dass Sie die harte Arbeit der Autorin respektieren.

Dieses Buch ist ein Werk der Fiktion. Namen, Personen, Orte und Ereignisse sind Produkte der Fantasie der Autorin oder werden fiktiv verwendet. Jede Ähnlichkeit mit tatsächlichen lebenden oder toten Personen, Ereignissen oder Orten ist rein zufällig.

Besuche Amy im Netz!
amydawsauthor.com/deutsch

Abonniere den deutschen Newsletter:
www.subscribepage.com/amydaws_deutscher_newsletter

www.facebook.com/amydawsauthor
www.instagram.com/amydaws.deutsch
www.tiktok.cm/@amydaws_deutsch

KAPITEL 1

„Wie sitzt das Kleid?", ruft ein amerikanischer Akzent durch den dicken Vorhang meiner Umkleide.

„Ähm …, ich bin immer noch nackt", antworte ich, während ich das Kleid vom Bügel ziehe.

„Tut mir leid, ich bin nur sehr aufgeregt", antwortet die Person, die ich jetzt als Leslie Clarke identifizieren kann. „Du bist Freyas Schwägerin, und das heißt, du bist ein VIP und musst für diese Wohltätigkeitsgala am Freitag umwerfend aussehen."

Ich zucke zusammen und versuche, mein schlechtes Gewissen wegen der Großzügigkeit von Freyas Freundin zu verdrängen. „Du hättest dir wirklich nicht so viel Mühe machen müssen. Ich hätte auch einfach zu Primark gehen und etwas Billiges und Einfaches finden können", füge ich hinzu, während ich mich abmühe, das Kleid anzuziehen.

„Blasphemie!", quiekt Leslie zurück. „Sloan! Tilly Logan lästert in unserem Laden."

Sloan Harris' Stimme mit ihrem ebenfalls amerikanischen Akzent dringt als Nächstes durch den Vorhang. „Dein Bruder freut sich darauf, dich seinen Fußball-Freunden vorzuführen, also musst du dich umwerfend fühlen."

Meine Nase zuckt vor Nervosität, denn dies wird mein erster richtiger Ausgeh-Abend sein, seit ich vor drei Wochen in London angekommen bin. Ich bin auf unbestimmte Zeit hier, um meinem Bruder Mac und seiner Frau Freya zu helfen, weil Freya in der Mitte ihres zweiten Schwangerschaftsdrittels Bettruhe einhalten muss. Es ist eine Tortur, denn sie ist gerade dabei, ihre trendige Kollektion von Haustierkleidung an ein großes Kaufhaus zu vermarkten, und kann die Verhandlungen nicht wirklich aufschieben.

Zum Glück habe ich einen Master-Abschluss in Einzelhandelsmanagement und eine ganze Menge Erfahrung aus meiner Zeit in London vor über fünf Jahren. Ich war Einkäuferin bei Fortnum and Mason und habe die Karriereleiter erklommen, bevor … nun ja …, bevor ich mich entschloss, zurück nach Schottland zu ziehen. Aber jetzt bin ich zurück und hier, um Freya zu helfen, wo immer sie mich braucht. Und dazu gehört offenbar auch, dass ich diesen Freitag ihren Platz bei einer Fußball-Wohltätigkeitsgala einnehme. Deshalb brauchte ich ein Kleid, und Freyas beste Freundinnen, denen diese fabelhafte High-End-Boutique im Londoner Osten gehört, waren nur allzu bereit, mich für ein Makeover zu entführen.

„Stell dir einfach vor, du wärst Aschenputtel und wir deine gute Fee!", fügt Leslie aufgeregt hinzu, womit sie mich aus meinen Grübeleien reißt.

Bei dieser Bemerkung rümpfe ich die Nase. Eigentlich hasse ich das ganze Konzept einer guten Fee. Im Märchen hätte Aschenputtel sich selbst befreien, ihr eigenes verdammtes Kleid nähen und ihren Hintern ganz allein zum Ball bewegen sollen.

Vielleicht ist das die Schottin in mir. Wir neigen dazu, unsere Probleme selbst zu lösen und unseren eigenen Weg zu finden. Aber wenn mich eine Freundin in Not um Hilfe bittet, würde ich sofort alles stehen und liegen lassen. Deshalb bin ich von Schottland hierhergezogen, um meinem Bruder und seiner Frau beizustehen.

Sloans Stimme unterbricht meine Gedanken. „Auch wenn wir

hier schon so viele Prominente gestylt haben, gibt es doch nichts Schöneres, als eine Freundin der Familie zu stylen."

„Es hilft, wenn die Freundin der Familie eins achtzig groß ist und den Körper eines Models hat." Leslie lacht. „Komm schon, Tilly. Wir platzen hier draußen gleich!"

„Ich komme ja schon!" Ich schiebe den Vorhang zurück und sehe mich einer Brünetten sowie einer Rothaarigen gegenüber, die mich anstarren. Obwohl Leslies Haar diese üppige kastanienbraune Farbe hat. Viel schöner als mein Rotton.

„Guter Gott, wir sind Genies", sagt Leslie mit offenem Mund.

„Du bist ein Genie … ich habe nur ein bisschen geholfen", erwidert Sloan, bevor die beiden sich ein High-Five geben.

„Ist es gut?", frage ich nervös. „Ich kann nicht glauben, dass ihr keine Spiegel in euren Umkleideräumen habt."

„Weil wir wollen, dass du dich im besten Licht siehst." Leslie ergreift meine Hand und führt mich zu einem runden Podest, das zwischen drei Spiegeln steht. „Die Realität besteht zu neunzig Prozent aus Licht und zu zehn Prozent aus Kamerawinkeln."

„Ist das eine gute Sache?", frage ich, als ich auf die Plattform steige. Mein Blick fällt auf den Spiegel und ich schnappe erstaunt nach Luft.

Wenn das eine Art Lichttrick ist, dann *Gott segne ihn*, denn ich sehe absolut brillant aus.

Das Kleid ist ein langes, metallisches Meerjungfrauenkleid, das jeden Zentimeter meines Körpers umschmeichelt. Normalerweise mag ich Silber nicht, da es manchmal meinen hellen Teint verwaschen kann und mein erdbeerblondes Haar röter aussehen lässt, als es ist, aber dieses Kleid ist viel zu wunderschön, um sich darum zu scheren. Und es schafft es auf magische Weise, meine minimalen Kurven zu betonen, was an und für sich schon ein Kunststück ist. Ich war schon immer der große und schlaksige Typ. Mein Großvater nannte mich Spider, als ich noch klein war, weil ich praktisch nur aus Armen und Beinen bestand. Jetzt, wo ich über dreißig bin, sind meine Hüften etwas fülliger geworden, aber im Vergleich zu den beiden schönen Frauen neben mir habe ich immer noch eine flache Brust. In meinen frühen Zwanzigern habe ich mit einem schottischen Kerl geschlafen, der meine Titten „Empire Biscuits" nannte, weil er meinte, sie seien nur zum Knabbern gut.

Er war ein Mistkerl.

Die meisten Männer aus meiner Vergangenheit waren Mistkerle. Ich habe damals nicht gerade die besten Lebensentscheidungen getroffen.

Freyas beste Freundin, Allie, erscheint auf meiner anderen Seite und starrt mein Spiegelbild an, während sie das süßeste Baby, das ich je gesehen habe, auf der Hüfte hält. Sie bietet den dritten amerikanischen Akzent, den ich heute gehört habe. „Sloan, Leslie … ihr habt euch selbst übertroffen. Tilly, du siehst zum Anbeißen aus."

„Ist *das* eine gute Sache?", wiederhole ich lachend.

„Eine sehr gute", bestätigt Leslie.

Ich schüttle erstaunt den Kopf. Macs und Freyas Freundinnen sagen immer genau das, was sie denken. Ich habe sie alle schon mehrere Male bei verschiedenen Veranstaltungen getroffen. Das erste Mal war vor ein paar Jahren, als sie mit Mac zu den Highland Games in unserem Dorf nach Schottland kamen. Es war ein gemeinsamer Junggesellen-/Junggesellinnenabschied für Allie, die Macs Mannschaftskameraden und besten Freund, Roan DeWalt, heiratete. Als ich das süße Baby auf ihrer Hüfte sehe, ist es offensichtlich, dass die beiden beschäftigt waren, seit ich sie das letzte Mal gesehen habe.

Allie zieht eine Strähne ihres langen goldenen Haares zurück, die ihr Sohn Neo sich mit aller Kraft in den Mund stecken will. „Tilly, bist du mit dem Kleid einverstanden? Zufrieden?"

Ich nicke meinem Spiegelbild fasziniert zu. „Ich bin mehr als zufrieden damit. Aschenputtel hin oder her, das ist das schönste Kleid, das ich je getragen habe."

„Perfekt!" Allie winkt triumphierend mit Neos kleiner Hand. „Und jetzt Sloan, Leslie … zurück an die Arbeit. Wir haben bald ein paar Fußballer zur Anprobe, und Freya 2.0 braucht das Podest."

Eine Frau, die in der Nähe an einer Nähmaschine sitzt, rollt mit den Augen und schüttelt den Kopf. Allie zuckt zusammen. „Tut mir leid, Elodie. Ich hatte vergessen, dass wir versprochen haben, keine Freya 2.0-Anspielungen mehr zu machen. Du leistest großartige Arbeit und bist ein wertvolles Mitglied unseres Teams."

„Ich bin seit zwei Jahren hier, also sollte ich das hoffen", murmelt sie, ohne von ihrer Arbeit aufzusehen.

Allie wirft mir einen verlegenen Blick zu und führt mich zurück zu den Umkleidekabinen. „Elodie ist fantastisch, aber wir vermissen Freya hier. Wie läuft es denn mit der Haustierkollektion? Ich habe schon seit ein paar Tagen nicht mehr mit ihr gesprochen."

„Wir bekommen die Dinge in den Griff", antworte ich und streiche mir die Haare hinter die Ohren. „Der Vertrag, den Harrods uns geschickt hat, enthielt allerdings einige Probleme. Ich treffe mich nächste Woche in Freyas Namen mit ihnen und hoffe, dass wir das klären können."

„Probleme?" Allie runzelt besorgt die Stirn.

Ich winke mit der Hand. „Ja, es gibt nur einige Begriffe, die nicht ganz klar mit Freyas Vorhaben übereinstimmen. Ich habe solche Verträge schon gesehen, aber die Unternehmen haben alle ihre eigene Sprache, also brauche ich einfach etwas Klarheit."

Allie nickt nachdenklich. „Weißt du was? Ich kenne jemanden, der wahrscheinlich am Freitag auf der Veranstaltung sein wird und sich mit Verträgen bestens auskennt! Ich könnte dich ihm vorstellen!"

„Oh, ich glaube nicht, dass das notwendig ist. Es sind nur große Unternehmen, die alles auf einmal haben wollen. Ich will einfach sicherstellen, dass Freya das bestmögliche Angebot erhält."

„Nein, wirklich. Das ist seine Spezialität. Außerdem hat er meinen Harris-Cousins aus der Patsche geholfen und sogar mir bei einer verrückten Sache in meiner Vergangenheit, die mit Roan passiert ist. Wie auch immer … er ist *fantastisch,* und ich bin sicher, dass er da sein wird, also sorge ich dafür, dass ihr beide euch zufällig über den Weg lauft."

„Okay." Ich atme schwer aus, während ich innerlich von dem Drang durchzuckt werde, jegliche Hilfe abzulehnen. Ich mag Hilfe nicht. Lieber regle ich die Dinge selbst. Aber das ist Freyas beste Freundin, und ich darf diesen Deal nicht vermasseln, also ist eine zweite Meinung vielleicht nicht die schlechteste Idee.

Nachdem ich mich schnell ausgezogen habe, packen sie mein Kleid ein, während ich nach oben zu Freyas Werkstatt laufe und die Teile hole, die ich heute mitnehmen sollte. Als ich die Treppe hinunterkomme, liegt das Kleid schon am Tresen, und ich hole mein Portemonnaie heraus, um ihnen meine Kreditkarte zu geben.

„Dein Geld hat hier nichts verloren", sagt Sloan mit einem wissenden Grinsen. „Du gehörst im Grunde zur Familie."

„Wirklich?", frage ich verwirrt.

Sloan zuckt mit den Schultern. „Mehr oder weniger. Ich meine, ich bin mit dem ältesten Harris-Bruder Gareth verheiratet, dessen Bruder Booker mit Roan Fußball spielt, und Roan ist Allies Ehemann, und Allie ist eine Harris und Freyas beste Freundin, und Roan ist Macs bester Freund, und du bist Macs Schwester, was einfach bedeutet …"

Dunkle Flecken schweben in meinem Blickfeld.

„Je mehr du dich dagegen wehrst, desto fester halten wir dich." Allie späht mit einem verschämten Lächeln über meine Schulter. „Im Ernst, als ich zum ersten Mal in die Stadt kam und von dieser Horde angegriffen wurde, war ich davon überwältigt, aber irgendwann hat man den Dreh raus."

Sloan schenkt mir ein freches Lächeln, und ich nehme ihr die Tüte widerwillig aus der Hand. „Nun, danke. Das ist sehr großzügig."

„So ist es richtig!", ruft Sloan aus. „Und danke, dass du unserer Freya geholfen hast. Sie ist so ziemlich jedermanns Liebling."

Ich nicke und lächle. „Mir geht es genauso."

Mit dem Kleid im Auto fahre ich die kurze Strecke von Shoreditch zu Freyas und Macs neuem Haus in der Brick Lane. Ich kurble die Fenster herunter, um die Augustbrise hereinzulassen, während ich mir die verschiedenen Stadtteile ansehe. Im East End ist es anders. Es hat ein eher künstlerisches, kulturelles Flair mit kleinen Märkten im Freien, Vintage-Läden, Kunstgalerien und Straßenkunst, die ich stundenlang anstarren könnte.

Auch Freya und Mac haben sich hier gut eingelebt. Freya hat ihren großen Deal bei Harrods in Aussicht. Mac hat einen Traumjob als Entwickler für eine Videospielfirma, was bestätigt, dass mein Bruder tief im Inneren immer noch ein Junge ist, der in einem Männerkörper gefangen ist. Und sie haben diese wunderbare, eng verbundene Pseudo-Familie, die übermäßig süß ist und deren Familien ebenfalls wachsen.

Sie unterscheiden sich wie Tag und Nacht von den Leuten, mit denen ich vor fünf Jahren in Westlondon abhing. Ich schloss mich den sozialen Aufsteigern in den Zwanzigern an, die im Einzelhandel arbeiteten und sich winzige Atelierwohnungen hinter den Hauptstraßen teilten. Wir arbeiteten von neun bis fünf und trafen uns dann in Pubs und Weinbars, wo wir bis spät in die Nacht tranken und darüber diskutierten, wer die nächste große Beförderung bekommt.

An den Wochenenden machten wir die Nachtclubszene unsicher und feierten bis in die frühen Morgenstunden. Es ist ziemlich beeindruckend, dass ich mich mit so wenig Schlaf bei Fortnum and Mason hocharbeiten konnte. Aber die Kultur war, hart zu arbeiten und noch härter zu feiern, also waren Partys unsere Art, Dampf abzulassen.

Trotzdem muss ich zugeben, dass ich froh bin, wieder in London zu sein und viel weniger wilde und verrückte Erfahrungen zu machen. Diese Lebensart fühlt sich viel sicherer an.

Ich finde einen Parkplatz vor dem Backsteinhaus von Mac und Freya, das diskret in einer kopfsteingepflasterten Seitenstraße versteckt ist. Freya ist besessen von Pferden, daher ist das entzückende kleine Stallgebäude, in dem früher Pferde lebten, perfekt. Als sie herausfand, dass es sowas gibt, mussten sie das Haus sofort kaufen. Insgesamt ist es aber ziemlich idyllisch. Es hat drei Schlafzimmer und zweieinhalb Bäder mit der perfekten Mischung aus restaurierten alten Balken und freigelegten Ziegeln mit modernen Akzenten. Außerdem haben sie einen eigenen Garten mit einem üppigen Kirschbaum auf der Rückseite. Ich habe meine Wohnung und meinen Job in Dundonald nicht gerade geliebt, also war es nur allzu einfach, meine Kündigung einzureichen, um so lange auszuhelfen, wie sie mich brauchen.

Außerdem betrachte ich diese Situation als einen Testlauf, um zu sehen, ob ich jetzt besser mit London zurechtkomme als in der Vergangenheit. Ich erkenne die Person kaum wieder, die ich vor fünf Jahren war, und das ist sicher gut so. Wenn ich die neue und verbesserte Tilly bleiben kann, dann kann ich vielleicht bald auch London wieder mein Zuhause nennen. Ein richtiger Ausgehabend mit meinem Bruder wird ein großer Test für mich sein.

Ich schnappe mir mein Kleid vom Rücksitz, bevor ich leise durch die rote Eingangstür eintrete. Freya hatte eines ihrer Nickerchen gemacht, als ich das Haus verließ, also will ich weder sie noch ihre verrückten Katzen, Hercules und Jasper, stören. Jasper hat sich gut mit mir angefreundet, aber Hercules wird nicht mit mir warm, egal, wie viele Leckerlis ich ihm zustecke.

Ich gehe die offene Treppe im Eingangsbereich hinauf zum Gästezimmer im Obergeschoss. Das Hauptschlafzimmer befindet sich im Erdgeschoss rechts von der Treppe, das Wohnzimmer auf der linken und die Küche und das Esszimmer auf der anderen Seite. Das Haus ist gemütlich eingerichtet, gespickt mit hellen, eklektischen Möbeln aus allen möglichen Jahrzehnten. Ganz in Freyas Stil – einzigartig und unverwechselbar.

Im ersten Stock des Hauses befinden sich mein Zimmer, ein zweites Klo und ein kleines Kinderzimmer, das sich bereits mit Babysachen füllt. Ich nehme einen reinigenden Atemzug, während ich vorbeigehe, erstaunlich erfüllt dadurch, dass ich hier bin und ihnen bei allem helfe. In den letzten Jahren war ich so sehr mit mir selbst beschäftigt, dass es schön ist, den Fokus zu wechseln. Und wenn ich dabei herausfinde, was ich mit meinem Leben anfangen will, dann ist das eine Win-Win-Situation.

KAPITEL 2

„Santino, Kumpel, ich brauche deine Zusage für die Gala am Freitagabend."

Ich wende den Blick von dem Vertrag auf meinem Schreibtisch ab, den ich gerade überprüfe, und sehe Tanner Harris in meiner Tür stehen. Er ist ein willkommener Anblick an diesem trüben Montagmorgen. Ich deute auf seine Aufmachung und erwidere: „Daran kann ich mich immer noch nicht gewöhnen."

„Woran gewöhnen?", fragt Tanner und fährt sich mit einem fragenden Blick über seinen tätowierten Arm.

„Du im Trainertrikot." Mein Blick fällt auf die weiße Trainerweste des Bethnal Green F. C. und die schwarze Adidas-Tiro-Hose. Es ist gerade mal ein Jahr her, dass Tanner uns als Stürmerstar zum Gewinn des FA Cups verholfen hat. Jetzt ist er im Ruhestand, ebenso wie einer unserer besten Mittelfeldspieler, Maclay Logan.

Wie sehr sich die Dinge für unseren frischgebackenen Premier-League-Aufsteiger verändert haben. Aber das passiert normalerweise mit Vereinen wie dem unseren. Wir steigen von der Championship in die Premier League auf, haben ein paar bemerkenswerte Siege auf dem Konto, und dann fangen plötzlich größere, etablierte Vereine an, unsere Spieler abzuwerben. Das bedeutet, dass ich jetzt an meinen Schreibtisch gefesselt bin und die Verträge potenzieller neuer Fußballspieler durchsehe, die mir der Vereinsmanager und Tanners Vater, Vaughn Harris, geschickt hat. Ich bin jetzt seit fast zehn Jahren als Anwalt für diesen Verein tätig, und wir haben noch nie so viele neue Spieler auf einmal gebraucht.

Tanner mustert mich mit gespielter Lüsternheit. „Vermisst du den Anblick meiner muskulösen Schenkel, Santino? Oder sind es meine tätowierten Bauchmuskeln, die du unbedingt wieder sehen willst, du freches Luder? Ich bin sicher, du könntest mich googeln, um ein paar alte Fotos zu finden, die dir weiterhelfen.“

„Gott, nein.“ Ich verziehe das Gesicht und stoße mich von meinem Schreibtisch ab, als mir die Erinnerungen an Tanners schillernde Vergangenheit durch den Kopf schießen. „Das Schöne daran, dass du verheiratet bist und im Trainerstab arbeitest, ist die Tatsache, dass ich nicht mehr dabei helfen muss, deine sexuellen Eskapaden als Londons schmutzigster Fußballer zu vertuschen.“

„Ich würde nicht sagen, dass ich der Schmutzigste war, oder?“, fragt er, wobei er sich nachdenklich am Bart kratzt. „Meine Brüder hatten viel schlechte Presse. Und dem Schlamassel von DeWalt kann ich nicht einmal das Wasser reichen.“ Sein Gesicht verzieht sich vor Abscheu. „Obwohl ich mich wirklich bemühe, die Tatsache zu vergessen, dass meine Cousine Allie in das ganze Debakel verwickelt war.“

Ich halte eine Hand hoch, um ihn aufzuhalten. „Du wirst den ganzen Tag in meinem Büro sein, wenn du vorhast, all die Schlagzeilen durchzugehen, die ihr vier fußballspielenden Brüder hattet. Ich bin froh, dass ihr alle verheiratet seid und euch endlich niedergelassen habt. Das Vertuschen von Sextape-Skandalen und das Aushandeln eines Arrangements für eine vorgetäuschte Beziehung waren zwei Aufgaben, für die ich an der juristischen Fakultät nicht ausgebildet wurde.“

Tanner lächelt stolz. „Nun, wir haben diese Damen zu unseren Ehefrauen gemacht, also würde ich sagen, du hast sehr gute Arrangements für uns ausgearbeitet.“

„Wofür du dich nie richtig bedankt hast“, erwidere ich spöttisch.

„Hast du meine handgeschriebenen Briefe nicht erhalten? Ich war mir sicher, dass ich sie in die Post geworfen habe." Tanner zwinkert mir zu.

„Wie geht es Belle und Baby Joey, und wie habt ihr euer Neues noch mal genannt?"

„Alexandra. Wir nennen sie Alex. Sie ist jetzt ein Jahr alt, also solltest du ihren Namen wirklich kennen, alter Knabe."

Ich halte abwehrend die Hände hoch. „Es tut mir leid. Ich brauche einen Familien-Spickzettel, wenn es um die Nachkommen der Harris-Brüder geht. Du und Camden habt doch jetzt jeweils zwei, oder? Und Gareth hat zwei. Außerdem versucht Booker immer noch, seine wilden Zwillingsjungen zu bändigen."

„Ein sinnloses Unterfangen", schimpft Tanner. „Sie sind völlig aus den Fugen geraten."

Meine Schultern beben mit stummem Lachen. „Deine Schwester hat aber trotzdem nur das eine, oder? Rocky kann ich mir leicht merken."

„Sie ist unser kleiner Star, ja. Und der Kleine von Cousine Allie und Roan ist jetzt sechs Monate alt. Ehrlich gesagt, du hast recht. Wir pflanzen uns alle fort, als stünde das Ende der Welt bevor. Ich höre auf, mich darüber lustig zu machen, denn ich bin mir nicht sicher, ob ich mir die Namen von allen merken kann, wenn ich so darüber nachdenke."

Ich lächle wissend. „Ihr seid aber alle ziemlich glücklich, oder?"

Tanners Brust bläht sich vor Stolz auf. „Mehr als wir wahrscheinlich verdient haben."

Ich schüttle den Kopf, denn die letzten Jahre waren ein Wirbelwind von Hochzeiten und Babys mit dieser Harris-Familie, die mir sehr ans Herz gewachsen ist. Und abgesehen von der schillernden Vergangenheit hätte das Glück nicht auf eine würdigere Familie fallen können. Sie hatten eine harte Kindheit, da sie ohne Mutter aufwuchsen, und es ist inspirierend zu sehen, wie sie alle ihre Fußballkarriere meistern und ihre Lebenspartner finden. Zwei von ihnen sind sogar in den Ruhestand gegangen, seit ich hier bin. Mein Gott, ich werde alt.

Aber die Karriere eines Anwalts ist sicherlich länger als die eines Fußballers. Ich schätze mich jeden Tag glücklich, dass Vaughn mich frisch von der juristischen Fakultät eingestellt hat und mich nun schon seit fast einem Jahrzehnt beschäftigt. Ich bin sechsunddreißig Jahre alt und kann mir nicht vorstellen, für einen anderen Verein zu arbeiten.

„Tanner", brüllt eine vertraute tiefe Stimme vor meinem Büro. „Hast du die zusätzlichen Trainingseinheiten mit dem neuen Verteidiger eingeplant, der nächste Woche aus Amerika kommt?"

Der Patriarch der Familie, Vaughn Harris, erscheint neben seinem Sohn in der Tür. Auch Vaughn ist ein ehemaliger Fußballspieler, also ist er groß und breitschultrig wie seine Söhne. Allerdings unterscheiden sich Tanners Tätowierungen auf den Armen und sein blondes, zu einem Dutt zusammengebundenes Haar deutlich von Vaughns kurzem grauem Haar. Er ist in den letzten Jahren ziemlich gealtert und spricht immer wieder vom Ruhestand. Aber er ist ein Workaholic wie ich, und ich erwarte, dass wir ihn dazu werden zwingen müssen.

„Ja, ich habe Roan bei uns eingeplant, damit wir jemanden zum Angreifen haben, und Booker stelle ich auch ins Netz." Tanner dreht sich zu seinem Vater um und fügt hinzu: „Ich habe die Statistiken über Zander Williams gelesen, aber noch nicht die Videos gesehen. Denkst du, er wird rechtzeitig bereit sein?"

„Das hoffe ich", antwortet Vaughn und nickt mir dann kurz zu. „Finneys Verletzung bei unserem Freundschaftsspiel letzte Woche hat die Pläne für unser erstes Spiel in ein paar Wochen über den Haufen geworfen. Er macht gerade Physio mit Indie, aber sie ist sich nicht sicher, ob er bereit sein wird. Für Williams wird es schnell gehen, aber wenn er die medizinische Untersuchung gut besteht und das zusätzliche Training absolviert, denke ich, dass er ein guter Ersatzmann sein kann."

„Ich habe Williams gerade seinen endgültigen Vertrag geschickt", werfe ich ein, um Vaughn ein wenig zu beruhigen. Er hat sich darüber aufgeregt, dass der Vertrag dieses Spielers so knapp war. „Es gab eine Änderung in letzter Minute, also mussten wir einige Anpassungen vornehmen. Es wäre viel einfacher, wenn er einen Agenten hätte, mit dem wir zusammenarbeiten könnten."

„Ich weiß", brummt Vaughn und fährt sich gestresst mit einer Hand durch sein kurzes Haar. „Gott, ich hasse das Anwerben. Es ist anstrengender, als ohne Nanny auf meine Enkelkinder aufzupassen."

Tanner lacht. „Dafür kannst du Bookers dämonische Zwillinge verantwortlich machen."

„Ruhig jetzt. Teddy und Oli sind einfach temperamentvoll. Sie kommen nach dir und Cam, weißt du." Vaughn blickt auf seine Uhr. „Mein Gott, ich muss zu einem Telefonat. Tanner, sorg dafür, dass das Training geregelt wird. Und Santino, sag mir Bescheid, falls es weitere Probleme mit Williams gibt."

„Geht klar." Ich winke ihn ab, während er den Flur entlang zu seinem Büro mit Blick auf das Spielfeld joggt.

„Mein Gott, ist der herrisch. Es ist wieder wie in meiner Kindheit." Tanner erschaudert und wendet sich dann wieder mir zu. „Also, sagst du für das Wohltätigkeitsessen am Freitag zu?"

Ich schiebe mein gestyltes Haar nach hinten, während ich mir den Kopf über die Einzelheiten dieses Ereignisses zerbreche. „Erinnere mich noch mal daran, wofür das ist?"

„Es ist eine Benefizveranstaltung für die gemeinnützige Organisation *Mein letztes Hemd*, die ich vor ein paar Jahren gegründet habe – sie versorgt Obdachlose mit Kleidung für Vorstellungsgespräche und Arbeitsprogramme."

„Ah, natürlich. Ich habe den ganzen Papierkram dafür erledigt. Es ist schon irgendwie ironisch, eine Veranstaltung in Abendgarderobe für eine gemeinnützige Bekleidungsorganisation zu veranstalten, oder?"

Tanner nickt widerwillig. „Ja, aber die Trottel wie du, die zu Gala-Veranstaltungen kommen, stellen die dicksten Schecks aus. Sogar Mac Logan hat eine ordentliche Summe aus dem Nachlass seines Großvaters gespendet, den er geerbt hat."

Die Erwähnung von Macs Namen lenkt meine Gedanken ab. „Wie geht es Mac eigentlich? Roan sagte etwas von Bettruhe für seine Frau Freya?"

„Ja, die muss sie einhalten. Aber meine Belle ist ihre Ärztin und sie ist sich sicher, dass es ihnen gut gehen wird, wenn sie es ruhig angehen lässt."

Ich nicke nachdenklich. „Wird Freya also zu der Veranstaltung kommen können?" Wenn ja, werde ich einen großen Bogen um die beiden machen. Da ich Mac vor ein paar Jahren bei einer

Vertragsangelegenheit geholfen habe, hasst er mich nicht mehr so sehr wie früher. Aber wenn man bedenkt, dass ich versucht habe, mit seiner Frau auszugehen, bevor sie seine Frau wurde, ist es einfach das Beste, die beiden zu meiden.

„Nein, Mac bringt seine Schwester Tilly mit", antwortet Tanner beiläufig, und ich schwöre, dass ich in meinem Kopf eine Schallplatte kratzen höre, während sich meine Nackenhaare aufstellen.

„Er bringt Tilly mit?", stottere ich mehrere Oktaven höher als normal. Ich lecke mir über die Lippen und versuche, so zu tun, als wäre ich abgelenkt. Um meine Hände zu beschäftigen, sammle ich ein paar Papiere auf meinem Schreibtisch zusammen und hoffe inständig, dass Tanner meine Reaktion nicht bemerkt.

„Das tut er. Anscheinend hilft sie bei Freyas Katzen- oder Hundekleidung oder was auch immer sie verkauft oder herstellt …, verdammt, ich bin völlig fertig. Es gibt einfach zu viele Leute, die mit unserer Familie in Verbindung stehen, um da mitzuhalten."

Ich räuspere mich und beginne, meine Krawatte zu lockern, weil mir plötzlich sehr warm wird. „Du sagst also, dass Tilly wieder hier in London ist? Nur auf einen Besuch?"

„Für die absehbare Zukunft, nehme ich an. Zumindest, bis das Baby da ist. Sie kennt sich anscheinend bestens im Einzelhandel aus und hilft Freya bei den Verhandlungen mit einer Art von Vertrag. Ich weiß nicht viel darüber. Roan hat letzten Sonntag viel darüber geredet, aber Vi hat schwedische Pfannkuchen gemacht, also habe ich mich hauptsächlich darauf konzentriert, dass ich meinen gerechten Anteil bekomme. Ich liebe Vis schwedische Pfannkuchen."

Tanner plappert weiter über Essen, da er offensichtlich vergessen hat, dass ich nicht nur eine Vergangenheit mit Macs Frau habe, sondern auch mit seiner Schwester Tilly. Eine Geschichte, die ich anscheinend nicht vergessen kann, egal, wie sehr ich mich anstrenge.

Bevor ich es mir anders überlegen kann, höre ich mich antworten: „Ich werde da sein."

„Bei der Veranstaltung? Ausgezeichnet! Du bist immer sehr großzügig mit deinem Reichtum." Tanner holt sein Klemmbrett hervor und kritzelt meinen Namen. „Und deine Begleitung?"

„Keine Begleitung." Ich zucke zusammen, als mir das traurige Gesicht meiner letzten Ex Bria in den Sinn kommt. „Nur ich."

Tanners Gesicht wird lang. „Oh, verdammt noch mal, der Zweimonats-Trottel schlägt wieder zu?" Ich knurre verärgert über den Spitznamen, den mir unser Scout in den Staaten vor ein paar Jahren verpasst hat. Er hat sich in der Umkleidekabine bei den Spielern herumgesprochen, und ich hasse ihn, verdammt. „Komm schon, was war denn mit Bria los? Ist sie zu hübsch? Zu erfolgreich? Oh … hat sie beim Kochen zu viel Knoblauch verwendet?"

„Fick dich", schimpfe ich. „Ich bin Italiener, also ist Knoblauch im Grunde eine Lebensmittelgruppe. Wir haben einfach nicht zueinander gepasst."

„Booker schuldet mir zehn Pfund", antwortet Tanner lachend in Bezug auf seinen jüngeren Bruder, unseren Torwart. „Ich weiß nicht, warum er dachte, dass Bria für dich anders wäre. Er ist ein hoffnungsloser Romantiker. Das Team hätte eine Liste erstellen sollen, mit wie vielen Frauen du in den letzten Jahren ausgegangen bist. Ich habe noch nie einen Serien-Dater wie dich gesehen. Es ist, als wärst du auf einer Mission, jede einzelne Frau in London zu finden."

Ich schüttle den Kopf über diese grimmige Sichtweise auf meinen Dating-Status. Bria war die Person, mit der ich mir am ehesten eine langfristige Beziehung vorstellen konnte. Sie ist klug, reist und kocht gern. Sie erfüllte alle Kriterien, die ich mir für eine Partnerin wünschte. Aber … da war kein Funke. Mein italienischer Nonno hat mir einmal gesagt, dass la Famiglia alles ist. Sie sind jeder deiner Tage, immer. Und wenn ich mit einer Frau zusammen bin, die mir wichtig ist, dann sollte ich sie genauso pflegen wie meine Basilikumpflanze auf dem Balkon …, mit Liebe, Sorgfalt und viel Wasser. Wenn ich mit einer Frau zusammen bin, die ich nicht an jedem meiner Tage haben möchte, muss ich aufhören, die Pflanze zu gießen und sie gehen lassen. Leider wollte Bria eine Bewässerungsanlage installieren lassen.

Ich werfe Tanner einen zweifelnden Blick zu. „Ich muss zugeben, dass es viel mehr Spaß gemacht hat, mit euch Harris-Brüdern irgendwelche Bräute in Nachtclubs aufzureißen."

Tanner lacht. „Wir hatten ein paar tolle Nächte. Aber ich kann nicht sagen, dass ich sie wirklich vermisse. Mit Belle um acht Uhr ins

Bett zu gehen, hat mehr Vorteile, als ich mir je hätte vorstellen können. Im Ernst, Santino, wenn du eine Frau findest, die dein kleines Löffelchen sein will, dann wirf sie besser nicht nach deinem zweimonatigen Testlauf weg. Löffelchen liegen ist das Leben." Tanner wackelt spielerisch mit den Augenbrauen, bevor er sich auf dem Absatz umdreht und über die Schulter ruft: „Wir sehen uns später."

Sobald er weg ist, lasse ich sofort die Anspannung los, von der ich gar nicht wusste, dass sie in meinen Schultern steckt. Allein die Erwähnung von Tillys Namen hat mich in Momente der Vergangenheit zurückversetzt. Momente, die ich seit Jahren zu vergessen versuche. Mein Gott, wie lange ist das her … vier, fünf Jahre?

Tilly und ich lernten uns in einem Nachtclub in Soho kennen, kurz nachdem Mac bei Bethnal Green unterschrieben hatte. Ich war mit dem Team auf einer Party, wie ich es damals oft tat, und Macs Schwester tauchte auf, um ihn zu treffen, und nun …, sagen wir einfach, sie ist in dieser Nacht nicht mit ihrem Bruder heimgegangen.

Ich schlucke den Kloß in meinem Hals hinunter, während sich die Erinnerungen an unsere zahlreichen nächtlichen Verabredungen in meinem Kopf wiederholen. Gott, war sie schön. Wild und unverblümt. Und ihr schottischer Stolz war das Heißeste, was ich je in meinem Leben gesehen hatte. Das Beste daran war, dass sie nichts Ernstes wollte. Wir waren beide auf Spaß aus, also war es die perfekte Situation.

Zumindest bis sich alles änderte.

Und ich kann ihre letzten Worte an mich immer noch nicht vergessen.

„Du bist kein Märchenprinz. Du bist nur ein Hurenmeister mit schlechtem Gewissen." Seitdem trage ich die Last dieser Worte mit mir herum. Ich glaube, es hat einen großen Teil dazu beigetragen, dass ich schließlich mit dem Gelegenheitssex aufgehört habe. Das und die Tatsache, dass jeder einzelne meiner Freunde heiratete und Kinder bekam. Als der berühmt-berüchtigte Tanner Harris sesshafter wurde als ich, war es an der Zeit, mich selbst im Spiegel zu betrachten.

Allerdings hatte ich nicht das Harris-Glück. Ich stecke in diesen endlosen Zyklen von monogamem Dating fest, das nie zu funktionieren scheint. Aber egal, mit wie vielen Frauen ich eine Verbindung herzustellen versucht habe, keine scheint zu passen. Keine scheint der Vorstellung einer Partnerin, die ich in meinem Kopf habe, die jeden Tag und immer für mich da sein könnte, zu entsprechen. Ich bin fest entschlossen, in dieser Beziehung genauso erfolgreich zu sein wie in meiner Karriere.

Aber wenn die Vergangenheit wieder auftaucht, bedeutet das doch etwas, oder? Tilly Logan ist nicht nur das Klischee der einen Verflossenen, die man nicht loslassen kann. Sie ist diejenige, die praktisch weggelaufen ist. Als sie von London zurück nach Schottland zog, ließ sie mich mit einer Million unbeantworteter Fragen zurück.

Wenn ich ein paar Antworten bekäme, könnte ich vielleicht mit meinem Leben weitermachen und aufhören, ein Zweimonats-Trottel zu sein. Und wenn sie wieder in London ist, werden die Dinge vielleicht auch für sie anders sein? Für mich sind die Dinge auf jeden Fall anders. Mehr als ich je für möglich gehalten hätte.

KAPITEL 3

„HERRGOTT, GIBT ES EINEN GRUND, WARUM UNSER GANZES Wohnzimmer mit Tierscheiß übersät ist?" Der schottische Akzent meines Bruders ist voller Unmut, während er die schwarze Krawatte um seinen Hals lockert.

Freya und ich sehen von unserer Arbeit auf und starren meinen großen Bruder an, der vor dem alten Kamin steht. Es sieht aus, als würde er vor lauter Muskeln gleich aus dem schwarzen Anzug platzen, den er jetzt jeden Tag zur Arbeit trägt. Ganz anders als sein Fußballtrikot, das er noch vor einem Jahr trug.

Ich klappe meinen Laptop zu und werfe einen Blick auf unser Durcheinander von Haustierkleidung, die auf fast jedem Quadratzentimeter ihres Wohnzimmers verteilt ist. „Unser Wahnsinn hat Methode, Mac", sage ich abwehrend.

Freya korrigiert ihre Position auf dem Sofa, wo sie mit den Füßen auf ein Kissen gestützt liegt. „Mach nicht so ein Theater. Tilly und ich erledigen hier wichtige Arbeit. Wir sind gleich fertig."

„Du sollst nicht arbeiten", knurrt Mac, während er sich die

Krawatte über den Kopf zieht, wodurch sein rotes Haar, das ein paar Nuancen dunkler ist als meines, durcheinander gerät. Er wirft sie auf den nächstgelegenen Sessel, der gerade mit einem übergroßen Katzenpyjama bedeckt ist. *Diese Krawatte ist jetzt für immer ruiniert.*

„Ich habe modifizierte Bettruhe, nicht volle Bettruhe!", schimpft Freya, deren Akzent sich mit ihrem eigenen Unmut über die unerwünschte Einmischung ihres Mannes noch verstärkt. „Es ist, als hättest du Amnesie und vergessen, was die Ärztin gesagt hat!"

Ich muss mir auf die Lippe beißen, um meine Belustigung zu verbergen. Mac hat mir erzählt, dass Freya anfängt, wie Hagrid zu klingen, wenn sie sich aufregt, also warte ich nur darauf, dass sie am Ende ihrer Sätze nach *Harry Potter* klingt. Sie reibt schützend ihren runden Bauch, während sie ihren Mann mit zusammengekniffenen Augen ansieht.

Mein Bruder verschränkt die Arme, offensichtlich in keiner Weise abgeschreckt. „Wenn es nach mir ginge, würdest du die ganze Angelegenheit auf Eis legen, bis das kleine Kind gesund und munter draußen ist."

„Mac! Dafür bin ich doch da!", rufe ich, um erneut meine arme Schwägerin zu verteidigen. Guter Gott, die Ehe mit meinem Bruder muss schrecklich für sie sein.

„Die Ärztin sagte, ich könne noch arbeiten, solange ich die Füße hochlege. Wo sind meine Füße jetzt gerade?" Freya wackelt mit den Zehen.

„Ich glaube, du hast den Teil ihrer Anweisungen verpasst, in dem es um *Bettruhe* ging. Nicht *Sofaruhe*."

„Ich glaube, du hast den Teil ihrer Anweisungen verpasst, in dem es hieß, dass sie *modifiziert* wurde. Ich denke, ein Sofa fällt sicher unter diese Kategorie."

„Ich denke, wir sollten die Ärztin anrufen und uns genauere Anweisungen geben lassen." Mac kramt in seiner Tasche und holt sein Handy heraus.

„Du rufst Belle Harris nicht um diese Zeit an!", sagt Freya entschieden. „Nur weil sie mit einem deiner ehemaligen Teamkollegen verheiratet ist, heißt das nicht, dass wir sie nach Feierabend belästigen dürfen."

„Tanner und Belle sind unsere Freunde, Freya. Mein Gott, wir waren mehrmals bei ihnen zu Hause. Belle hat dich als persönlichen Gefallen für eine *Freundin* als Patientin angenommen! Ich rufe sie an."

„Mac", knurrt Freya mit trotzig vorgestrecktem Kinn.

„Cookie", gibt Mac zurück, und seine Stimme klingt trotz des Kosenamens tief und warnend.

Mein Kopf wippt hin und her, während die beiden einander volle sechzig Sekunden lang in eisiger Stille anstarren. „Soll ich in mein Zimmer gehen und euch ein wenig Privatsphäre geben?"

„Nein", antworten beide gleichzeitig.

Mein Bruder richtet seinen eisigen Blick auf mich. „Du wohnst seit drei Wochen hier und sollst helfen, nicht alles noch schlimmer machen."

„Ich helfe doch!", rufe ich abwehrend. „Ich bin Freyas geschäftliche Augen, Ohren und Körper, was bedeutet, dass sie heute keinen Finger gerührt hat, das verspreche ich dir."

„Sie war eine ausgezeichnete Hofdame", trällert Freya mit einem zufriedenen Grinsen.

Ich werfe meiner Schwägerin einen fragenden Blick zu. „Ich dachte, wir nennen mich deine Praktikantin?"

„Um Himmels willen, nein! Du hast deinen Master in Einzelhandelsmanagement, verdammt. Du bist für diesen Job qualifizierter als ich. Es ist eine Beleidigung, dich als Praktikantin zu bezeichnen. Ich glaube, ich war nur ein bisschen hungrig, als ich das neulich gesagt habe."

„Was ist mit Marionette? Du hattest am Dienstag eine wirklich leidenschaftliche Pinocchio-Tirade", entgegne ich. Bei Freyas unkonventionellen Berufsbezeichnungen bin ich voll dabei, denn … nun ja …, warum nicht?

Freya rümpft die Nase. „Ich sehe mich nicht als Puppenspielerin. Ich möchte, dass du bei meinen geschäftlichen Entscheidungen ein Wörtchen mitzureden hast, denn wer weiß, wohin meine schwangeren, hormonellen Gedanken uns noch führen werden."

„Und du warst nicht scharf darauf, dass ich der Watson zu deinem Sherlock bin, oder?"

„Nein! Wir sind starke Geschäftsfrauen. Wir brauchen starke

weibliche Namen, um unser Können in der Unternehmenswelt der modischen Haustierbekleidung zu unterstreichen, richtig?"

„Richtig." Ich beiße mir nachdenklich auf die Lippe. „Und es war ein klares Nein, mich deinen Bodyguard zu nennen."

„Ja." Freya winkt mich ab. „Du bist sehr groß und statuenhaft, aber ziemlich dünn, verdammt. Und ich bin klein und rund, also kann ich ehrlich nicht sagen, wer von uns beiden bei einem richtigen Raubüberfall gewinnen würde."

„Worüber zum Teufel redet ihr beide?", knurrt Mac, womit er unhöflich unser Gespräch unterbricht. „Ihr hört euch völlig verrückt an!"

Ich fixiere Mac mit funkelndem Blick. „Wir versuchen gerade, meinen offiziellen Titel zu finden, jetzt, da ich bei *Perfectly Sized Pets* voll angestellt bin, vielen Dank. Wenn du nichts Nützliches zum Gespräch beizutragen hast, kannst du verschwinden. Im Ofen sind ein Braten und Kartoffeln, die ich zubereitet habe!", rufe ich mit einer Faust in der Luft. „Natürlich unter Freyas Anleitung, da ich eine miserable Köchin bin."

„Du hast das heute wunderbar gemacht!", lobt sie.

„Danke, Freya."

Macs Kiefer zuckt vor Verärgerung, aber er schüttelt den Kopf und stapft in Richtung Küche. „Seit du hier bist, fühle ich mich in meinem eigenen Haus wie das fünfte Rad am Wagen."

In dem Versuch, unser Kichern zu verbergen, halten Freya und ich uns den Mund zu. Gott sei Dank liebe ich die Frau meines Bruders, denn sonst wäre es noch viel schmerzhafter gewesen, ihnen in ihrer jetzigen Situation zu helfen.

Aber wie kann man Freya nicht lieben? Sie ist ein einzigartiger, feuriger Rotschopf, genau wie ich. Sie hat endlose Sommersprossen, und sie hat es auf magische Weise geschafft, meinen sturen Schotten von Bruder zu zähmen. Ehrlich gesagt habe ich Mac noch nie mit jemandem so streiten sehen wie mit ihr. Sie sind wie ein altes Ehepaar, das seine eigene Sitcom haben sollte. Aber selbst im Streit sieht er sie an, als wäre sie sein Ein und Alles. Es ist schwer anzusehen, weil es so unglaublich intim ist, aber auch das Wegschauen fällt mir schwer, weil es sich bedeutungsvoll anfühlt.

Unabhängig davon bin ich verpflichtet, Freyas Marionette,

Bodyguard und Baby-Aufpasser-Watson zu sein, bis der Vertrag mit Harrods unterschrieben, besiegelt und mit Bedingungen versehen ist, die Freyas Mutterschaftsurlaub für ein Jahr ermöglichen. Ich werde absolut alles tun, auch Kartoffeln für einen Braten schneiden, damit mein kleiner Neffe in ihr sicher und gesund bleibt.

Sie haben erst letzte Woche erfahren, dass sie einen Jungen bekommen, und Freya hat mir erzählt, dass Mac während des Scans wie ein Baby geweint hat. Äußerlich ein sturer, tätowierter Schotte, innerlich weich wie ein Kuschelbär …, das ist mein Bruder.

Freya atmet schwer aus und reißt mich damit aus meinen Grübeleien. „Ich denke, wir sollten aufräumen und essen, es ist schon nach sechs. Nach dem Essen müssen wir noch eine weitere Folge von *Bridgerton* ansehen!"

Ich knurre frustriert. „Warum sehen wir uns noch mal immer nur eine Folge nach der anderen an? Netflix hat uns zu Binge-Guckern erzogen, also ist das die reinste Folter."

„Ich weiß, aber ich habe alle vierzehn Staffeln von *Heartland* in einem peinlich schnellen Tempo geschaut. Wenn wir uns Zeit lassen, können wir das Vergnügen verlängern. Ich will während der Bettruhe nicht alles sehen, was Netflix zu bieten hat. Das wäre entsetzlich."

Ich ziehe die Augenbrauen hoch, als mir eine Idee kommt. „Aber vielleicht sollten wir, da Mac und ich morgen Abend auf der Wohltätigkeitsgala sind, heute Abend zwei Folgen ansehen. Ich meine, wir haben es uns heute verdient, meinst du nicht?"

„Also gut." Freya kichert. „Ich kann einfach nicht Nein zu dir sagen!"

Lachend erhebe ich mich vom Sofa und beginne, unsere Stapel von Optionen in eine bestimmte Reihenfolge zu bringen, damit wir morgen dort weitermachen können, wo wir aufgehört haben.

„Tilly sollte Smarty Spice sein", brüllt Mac mit einem Mund voller Essen aus der Küche.

Freya schaut stirnrunzelnd zur Tür. „Wie bitte?"

Nach einer kurzen Pause ruft Mac deutlicher zurück. „Tilly könnte Smarty Spice sein und Freya, du könntest Stylish Spice sein. Das macht bei euren beiden Talenten am meisten Sinn, und na ja …

ihr steht doch auf die Spice Girls, oder? Geht es bei denen nicht irgendwie um Girl Power?"

Unsere Gesichter beginnen zu strahlen.

„Das ist perfekt, Liebling!", ruft Freya fröhlich. „Alexa, spiel ,Wannabe' von den Spice Girls."

Ich quietsche aufgeregt, als der Song über die Musikanlage läuft, dann schimpft Mac: „Freya, du solltest lieber auf dem Sofa sitzend tanzen, sonst rufe ich Belle an, ob du willst oder nicht."

„Oh, das tue ich, Liebling", sagt sie, während sie ihre Zeigefinger neben ihrem Gesicht auf und ab bewegt. „Ich übe meine Dance Moves als werdende Mutter. Das sexy Hüftkreisen überlasse ich der alleinstehenden Dame im Raum."

Ich höre, wie Mac zu würgen beginnt, was mich laut lachen lässt, während ich mit meinem Computer zu meinem Zimmer tanze, immer noch in dem Gedanken schwelgend, dass ich bald meinen ersten richtigen Ausgehabend in London erleben werde.

Ich fühle mich wie Daphne Bridgerton bei ihrem Debüt. Wenn die Königin nur dort wäre, mein Kinn mit ihrer behandschuhten Hand berühren und sagen würde: *„Makellos, meine Liebe"*, dann hätte ich das Gefühl, dass sich vielleicht … nur vielleicht … endlich alles für mich zum Guten wenden könnte.

Als ich mich umdrehe, um mein Zimmer zu verlassen, stolpere ich fast über ein Paket, das ich zur Seite geschoben habe, nachdem es heute früh angekommen ist. Ich wollte diesen Karton eigentlich bei meinen Eltern in Dundonald lassen, aber sie dachten wohl, ich hätte ihn vergessen und haben ihn mit der Post geschickt.

Ich knie nieder, um hineinzuschauen, denn es ist Jahre her, seit ich ihn geöffnet habe. Er ist vollgestopft mit Sammelalben mit kleinen Fotos, die ich von verschiedenen Straßenkunstwerken während meiner Zeit in London gemacht habe. Große Wandmalereien, kleine Graffiti, sogar alberne Sprüche, die auf die Türen von Toilettenkabinen gekritzelt wurden. Wenn es mich interessierte, machte ich ein Foto und klebte es in ein Sammelalbum. Es wurde sogar zur Tradition, dass ich jedes Jahr mein Lieblingsstück in ein Passepartout klebte und einrahmte. Im Laufe der Zeit habe ich eine ziemliche Sammlung angelegt, aber ich habe seit Jahren keine neuen Fotos mehr gemacht.

Beim Durchsehen der gerahmten Werke fällt mir auf, dass es wie eine Straßenkarte meines Lebens aussieht. Sie beginnen mit farbenfrohen, unbeschwerten Werken, die ich während meiner Studienzeit aufgenommen habe, und wechseln dann zu ängstlicher, düsterer und unruhigerer Kunst. Sie stammen aus den Jahren nach dem Studium, als ich anfing, in der realen Welt zu arbeiten und mich zum ersten Mal wie eine richtige Erwachsene zu fühlen. Es ist interessant zu sehen, was mich damals angezogen hat.

Als ich die losen Fotos am Boden des Kartons durchblättere, stoße ich auf einen kleinen Abzug, den ich nie gerahmt habe und der mich zum Lächeln bringt. Er zeigt eine schmuddelige Gasse mit einem weißen Stuckhaus. In der Mitte der schmutzigen Wand befindet sich ein aufgemaltes Fenster mit blauen Fensterläden und einer riesigen orangefarbenen Katze, die herausschaut. Sie ist das Ebenbild von Hercules, mit ihren urteilenden Augen und allem Drum und Dran. Ich beschließe sofort, dass ich das auf jeden Fall Freya schenken sollte.

Lächelnd schließe ich den Karton und schiebe ihn in meinen Kleiderschrank. Es hat keinen Sinn, in Erinnerungen aus der Vergangenheit zu schwelgen, wenn ich mich auf eine neue, strahlende Zukunft konzentrieren kann.

KAPITEL 4

Mein Handy klingelt mit einer Benachrichtigung, als das Taxi mich bei der heutigen Wohltätigkeitsveranstaltung absetzt. Vor dem *The Shard* halte ich inne, als ich die SMS von Shawn sehe, dem amerikanischen Scout, den wir diese Saison angeheuert haben, um ein paar günstigere Talente zur Auffüllung unseres Kaders zu finden.

„Was soll das?", murmle ich vor mich hin und öffne die Nachricht, während ich einen Schritt zurücktrete, um ein Paar an mir vorbeizulassen. Ich überfliege die SMS schnell und stelle fest, dass es sich um weitere Änderungen an dem neuen Vertrag handelt, den ich Zander Williams geschickt habe. Der Verteidiger sollte dieses Wochenende eintreffen, also kann ich mir nicht vorstellen, was jetzt schon wieder los ist. Ich werde das morgen mit der oberen Führungsebene besprechen müssen, aber ich sollte Vaughn über diese Entwicklung informieren, denn er schien Zander unbedingt auf den Platz bringen zu wollen. Ich beginne, die Nachricht an Vaughn weiterzuleiten, halte aber inne, als mir einfällt, dass er heute Abend auf seine Enkelkinder aufpasst.

Normalerweise lebt, atmet und stirbt der Mann den Fußball. Doch seit er Großvater ist, hat er sich verändert. Balance und Delegieren sind jetzt seine beiden Lieblingswörter, und es war interessant zu beobachten, wie sich diese Veränderung bei ihm vollzog, je mehr Enkelkinder er bekam. Ich habe selbst keine Vaterfigur, um zu wissen, wie das geht, aber er scheint glücklicher zu sein als je zuvor, also muss er irgendetwas richtig machen.

Allerdings hat er heute Abend schon genügend Chaos mit all den Harris-Sprösslingen, die sein Haus in Chigwell terrorisieren, weshalb diese Nachricht bis zum Morgen warten kann.

Ich stecke mein Handy in die Tasche und nenne dem Sicherheitspersonal, das am Haupteingang steht, meinen Namen. „Zweiundsiebzigste Etage", sagt ein Mann, während ein anderer die Tür öffnet und mich eintreten lässt.

Ich mache mich auf den Weg zur Veranstaltung und rücke meinen schwarzen Smoking in den verspiegelten Scheiben des Aufzugs zurecht. Dieser Smoking hat in den letzten Jahren schon einige Fußballveranstaltungen gesehen, denke ich, während ich mein dunkles Haar zur Seite streiche. Preisverleihungsgalas, Investorenpartys, Presseveranstaltungen. Obwohl ich zugeben muss, dass mir Zusagen bei Wohltätigkeitsveranstaltungen am leichtesten fallen.

In meiner Kindheit hatten wir nicht viel. Meine Mutter stammte aus einer eng verbundenen Familie von Italienern, die alle vor meiner Geburt nach Großbritannien zogen. Mein Onkel hatte mit seiner britischen Braut einen kleinen italienischen Supermarkt in den Cotswolds eröffnet, und meine Großeltern stiegen später in das Geschäft ein und bauten es zu einem Feinkostladen mit einer Bäckerei aus. Sie arbeiten alle noch heute dort und sind sehr zufrieden mit diesem Lebensweg, auch wenn sie in manchen Jahren kaum über die Runden kommen.

Als kleiner Junge wollte ich mehr. Ich erinnere mich, wie ich Fußball im Fernsehen sah und mir wünschte, ein Star zu sein, der um die Welt reist und für Geld spielt. Als ich älter wurde, stellte ich jedoch fest, dass ich nicht das Talent hatte, um es auf dem Spielfeld zu schaffen. Als ich vierzehn war, teilte mir mein Jugendtrainer diese niederschmetternde Information mit. Als ich anfing, mit ihm über seine Einschätzung zu diskutieren, sagte er mir, dass ich stattdessen einen guten Anwalt abgeben würde. Offensichtlich haben seine Worte etwas bewirkt.

Als ich den Veranstaltungsraum betrete, in dem sich formell gekleidete Paare und runde, weiß gedeckte Banketttische befinden, fällt mein Blick sofort auf die raumhohen Fenster auf der rechten Seite, die einen atemberaubenden Blick auf die Themse bieten. Ich lebe in London, seit ich für die Universität hierhergezogen bin, und Ansichten wie diese rauben mir immer noch den Atem.

Plötzlich stockt mein Atem jedoch durch einen gänzlich anderen Anblick. Tilly Logan steht auf der anderen Seite des Raumes, an das Fenster gelehnt, und die Lichter der Stadt funkeln hinter ihr, als wäre sie eine Fata Morgana.

Verdammt.

Ich dachte, ich wäre darauf vorbereitet, sie heute Abend zu sehen. Ich habe mich sogar gefragt, ob ich sie nach all den Jahren vielleicht nicht wiedererkennen würde. Was für ein törichter Gedanke, denn sie verschmilzt nicht gerade mit Menschenmengen. Und heute Abend funkelt sie wie ein Kronleuchter.

Mein Herz rast, als ich ihre große, schlanke Gestalt neben ihrem Bruder betrachte, der sie um nur ein paar Zentimeter überragt, da sie hohe Absätze trägt. Wäre ich nicht selbst über eins neunzig groß, wäre ich im Moment meines Kennenlernens mit dieser statuenhaften Frau vor fünf Jahren eingeschüchtert worden. Nicht nur wegen ihrer Größe, sondern wegen ihrer gesamten Erscheinung. Sie hat diese Art, einen einfach … anzuziehen. Und das nicht auf eine verführerische Art und Weise. Eher wie ein knisterndes Feuer, an dem man sich wärmen möchte. Am Abend unserer ersten Begegnung wurde mir schnell klar, dass alle Frauen mit ihr befreundet sein wollten. Und alle Männer wollten sie ficken.

Mich eingeschlossen.

In diesem Moment.

„Fuck", knurre ich und reiße meinen Blick von ihr los, um zu sehen, mit wem sie noch zusammensteht. Ein großer Teil der Harris-Horde, wie es scheint – vor allem die Ehefrauen der Harris-Brüder.

Ich erkenne Bookers Frau Poppy mit ihren kurzen blonden Haaren, dann Tanners Frau Belle, die kurvige Brünette, und Camdens Frau Indie mit ihren lockigen roten Haaren und der typischen, schwarz gerahmten Brille. Indie kenne ich ein wenig besser als die anderen, da sie zum Ärzteteam unseres Fußballvereins gehört. Wir haben erst kürzlich einen weiteren Arzt eingestellt, nachdem Camden und Indie ihr zweites Kind bekommen hatten, da Indie nicht mehr mit der Mannschaft reisen wollte. Die meisten Vereine hätten Indie entlassen, da sie sich dem anstrengenden Tempo eines Fußballvereins nicht verpflichten kann.

Bethnal Green ist nicht wie die meisten Vereine.

„Du bist spät dran, du Wichser!", brüllt Tanner neben mir, während er mir auf die Schulter klopft.

„Spätes Meeting", murmle ich, räuspere mich und versuche, die unanständigen Bilder von Tilly in meinem Bett zu verdrängen, die sich in meinem Kopf abzuspielen versuchen. „Ich brauche einen Drink."

„Erlaube mir, dir den Weg zu zeigen." Tanner führt mich dorthin, wo Roan und Booker gerade mit Getränken in der Hand stehen.

Roan, ein brillanter Stürmer unseres Vereins, kam aus Südafrika zu uns. Ich war besorgt, als Tanner in den Ruhestand ging, weil die beiden als unsere besten Torjäger eine fantastische Chemie hatten. Aber er hat sich gut an die Neuzugänge angepasst.

Booker ist das jüngste Mitglied der Harris-Familie und unser Stammtorwart. Der Junge altert nie, ich schwöre es. Er ist groß, hat eine breite Brust, dunkles Haar und das ewige Gesicht eines Teenagers, obwohl der Vater von Zwillingsjungen auf die Dreißig zugeht. Ich könnte mir gut vorstellen, dass er noch in seinen Vierzigern eine dominierende Kraft zwischen den Pfosten sein wird.

Tanner schnappt sich das Getränk seines jüngeren Bruders und hält es sich unter die Nase.

„Wodka oder Wasser?" Er setzt das Glas an die Lippen, und ich beobachte, wie Booker die Nase rümpft, während sein bärtiger Bruder einen Schluck nimmt. „Guter Mann. Ich kann nicht zulassen, dass du beim morgigen Freundschaftsspiel gegen Shepperton einen Kater hast."

Er reicht das Glas an Booker zurück, der den Kopf schüttelt. „Es ist ganz dein."

Tanner schnaubt, als er das Glas in die Höhe hält. „Wir sind Brüder! Was glaubst du, welche Läuse ich habe, die du nicht hast?"

Booker zeigt auf Tanners langen aschblonden Bart. „Man kann nie wissen, was möglicherweise in deiner Dumbledore-Imitation lebt."

„Hey, du kannst mich heute Abend nicht runtermachen. Das ist meine Wohltätigkeitsveranstaltung, und ich bin jetzt dein Trainer."

„Bitte." Booker lacht. „Der Torwarttrainer gibt mir viel mehr Anweisungen, als du es jemals tun wirst."

„Versuch mal, nicht mehr mit ihm auf dem Platz zu spielen, sondern seine Befehle befolgen zu müssen", murrt Roan in seinem südafrikanischen Akzent, während er den Kopf schüttelt. „Ich bin immer noch sauer auf ihn, weil er mich als Mitstürmer im Stich gelassen hat. Jetzt bin ich gezwungen, mit diesen neuen Rekruten zu spielen."

„Das ist das Beste für das Team, DeWalt", trällert Tanner. „Das wüsstest du, wenn du die überragenden Trainerfähigkeiten hättest, die ich von Natur aus mitbringe."

„Oder wenn ich wie du anfangen würde, Pfannkuchen dem Training vorzuziehen", stichelt Roan. Wir unterdrücken alle ein Lachen, als Tanners Augen zu mörderischen Schlitzen werden.

„Ist Tanner schon im Machtrausch?", ertönt eine tiefe Stimme hinter uns, woraufhin ich mich umdrehe und den ältesten Bruder Gareth Harris hinter mir stehen sehe. Er schüttelt mir zur Begrüßung stumm die Hand, doch dann richtet er seinen Blick nach hinten zum letzten der Harris-Brüder, der ihm auf den Fersen folgt. „Camden, ich denke, es ist an der Zeit, Tanner daran zu erinnern, dass du eindeutig der sportlichere Zwilling bist, da er mit nur zweiunddreißig Jahren in den Ruhestand gegangen ist."

„Du hast es nicht viel länger ausgehalten", schießt Tanner zurück.

Gareth schüttelt unbeeindruckt den Kopf. „Ich bin nach dem Sieg in der Weltmeisterschaft gegangen. Was könnte besser sein als das?"

„Ich bin nach unserem FA-Cup-Sieg ausgestiegen. Das ist nicht zu verachten. Und vergessen wir nicht, dass ich beim WM-Sieg mit dir auf dem Platz stand, du großer, mürrischer Mistkerl."

„Gib es einfach zu", mischt Camden sich ein. Tanner wirft seinem Zwilling einen grimmigen Blick zu, der im Vergleich zu Tanners Look mit Männerdutt und Bart wie eine gepflegte Ken-Puppe aussieht. „Ich bin ein besserer Stürmer als du, selbst mit meinem kaputten Knie."

Tanner lächelt wissend. „Klar, Cam. Du bist ein besserer Stürmer, aber nur, weil du nicht das zusätzliche Gewicht mit dir herumschleppen musstest wie ich."

„Welches Gewicht? Wir haben die gleiche Statur …, zumindest, wenn du im Training bist." Camden pikst seinen Bruder in den Bauch, und ich wappne mich für Tanners Reaktion.

„Ich habe dich in der Umkleidekabine gesehen, und ich weiß, dass ich zwischen den Beinen viel schwerer bin, Bruderherz." Tanner zwinkert, woraufhin die Gruppe in lautes Gelächter ausbricht, während Camden versucht, seinem Bruder im Smoking in die Eier zu schlagen.

Aus diesem Grund habe ich so viele Jahre mit den Harris-Brüdern gefeiert. Als Klienten brachten sie mir mehr Ärger ein, als ich bewältigen konnte, aber als Kumpels waren sie immer unterhaltsam. Als sie mir das erste Mal erzählten, dass sie in Bezug auf Frauen eine Bacon-Sandwich-Regel haben – die Regel, dass derjenige, der es zuerst ableckt, es für sich beansprucht – wusste ich einfach, dass diese Idioten Spaß in mein Leben bringen würden. Und auch wenn sie jetzt alle verheiratet sind und Kinder haben, sind sie im Herzen immer noch wilde, lustige, junge Fußballer.

Wir bestellen Getränke und unterhalten uns an der Bar, während ich mein Bestes tue, um Tilly nicht anzusehen. Ich bin mir nicht sicher, wie leicht das Reden für uns sein wird, wenn ihr Bruder den ganzen Abend in ihrer Nähe bleibt. Mac hat mir vor ein paar Jahren die Erlaubnis gegeben, mich mit Tilly in Verbindung zu setzen, und die Tatsache, dass ich es nicht getan habe, möchte ich nicht unbedingt mit ihm diskutieren.

Als ich zu ihr hinüberschaue, sehe ich, dass Tilly völlig entspannt ist und sich wirklich zu amüsieren scheint. Mac hatte mir den Eindruck vermittelt, dass Tilly seit den damaligen Geschehnissen ziemlich verschlossen sei, aber wenn ich sie jetzt sehe, scheint das überhaupt nicht der Fall zu sein.

Ich hätte es nicht für möglich gehalten, aber ich finde, sie sieht besser aus als vor fünf Jahren. Strahlender, gesünder. Sie hat mehr Farbe auf den Wangen. Sie hat definitiv auch mehr Kurven. Und die stehen ihr verdammt gut.

Tilly

Es gibt doch dieses Gefühl, wenn der Wind von warm auf kühl umschlägt und das bedeutet, dass ein Sturm aufzieht. Genau diese Empfindung habe ich, als ich sehe, wie Santino Rossi heute Abend den Veranstaltungssaal betritt.

„Verdammte Scheiße", murmle ich leise, während ich versuche, meine klammen Handflächen vorsichtig an meinem Kleid abzuwischen. Wie konnte ich nicht damit rechnen, dass er hier sein würde? Hier wimmelt es nur so von Fußballern. Und wo Fußballer sind, ist Santino Rossi nie weit.

Als wir uns vor fünf Jahren kennenlernten, waren meine damaligen Freundinnen ständig hinter Fußballern her. Ich habe mir nie viel aus den Sportlern gemacht, weil ich damit aufgewachsen bin, wie mein Bruder sich täglich für das Training schier umgebracht hat. Er aß nichts außer Hühnchen und Reis. Kein Alkohol. Bäh. Langweilig!

Aber als meine Freundinnen herausfanden, dass mein Bruder bei Bethnal Green unterschrieben hatte, sahen sie das als ihre Eintrittskarte zu allen guten Partys in London, und so konnte ich ihnen nicht aus dem Weg gehen.

Zum Glück ist Santino kein Fußballer – auch wenn er wie einer aussieht. Er ist lächerlich groß, dunkel und gutaussehend. Er trägt sogar sein rabenschwarzes Haar zur Seite gekämmt, wie so viele Spieler es tun. Und ich weiß dank meiner früheren Erfahrungen mit diesem Mann, dass er unter seinem schwarzen Smoking einige Muskeln hat.

Meine Erinnerungen an Santino sind ein wenig verschwommen, da wir uns nicht oft bei Tageslicht gesehen haben. Normalerweise war es weit nach Mitternacht, wenn ich ihn für Sex anrief. Und wenn ich dann da war, musste ich immer diesen blöden Nüchternheitstest machen, bevor wir uns ausziehen konnten. Ich kann nicht behaupten, dass ich jemals stocknüchtern war, wenn wir gevögelt haben, aber er hat mich klar zurückgewiesen, wenn ich total betrunken war.

Unser Arrangement hielt ein paar Monate, wahrscheinlich weil wir diese eisernen Regeln hatten:

1. Keine Exklusivität
2. Keine Dates
3. Keine Übernachtungen
4. Keine persönlichen Fragen
5. Kein Alkohol … nun, zumindest nicht, sobald ich dort ankam.

Für uns hat es funktioniert. Er war ein Lebemann, und ich war eine Lebedame. Keiner von uns beiden hatte ein Interesse an einer ernsten Beziehung. Ich erinnere mich sogar daran, dass er mir am Abend unseres Kennenlernens unmissverständlich klarmachte, dass er sich nicht binden wolle und es auch nie tun würde. Er ging sogar so weit zu sagen, dass er nie Kinder haben würde. Das kam mir etwas seltsam vor, aber ich habe nicht weiter nachgefragt, weil … ich sowieso nicht auf der Suche nach etwas Ernstem war.

Es zählte nur der unglaubliche Sex. Es war wie eine bewusstseinsverändernde, euphorische Fahrt auf dem fliegenden Teppich des Vögelns.

Bis ich alles vermasselt habe.

Ich nehme einen langen Schluck von meinem Getränk, um die aufkeimende Unruhe zu unterdrücken. Ich habe mich so gut mit Macs Freunden amüsiert, dass ich ganz vergessen habe, dass ich nur Wasser trinke. Jetzt merke ich es mit großer Deutlichkeit.

Sloan und Allie haben mich wieder mit der gesamten Harris-Familie bekannt gemacht. Die Männer haben ihre Frauen vor langer Zeit stehen lassen, um über Fußball zu reden, aber ich habe es genossen, mit den Damen zu plaudern. Die Ehefrauen der Harris-Zwillinge, Belle und Indie, sind seit dem Medizinstudium beste Freundinnen, und ich beobachte ihre Interaktionen mit Neid. Im Laufe der Jahre habe ich den Kontakt zu so vielen meiner Freunde verloren, und nach dem Umzug nach London und der Rückkehr nach Hause vermisse ich es, einen guten Freund zu haben. Es wäre schön, nur einen Kumpel zu haben, der mich begleitet, wenn ich an den Wochenenden über die Märkte schlendere. Ich versuche, Freya und Mac etwas Privatsphäre zu geben, aber es wird einsam und langweilig. Ich frage mich, ob diese

Harris-Familie mich genauso adoptieren kann, wie sie es mit Freya und Mac getan hat.

Mein Blick kehrt zur Bar zurück, und ich knurre fast in mein Glas. Warum musste Santino auftauchen und mich ablenken?

Mac bemerkt meine veränderte Haltung, und seine Augen folgen meinen zu der Stelle, wo Santino mit den Harris-Brüdern an der Bar steht. Er wendet all den Damen, die sich in unserer Nähe unterhalten, den Rücken zu. Seine Stimme ist tief und bedrohlich, als er sich zu mir beugt und fragt: „Ist es in Ordnung, dass er hier ist?"

Abwehrend richte ich mich auf. „Warum sollte ich mich darum scheren?" Ich trinke noch einen Schluck.

„Weil du aussiehst, als hättest du gerade einen Geist gesehen", antwortet Mac wissend. „Ich weiß immer noch nicht genau, was zwischen euch beiden vorgefallen ist, aber ich habe dir vertraut, als du mir gesagt hast, dass er nicht derjenige war, der dich vor fünf Jahren in deine Lage gebracht hat."

„Mac", warne ich ihn mit zusammengekniffenen Augen. „Darüber reden wir nicht."

„Ich weiß, ich weiß", brummt er und nimmt einen Schluck. „Ich würde ihm trotzdem gern die Seele aus dem Leib prügeln. Er hat so ein Gesicht, das ein paar Schläge gut gebrauchen kann." Mac mustert mich vorsichtig. „Du brauchst nur ein Wort zu sagen, und ich kicke ihn schneller als einen Fußball hier raus."

Ich rolle mit den Augen. „Du wirst niemanden kicken. Du kannst in diesem Anzug kaum die Arme beugen."

Macs Wangen werden rot, als er mit einer Hand über sein Revers streicht. „Er ist ein bisschen enger als das letzte Mal, als ich ihn getragen habe."

„Das letzte Mal, als du ihn getragen hast, hast du wahrscheinlich Proteinshakes getrunken und bist täglich acht Kilometer auf dem Spielfeld gelaufen."

Mac rümpft die Nase. „Der verdammte Schreibtischjob macht mich weich."

„Du bist weich, weil du glücklich bist", antworte ich mit einem kleinen Lächeln in dem Versuch, das Thema zu wechseln.

Mac lächelt zurück. „Aye."

Er wirft einen Blick auf sein Handy, um die letzte SMS von Freya von vor fünf Minuten noch einmal zu lesen. Er hat ihr fast den ganzen Abend über SMS geschickt, wie ein süßer, überfürsorglicher Ehemann. Freya hat ihn geradezu gezwungen, heute Abend auszugehen. Sie sagte, sie bräuchte etwas Zeit, um mit ihren beiden Katzen Hercules und Jasper über das Baby zu sprechen, das unterwegs ist.

Gott, sie ist seltsam. *Ich liebe sie.*

Mac lenkt seine Aufmerksamkeit wieder auf mich. „Tut mir leid, wenn ich seit deiner Ankunft ein wenig mürrisch war. Ich war einfach gestresst wegen Freya und dem Kind. Du weißt, dass ich dich verdammt liebe, weil du uns so hilfst, oder?"

„Vorher hast du mich nicht verdammt geliebt?"

Mac zieht die Stirn in Falten. „Natürlich habe ich das, aber … nun …, du bist anders, seit …"

„Lass es", unterbreche ich ihn, bevor ich nervös die Lippen zusammenpresse. „Sprich es nicht an. Das liegt in der Vergangenheit, aye?" Ich setze ein Lächeln auf, das ich gar nicht fühle, aber ich will, dass mein Bruder diesen Gedankengang hinter sich lässt. Sofort.

Mac starrt mich an, nimmt jedes Merkmal meines Gesichts in sich auf und gibt mir das Gefühl, als würde er durch mich hindurchsehen. Er hat einen sanften Blick in den Augen, den, ich schwöre es, alle schottischen Männer in meinem Leben haben. Er ist von der Art, die sagt: *Ich bin außen hart wie ein Ochse, aber innen weich wie eine Lilie, und ich habe zu viele Gefühle, um zu wissen, was ich mit mir anfangen soll.*

Seine Nasenflügel blähen sich auf, bevor er kurz nickt. „Aye. Ich werde es nicht wieder erwähnen." Er legt einen Arm um meine Schultern, und der Geruch seines Whiskeys steigt mir in die Nase. „Es ist schön, dich so zu sehen, Tilly – ein bisschen wie die alte Tilly, als du noch klein warst."

„Ich bin die neue Tilly", korrigiere ich ihn und stoße ihm den Ellbogen in die Rippen, um seinen Alkoholgeruch von mir wegzubekommen. „Neu und verbessert und mit viel Spaß heute Abend, also danke, dass du mich mitgenommen hast."

Als ich hinüberschaue, sehe ich, dass Santino nicht mehr an der

Bar steht, also wedle ich mit meinem Glas vor Macs Gesicht herum. „Ich hole mir Nachschub.“

„Das kann ich machen.“

„Ist schon okay.“ Ich winke ab. „Ich kann mich um mich selbst kümmern.“

„Wie du mir immer wieder sagst.“ Ein stolzer Ausdruck tritt in Macs Augen, genau wie bei unserem Vater, aber seine Aufmerksamkeit ist auf Roan und Booker gerichtet, die gerade zu uns gekommen sind.

Ich gehe zur Bar und stelle mein Glas ab, während ich darauf warte, dass der Barkeeper mit dem Paar fertig ist, das er gerade bedient. Ich trommle mit den Fingern auf das lackierte Holz und versuche, mich an das Letzte zu erinnern, was ich zu Santino gesagt habe. Ich glaube, es war ziemlich grausam. Aber zu jenem Zeitpunkt in meinem Leben musste ich allein sein. Ich brauchte keinen Mann, der sich einmischt und versucht, die Kontrolle zu übernehmen, wenn ich schwere Dinge zu regeln hatte.

„Hiya, Trouble“, sagt ein vertrauter, vornehmer britischer Akzent neben mir, und in meinen Gedanken taucht sofort eine Erinnerung auf.

„Du siehst nach Ärger aus“, sagt Santino Rossi, und in seinen dunklen, gefühlvollen Augen blitzt ein Hauch von Verruchtheit auf.

„Du siehst aus, als würdest du Ärger mögen.“ Ich nehme noch einen Schluck, bevor ich seine Krawatte packe und seine Lippen auf meine ziehe.

Ich drücke einen Daumen in meine Handfläche, um meine Nerven zu beruhigen, bevor ich mich dem Mann zuwende, dessen Gesicht ich nie vergessen kann, sosehr ich mich auch bemühe.

„Hallo, Sonny“, antworte ich mit hochgezogenen Augenbrauen, als ich Santino am Ende der Bar betrachte, der aussieht, als würde er für ein James-Bond-Filmposter posieren.

Er lacht über den Spitznamen, den ich ihm am Abend unseres Kennenlernens gab, als er auf meinen Platz an der Bar zuging. Ich betrachte seine große, breite Gestalt, denn ich habe gehofft, dass meine Erinnerungen an seine Attraktivität übertrieben waren. Damals habe ich viel Alkohol getrunken, und die meisten Orte, an denen ich Santino sah, waren dunkle Nachtclubs oder schwach beleuchtete Schlafzimmer.

Leider ist er noch heißer, als ich ihn in Erinnerung hatte.

Verflucht sei er.

Warum werden Männer mit zunehmendem Alter heißer, während Frauen die Zeichen des Alterns mit teuren Cremes und schrecklichen Dingen wie Spanx bekämpfen? Das Leben ist so ungerecht.

Er setzt sich neben mich an die Bar, und ich habe Mühe, seinen Blick zu erwidern, da ich mich im hellen Licht des Saals seltsam entblößt fühle.

„Es wird dich freuen zu hören, dass ich seit unserem letzten Treffen alle Bücher aus der *Der Pate*-Reihe gelesen habe", sagt er, überragt mich und erinnert mich daran, dass er einer der wenigen Männer in meinem Leben ist, die es schaffen, dass ich mich klein fühle.

„Du hast die Bücher tatsächlich gelesen?" Ich hebe den Blick, um seinem mit echtem Interesse zu begegnen. „Die meisten Männer hätten sich für die Filme entschieden."

„Nun, du wolltest nicht aufhören, darüber zu reden, also musste ich sehen, was es damit auf sich hat." Seine dunklen Augen tanzen vor Heiterkeit.

Ich schürze die Lippen und versuche, die Schmetterlinge in meinem Bauch zu unterdrücken. „Und konntest du deinen Namensvetter, Santino ‚Sonny' Corleone verstehen?"

Seine Lippen verziehen sich zu einem Lächeln und enthüllen seine perfekten weißen Zähne, die einen verblüffenden Kontrast zu seinem olivfarbenen Teint bilden. „Meine italienische Mutter ist nicht so ein Fan von *Der Pate* wie du, also kann ich nicht sagen, dass er mein Namensvetter ist." Santino presst die Lippen zusammen, um seine Belustigung zu verbergen. „Aber wir haben eine sehr *große* Gemeinsamkeit."

Ich halte mir den Mund zu, um mein Kichern zu unterdrücken, denn ich weiß genau, worauf er anspielt. Santino „Sonny" Corleone war der älteste Bruder in *Der Pate*. Er war bekannt dafür, schlecht gelaunt und gewalttätig zu sein …

… und *sehr* gut bestückt.

Ich schaue nach vorn und kontrolliere meine Miene, um

uninteressiert zu wirken. „Ich kann nicht behaupten, dass ich mich an diese spezielle Tatsache erinnere."

Santino lacht leise, wobei sein Arm mich streift. Er dreht sich um und schaut über seine Schulter hinter uns. „Wird mir dein Bruder in den Arsch treten, wenn ich dir zu nahe komme?"

Ich folge seinem Blick und sehe Mac, der uns mit zusammengekniffenen Augen beobachtet. „Du bist in Sicherheit …, vorerst."

Santino richtet den Blick wieder auf mich, und ein zärtlicher Ausdruck huscht über sein Gesicht. „Wie zum Teufel geht es dir, Tilly Logan?"

Ich atme tief ein, denn in Anbetracht unserer Geschichte ist es praktisch eine Fangfrage. „Nicht schlecht, Santino Rossi."

„Du siehst … *gut* aus." Er sagt das letzte Wort, als würde es ihn schmerzen, während seine Augen an meinem Körper hinunterschweifen.

Als sich meine Nippel unter dem Stoff meines Kleides verhärten, schelte ich mich innerlich, weil ich auf einen Mann wie Santino nicht so reagieren sollte. Nicht mehr. Ich räuspere mich, um den Bann der sexuellen Spannung zu brechen, und stoße ihn mit dem Ellbogen an. „Du siehst älter aus."

Als er lacht, gebe ich mein Bestes, um nicht zu kichern. Schon wieder. Gott, wie schafft es dieser Mann, mich in Sekundenschnelle wieder in eine junge, kokette Mittzwanzigerin zu verwandeln? Muss ich mich wirklich daran erinnern, wer ich jetzt bin?

Unsere Aufmerksamkeit wird abgelenkt, als der nette Barkeeper, mit dem ich vorhin geplaudert habe, auf uns zukommt. Er nimmt mein Glas in die Hand und lehnt sich über den Tresen zu mir. „Noch mal dasselbe, meine Schöne?"

„Ja, Anthony." Ich werfe ihm einen wissenden Blick zu, und er zwinkert mir zu.

Als ich meinen Blick wieder auf Santino richte, sieht er stirnrunzelnd zu, wie der Barkeeper sich zurückzieht. „Ein Freund von dir?"

Die Anspannung in seinem Kiefer scheint fast territorial zu sein, also neige ich den Kopf und antworte kühl: „Oh ja, Anthony und ich kennen uns schon lange."

Santinos dunkle Brauen heben sich. „Er scheint ein netter Kerl zu sein."

„Dennoch sagt mir irgendetwas, dass du nicht mit ihm befreundet sein würdest." Ich sehe ihn mit zusammengekniffenen Augen an, dankbar für diesen Themenwechsel, denn ich muss mich daran erinnern, welche Art von Mann Santino bei unserem Kennenlernen vor Jahren war.

Meine Antwort veranlasst Santino, sich aufzurichten. Er dreht sich zu mir um. „Und was soll das heißen?"

„Oh bitte, Sonny. Es ist zwar schon ein paar Jahre her, aber ich weiß noch, wie du warst, als ich in London gewohnt habe. Ein Partylöwe auf der Suche nach Beziehungen im Geschäft und im Bett. Du hast nur mit Frauen gesprochen, denen du an die Wäsche wolltest, und mit Männern, die deinen Status verbessern konnten. Du magst diese elitäre, sozial aufsteigende Londoner Gesellschaft."

Santino gibt einen seltsamen Laut von sich und dreht sich zur Menge um. „Ist das dein Eindruck von diesem Haufen? Sogar von der Harris-Familie?"

„Gott, nein", antworte ich, wobei ich mit dem Kopf zurückzucke. „Nein, sie sind reizend und freundlich. Aber sie leben wohl kaum in London."

„Wie bitte?"

„Sie wohnen im East End", antworte ich und spüre, wie sich meine Wangen durch meine unverschämte Frechheit erhitzen, die sich jetzt anfühlt, als würde sie auf mich zurückfallen. „Das ist eine ganz andere Kultur."

„Und die in anderen Stadtteilen?"

„Eine andere Sorte." Ich zucke wissend mit den Schultern. „Ich wette, du wohnst immer noch in Mayfair, nicht wahr?"

„Nein."

„Dann Covent Garden."

„Falsch."

„Grosvenor Square?"

„Es ist schön dort, aber nein. Ich bin erst vor ein paar Jahren in eine Wohnung in Bethnal Green gezogen. Es ist eine schöne, ruhige Gegend. Und sehr praktisch, weil es näher am Verein liegt."

Santino nimmt einen Schluck aus seinem Glas mit bernsteinfarbener Flüssigkeit, und ich beobachte seinen breiten Hals, während er schluckt.

„Bitte sehr, Süße", wirft Anthony ein, und ich fahre fast aus der Haut, als er mich dabei erwischt, wie ich auf Santinos Adamsapfel starre. *Mein Gott, Tilly ..., reiß dich zusammen.*

„Danke", antworte ich, als ich mein Glas mit klarer Flüssigkeit und einer Limettenscheibe nehme. Ich drehe mich mit dem Rücken zur Bar, um die Partygäste zu beobachten und hoffentlich meine Augen von Santinos Hals fernzuhalten. „Du arbeitest also immer noch für Macs ehemaligen Verein?", frage ich in dem Versuch, das Thema zu wechseln.

„Das tue ich", bestätigt er, womit er unser vorheriges Gespräch glücklicherweise fallen lässt. „Der Job ist ein wenig langweilig, jetzt, da weniger Harris-Brüder spielen." Er lacht über seinen eigenen Witz, so wie er es immer getan hat. „Sie haben mich auf Trab gehalten – ein wilder Haufen, falls du das nicht wusstest."

„Diesen Eindruck habe ich auch. Sie sind alle sehr nett, aber sie scheinen keine Grenzen zu kennen. Tanner hat mich vorhin gefragt, ob Freya irgendwelche Schlüpfer für Katzen entworfen hat. Etwas seltsam, da wir uns gerade mal neun Sekunden unterhalten hatten."

Santino lacht wissend, während er seine Fliege zurechtrückt. „Du bist also hier, um Freyas geschäftliche Unternehmungen zu retten?"

„Aye ..., ich helfe ihr nur aus." Ich zucke mit den Schultern. „Sie hat die ganze harte Arbeit gemacht. Ich bin nur hier, um ihr mit der Fertigstellung von allem zu helfen."

„Das ist sehr großzügig von dir." Er räuspert sich. „Bleibst du dann nach er Geburt des Babys in London?"

„Ich bin mir nicht sicher", sage ich mit einem Stirnrunzeln. „Kommt darauf an, wie sich alles entwickelt, schätze ich."

Er nickt nachdenklich. „Hat es dir gefallen, wieder in Dundonald zu wohnen?"

„Oh Gott, nein", antworte ich schnell, bevor ich nervös an meinem Drink nippe. „Ich meine, es hat mir nichts ausgemacht, meine Familie regelmäßig zu sehen, aber ich habe meinen Job dort gehasst. Und wenn ich nicht jeden Tag nach Glasgow fahren wollte, gab es nicht viel Gelegenheit für etwas Besseres. Außerdem sind meine Freunde dort alle verheiratet und haben Kinder, sodass ich das Gefühl hatte, dass es einfach nicht passt. Die Dinge haben sich für mich zu sehr verändert, denke ich."

Ich drehe mich um und entdecke Santinos tiefe, gefühlvolle Augen auf mich gerichtet, deren Intensität mich scharf einatmen lässt. Er hatte schon immer den direktesten Blick, der mir je begegnet ist. Der Rest der Welt verschwindet wie von Zauberhand, wenn er mich so anstarrt wie jetzt.

„Die Dinge haben sich auch hier verändert", sagt er leise. Seine Stimme ist kehlig und mit etwas gefüllt, wovon ich nicht sicher bin, ob ich es entziffern will.

Eine Schwere legt sich zwischen uns. Als er ausatmet, trifft die kühle Luft seines Atems meine nackte Schulter und wandert meinen ganzen Körper hinunter, was eine Welle flüssiger Hitze zwischen meinen Beinen verursacht. Dieser Moment hier fühlt sich gefährlich an und ist voller verruchter Möglichkeiten.

Es ist höchste Zeit für mich, zu gehen.

„Es war nett, dich zu treffen, Sonny." Ich will weggehen, aber Santino hält mich auf.

Seine Hand streift sanft meinen Unterarm, und die Berührung fühlt sich an wie tausend Nadelstiche auf meiner Haut. „Das war's dann also?", fragt er mit einem fragenden Gesicht.

„Was hast du denn sonst erwartet?" Ich lecke mir über die Lippen und versuche, das Zittern in meinem Nervensystem zu ignorieren, während ich mich zwinge, zu ihm aufzusehen. Ich versuche, kühl und selbstbewusst zu wirken, aber sein kantiges Kinn ist mit dunklen, frisch rasierten Bartstoppeln übersät, und ich habe das schreckliche Bedürfnis, sie auf meinen Brüsten zu spüren.

Seine Augen suchen meine. „Ich dachte, wir beide könnten uns vielleicht unterhalten. Essen gehen oder so?"

„Keine Dates, schon vergessen?", erwidere ich scherzhaft, weil ich unbedingt von ihm und den ständigen Rückblenden in meinem dummen Kopf wegkommen will. „Das war doch Regel Nummer zwei, oder?"

Santino zuckt zurück, als hätte ich ihm gerade eine Ohrfeige verpasst. „Tilly, so habe ich das überhaupt nicht gemeint."

„Hast du nicht gehofft, dass dies eine kleine Wiedervereinigung für uns beide sein könnte?" Ich ziehe die Brauen hoch und schenke ihm ein gezwungenes Lächeln. „Gab es keinen Moment, in dem du dachtest, wir könnten uns betrinken und wieder der nächtliche Bettpartner des anderen sein?"

„Mein Gott, nein", ruft er, die Augen voller Entsetzen.

Auch wenn ich gar nicht wollte, dass er mich will, verletzt mich seine Ablehnung. *Ich* will ihn nicht wollen, und die Tatsache, dass er bei mir in diesem Moment innere Krämpfe verursacht, ist wirklich verdammt unangenehm. Ich schlucke nervös und versuche, mir Worte einfallen zu lassen, aber mein Mut schwindet.

Er muss mein Unbehagen sehen, denn er tritt näher und sagt leise: „Ich dachte nur, wir könnten uns wie zwei alte Freunde unterhalten."

„Wir waren aber nicht wirklich Freunde, oder?", antworte ich scharf und blicke zu meinem Bruder hinüber, der aussieht, als würde er jeden Moment hierher stürmen. „Wir waren bestenfalls Partykumpel. Lass uns nicht mehr daraus machen, als es war."

Ein tiefes Grummeln ertönt aus Santinos Brust, und ich schwöre, dass er sichtlich wächst, während er auf mich herabblickt. „Ich habe am Ende versucht, ein Freund zu sein."

Ein Schauder läuft mir über den Rücken, als mit seinen Worten Erinnerungen an meine Vergangenheit auftauchen. Aber das sind Erinnerungen, mit denen ich nichts mehr zu tun haben will. Es sind Erinnerungen, die ich verdrängt habe. Aus gutem Grund.

Ich atme tief durch und trete näher an ihn heran, die Augen entschlossen zusammengekniffen. „Du magst zwar denken, dass du das getan hast, Santino, aber das war nicht, was ich damals brauchte. Deshalb ist es am besten, wenn wir die Vergangenheit in der Vergangenheit lassen und uns aus dem Weg gehen, solange ich hier bin."

Er blinzelt mich verwirrt an, während sein Blick auf der Suche nach irgendeinem Hinweis über mein ganzes Gesicht schweift. Als er auf meine Lippen schaut, spüre ich, wie sich mein Kinn leicht hebt, als wären unsere Münder zwei Magnete, die sich gegenseitig anziehen. In meinem Bauch flattert es, wie ich es schon lange nicht mehr gespürt habe, und alles, jedes kleine Kitzeln, macht mich wütend.

Ich bin stärker.

Seine Stimme ist leise, als er antwortet: „Pass auf dich auf, Trouble."

Santino zieht sich zurück, und ich nutze die Gelegenheit, so schnell zu gehen, wie es mein Kleid zulässt. Selbst wenn Santino denkt, dass er in meiner Vergangenheit versucht hat, ein Freund zu sein, bedeutet das nicht, dass ich ihm jetzt vertrauen kann.

Der Auktionsteil des Abends beginnt, und ich bin sehr erleichtert, als ich sehe, dass unser Tisch weit, weit weg von Santino ist. Ich brauche Abstand. *Und vielleicht eine kalte Dusche.* Was zum Teufel war das vorhin an der Bar? Sexuelle Spannungen? Ein Streit? Beides? Wie auch immer, ich muss an meinem Entschluss festhalten, weit von ihm entfernt zu bleiben. Mich mit Santino und allem einzulassen, was er als einer der größten Hurenböcke Londons repräsentiert, ist überhaupt nicht das, was ich im Leben brauche.

Ich tue mein Bestes, um alle Gedanken an Santino zu ignorieren und mich auf den Ansager zu konzentrieren, der die Auktionsgegenstände aufzählt, die zum Verkauf stehen. Wenn ich mich hier umsehe, ist es offensichtlich, dass diese Leute viel Geld haben, denn die Gebote steigen auf ein Niveau, bei dem mir die Kinnlade fast auf den Boden fällt. Ich bin sicher, Santino passt da gut rein.

Mac und ich sind beileibe nicht wohlhabend aufgewachsen, aber seine Karriere als Fußballer hat seinen finanziellen Status definitiv verändert. Zum Glück hat er sich nicht in ein unerträgliches Arschloch verwandelt, wie so viele andere Fußballer, die ich da draußen sehe, die angefangen, lächerliche Autos und Privatjets zu kaufen. Das Verrückteste, was Mac nach seinem ersten großen Durchbruch tat, war die Abzahlung unseres Elternhauses. Er hat auch die Miete für meine Wohnung in Dundonald bezahlt, als ich vor fünf Jahren wieder nach Hause zog. Ich wollte nicht, dass er das tut, denn auch in mir steckt schottischer Stolz, aber ich war nicht in der Lage, ihm zu widersprechen, und ich liebe diesen Mistkerl dafür, dass er kein Nein akzeptiert.

Meine Finanzen sind jetzt etwas stabiler, vor allem dank des Erbes, das ich von meinem Großvater Fergus erhalten habe. Vor seinem Tod verkaufte er die Pension, die ihm gehörte, und hinterließ eine ordentliche Summe, die er an uns alle weitergeben konnte. Obwohl ich, ehrlich gesagt, lieber die Pension als das Geld gehabt hätte. Ich erinnere mich gern daran, wie ich dort in meiner Kindheit mit meinen Großeltern war. Das Leben war damals so viel einfacher.

Aber Großvaters Geld hat es mir leicht gemacht, meinen Job in Dundonald aufzugeben, um Freya und Mac zu helfen, also ist es irgendwie etwas Besonderes, dass er selbst im Grab immer noch ein wichtiger Teil unseres Lebens ist.

Um zehn Uhr ist die Auktion zu Ende, die Lichter werden gedimmt, und eine Live-Band beginnt zu spielen, woraufhin alle in einen regelrechten Party-Modus übergehen. Ich wende mich mit einem verlegenen Lächeln an Mac. „Würdest du mich hassen, wenn ich mit dem Auto nach Hause fahre und dich zwinge, ein Taxi zu nehmen?"

Macs Augen weiten sich. „Freya hat gesagt, dass wir nicht vor Mitternacht nach Hause kommen dürfen!"

„Freya hat gesagt, *du* darfst nicht vor Mitternacht nach Hause kommen. Ich war nicht in die späte Heimkehrsperre einbezogen." Ich lache, als ich mich an den Streit erinnere, den sie darüber hatten, wie viele Whiskeys Mac heute Abend trinken muss, damit er sich amüsieren kann. Nur Freya Cooke-Logan wäre die Art von schwangerer Ehefrau, die ihren Mann zwingt, Dampf abzulassen.

Fairerweise, denke ich, dass sie es getan hat, weil er sie mit seinem ganzen Getue um ihren Zustand in den Wahnsinn treibt.

„Willst du nicht tanzen und dich amüsieren?", fragt Mac neugierig. „Früher hast du so was hier geliebt."

„Das war früher, Mac."

„Aye, das ist richtig. Die neue und verbesserte Tilly", sagt er mit einer hohen Stimme, von der ich vermute, dass sie mich nachahmen soll, die aber eher wie Mrs. Doubtfire klingt. Er lacht und ein zärtlicher

Ausdruck huscht über sein Gesicht. „Ich mache mich nur lustig. Du weißt, dass ich verdammt stolz auf dich bin, oder?"

„Ja, denn du hast es mir heute Abend ungefähr zwölfmal gesagt."

„Nun, ich bin … Du hast das Leben an den Eiern gepackt." Er hält eine Hand hoch, als würde er nach einem kleinen Ball greifen. „Dir liegt die Welt zu Füßen!"

„Danke, Macky." Ich zwinge mich zu einem Lächeln und strecke eine Hand aus. „Und jetzt … Schlüssel?"

Er blinzelt langsam, und ich merke, dass die Whiskeys die gewünschte Wirkung haben, als er in seiner Tasche kramt und seine Karte des Parkservices hervorholt. „Gib meiner Cookie einen Kuss von mir."

„Das werde ich nicht tun."

„Nur auf die Schulter." Er sieht mich verschmitzt an. „Das ist meine Lieblingsstelle, um sie zu küssen."

„Das wird nicht passieren."

Er seufzt schwer. „Bist du sicher, dass ich noch nicht nach Hause kommen kann? Ich vermisse sie."

„Nicht mehr lange, du Trottel." Ich zerzause sein zotteliges rotes Haar, bevor ich mich umdrehe und vom Tisch weggehe. „Wir sehen uns später."

Gerade als ich um die Ecke zu den Klos biege, ruft Allie aufgeregt: „Da ist sie!" Ich drehe mich um und sehe Freyas Freundin in einem umwerfenden schwarzen Kleid auf mich zukommen, wobei sie den widerwilligen Santino hinter sich herzieht. „Tilly! Das ist der Mann, den ich dir vorstellen wollte!"

„Oh?" Meine Augen werden groß, als ich sehe, wie Santino hinter ihr stehen bleibt und aussieht wie ein schmollendes Kind, das gezwungen wird, Klamotten einzukaufen.

„Santino Rossi ist der Anwalt von Bethnal Green, und er ist ein Genie. Du solltest mal hören, aus welchen Problemen er die Harris-Familie herausgeholt hat. Man sieht es uns vielleicht nicht an, aber wir sind alle ein ziemliches Chaos. Na ja, hoffentlich ein geläutertes Chaos! Jedenfalls ist er ein Vertragsexperte und hat alle Sponsorenverträge der Jungs überprüft, also denke ich, dass er dir bei den Problemen helfen kann, die du und Freya mit dem Harrods-Vertrag habt."

Ich erzwinge ein Lächeln. „Das ist wirklich nett, aber ich wollte am Montag einen Vertragsanwalt suchen."

„Santino ist dein Mann!", ruft sie, als hätte sie die goldene Eintrittskarte. „Und er gehört quasi zur Familie, also weißt du, dass er in Freyas bestem Interesse handelt."

Allie sieht Santino mit großen, unschuldigen Augen an. Er zwingt sich zu einem höflichen Lächeln und antwortet mit zusammengebissenen Zähnen: „Ich schaue mir die Sache gern mal an."

„Das kann ich nicht von dir verlangen", erwidere ich entsetzt, nachdem ich ihn vorhin einfach habe abblitzen lassen.

Seine Lippen werden schmal. „Es wäre kein Problem."

„Das ist zu viel."

„Unsinn!", schreit Allie, die offensichtlich auch die Wirkung des Alkohols spürt, den sie heute Abend getrunken hat. „Warum trinkt ihr beide nicht am Montag zusammen einen Kaffee und schaut euch die Papiere an? Er wird dir schon helfen, da bin ich mir sicher." Allie hält inne und sieht uns abwechseln an, als sie die Spannung im Raum bemerkt. „Entschuldigung, aber kennt ihr euch?"

Santino atmet tief ein. „Wir haben uns vor einigen Jahren kennengelernt."

Ich schlucke nervös und nicke zur Bestätigung.

„Großartig! Das macht es noch einfacher. Ich bin so froh, dass ich euch beide wieder zusammenbringen konnte. Pass gut auf sie auf, Santino."

Allie marschiert davon und lässt Santino und mich in peinlichem Schweigen stehen. Schließlich sagt er: „Hör zu, wenn du es nicht ertragen kannst, dich persönlich mit mir zu treffen, schicke ich einfach einen Kurier, der die Verträge abholt. Ich kann Notizen machen und dir alles zurückschicken."

„Nicht ertragen können, dich persönlich zu treffen?", wiederhole ich seine Worte, verärgert über seine Einschätzung von mir. „Was soll das denn heißen?"

Santino blinzelt. „Hast du nicht erst vor einer Stunde gesagt, dass du nichts mit mir zu tun haben willst?"

„Das habe ich nicht gesagt. Ich wollte nur … nicht …" Meine Stimme wird leise, als ich keine Worte mehr finde.

Santino leckt sich frustriert über die Lippen, als er merkt, dass ich diesen Gedanken nicht zu Ende führen werde. „Ich schicke Allie meine Nummer, und sie kann sie dir geben."

„Ich habe deine Nummer noch", fauche ich, da ich mich weigere, Santino glauben zu lassen, ich sei zu schwach, um damit umzugehen. „Falls sie sich nicht geändert hat, meine ich."

„Hat sie nicht." Sein Körper vibriert vor Frustration, während er mich anschaut. „Dann ruf mich an, wenn du willst. Lass dir von deinem Bruder den Rücken freihalten, wenn du meinst, dass du es brauchst. Für mich macht das keinen Unterschied."

Er macht auf dem Absatz kehrt, um zu gehen, und ich höre mich rufen: „Sonny …"

„Lass es", erwidert Santino und atmet durch die Nase aus, wobei er den Kopf nur leicht dreht. „Lass es einfach."

Mein Brustkorb hebt und senkt sich angestrengt, während ich ihm beim Gehen zusehe. Was zum Teufel ist gerade passiert? Warum ist er so wütend? Was habe ich überhaupt getan, um ein solches Verhalten zu rechtfertigen? Verhält er sich so, wenn er zurückgewiesen wird? *Reiß dich zusammen, Mann.*

Aufgewühlt von diesem verrückten Austausch eile ich zur Toilette. Ich nehme mir einen Moment Zeit, um mich vor dem Spiegel zu beruhigen, denn ich muss mich sammeln, bevor ich zurück zur Brick Lane fahre.

Nachdem ich mich gefasst habe, gehe ich zu den Aufzügen, gerade als sich die Türen zu schließen beginnen. „Können Sie die Tür aufhalten?", rufe ich in der Hoffnung, dass die Person im Inneren noch Zeit hat, sie zu stoppen. Je schneller ich hier rauskomme, desto besser.

Eine männliche Hand stößt die Tür auf, und ich stolpere fast, als ich Santino dort stehen sehe.

Er wirft mir einen ausdruckslosen Blick zu, als er mir bedeutet, einzusteigen. Als die Türen sich schließen und wir beide in diesem kleinen verspiegelten Raum eingeschlossen sind, in dem es kein Versteck gibt, fühlt die Luft sich plötzlich sehr warm an.

Das ist nicht mein Abend.

KAPITEL 5

„Du gehst schon?", krächzt Tilly leicht zittrig, als sie hinter mir im Aufzug steht.

Ich atme langsam aus und versuche, mein Temperament zu beruhigen. Ist meine Empfindung tatsächlich Wut? Nein, nein, das wäre zu einfach. Da ist mehr. Es geht tiefer.

Es ist Schmerz.

Tilly Logan hat es geschafft, mich so zu verletzen, wie es noch keine Frau zuvor geschafft hat.

„Ja", stoße ich hervor, während ich auf die Zahlen der Stockwerke starre, die im Schneckentempo abwärts ticken.

Lass dich nicht darauf ein, Santino. Lass dich nicht darauf ein. Das ist es nicht wert. Warte einfach, bis die Fahrt vorbei ist, damit ihr beide von hier verschwinden könnt.

„Hat dir die Band nicht gefallen?"

„Die Band war gut."

„Frühes Meeting morgen?"

„Nein." *Lass mich einfach in Ruhe, Tilly. Du willst doch nicht, dass ich jetzt mit der Wahrheit herausrücke.*

Nach ein paar Sekunden des Schweigens fragt sie: „Warum gehst du dann so früh?"

„Warum gehst du so früh?", schnauze ich, wobei ich die Verärgerung in meiner Stimme nicht verbergen kann. Ich werfe einen Blick über die Schulter und füge eisig hinzu: „Du bist doch sonst immer für eine gute Party zu haben."

„Das Gleiche könnte man von dir behaupten", erwidert sie mit herausfordernd zusammengekniffenen Augen.

Ich lache schallend. „Schon komisch, wie sich die Dinge ändern, nicht wahr?"

Plötzlich bleibt der Aufzug stehen und die Lichter gehen aus, sodass nur noch die rote Notfallleuchte den kleinen Raum erhellt.

„Was zum Teufel?", kreischt Tilly, und wir schauen beide zur Fahrstuhltafel hinüber, um zu sehen, dass wir stehen geblieben sind. „Was ist passiert?"

„Ich weiß es nicht." Ich trete an die Tastatur und drücke den Notrufknopf.

„Hey, kann ich Ihnen helfen?", knistert eine Stimme durch den kleinen Lautsprecher.

„Ja, unser Aufzug ist gerade stehen geblieben, und das Notfalllicht ist angegangen", antworte ich knapp.

„Ja, das können wir sehen. Unser Techniker wird sich sofort auf den Weg machen, um zu sehen, was es damit auf sich hat."

„Scheiße", murmelt Tilly und tritt dann vor. „Können wir aussteigen und nach unten gehen?"

„Willst du damit fünfzig Stockwerke hinuntergehen?" Ich zeige auf ihr Kleid und ihre Schuhe. Meine Gereiztheit steigert sich auf ein ganz neues Niveau, als ich merke, dass sie lieber zu Fuß eine Million Stockwerke hinuntergehen würde, als mit mir in diesem Aufzug festzusitzen.

„Sie stecken zwischen zwei Stockwerken fest, Miss, also wird das nicht möglich sein. Aber machen Sie sich keine Sorgen. Wir werden unser Bestes tun, um Sie so schnell wie möglich zu befreien."

„Oh mein Gott", stöhnt Tilly, als der Lautsprecher verstummt. Sie dreht sich um und fährt sich mit den Händen durch ihr langes Haar. „Das ist schrecklich."

„Beruhige dich", brumme ich und kann die Verachtung in meiner Stimme nicht verbergen, während ich beobachte, wie sie sich nervös in dem kleinen Raum bewegt. „Ich werde dich nicht belästigen."

„Würdest du bitte aufhören", faucht sie, wobei ihr Gesichtsausdruck perfekt zu dem feuerroten Notfalllicht passt. „Nicht alles dreht sich um dich."

„Das hast du heute Abend mehr als deutlich gemacht. Vielen Dank dafür." Ich lehne mich gegen die Seite des Aufzugs und verschränke die Arme vor der Brust.

„Wenn wir schon zusammen in diesem Aufzug festsitzen, könntest du wenigstens aufhören, ein Arschloch zu sein", schimpft sie und funkelt mich an.

„Ich bin das Arschloch?", blaffe ich zurück und richte einen Finger auf meine Brust.

„Ja. Es tut mir leid, dass ich deinen kostbaren Stolz heute Abend verletzt habe, aber komm verdammt noch mal darüber hinweg." Sie fährt sich nervös mit der Hand durchs Haar, während sie mich angewidert ansieht.

„Meinen Stolz?" Ich stoße mich von der Wand ab und habe die Zähne vor Frust zusammengebissen. „Das hat nichts mit meinem Stolz zu tun."

„Was zum Teufel ist dann dein Problem?"

„Oh, ich bin so froh, dass du fragst, Tilly." Ich gehe auf sie zu, sodass wir nur wenige Zentimeter voneinander entfernt sind. Mein Körper ist über ihren gebeugt, während ich mich darauf vorbereite, jeden verdammten Gedanken auszusprechen, der mir während der ganzen verdammten Auktion durch den Kopf ging. „Weißt du, in meiner Vergangenheit gab es mal dieses Mädchen, ein wunderschönes Mädchen … feurig, lustig und voller Leben, soweit ich mich erinnere. Wir verbrachten ein paar wirklich gute Nächte miteinander. Sicher, sie waren auf einige grundlegende Regeln beschränkt, aber alles war gut. Und heute Abend treffe ich sie nach fünf Jahren wieder, und sie lässt mich abblitzen, als hätte ich die Pest. Und das verwirrt mich, denn bei meinen letzten Begegnungen mit ihr war ich ziemlich großzügig … Man könnte sogar sagen, ein Gentleman." Ich werfe die Hände wild in die Luft und fuchtle herum, während ich versuche, meinen

Standpunkt mit einem dramatischen Flair darzulegen, von dem ich nur hoffen kann, dass es durch ihren Dickschädel dringt. „Wie sich herausstellte, dachte sie einfach, ich sei nichts weiter als ein Hurenbock ohne Moral und nur wegen irgendeines Retterschwachsinns hier, der mir, ehrlich gesagt, damals gar nicht in den Sinn gekommen war. Also hat sie mich weggestoßen, als wäre ich ein schäbiges Arschloch, und ich schätze, man könnte sagen, dass mich das seit einem halben Jahrzehnt oder so zerfrisst. Und es stellt sich heraus, dass sich auch fünf Jahre später nichts geändert hat! Sie sieht mich immer noch an, als wäre ich Abschaum, also könnte man wohl sagen, dass es mich in absehbarer Zeit weiter quälen wird. Also nein, es ist kein Stolz. Es ist echte, verdammte Verwirrung." Ich bin außer Atem, nachdem ich jeden einzelnen Gedanken herausgelassen habe, den ich den ganzen Abend über hatte, während ich die einzige Frau anstarre, die mich in den letzten fünf Jahren in meinen Gedanken verfolgt hat. Warum zum Teufel ist mir das so verdammt wichtig?

„Stopp", schreit sie und ihre Nase zuckt vor Aufregung.

„Du hast echt Nerven, nach fünf Jahren hierher zurückzukommen und mich nur als Gelegenheitsfick zu behandeln, nachdem ich dir angeboten habe …"

„Nicht", unterbricht sie mich. „Sprich es nicht an. Die Vergangenheit ist Vergangenheit, und ich will sie nicht wieder aufwärmen." Sie beginnt im Aufzug auf und ab zu gehen. Sie fuchtelt nervös mit den Händen und sieht aus wie ein eingesperrtes Tier. „Du weißt nicht alles. Ich bin anders. Ich habe mich verändert."

„Das sagst du", knurre ich zurück und hasse die Tatsache, dass mein Blick auf ihrem Körper verweilt, während sie sich hin und her bewegt. Warum muss sie nur so verdammt schön aussehen? „Ich sehe dasselbe wilde Mädchen, das du schon immer warst. Impulsiv, rechthaberisch, ohne Rücksicht auf die Gefühle anderer Menschen …"

Sie dreht sich um und sieht mich mit großen, wütenden Augen an. „Tu nicht so, als ob du mich kennst. Du weißt gar nichts!"

„Na bitte, dann klär mich auf." Ich verschränke die Arme und warte auf eine Offenbarung, die den Sinn des Moments von vorhin erklärt, als wir einander erst mit lüsterner verdammter Anziehungskraft anstarrten, und dann dazu übergingen, dass sie mir metaphorisch ein Glas Wein ins Gesicht schüttete.

„Ich bin trocken, du verdammter Trottel." Sie starrt mich mit bedrohlichem Blick an. „Schon seit einiger Zeit. Ich hatte keinen richtigen Drink mehr seit, na ja …, seit London."

Völlig überwältigt von dieser unerwarteten Antwort blinzle ich schnell. „Aber … heute Abend an der Bar."

„*Anthony* und ich haben uns bei meiner Ankunft darüber unterhalten, dass ich den ganzen Abend über alkoholfreie Getränke bekommen möchte, die wie Cocktails aussehen, weil es nicht gerade ein lustiger Partytrick ist, den Leuten zu erzählen, dass ich trocken bin."

Diese neue Information verwirrt mich. „Ich hatte keine Ahnung."

„Das ist nichts, was ich hinausposaune." Sie verschränkt die Arme vor der Brust. „Aber es war nach meinem Wegzug aus London notwendig."

„Ich verstehe", antworte ich dumm, weil ich nicht weiß, was ich sonst sagen soll.

„Der Lebensstil, den ich hier vor all den Jahren führte, war nicht gut. Ich war außer Kontrolle, und du hast meinen Tiefpunkt miterlebt."

Der Gedanke, dass ich eine Rolle bei dem gespielt haben könnte, was ihr passiert ist, lastet schwer auf meiner Brust. Ich wollte ihr am Ende helfen, aber sie hat mich nicht gelassen.

Aber zu jenem Zeitpunkt war es schon zu spät. Ich bin ein verdammt schlechter Mensch.

„Es tut mir leid." Diese Worte sind das Einzige, was mir einfällt.

Tilly sieht stirnrunzelnd zu mir auf. „Was tut dir leid?"

„Es tut mir leid, dass ich das damals mit dir habe geschehen lassen. Es tut mir leid, dass ich nicht versucht habe, mehr zu tun. Ein besserer Freund zu sein." Die vertrauten Schuldgefühle machen sich in meiner Magengrube breit, da ich mir immer noch wünsche, ich hätte mehr tun können.

„Was?", faucht sie und kommt auf mich zu. „Du hast nichts damit zu tun, dass mir das passiert ist. Du warst in der Nacht, in der alles schiefging, nicht einmal mit mir zusammen. Ich habe es geschehen lassen. Ich habe die Entscheidung getroffen. Du hattest nur Karten für die erste Reihe."

„Aber ich hätte es versuchen sollen."

„Und in dem Fall hättest du von mir einen ordentlichen Kopfstoß bekommen." Sie tritt zurück und schlingt die Arme um ihre Mitte. „Damals konnte niemand zu mir durchdringen. Ich habe eine schlechte Entscheidung nach der anderen getroffen, und ich hätte mich nicht geändert, nur weil du es wolltest." Sie atmet schwer aus und blinzelt ihre Gefühle zurück. Ich muss die Hände zu Fäusten ballen, um dem Drang zu widerstehen, sie jetzt zu berühren, während sie hinzufügt: „Ich musste damals richtig Angst haben, damit ich endlich erkennen konnte, was ich mir selbst antat."

Nickend verarbeite ich, was sie gerade gesagt hat, und hasse es, dass sie mich wahrscheinlich als eine ihrer vielen schlechten Entscheidungen sieht. „Und deswegen willst du nichts mit mir zu tun haben?" Verdammt, dass ich immer noch von dieser Frau fasziniert bin, selbst nachdem sie mich zurückgewiesen hat.

„Aye", antwortet sie, wobei ihr Kinn leicht zittert, während sie den Blickkontakt vermeidet. „Ich möchte keine meiner alten Angewohnheiten aus meiner Zeit in London wieder aufleben lassen. Es tut mir leid, aber das schließt dich definitiv ein."

Bei dieser sehr knappen Bezeichnung für das, was wir zusammen hatten, blähen sich meine Nasenflügel auf. Ich weiß, dass wir nur Sex hatten, aber wenn ich ehrlich bin, hatten wir meiner Ansicht nach eindeutig mehr. Sonst hätte ich ihr nicht angeboten, was ich ihr in jener Nacht in ihrer Wohnung anbot. Ich hatte nur nie die Gelegenheit, ihr das alles zu sagen.

Jetzt ist es zu spät. Ihr Entschluss steht fest.

Schweigen legt sich zwischen uns, und plötzlich ruckelt der Aufzug und setzt seine Fahrt fort. Wir sehen uns beide an, und dann wenden wir den Blick ab, weil unsere Seifenblase geplatzt ist, als die Realität uns wieder einholt.

Mir schwirrt der Kopf, als ich Tilly zum Parkservice begleite und darauf warte, dass der Fahrer mit ihrem Auto zurückkommt. Sie hat mich mit einer Menge neuer Informationen überhäuft, und wenn ich an alles denke, was ich ihr heute Abend gesagt habe, komme ich mir wie ein Vollidiot vor.

Als ich die Tür öffne und zusehe, wie sie auf den Fahrersitz gleitet, kann ich meine Gedanken nicht für mich behalten. „Ich freue mich über deine Veränderung, Tilly. Das tue ich wirklich. Du bist unglaublich stark, und das warst du schon immer, also überrascht es mich nicht im Geringsten, dass du das in Angriff nimmst."

„Danke." Sie zieht die Augenbrauen zusammen, als sie mir in die Augen schaut. „Es tut mir leid, wenn ich vorhin unhöflich war. Das hattest du nicht verdient."

Ich schüttle den Kopf. „Mir tut es auch leid."

Sie schenkt mir ein sanftes Lächeln und will die Tür schließen, aber ich halte sie noch eine Sekunde auf und senke den Kopf, um ihr in die Augen zu sehen.

„Aber bevor du wegfährst, sollst du wissen, dass du nicht die Einzige bist, die sich verändert hat."

„Okay?", erwidert sie wie eine Frage, während ihr Blick zu meinem Mund wandert.

Meine Stimme ist leise und kontrolliert, als ich hinzufüge: „Vielleicht kann ich dir in Zukunft mehr davon zeigen."

Ihre Lippen öffnen sich vor Überraschung, als ich zurücktrete, die Tür schließe und mich auf dem Absatz umdrehe, um von Tilly Logan wegzugehen. Aber irgendetwas tief in meinem Inneren sagt mir, dass ich nicht endgültig gehe. Und wenn Tilly alles über mich wüsste, ließe sich nicht sagen, was sie über mein heutiges Ich denken würde.

KAPITEL 6

EINE GANZE STUNDE LANG WÄLZE ICH MICH IM BETT HIN UND HER, da Tilly Logan meinen Kopf füllt. Wie könnte ich da an etwas Anderes denken? Ihr Geständnis im Fahrstuhl hat mich schockiert, und ich kann immer noch nicht glauben, wie sehr ich mich geirrt habe, als ich dachte, sie sei dasselbe Partygirl wie in meiner Erinnerung.

Vor fünf Jahren hat sie in den Clubs mehr getrunken als ich. Ich war noch nie ein großer Trinker. Mein Nonno und meine Nonna haben immer Wein zum Essen serviert, aber nur als Begleiter zur Mahlzeit, nie um sich zu betrinken. Ich schätze, dieser Akt hat mir den Reiz des Alkohols genommen, und so ertappe ich mich oft dabei, dass ich bei einer Veranstaltung stundenlang an demselben Getränk nippe, nur um mich gesellig zu fühlen.

Tilly war jedoch immer auf einer Mission. Sie und der Freundeskreis, mit dem sie unterwegs war, schienen untereinander zu konkurrieren, wer am heißesten, am betrunkensten oder am wildesten war. Normalerweise suchte ich Tilly früher am Abend auf, um sie von dieser Gruppe wegzuholen, bevor die Dinge wirklich aus dem Ruder liefen.

Und dass sie jetzt nüchtern ist und es alleine schafft … zeigt mir, wie weit sie seither gekommen ist.

Vor fünf Jahren

Santino: Bist du tot?

Trouble: Nein, warum?

Santino: Ich habe seit drei Wochen nichts mehr von dir gehört.

Trouble: Hast du keine anderen Mädchen, um dein Bett zu wärmen?

Santino: Du weißt, dass ich eine Schwäche für schottische Mädchen habe. Bist du heute Abend frei? Ich könnte zu dir kommen.

Trouble: Nein, ich bin krank.

Santino: Wirklich? Bist du verkatert?

Trouble: Keine persönlichen Fragen, schon vergessen? Regel Nummer vier.

Santino: Wie könnte ich das vergessen?

Als Tilly auf meine letzte SMS nicht antwortet, halte ich inne und überlege, was ich als Nächstes tun soll. Seit drei Monaten haben wir uns zwanglos getroffen, und obwohl ich weiß, dass wir unsere festen Regeln haben, wie zum Beispiel keine persönlichen Fragen, bereitet mir die Tatsache, dass ich seit drei Wochen nichts von ihr gehört habe, Sorgen, dass es ihr wirklich schlecht gehen könnte.

Ich würde mir keine Sorgen um sie machen, wenn ich nicht wüsste, dass ihre Freunde allesamt egoistische Scheißkerle sind, die sich nur für sich selbst interessieren. Und sie ist so verdammt stur, ich wette, sie hat es nicht einmal ihrem Bruder erzählt, der jetzt hier in London lebt. Der Verein ist in den letzten Wochen viel gereist, und wie ich Tilly kenne, würde sie ihn nicht stören wollen, während er mitten in seiner ersten Saison hier ist.

„Scheiß drauf", knurre ich und stehe von meinem Schreibtisch auf. „Regeln sind dazu da, gebrochen zu werden."

In Windeseile bin ich mit einer Suppe und Süßigkeiten in der Hand bei Tillys Wohnung in Soho. Meine Nonna hat immer gesagt, dass Essen die Seele heilt, und da ich keine Zeit mehr für selbstgemachte Nudeln verschwenden wollte, sind gekaufte Hühnernudelsuppe und Cadbury-Schokolade das Beste, was mir einfiel.

Als ich an die Tür klopfe und darauf warte, dass sie aufmacht, werde ich nervös. Es ist das erste Mal, dass ich so etwas für eine Frau tue. Als Anwalt eines Fußballvereins habe ich mich an das Leben der Fußballer gewöhnt. Zwangloser Sex, Partys, keine Verpflichtungen. Ich weiß, dass mich das mit einunddreißig Jahren wahrscheinlich erbärmlich macht, aber eine Beziehung ist einfach nichts, was ich vom Leben will. Vor allem, da ich meine Vergangenheit kenne und weiß, woher ich komme.

Tilly Logan wollte sich auch nicht binden, also waren wir in den letzten Monaten Partner für Gelegenheitssex. Wir haben sogar unsere eigenen Regeln aufgestellt, damit es zwanglos bleibt. Ich weiß zwar, dass ich gegen einige Regeln verstoße, indem ich mir mein jetziges Interesse an ihr erlaube, aber das hat nichts zu bedeuten. Es bedeutet nur, dass ich will, dass sie gesund wird.

„Hiya, Trouble", sage ich, als sich die Tür öffnet, und meine Miene entgleist augenblicklich bei ihrem Anblick.

Das ist nicht falsch zu verstehen, sie ist immer noch schön. Sie ist immer schön.

Aber sie sieht nicht gut aus.

Sie trägt eine graue Jogginghose, und ihr erdbeerblondes Haar ist oben auf dem Kopf zu einem Knoten zusammengebunden. Sie trägt eine Brille, von deren Existenz ich gar nichts wusste, und ihr Gesicht ist fleckig, die Augen sind geschwollen.

„Hast du geweint?", frage ich mit unsicherer Stimme, während sich der Schock über ihr Aussehen in mir festsetzt.

„Was machst du hier, Sonny?" Ihre Stimme ist heiser, während sie sich über ihre feuchten Wangen streicht, wobei ihre entzückende Nase zuckt.

„Mein Gott, du hast geweint. Was ist denn los?" Ich dränge mich durch die Tür und lasse das Essen auf den Boden fallen, damit ich sie in die Arme nehmen kann.

Kuscheln verstößt auch gegen unsere Regeln, aber ich habe Tilly noch nie weinen sehen und mag es nicht, wenn Frauen weinen.

Sie drückt ihr Gesicht an meine Brust und schüttelt den Kopf. „Du solltest nicht hier sein."

„Warum?", frage ich und bemerke die vielen gepackten Kartons um uns herum.

„Wir haben unsere Regeln aus gutem Grund."

„Ich weiß, aber … verdammt …, was ist hier los?" Ich umfasse ihr Gesicht und zwinge sie, mich anzuschauen, hasse jedoch den aufgewühlten Ausdruck in ihren Augen. „Du siehst nicht so aus, als wärst du erkältet."

Ihr Kinn bebt, als ich ihr eine Träne von der Wange wische. „Das liegt daran, dass ich es nicht bin."

„Was ist es dann?" Ein ungutes Gefühl überkommt mich, dass es sich um eine ernste Krankheit handeln könnte. „Mein Gott, stirbst du? Ist es Krebs oder etwas anderes?"

„Nein", schnaubt sie und stößt mich von sich. „Gott, Sonny!"

„Was?", schnauze ich. „Dann sag mir doch einfach, was zum Teufel los ist!"

„Ich bin schwanger, du Arsch!"

Meine Kopfhaut kribbelt, als mich die Realität mit voller Wucht trifft. „Aber wir …" Ich will sagen, dass wir immer Kondome benutzen, aber sie unterbricht mich.

„Es ist nicht von dir."

Diese Antwort ist wie ein Faustschlag in die Magengrube. Es ist nicht von mir. Tilly ist schwanger, aber es ist nicht von mir. Wir sind nicht exklusiv …, das weiß ich …, aber verdammt, ich schätze, ich dachte nur, wenn sie fast jedes Wochenende mit mir zusammen ist, wen zum Teufel sollte sie sonst in der verbleibenden Zeit vögeln können? Eindeutig jemanden! Jemanden mit stärkerem Sperma als ich. Jemanden, der wahrscheinlich kein Kondom benutzt hat, wie ich es absolut jedes Mal getan habe.

„Wir hatten Regeln", knurre ich. Meine Wut kommt von einem dunklen, unheimlichen Ort. „Wir waren nicht exklusiv, aber wir haben versprochen, aufzupassen."

„Ich weiß", schreit sie mit erstickter Stimme, während sie ihre von den Pulloverärmeln bedeckten Hände an ihre Wangen presst. „Ich habe nicht …"

„Du hast was nicht? War es dir egal, ob das Arschloch ein Kondom benutzt? Bei mir war es dir nie egal. Und selbst wenn es dir egal war, mir verdammt noch mal nicht!", brülle ich. Meine Stimme wird vor Wut mit jedem Wort lauter, was sie wieder zum Weinen bringt.

„Santino, hör auf."

„Warum?"

„Weil du nicht alles weißt."

„Was weiß ich nicht?", brülle ich, unsicher, woher diese Wut kommt, aber ich habe Schwierigkeiten, dagegen anzukämpfen.

„Ich … ich kann nicht …" Sie atmet schwer aus und fällt vor mir auf den Boden.

Gott, ich bin ein verdammtes Monster. Ich eile zu ihr, lasse mich neben ihr nieder und lege meine Arme um ihren Körper. „Tilly, es tut mir leid. Ich habe es nicht so gemeint. Ich bin nur … Ich weiß nicht, was ich bin. Ich bin ein Arschloch. Das ist nicht das, was du im Moment brauchst."

Sie blickt zu mir auf, ihre blauen Augen sind gerötet und zeigen etwas mehr als nur Entsetzen. „Ich kann mich nicht erinnern."

„Woran kannst du dich nicht erinnern?" Ich reibe ihr beruhigend den Rücken.

„An diese Nacht … mit diesem Mann …, als ich mit ihm geschlafen habe. Ich erinnere mich an nichts davon."

Mein Körper versteift sich bei ihrem Geständnis, während mir tausend schreckliche Szenarien durch den Kopf gehen. Szenarien, in denen ich den Bastard, der ihr das angetan hat, verdammt noch mal umbringe. „Was genau willst du damit sagen?", frage ich langsam, während ich versuche, meine Wut zu kontrollieren.

Tilly zittert in meinen Armen, und ich greife nach einer Decke auf dem Sofa. Ich wickle sie um sie und streiche mit meinen Händen immer wieder über ihre Arme, um sie zu beruhigen. Sie muss mir erzählen, was passiert ist. Ich muss es wissen.

Schließlich sagt sie: „Ich war mit Honey und Valerie unterwegs. Wir waren in einer Kneipe. Es war spät …, ich habe viel getrunken. Und, na ja, Honey hatte Molly."

„Wer ist Molly?“

„Eine Droge, du Idiot.“

„Oh.“

„Wie auch immer, ich wollte es nicht nehmen, aber ich weiß nicht …, es ist so bescheuert, es auf den Gruppenzwang zu schieben. Ich bin siebenundzwanzig Jahre alt, keine Jugendliche. Aber verdammt, sie haben sich über mich lustig gemacht, weil ich es nicht genommen habe, und so habe ich es nur genommen, um sie zum Schweigen zu bringen. Ich hätte nicht gedacht, dass es so stark sein würde. Aber dann, mein Gott, dann wurde alles verschwommen. Und ich erinnere mich, dass ich mit einem Typen gesprochen habe. Ich erinnere mich, dass ich ihn auf dem Klo geknutscht habe. Dann wurde alles … einfach schwarz. Ehe ich mich versehe, wache ich um drei Uhr nachts in der Wohnung eines Fremden auf und, na ja …, da waren Beweise, dass wir gevögelt haben … zwischen meinen Beinen. Ich habe überall nach einem Kondom gesucht. Ich habe in den ekelhaften Mülltonnen dieses Arschlochs gegraben und so. Keine Spur. Es ist von ihm, ich weiß es.“

Sie beginnt zu schluchzen, und ich beruhige sie, ziehe sie in meine Arme und wiege sie hin und her. „Also, wer ist er?“

„Das ist das Schlimmste daran. Ich bin zurück in seine Wohnung gegangen und er war weg, genauso wie seine Sachen. Es war nur ein Airbnb, schätze ich. Er wohnt nicht einmal hier, und wegen des Vertraulichkeitsquatsches kann ich seinen Namen nicht von den Gastgebern erfahren. Sie sagten, sie würden ihm meine Daten geben, aber er hat sich nie bei mir gemeldet. Ich bin sicher, dass er mit dieser Situation nichts zu tun haben will. Ich weiß, dass ich das ganz sicher nicht will.“

„Verdammtes Arschloch.“

„Verdammter Mistkerl!“, fügt sie hinzu.

Ich sehe mich noch einmal in der Wohnung um. „Wozu die ganzen Kartons?“

„Ich ziehe zurück nach Schottland, um bei meinen Eltern zu wohnen.“

„Was?“ Ich lehne mich zurück, um sie mit finsterem Blick zu fixieren. „Warum in aller Welt tust du das?“

„Weil ich schwanger bin, du Trottel! Ich habe nicht die geringste

Ahnung, was ich mit einem Kind anfangen soll. Meine Eltern aber schon. Ich muss wieder zu Hause einziehen. Ich kann mir nichts anderes leisten, also habe ich keine andere Wahl."

„Dein Bruder ist hier", erwidere ich dumm.

„Du weißt so gut wie ich, dass der Terminplan von Fußballern wahnsinnig ist." Sie atmet schwer aus und wirft die Decke von sich. „Ich verlasse London nur ungern, aber ich muss es tun. Dieser Lebensstil ist nicht gesund. Ich bin ein Wrack."

Schuldgefühle machen sich in meinem Bauch breit. Der Lebensstil, von dem sie spricht, sind die Partys, das Trinken. Der gelegentliche Drogenkonsum. Bei unserem näheren Kennenlernen ist mir durchaus aufgefallen, dass Tilly ein wenig wild ist, und ich muss zugeben, dass ich ihr manchmal all das nehmen wollte – sie vom Trinken abhalten. Aber sie ist nicht meine Freundin, und wir haben nicht über solche Dinge gesprochen. Ich habe sie nie gevögelt, wenn sie total betrunken war, und ich habe mich sehr bemüht, bei unseren intimen Momenten für ihre Nüchternheit zu sorgen. Dieser verdammte Perverse, der sie gefickt hat, als sie noch nicht einmal wirklich bei Bewusstsein war, und jetzt nichts mehr mit ihr zu tun haben will, verdient eine Kastration.

Eine dunkle Erinnerung droht, meine Gedanken zu behindern, aber ich verdränge sie, bevor sie Flügel bekommen kann. Meine Stimme ist tief und bedrohlich, als ich sage: „Was, wenn das Baby von mir ist?"

„Was?", antwortet sie lachend, steht auf und geht in der kleinen Wohnung auf und ab. „Sei nicht dumm."

„Es könnte von mir sein", erwidere ich stur und stehe auf, womit ich sie überrage.

„Wir haben es nie ohne Kondom getan."

Ich zucke mit den Schultern, als hätte sie nichts gesagt, was mich interessiert. „Kondome sind nicht hundertprozentig sicher."

„Das Timing passt bei diesem Kerl."

„Du hast vor drei Wochen mit mir geschlafen."

„Meine Periode ist nur eine Woche zu spät, Santino. Der Zeitpunkt stimmt nicht. Es ist nicht von dir. Beruhige dich, verdammt. Du bist aus der Sache raus."

Ich nehme einen tiefen, reinigenden Atemzug und spüre, wie mich ein schweres Gefühl der Verantwortung überkommt. Meine Mutter wurde als Teenager schwanger, und ich weiß nicht einmal, wer mein Vater ist, also kann ich wohl mit Sicherheit sagen, dass mir Männer, die ihre Kinder im Stich lassen, gar nicht gefallen.

„Was wäre, wenn ich nicht aus der Sache raus sein will?", frage ich hartnäckig.

„Was?"

„Was ist, wenn ich das Baby trotzdem als meines sehe?"

„Santino! Du hast deinen verdammten Verstand verloren! Du bist der größte Hurenbock, den ich je gesehen habe."

„Na und? Ich kann mich ändern", schnauze ich, verärgert von ihrer Zurückweisung. „Ich kann für dich und das Baby da sein. Wir können zusammen sein."

„Bis du das Kleine siehst und beschließt, dass es mehr Arbeit ist, als dir lieb ist, und dich verpisst, wie all die anderen Arschlöcher, die ich gevögelt habe. Nein, danke."

„Tilly, ich meine es ernst."

„Ich weiß noch nicht einmal, was ich tun werde!", schreit sie und dreht sich auf dem Absatz um, um mich scharf zu mustern. „Ich bin eine moderne Frau, Santino. Ich habe die Wahl! Du musst mich nicht heiraten, damit es ein rechtmäßiges Kind wird. Vielleicht behalte ich es gar nicht!"

Ich schlucke den Kloß in meiner Kehle herunter und nicke langsam. „Also gut. Ich werde dich unterstützen, egal, wie du dich entscheidest."

Sie schüttelt angewidert den Kopf. „Das hat nichts mit dir zu tun. Und sieh mich nicht so an. Als wärst du ein aufgeblasener Weltverbesserer, der eine wohltätige Tat vollbringt. Gott, genau deshalb warst du nur für Sex gut. Du bist ein verdammtes überhebliches Arschloch, das keine Ahnung von echten Problemen hat."

„Du kennst mich nicht, Tilly. Du kennst meine Vergangenheit nicht und weißt nicht, woher ich komme." Ich unterbreche diesen Gedankengang. „Lass … lass mich bei dieser Sache einfach für dich da sein."

„Nein", faucht sie, geht zur Tür und öffnet sie, um mich zum Gehen zu bewegen. „Ich traue dem hier nicht. Ich traue deinen Absichten nicht. Ich verstehe nicht, warum du dich einen Dreck um dieses Baby scherst. Ich will nur, dass du gehst."

„Sei nicht so verdammt stur", brülle ich, wobei ich mich wieder vor sie stelle. „Warum kannst du nicht glauben, dass meine Worte aufrichtig sind?"

„Weil es egal ist! Ich brauche dich nicht. Ich habe mir diesen Schlamassel selbst eingebrockt, also kann ich mich selbst darum kümmern."

„Aber ich kann helfen …, im Ernst, Tilly."

Sie schüttelt entschlossen den Kopf und sieht mich verächtlich an. „Ich brauche keinen Retter. Du bist kein Märchenprinz. Du bist nur ein Hurenmeister mit schlechtem Gewissen."

Und mit diesen Abschiedsworten schlägt Tilly Logan mir die Tür vor der Nase zu und verlässt London … und mich … endgültig.

KAPITEL 7

„In zwei Tagen gehe ich mit Santino einen Kaffee trinken", sage ich und lasse mich auf den Tisch vor dem Sofa fallen, auf dem Freya ihre Füße liegen hat.

Ihre Augen werden groß. „Der Mann, dessen Namen wir nicht aussprechen dürfen?" Schnell klappt sie ihren Laptop zu und legt ihn zur Seite, um mir ihre volle Aufmerksamkeit zu schenken.

Ich rolle mit den Augen. „Wir können seinen Namen aussprechen. Ich muss seinen Namen aussprechen. Ich muss mir überlegen, wie ich damit umgehe, denn er wird sich die Harrods-Verträge ansehen, und so ungern ich es auch sage, wir brauchen ihn."

Freya reibt verlegen ihre Lippen aneinander. „Ich wusste, dass Santino derjenige ist, den Allie uns zur Hilfe schicken wollte, aber ich habe ihr gesagt, dass alles von dir abhängt."

„Eine Warnung wäre nett gewesen!" Ich fahre mir verärgert mit einer Hand durch die Haare. „Ich kann nicht glauben, dass ich nicht davon ausgegangen bin, dass er gestern Abend dort sein würde. Gott, bin ich blöd."

„Du bist nicht blöd. Du hast gestern Abend so gut ausgesehen und warst so aufgeregt, einen richtigen Ausgehabend zu haben. Du bist schon viel zu lange mit meiner langweiligen schwangeren Wenigkeit in diesem Haus eingesperrt."

„Du bist alles andere als langweilig", antworte ich lachend, während ich an das Gespräch denke, das sie neulich mit ihrem Essen geführt hat. Irgendetwas über Trauben als Millennials und Rosinen als Babyboomer, und dass sie eine Familie seien und ein Leben in Harmonie verdienen. Gott, sie ist wunderbar. Ich starre sie mit vernichtendem Blick an. „Aber jetzt musst du mir helfen, die Sache mit Santino zu klären."

„Auf diesen Moment habe ich mein ganzes Leben lang gewartet." Freya greift nach einer imaginären Schüssel Popcorn und wirft sich einige Stücke in den Mund. „Erzähl mir alles, bevor dein Bruder aufwacht. Was ist zwischen euch beiden passiert?"

Ich atme schwer aus. „Ich werde nicht auf die Vergangenheit eingehen. Aber ich werde sagen …, dass unsere frühere Anziehung … *noch immer sehr lebendig ist.*" Mein Körper zittert, als ich daran denke, wie erdrückend die Fahrt im Aufzug war. Wir zwei, beide wütend, beide unverstanden, beide hitzig und dieselbe heiße Luft atmend.

„Natürlich ist die Anziehungskraft noch da." Sie zuckt mit den Schultern, als wäre das offensichtlich. „Ich bin mal mit ihm ausgegangen, also weiß ich, wie heiß er ist."

Ich rümpfe die Nase. „Gott, das habe ich glatt vergessen."

Freya winkt ab. „Nur für vierzig Minuten, bevor dein Bruder hereingestürmt ist und mich praktisch wie ein Höhlenmensch rausgetragen hat." Sie grinst, als wäre ihr diese Szene gar nicht so unangenehm gewesen. „Ich muss sagen, dass Santino einen ungerechtfertigt schlechten Ruf hat. Tatsächlich hat Allie mir erzählt, dass die Fußballer im Club ihn den Zweimonats-Trottel nennen. Er geht ausschließlich nur ein paar Monate mit Frauen aus, und leider scheint es nie zu funktionieren. Aber das liegt nicht daran, dass er es nicht versucht."

„Zwei Monate?", frage ich neugierig. „Ausschließlich? Das hört sich überhaupt nicht nach dem Typ an, den ich mal kannte. Klingt ein wenig klinisch und erfunden."

Freya zuckt mit den Schultern. „Ich glaube, er hat sich sehr verändert. Schon bei unserem Date wirkte er sehr aufrichtig und stellte viele wohlüberlegte Fragen. Ich hatte überhaupt nicht den Eindruck, dass er auf einen leichten Fick aus war."

„Interessant." Ich ziehe die Stirn in Falten, als ich versuche, über diese Idee nachzudenken. „Als wir uns kennenlernten, war er dieser zwielichtige, Anzug tragende, dunkle, gefährliche Typ und … extrem unanständig im Bett. Gott, am Abend unseres Kennenlernens hätten wir fast auf der Damentoilette eines Nachtclubs gevögelt."

„Oh mein Gott, ist das heiß", quiekt Freya und hüpft leicht in ihrer sitzenden Position.

„Nicht wirklich", antworte ich mit zurückgezogener Oberlippe. „Es war dumm. Ich bin mir ziemlich sicher, dass wir aufgehört haben, weil ein Wachmann uns mit dem Rauswurf gedroht hat. Und ich war so dumm, weil ich diese ganze Aufregung eigentlich mochte. Ich war so außer Kontrolle, dass ich nach allem gesucht habe, um meine Grenzen zu überschreiten."

„Meine Güte", antwortet Freya schlicht, den Blick in die Ferne gerichtet. „Ein Fick in einer Autowaschanlage ist das Aufregendste, was ich je gemacht habe."

„Oh mein Gott." Ich lache laut und senke dann meine Stimme, um Mac nicht zu wecken. „Bitte sag mir, dass das nicht mit meinem Bruder war."

Freyas Miene wird verlegen. „Ich fürchte, es kann mit niemand anderem gewesen sein, denn er war mein einziger Fick."

„Was soll das – auf keinen Fall! Du warst noch Jungfrau, als du meinen Bruder kennengelernt hast?"

„Sag das nicht so!"

„Ich sage es ganz normal! Ich bin nur … ich bin schockiert."

„Nun, es sollte dich nicht überraschen, dass eine pummelige, katzenliebende Näherin aus Cornwall bei den Männern nicht gerade gut ankommt."

„Habt ihr bis zur Hochzeit gewartet? Möchte ich das wissen? Gott, ich glaube nicht, dass ich das will. Sag es mir schnell", stoße ich hervor, da ich dieses pikante Detail unbedingt hören will und gleichzeitig angestrengt zu vergessen versuche, dass wir über meinen Bruder sprechen.

„Wir haben nicht gewartet." Sie rollt mit den Augen. „Ich bin nicht prüde, nur unerfahren. Und dein Bruder war mein bester Freund, also war es richtig."

Mein Herz seufzt bei dieser süßen, unschuldigen Antwort. Die Liebesgeschichte von Freya und Mac ist so schön anzusehen …, auch wenn ihr Lebensweg ganz anders ist als meiner.

„Und, denkst du über eine Wiederholung mit Santino nach?" Freya wackelt mit den Augenbrauen.

„Nein", antworte ich schnell und wiederhole zur Sicherheit: „Nein! Ich kann mich nicht noch einmal auf ihn einlassen. Bei unserem letzten Techtelmechtel habe ich den Verstand verloren. Ich kann es mir nicht erlauben, diesen Weg wieder einzuschlagen. Deshalb muss ich mit dir reden. Wie kann ich diese lächerliche Anziehungskraft stoppen? Im Ernst, als ich ihn an der Bar sah, war ich wie eine Motte im Licht, obwohl ich wusste, dass ich nichts mit ihm zu tun haben wollte."

„Verdammte Scheiße, das ist eine Zwickmühle." Freya reibt nachdenklich die Lippen aneinander. „Vielleicht, wenn du bei eurem Treffen beschissen aussiehst? In Jogginghose und mit einem unordentlichen Dutt. Keine Wimperntusche. Wenn du dich nicht sexy fühlst, wirst du auch nicht an Sex denken."

Ich nicke langsam, während meine Nase bei dem Gedanken zuckt. „Eigentlich ist das kein schlechter Gedanke."

„Oh! Und ihm auf die Schulter schlagen, als wäre er einer von den Jungs. Ich sehe immer, wie Mac und die anderen Fußballer das machen." Sie verzieht das Gesicht. „Aber schlag ihm nicht auf den Hintern. Das machen sie auch, und ich fürchte, das könnte den falschen Eindruck vermitteln."

„Zur Kenntnis genommen." Ich lache und schüttle den Kopf. „Ich glaube, ich schaffe das."

„Natürlich schaffst du das." Freya lächelt siegessicher. „Meine Güte! Bin ich jetzt dein Liebescoach?"

Ich verziehe das Gesicht. „Vielleicht Anti-Liebescoach?"

Freyas Lächeln wird schwächer. „Das hört sich nicht schön an."

„Ich weiß, aber ich kann nicht alte Gewohnheiten wiederholen, wenn ich mein Leben zurückbekommen will. Und Santino fällt definitiv in die Kategorie der alten Gewohnheiten."

Freya atmet schwer aus. „Du weißt, was man über alte Gewohnheiten sagt."

„Was?"

Sie wirft mir einen ernsten Blick zu und erwidert: „Sie sind nur schwer loszulassen …, und das bezieht sich nicht auf seine Kronjuwelen."

KAPITEL 8

Mɪᴛ ᴇɪɴᴇᴍ Esᴘʀᴇssᴏ ɪɴ ᴅᴇʀ Hᴀɴᴅ sɪᴛᴢᴇ ɪᴄʜ ᴀɴ ᴇɪɴᴇᴍ Tɪsᴄʜ ɪᴍ Freien vor einem Café in Bethnal Green und versuche, meine Nerven vor Tilly Logans Ankunft zu beruhigen. Die Frau ist eine Naturgewalt. Jedes Mal, wenn sie in meine Nähe kommt, verliere ich jegliche Kontrolle, sowohl geistig als auch körperlich. Der letzte Abend hat das eindrucksvoll bewiesen.

Verdammte Scheiße.

Der Freitagabend bei der Wohltätigkeitsveranstaltung war eine Katastrophe. Ich hätte sie im Aufzug nicht anschnauzen sollen, und ich hätte ihr nicht vorwerfen sollen, dass sie dieselbe Person ist wie früher. Ich hätte es besser wissen müssen. Sie sah einfach so verdammt gut aus. Alles Unglaubliche zwischen uns kam mit voller Wucht zurück, und ich wollte unbedingt, dass es wieder wie damals war.

Dann sagte sie im Grunde, ich solle mich verpissen, und ich war wütend.

Ich gebe voll und ganz zu, dass ich zu Beginn dieses Abends sehen wollte, wie es nach ein paar Jahren der Trennung zwischen uns sein könnte. Ich wollte ihr zeigen, dass ich mich verändert habe, und …

ich weiß nicht …, sehen, wie es ihr nach all den Geschehnissen geht. Als ich sie das letzte Mal sah, war ihr Gesicht tränenverschmiert und sie zog weg, um das Baby eines Fremden zu bekommen. Es hat mich schier umgebracht, als sie mir die Tür vor der Nase zugeschlagen hat.

Bei diesem Gedanken zucke ich zusammen, weil ich die Tatsache zu vergessen versuche, dass ich jemals echte Gefühle für Tilly hatte. Ich habe sie ihr gegenüber nie geäußert, es ist also nicht so, als wäre es eine bekannte Tatsache. Und ich war ihr damals offensichtlich völlig egal … oder heute.

Reiß dich zusammen, Santino. Das ist heute ein Geschäftstreffen. Nichts weiter.

„Ich werde ihm ein Angebot machen, das er nicht ablehnen kann", sagt eine seltsame Stimme hinter mir. Als ich mich umdrehe, weiten sich meine Augen, als ich sehe, dass es Tilly ist. Ihr Gesicht ist seltsam verkniffen und ihr Kinn ragt in den Himmel, während sie sich an einer wirklich grauenvollen Imitation des *Paten* versucht.

Ich zwinge mich zu einem Lächeln und stehe auf, um sie zu begrüßen. „Hiya, Tilly."

„Tilly?", erwidert sie und klopft mir auf die Schulter. „Ich bin Don Corleone! Sogar Michael Corleone sagt eine Version dieses Satzes in einem dieser Filme, glaube ich."

„Wie konnte ich das vergessen?" Ich berühre die Stelle an meinem Arm, die sie mit mehr Kraft getroffen hat, als ich ihrer schlanken Gestalt zugetraut hätte. Ich mustere sie, denn sie sieht aus, als wäre sie gerade aus dem Bett gekrochen. „Hast du unser Treffen heute Morgen vergessen?"

„Nein." Ihre Hände fahren sofort in den unordentlichen Knoten aus blassroten Locken auf ihrem Kopf. „Ich halte es nur leger." Sie zupft nervös an ihrem lockeren T-Shirt, das über einer kurzen Leggings hängt. Ihr Gesicht ist ungeschminkt und frisch, und sie sieht noch jünger aus als bei unserem Kennenlernen damals.

„Kann ich dir drinnen etwas zu trinken holen?" Ich deute mit einer Hand auf den Eingang des Cafés.

„Nein, ich mache das schon. Bin gleich wieder da." Sie joggt an mir vorbei und huscht hinein, wobei sie ein wenig durcheinander wirkt.

Ich urteile nicht über Äußerlichkeiten, aber man sollte meinen, sie würde dieses Geschäftstreffen wie ein richtiges Geschäftstreffen behandeln und sich dem Anlass entsprechend kleiden. Ich ziehe mein Jackett aus und lege es auf die Stuhllehne, dann knöpfe ich meine Hemdmanschetten auf und kremple die Ärmel hoch. Wenn sie einen Pyjama trägt, werde ich nicht hier sitzen und mir in dieser glühenden Augusthitze den Arsch abschwitzen.

Sie kommt mit einem Eiskaffee zurück und hält am Tisch inne, als sie mein lässigeres Äußeres bemerkt. Ihre Nase zuckt leicht, als sie sich mit einem gezwungenen Lächeln auf den Sitz mir gegenüber fallen lässt. „Danke, dass du dich heute mit mir triffst.“

„Kein Problem.“ Ich schließe eine SMS von meiner Mutter und lege mein Handy mit dem Display nach unten auf den Tisch, um ihr meine volle Aufmerksamkeit zu schenken. „Mein Zeitplan im Verein ist ziemlich flexibel.“

„Nun, Freya und ich wissen diese Hilfe wirklich zu schätzen.“

Sie öffnet den Mund, um noch mehr zu sagen, aber mein Handy klingelt mit einer weiteren SMS-Benachrichtigung. „Tut mir leid, ich dachte, ich hätte es stumm gestellt.“

„Schon okay …, du kannst antworten, wenn du musst.“

Ich drehe mein Handy um, um zu sehen, von wem die Nachricht ist. „Es ist nur meine Mutter. Sie schickt mir schon den ganzen Morgen SMS mit möglichen Zielen für unsere jährliche Reise.“

„Jährliche Reise?“, fragt Tilly mit großen Augen.

„Damit haben wir vor ein paar Jahren angefangen. Nur sie und ich, und wo immer ein Flugzeug uns hinbringen kann. Sie bevorzugt Orte mit Wellnesshotels und Schlammbädern. Ich mag Wanderungen und architektonische Ruinen mit viel Geschichte, von denen sie sagt, dass es sie zu Tode langweilt. Es ist ein Vergnügen. Dieses Jahr liegt die Entscheidung bei ihr, also dreht sie ein bisschen durch.“

„Es ist echt cool, so was mit deiner Mutter zu machen.“ Tillys Gesicht sieht verblüfft und ein wenig verwirrt aus. „Ich kann nicht behaupten, dass ich irgendetwas Interessantes mit meiner Mutter mache, außer bei der seltenen Gelegenheit, wenn sie mich das Geschirr abtrocknen lässt, anstatt es abzuwaschen.“

Ich lache über diese Bemerkung, dann macht sich eine Schwere in meinem Bauch bemerkbar. „Darf ich zuerst noch einmal sagen, dass mir das mit Freitagabend leidtut? Ich hätte im Fahrstuhl nicht so ausflippen dürfen. Das war unfair und …“

„Es gibt nichts, wofür du dich entschuldigen müsstest.“ Tilly schüttelt den Kopf, und ihre Nase zuckt. „Ich kann verstehen, warum du verwirrt warst.“

„Ich weiß, aber trotzdem. Ich hatte kein Recht dazu.“ Ich werfe ihr einen strengen Blick zu, um ihr zu zeigen, dass dies nicht zur Diskussion steht. Wenn ich im Unrecht bin, sage ich, dass ich im Unrecht bin.

„Vergessen wir es einfach.“ Sie legt ihre rosa Lippen an den Strohhalm und nimmt einen langen Schluck, bevor sich ihre Augen weiten. „Wie war das Freundschaftsspiel am Samstag? Ich habe gehört, wie alle bei der Wohltätigkeitsveranstaltung darüber gesprochen haben.“

„Ganz gut.“ Ich lehne mich zurück, dankbar für den Themenwechsel. „Ich gehe nicht zu allen Spielen, aber ich habe die Vertragsverhandlungen für ein paar der neuen Spieler überwacht. Ich war neugierig, wie sie aussehen, also habe ich in der Suite gesessen und zugeschaut.“

Sie nickt nachdenklich. „Und haben sie gut ausgesehen?“

„Das würde ich sagen, ja. Aber ich bin kein Fußballtrainer oder so. Ich bin nur ein echter Fan, der ein großes Interesse an diesem Verein hat. Und ich liebe die Atmosphäre im Tower Park. Es gibt weitaus schlimmere Möglichkeiten, einen Samstag in Bethnal Green zu verbringen.“

„Weißt du, ich habe Mac nie dort spielen sehen, bevor ich zurück nach Dundonald gezogen bin“, antwortet sie, wobei sie meinen Blick bemerkt und dann schnell wegschaut. „Ich habe ihn natürlich für die Rangers spielen sehen, und das war fantastisch, aber er hat immer so liebevoll vom Tower Park gesprochen. Er sagte, die Energie sei mit nichts zu vergleichen, was er in all den Vereinen im Laufe seiner Karriere je erlebt hätte. Ich hätte das Stadion unbedingt besuchen sollen, als ich noch hier gewohnt habe. Das ist eine der Sachen, die ich am meisten bereue.“ Ich bemerke, wie ein finsterer Ausdruck über ihr Gesicht huscht, den sie jedoch schnell mit einem höflichen Lächeln überspielt.

„Du hättest mal ein Spiel sehen sollen, als drei der vier Harris-Brüder zusammen gespielt haben", sage ich, um das Thema zu wechseln, da ich merke, dass sie Angst hat, zu viel zu erzählen. „Jedes Mal, wenn einer der Zwillinge ein Tor geschossen hat, ist Booker aus dem Tor heraus über das ganze Spielfeld gerannt, um mit Tanner und Camden zu feiern. Vaughn wurde immer so wütend und sagte zu Booker, er solle seine Beine schonen, aber tief im Innern konnte man sehen, dass er sich freute. Es machte Spaß, ihnen auf dem Spielfeld zuzusehen."

Neugier tritt in Tillys Gesicht. „Allie bezeichnet dich als Familienmitglied, also musst du der Harris-Familie ziemlich nahestehen."

„Ich schätze, man könnte sagen, dass ich Vaughn nahestehe." Ich halte kurz inne, als ich über die ruhige, zufriedene Verbindung nachdenke, die wir über die Jahre hinweg aufgebaut haben. Meistens hat es mit der Arbeit zu tun, aber es gibt eine gewisse Behaglichkeit zwischen uns. Ein unausgesprochenes Vertrauen. Er weiß es vielleicht nicht, aber ich habe immer bewundert, wie sehr er sich um seine Kinder kümmert. Es kann nicht leicht gewesen sein, die Frau zu verlieren, als alle fünf Kinder noch so klein waren. Und ich habe von Gareth erfahren, dass sie alle einige sehr schwere Jahre durchgemacht haben. Aber wenn man sie jetzt ansieht, würde man das nie vermuten. „Ich stand den Brüdern früher näher, als wir jünger waren, wie du dich vielleicht erinnerst. Aber jetzt haben sich die Dinge geändert. Die Harris-Familie arbeitet im Alleingang daran, London neu zu bevölkern, wie es scheint."

Tilly lächelt und schafft es, einen Moment lang sorglos zu wirken. Unsere Blicke bleiben kurz aneinander haften, und plötzlich verzieht sie das Gesicht, während sie nervös auf das Café zeigt. „Dieser Kaffee ist fantastisch, und die Plunderstücke sehen herrlich aus."

„Sie schmecken so, wie sie aussehen. Ich komme oft hierher und muss deshalb doppelt so viel trainieren." Ich fahre mit dem Finger über den Rand meiner Kaffeetasse, damit ich mich auf etwas anderes konzentrieren kann als auf Tillys umwerfend blaue Augen. „Der Besitzer ist auch ein großer Bethnal-Green-Fan."

„Das ist schön. Ich habe das Gefühl, dass ich in diesem Teil der Stadt noch eine Menge zu sehen habe. Normalerweise bleibe ich wochentags im Haus, falls Freya etwas braucht. Aber an den Wochenenden, wenn Mac nicht arbeitet, bin ich so oft wie möglich unterwegs, damit die beiden etwas Zeit für sich haben können. Ich habe schon ein paar tolle Orte gefunden. Es ist verrückt, wie viele Dinge einem auffallen, wenn man allein unterwegs ist statt in einer Gruppe, die darauf besteht, immer wieder dieselben Orte aufzusuchen." Sie beißt sich nervös auf die Lippe, und ich runzle die Stirn bei dem Gedanken, dass Tilly allein isst.

„Hast du deine alten Freunde, mit denen du früher unterwegs warst, nicht wiedergetroffen? Wie hießen sie noch mal? Gab es da nicht ein Mädchen namens Sweetie oder Sugar?"

„Honey", korrigiert Tilly, und ihr Gesicht verzieht sich zu einem echten Lächeln, während sie ein Kichern zu verbergen versucht.

Ich kann nicht anders, als selbst zu lachen, denn ihr beim Versuch zuzusehen, nicht zu lachen, ist ein wunderschöner Anblick. Ein Anblick, von dem ich wünschte, ich würde ihn nicht so sehr genießen.

Schließlich sammelt sie sich wieder und wischt sich die Tränen aus den Augen. „Ihr Name war Honey und sie war ein Miststück."

„Autsch", erwidere ich mit amüsiert hochgezogenen Augenbrauen. „Das ist ein bisschen hart, oder nicht?"

Tilly schüttelt den Kopf. „Nein, es ist die Wahrheit. Honey war damals ein Miststück, und ich bin sicher, dass sie auch jetzt noch ein Miststück ist. Ich habe kein Interesse daran, mich wieder mit einem dieser Mädchen zu treffen. Sie sind alle Miststücke."

Ich runzle die Stirn, aber ich will nicht widersprechen. „Ich habe auch nie viel von ihnen gehalten. Sie wirkten immer …"

„Wie egoistische Möchtegern-Spielerfrauen, die ihre Freundin aus einem fahrenden Auto werfen würden, um schneller zu einer Party zu kommen?"

Bei dieser Beschreibung zucke ich zusammen. „Das trifft es wahrscheinlich ziemlich genau."

Sie nickt langsam und fällt förmlich in sich zusammen. „Ich war ihnen damals sehr ähnlich.“

Ich spanne den Kiefer an. „So habe ich dich nie eingeschätzt.“

„Ich war schrecklich.“ Sie wirft mir einen wissenden Blick zu.

„Du warst nicht schrecklich“, erwidere ich, lehne mich in meinem Stuhl zurück und sehe sie mitfühlend an. „Ich erinnere mich sogar, dass du nur mit mir gesprochen hast, weil ich *kein* Fußballer war.“

Sie rollt mit ihren großen, blauen Augen, die ungeschminkt noch blauer aussehen. „Das macht mich nicht gerade nobel.“

„Vermutlich nicht.“ Ich balle die Hände zu Fäusten, um mich nicht an unsere Vergangenheit zu erinnern, denn daran denkt sie offensichtlich nicht gern. „Trotzdem war es offensichtlich, dass du dich von deinen Freunden unterschieden hast.“

„Nun, ich war kein Goldschatz. Und ich sage das nicht, damit du mit mir diskutieren kannst. Ich sage es, weil es die Wahrheit ist. Ich war damals auf einem sehr selbstzerstörerischen Weg, und deshalb musste ich mein Leben grundlegend ändern.“

Ich schaue sie einen Moment lang nachdenklich an und betrachte die schöne Farbe auf ihren Wangen. Die Veränderungen, die sie vorgenommen hat, haben sie sicherlich zehnmal schöner gemacht. Ich halte in dem Versuch inne, die richtigen Worte zu finden, und frage vorsichtig: „Darf ich fragen, ob … nun ja …, ob du in einer Behandlungseinrichtung warst?“

Ihre Augen weiten sich bei meiner direkten Frage, aber sie richtet sich in ihrem Stuhl auf und antwortet wie die starke Frau, die sie ist. „Ich bin in keine Einrichtung gegangen, nein. Tatsächlich war ich nicht einmal bei den Anonymen Alkoholikern oder so etwas in der Art. Nachdem ich … na ja …, die …“

„Fehlgeburt?“, werfe ich ein und spüre eine Schwere in meiner Brust, als ich das Wort ausspreche, das sie anscheinend nicht aussprechen kann. Ein paar Monate nach Tillys Wegzug hatte ich von ihrem Verlust erfahren. Mac erzählte es Roan im Mannschaftstunnel im Tower Park, und die Bauakustik trug das Gespräch um die Ecke direkt zu meinen Ohren. Es war, als wäre ich dazu bestimmt gewesen, es zu hören. Ich hasste es, dass die Nachricht nicht von ihr kam, aber wir sprachen zu jener Zeit nicht miteinander, also kann ich ihr nicht vorwerfen, dass sie mich nicht angerufen hat.

Mit einer Grimasse trinkt sie einen Schluck von ihrem Kaffee, während sie meinen Blick meidet. „Jedenfalls habe ich danach meinen Eltern und meinem Großvater erzählt, dass ich vorhabe, für immer dem Alkohol abzuschwören. Ich habe sie gebeten, für mich da zu sein und mich zur Verantwortung zu ziehen. Das war so ziemlich alles, was es brauchte."

„Das ist beeindruckend", antworte ich. Wenn eine Frau das schafft, dann Tilly.

„Ich erzähle das nicht gern, weil es so klingt, als würde ich eine sehr reale Krankheit vereinfachen. Aber für mich war es einfach anders. Ich glaube, man kann *kein* Alkoholiker sein und trotzdem kein gutes Verhältnis zum Alkohol haben. Es ist einfach so tief in unserer Kultur verwurzelt, dass wir trinken müssen, um Spaß zu haben oder dazuzugehören. Das bedeutet, dass die Leute es seltsam finden, wenn man einfach aufhören will. Und nach einer Weile wurde ich süchtig danach, mich gesünder zu fühlen. Es war schön, ohne Kopfschmerzen zur Arbeit zu gehen. Außerdem habe ich mit dem Laufen begonnen, was mir den Kick gab, den ich vielleicht vermisst habe."

„Das kann ich alles verstehen."

Mein Blick senkt sich auf ihren Körper, um die Muskeln zu betrachten, von denen ich weiß, dass sie vor fünf Jahren noch nicht da waren. Sie sieht umwerfend aus, auch wenn sie heute wirkt, als wäre sie gerade erst aufgestanden. Sie sitzt hier und spricht über ein sehr persönliches Thema, ohne dass ihre Stimme schwankt und ohne dass ihre Haltung unsicher ist. Sie ist selbstbewusst in ihrer Entscheidung. Sie ist glücklich.

Ich schenke ihr ein freches Lächeln. „Also bist du jetzt seit fünf Jahren trocken?"

„Nicht ganz", sagt sie mit einem halben Lächeln. „Ich habe gelegentlich einen Schluck Wein mit meinen Eltern getrunken, hauptsächlich, weil es ein sicherer Ort war und ich sehen wollte, ob ich damit umgehen kann. Was ich konnte." Sie lächelt siegessicher, doch ihr Gesicht wird ein wenig lang, als sie hinzufügt: „Und ich habe mit meinem Großvater einen Whiskey getrunken, bevor er starb."

Ich bemerke den Schmerz in ihrer Stimme. „Es tat mir leid, das mit deinem Großvater zu hören."

„Danke." Sie atmet leise aus. „Ich habe gehört, du hast Mac beim Transfer nach Schottland geholfen, als Großvater krank war."

Ich zucke mit den Schultern. „Das ist gewissermaßen mein Job."

„Aber es war nicht deine Aufgabe, eine Rückkaufklausel in seinen Vertrag zu schreiben, damit er irgendwann zu seinem Team hier in Bethnal Green zurückkehren kann, oder?" Sie sieht mich herausfordernd mit zusammengekniffenen Augen an, und mein Körper reagiert instinktiv auf diesen vertrauten Blick.

Ich räuspere mich. „Ich wusste, dass Mac aus emotionalen Gründen handelt, und ich wollte nur, dass er Optionen hatte."

Ein zärtlicher Ausdruck tritt in ihre Augen. „Das war wirklich nett von dir."

„Das ist nur mein Job."

Sie blinzelt mich neugierig an, während ihre Nase zuckt. „So etwas hätte ich dir vor fünf Jahren nicht zugetraut."

Ich fixierte Tilly mit einem Blick. „Ich habe dir am Freitag gesagt, dass du nicht die Einzige bist, die sich verändert hat."

Wir sind beide einen Moment lang still, um die Worte voneinander zu verarbeiten. Ehrlich gesagt ist es das, was ich am Freitagabend erreichen wollte. Einfach nur Respekt und Rücksichtnahme, dass das Leben nicht stillgestanden hat, seit sie weggezogen war. Es ist wichtig für mich, dass sie das weiß … auch wenn ich noch nicht genau weiß, warum.

Diese Stimmung verpufft, als Tilly plötzlich sagt: „Gott, ich bin furchtbar. Ich habe geschworen, nicht mehr über die Vergangenheit zu jammern. Und du hast einen richtigen Job, zu dem du zurückkehren musst, also sollten wir wirklich zur Sache kommen."

Sie kramt in ihrer Tasche, um einen Briefumschlag herauszuholen, und schiebt ihn über den Tisch. Ich tue mein Bestes, um mich auf die Papiere vor mir zu konzentrieren, während Tilly die Punkte aufzählt, die sie in dem Vertrag markiert hat. Ich habe nicht viel Erfahrung mit Einzelhandelsverträgen, aber ich habe genügend Werbeverträge für unsere Spieler und verschiedene bekannte Marken abgeschlossen, um zu erkennen, womit Harrods davonzukommen versucht.

„Es gibt hier definitiv einige Rechte, die Freya wird behalten wollen, und es sieht so aus, als ob sie versuchen, sie mit ihren knifffligen Formulierungen einzufordern. Es ist gut, dass du gezweifelt hast, denn ich würde diesen Vertrag auf jeden Fall noch einmal überarbeiten.“

„Das ist es, was ich in den letzten Wochen zu erreichen versucht habe“, sagt sie mit einem ernsten Blick auf den Vertrag. „Ich nenne ihnen die Bedingungen, die ich geändert haben möchte, und sie kommen mit einem neuen Vertrag zurück, in dem immer noch nicht alles richtig ist. Es ist zum Verrücktwerden.“

„Ich könnte einen neuen Vertrag für dich aufsetzen, wenn du willst. Ich meine, sie sind diejenigen, die Freyas Produkt kaufen, also sollte der Vertrag wirklich von ihr mit ihren Bedingungen kommen.“

„Könntest du das tun?“, fragt Tilly und kaut nervös auf ihrer prallen Unterlippe. „Ich treffe mich am Freitag mit ihnen, das ist das einzige Problem. Da bleibt dir nicht viel Zeit.“

„Das ist kein Problem. Ich kann es bis dahin erledigen.“

„Sonny, das wäre großartig.“ Sie hält inne, und ihre Wangen werden rot. „Ich meine … Santino.“

„Schon in Ordnung“, antworte ich mit einer Handbewegung. „Und ich werde dich sogar zu dem Treffen begleiten. Ich sage das nicht, um arrogant zu klingen oder so zu tun, als würde ich dir das nicht zutrauen, aber jedem Unternehmen, das in Anwesenheit eines Anwalts zu einem Treffen kommt, wird dadurch eine gewisse Glaubwürdigkeit verliehen, sodass sie vielleicht aufhören, euch zu verarschen.“

Ihre Lippen werden schmal, aber sie nickt. „Ich sage es nur ungern, aber ich bin sicher, du hast recht.“

„Warum treffen wir uns nicht am Mittwoch noch einmal, um die Überarbeitungen durchzugehen und sicherzustellen, dass sie richtig sind, bevor ich die endgültige Kopie für Freitag drucke?“

„Das wäre großartig.“

Ich schließe den Umschlag und lege meine Hand darauf. „Wir können zusammen zu Abend essen, damit du Freya nicht wieder bei Tag allein zu Hause lassen musst.“

„Abendessen?“ Ihre Augen weiten sich. „Ich glaube nicht, dass das nötig ist.“

„Du sagtest, du wolltest etwas mehr von dieser Seite der Stadt sehen, richtig?"

„Aye."

„Ich kenne ein tolles indisches Lokal, das in dieser Gegend wirklich eine Legende ist. Die Leute kommen sogar von der aufgeblasenen Westseite, um es zu genießen."

Sie wirft mir einen bösen Blick zu. „Sehr witzig."

Ich beuge mich über den Tisch näher zu ihr heran, um laut zu flüstern: „Ich versuche nicht, witzig zu sein."

Sie lehnt sich zurück und drückt sich fest in ihren Stuhl, während sie meinen Vorschlag überdenkt. „Ich glaube einfach nicht, dass ein Abendessen eine gute Idee ist, Santino."

„Warum nicht?", frage ich hartnäckig.

„Du weißt, warum." In ihren Augen funkelt so etwas wie Anziehung, was mich umso mehr anspornt.

Ich mustere sie misstrauisch. „Ich weiß, dass du seit fast einem Monat in London bist und nur an den Wochenenden aus dem Haus kommst. Ich weiß, dass du deine alten Freunde nicht wiedergetroffen hast, weil sie – wie du vorhin so poetisch gesagt hast – allesamt Miststücke sind. Die meisten von Freyas Freunden sind verheiratet und haben Babys, ähnlich wie meine Freunde. Was mich zu der Gewissheit führt, dass du einen Kumpel gebrauchen könntest, mit dem du die Stadt erkunden kannst, und warum zum Teufel sollte dieser Kumpel nicht ich sein?"

Ihr Gesicht wird heiß, als unsere Blicke sich treffen, und gerade als ich denke, dass sie mich zurückweisen und mir wieder sagen wird, ich solle mich verpissen, nickt sie. „Okay. Indisch klingt gut."

„Großartig." Ich stehe auf und nehme mein Jackett von der Stuhllehne.

„Unter einer Bedingung." Tilly blinzelt in der Morgensonne zu mir hinauf.

„Raus damit." Ich lächle selbstgefällig.

Sie wirft mir einen amüsierten Blick zu. „Ich muss erst die Erlaubnis meines Bruders einholen."

KAPITEL 9

„Nein. Verdammt, nein. Nicht in einer Million Jahren. Ihr habt alle den verdammten Verstand verloren." Freya und ich starren zu meinem Bruder hoch, der wieder einmal vor dem Kamin steht und aussieht, als würde er vor lauter Aufregung aus seinem Anzug platzen.

„Mac", sagt Freya in warnendem Tonfall.

„Komm mir nicht mit Mac, Frau. Ich werde unter keinen Umständen zulassen, dass meine kleine Schwester mit diesem Schwachkopf ausgeht!"

„Das ist kein Date!", rufe ich abwehrend. „Wir sind nur Freunde … mehr oder weniger. Eher Geschäftskollegen. Wir sehen uns den neuen Vertrag an, und es wird ganz platonisch sein."

„Das ist mir scheißegal. Du gehst nicht mit ihm aus. Ich weiß, dass du mir gesagt hast, dass er nicht derjenige war, der dich vor fünf Jahren in diese Lage gebracht hat, aber ich traue dem Bastard trotzdem nicht. Wenn er unschuldig war, warum zum Teufel hat er dich dann nicht vor ein paar Jahren angerufen, wie er es versprochen hatte?"

Ich atme schwer aus. Mac hat mir gegenüber erwähnt, dass

Santino nach dem Tod unseres Großvaters mit mir reden wollte, aber nur mit Macs Segen. Erstaunlicherweise gab Mac ihm grünes Licht, aber Santino rief nie an.

Ich weiß nicht, warum.

Ich möchte nicht wissen, warum.

Ich möchte nicht wissen, was er sagen wollte, denn es hätte meine Situation zu diesem Zeitpunkt ohnehin nicht geändert. An diesem Punkt meiner Abstinenz war ich noch sehr vorsichtig mit meinen Entscheidungen. Mac versuchte, mich dazu zu bringen, mich ihm gegenüber mehr zu öffnen, aber ich war einfach nicht interessiert. Ich wusste, dass ich den Kurs beibehalten musste. Und die Tatsache, dass er dachte, dass ausgerechnet Santino etwas sagen könnte, um mich zur Öffnung zu bewegen, ist bestenfalls lächerlich. Vor allem, weil er den Mann offensichtlich immer noch nicht ausstehen kann.

Das morgige Abendessen mit ihm fühlt sich jedoch wie eine Herausforderung an, die ich annehmen möchte. Ich bin bereit, an meine Grenzen zu gehen, und die Freundschaft mit Santino ist ein aufregender neuer Test für mich.

„Er hat mir irgendeinen kryptischen Scheiß erzählt, dass er mir etwas zu sagen hätte, aber erst, wenn er es dir gesagt hat. So ein Scheiß!" Mac brummt frustriert. „Ich mag keine Männer, die Geheimnisse haben, Tilly. Ich habe keine Geheimnisse. Ich sage dir sogar, dass sich meine Eier verändert haben, seit ich nicht mehr Fußball spiele. Sie sind schlaffer geworden. Ich überlege, ob ich zur Arbeit einen Lendenschutz tragen soll, wegen der Stützfunktion. So wenig geheimnisvoll bin ich!"

„Das hätte ich nie wissen wollen." Ich erschaudere über die unangenehme Tatsache, mit der mein Bruder mich gerade überfallen hat.

„Tja, jetzt weißt du es", brüllt er.

Ich seufze schwer. „Ich habe es dir schon mal gesagt, und ich sage es dir noch einmal. Es ist mir egal, was Santino mir sagen wollte. Ich empfinde keine Gefühle für ihn, Mac. Er ist wirklich der einzige Mensch, den ich aus meiner Zeit hier in London kenne, der nicht die absolut schlimmste Sorte Mensch ist, und ich würde euch gern einen Abend unter der Woche ohne Smarty Spice gönnen."

Freya lächelt mich selbstzufrieden an.

„Und mir gefällt nicht, wie meine Frau dich anlächelt." Mac zeigt anklagend mit einem Finger auf Freya. „Sie sieht so aus, als hättet ihr beide ein Geheimnis. Cookie, du und ich haben keine Geheimnisse. Ich sollte dich nicht daran erinnern müssen, dass wir Mann und Frau sind."

„Gut … willst du mein Geheimnis wissen?", sagt Freya mit amüsiert hochgezogenen Augenbrauen.

„Aye", brummt Mac nickend.

„Ich bin im Team Santino."

Macs Augen werden groß. „Du bist was?"

Freya zuckt mit den Schultern, unbeeindruckt von meinem wütenden Bruder. „Ich bin im Team Santino, und es ist mir egal, wer das weiß."

„Freya!", rufe ich mit anklagendem Blick. „Du sollst doch mein Anti-Liebescoach sein. Wie kannst du im Team Santino sein?"

Sie lächelt süß. „Ich finde, ihr seid ein schönes Paar, und du hast das verdient."

„Das sind keine verdammten Ponys, die wir paaren! Das ist meine Schwester. Und Santino ist ein schäbiger Mistkerl von Anwalt …"

„Der deine Fußballkarriere gerettet hat, indem er dir eine Rückkehr zu Bethnal Green ermöglicht hat, nachdem es in Glasgow nicht gut gelaufen ist." Freya starrt ihn an, als wolle sie ihn herausfordern, das Gegenteil zu behaupten.

Mac wirft den Kopf in den Nacken und beginnt, vor dem Kamin auf und ab zu gehen. „Erinnere mich ja nicht daran."

„Mac, es gab einen Grund, warum Tilly dir vor all den Jahren nicht erlaubt hat, ihn zu verprügeln, als du von dem Geld erfahren hast, das er ihr nach Dundonald geschickt hatte. Und es gibt einen Grund, warum sie mit ihm essen gehen will."

„Als platonische Freunde", füge ich mit Nachdruck hinzu, nachdem ich bei der Erwähnung des Geldes zusammengezuckt bin. Dieses Thema will ich sowas von *nicht* anschneiden. Offensichtlich braucht meine geliebte Schwägerin eine strenge Erinnerung daran. „Und die Vergangenheit liegt in der Vergangenheit."

Sie zwinkert mir spielerisch zu. „Pass auf dich auf, Liebes. Mummy hat Daddy in der Hand." Sie wendet ihren Blick wieder Mac zu. „Deine Schwester ist eine starke, unabhängige Frau mit einem Master-Abschluss und mehr Verstand als wir beide zusammen. Du musst jetzt aufhören, ein abscheulicher, beschützender großer Bruder zu sein, und sie ihre eigenen Entscheidungen treffen lassen. Sie tut gerade sehr viel für uns, und ich könnte weinen, wenn ich nur daran denke, wie hilfreich sie in den letzten Wochen für mich war. Sie hat ihr Leben in Dundonald aufgegeben, um für uns da zu sein, also lassen wir ihr für die Dauer ihres Aufenthalts ein eigenes Leben. Ende der Diskussion."

Macs Schultern heben und senken sich, während er tief durchatmet und den Mund öffnet, um zu sprechen, ihn dann aber klugerweise wieder schließt. Schließlich wendet er sich an mich. „Sag ihm, dass er einen Glasgow Kiss von mir bekommt, wenn er dich anrührt, klar?"

„Darauf kannst du wetten, Macky." Ich lächle meinen großen Bruder an, der von zwei Frauen in Schutt und Asche gelegt wurde.

Als er in die Küche stürmt, sieht Freya mich an. „Was ist noch mal ein Glasgow Kiss?"

„Eine Kopfnuss."

Freya verzieht das Gesicht. „Das hört sich nicht sehr nett an."

„Das soll es ja auch nicht sein." Ich kichere.

„Am besten sehen wir uns noch eine Folge *Bridgerton* an, damit du in die richtige *Stimmung* für dein Date kommst." Sie zwinkert mir frech zu, worauf ich nur den Kopf schüttle.

„Es ist kein Date."

„Okay, kleine Schwester."

Und einfach so … habe ich eine große Schwester, ob es mir nun gefällt oder nicht.

KAPITEL 10

DIE NACHRICHT VON TILLY, DASS MAC IHR GRÜNES LICHT FÜR UNSER „Geschäftstreffen" gegeben hat, war, gelinde gesagt, eine Überraschung. Ich hatte schon fast erwartet, dass ich Tanner oder Roan dazu bringen müsste, in meinem Namen mit Mac zu reden. Dieser sture Schotte verzeiht nicht so leicht.

Aber Tilly ist ihrem Bruder in dieser Hinsicht sehr ähnlich – sie ist stark, entschlossen und liebt es, das Leben auf ihre eigene Art zu leben. Aber als ich vor Macs und Freyas Haus in der Brick Lane vorfahre, hoffe ich, dass sie meine Einladung zum Essen angenommen hat, weil sie diesen Abend aus mehr Gründen will, als nur um ihren Bruder zu ärgern.

Denn ich habe große Hoffnungen für diesen Abend.

Dieser Kaffee mit Tilly kam mir vor wie in alten Zeiten, nur heller, klarer und ehrlicher. Vor Jahren war es für mich völlig in Ordnung, den Körper einer Frau zu kennen, aber nicht ihren Geist. Jetzt will ich alles, vor allem von der ganz anderen Tilly Logan.

Das ist also mein Ziel für heute Abend. Zu sehen, ob der Funke, den wir einst teilten, noch da ist. Zu sehen, ob vielleicht mehr an unserer Geschichte dran ist als die ursprüngliche Version, jetzt, wo Tilly und ich uns nicht mehr voreinander verstecken. Ihre Abstinenz schreckt mich in keiner Weise ab. Im Gegenteil, ich finde sie sogar sehr anziehend. Wir werden uns endlich so kennenlernen, wie wir es von Anfang an hätten tun sollen, ohne dass Alkohol oder willkürliche Regeln zwischen uns stehen.

Ich klopfe an die Tür und erschrecke, als Macs große Gestalt erscheint. Sein rotes Haar ist schweißnass, als er mit Boxhandschuhen und ohne Lächeln dasteht.

„Santino", sagt er mit zusammengebissenen Zähnen.

„Hallo Mac, schön dich wiederzusehen." Ich strecke eine Hand aus, um seine zu schütteln, aber er starrt mich nur an und weigert sich, mir auch nur einen Fauststoß zu geben.

„Mac, hör auf, ein Brummbär zu sein", ruft ein vertrauter Cornwall-Akzent von drinnen. „Und zieh diese lächerlichen Boxhandschuhe aus. Du bist schon seit zwanzig Minuten mit dem Training fertig."

Mac tritt zurück, um mich hereinzulassen. Als ich eintrete, schaue ich nach links und sehe Freya, die auf dem Sofa liegt, die Füße auf dem Couchtisch und eine große orangefarbene Katze auf dem Schoß.

„Hallo, Freya. Herzlichen Glückwunsch zu dem Baby, das auf dem Weg ist." Ich zeige dummerweise auf ihren ausgeprägten Schwangerschaftsbauch.

„Danke, Santino. Schön, dich wiederzusehen", antwortet sie fröhlich, während sie die Katze streichelt.

Als Mac neben mir murrt, schaue ich zu ihm hinüber in der Erwartung, dass er etwas sagt, aber er tut es nicht. Er murmelt nur verärgert und zieht widerwillig seine Boxhandschuhe aus.

Ich richte meine Aufmerksamkeit wieder auf Freya. „Wie lange dauert es noch bis zum Geburtstermin?"

„Oh, das Baby soll noch vor Weihnachten kommen, so Gott will. Nächste Woche haben wir einen Scan, um zu sehen, ob ich bald aus der Bettruhe entlassen werden kann." Freudig strahlt sie Mac an, der mich immer noch böse anschaut. „Tilly war ein Geschenk des Himmels. Und danke, dass du uns bei diesem Vertrag geholfen hast. Du und Tilly scheint alles unter Kontrolle zu haben, sodass ich mich auf meine eigentliche Aufgabe als menschlicher Inkubator konzentrieren kann.“

„Wie du auch solltest“, antworte ich mit einem gezwungenen Lächeln. „Und Tilly hat alles im Griff. Ich denke, die Überarbeitungen, die ich diese Woche für euch beide vorgenommen habe, sollten für das Meeting am Freitag von Vorteil sein.“

„Und ich habe gehört, dass du sie zu diesem Meeting begleitest? Das ist so rücksichtsvoll von dir. Mac, ist das nicht rücksichtsvoll von Santino?“

Mac klemmt sich die Handschuhe unter die Arme und murrt erneut, obwohl es diesmal eher wie ein Knurren klingt.

„Mac“, faucht Freya seinen Namen, woraufhin er seinen finsteren Blick auf sie richtet. „Rücksichtsvoll, nicht wahr?“

„Ja, sicher.“ Er schaut mich mit zusammengekniffenen Augen an. „Solange er bei *allem* rücksichtsvoll ist.“

Ich schlucke den Kloß in meiner Kehle herunter und nicke langsam. „Darüber musst du dir keine Sorgen machen, Mac.“

„Das will ich hoffen.“

Plötzlich wird unsere Aufmerksamkeit auf die Treppe gelenkt, als wir Tilly kommen hören. Meine Augen können nicht anders, als ihre zerrissene schwarze Jeans, ihre klobigen Stiefel und ihr weiß-schwarz-gestreiftes Tanktop zu bewundern, das lässig und doch irgendwie sexy an ihrem schmalen Körper hinunterfließt. Ich hatte ihr wegen meiner Pläne für später gesagt, sie solle sich bequem anziehen, aber ich hatte nicht erwartet, dass ihr „bequemer“ Look immer noch so sexy sein würde.

„Das trägst du also?“, blafft Mac, während er seine Schwester von Kopf bis Fuß mustert. „Du hast gesagt, das sei ein Geschäftstreffen.“

„Das ist es ja auch.“ Tilly zuckt mit den Schultern und blickt nervös zu mir herüber. „Wer bist du, die Modepolizei?“

„Du siehst toll aus!“, ruft Freya, womit sie ihren Mann zum Schweigen bringt.

Mac öffnet den Mund, aber Tilly stellt sich zwischen uns, ergreift meinen Arm und zieht mich zur Tür. „Ich sehe euch beide später. Genießt den Abend zu zweit.“

„Ich weiß immer noch nicht, warum ihr das Treffen nicht hier abhalten konntet. Wir haben einen sehr guten Küchentisch, an dem die Papiere gut Platz finden. Er ist stabil … aus Eiche." Mac steht in der Tür und sieht zu, wie wir zu meinem Auto gehen. Er deutet mit dem Finger auf meinen Audi. „Das fährst du also?"

„Ja?"

„War ja klar", schnaubt er.

Ich runzle die Stirn, als Tilly „Tschüss!" schreit und sich in mein Auto setzt, ohne ihren Bruder zu beachten.

Ich eile zur Fahrerseite und spüre die ganze Zeit Macs Augen auf mir. Als ich losfahre, schaue ich zu Tilly hinüber. „Bist du sicher, dass dein Bruder damit einverstanden ist?"

„Es ist zu spät, um seine Meinung zu ändern, Sonny. Fahr einfach." Ihre Stimme schwankt am Ende, als wäre sie nervös.

„Alles in Ordnung bei dir?"

„Ja", erwidert sie, während sie mich aus dem Augenwinkel heraus anschaut. „Bei dir?"

„Jetzt, wo dein Bruder mich nicht mehr anknurrt, geht es mir besser." Ich werfe einen Blick zurück, halb in der Erwartung, dass Mac mich verfolgt. Mein Blick fällt auf Tilly, die nachdenklich die Stirn runzelt. „Hast du etwas auf dem Herzen, Trouble?"

„Ja."

„Willst du dich mitteilen?"

„Ich denke, wir sollten Regeln haben", platzt sie heraus, während sie mit dem ausgefransten Rand eines Lochs in ihrer Jeans spielt.

„Regeln wofür?"

„Regeln für dieses ‚Geschäftstreffen'." Ich muss mir ein Lachen verkneifen über den seltsamen Tonfall, in dem sie „Geschäftstreffen" sagt.

„Warum bezeichnen wir es nicht einfach als Freunde, die essen gehen?", schlage ich vor, obwohl mein Körper sich gegen diese Idee sträubt, weil ich möchte, dass es dieses Mal anders ist. Ich möchte, dass sie einfach sie selbst ist und sich in meiner Gegenwart ein wenig entspannt. Aber wenn Tilly Regeln will, dann vielleicht, weil sie nervös ist.

Ich mag es, dass ich Tilly nervös mache.

„Wenn man bedenkt, dass wir einander nackt gesehen haben,

brauchen wir Regeln", stößt Tilly hervor, und ich ersticke fast an meinem eigenen Schock.

Ich schaue zu ihr rüber und sehe, wie sie nervös auf ihrer Unterlippe kaut, während ich frage: „Was hast du dir denn vorgestellt?"

„Regel Nummer eins …"

Ich presse die Lippen zusammen, denn sie ist im Moment auf niedliche Weise aufgeregt, aber sie hat sich offensichtlich Gedanken gemacht.

„Keine Gespräche über die Vergangenheit. Nur über die Gegenwart oder die Zukunft. Aber die Tatsache, dass wir eine gemeinsame Vergangenheit haben, ist jetzt vom Tisch. Okay?"

„Okay …", antworte ich langsam, während ich wünschte, ich könnte den Wagen anhalten, um in Erinnerungen zu schwelgen.

„Nummer zwei", fährt sie fort. „Kein Flirten oder überfreundliche Komplimente. Und keine Ritterlichkeit. Öffne mir keine Türen und sei kein Gentleman. Behandle mich einfach wie einen der Jungs."

Meine Hände verkrampfen sich um das Lenkrad, denn allein die Tatsache, dass Tilly in meinem Auto sitzt und mir ihr vertrauter Geißblattduft in die Nase steigt, den sie schon vor fünf Jahren hatte, macht diese Regel fast unmöglich. „Ich werde mein Bestes tun."

„Bitte tu das", scherzt sie. „Außerdem bezahlen wir getrennt."

„Das kann ich nicht tun", erwidere ich, während ich auf die Straße starre. „Das ist ein Geschäftstreffen, also zahle ich."

„Aber du hast mir gesagt, dass du mir deine Dienste nicht in Rechnung stellst."

„Und?"

„Dann sollte ich dich zumindest zum Essen einladen."

„Was ist mit der getrennten Bezahlung passiert?", frage ich und verkneife mir ein schelmisches Lächeln.

„Das ist mir egal. Ich lade zum Essen ein. Ende der Diskussion." Bei ihrem resignierten Tonfall kann ich nicht umhin, das Gefühl zu haben, als hätte ich bereits gewonnen.

„Möchtest du noch etwas zu dieser Liste hinzufügen?"

„Im Moment fällt mir nichts ein. Möchtest du noch etwas hinzufügen?"

Ich atme schwer aus. Mir fallen viele Dinge ein, die ich hinzufügen möchte, aber ich bin mir fast sicher, dass sie damit nicht einverstanden wäre.

Tilly

Santino bringt mich zu Dishoom in Shoreditch. Es ist ein lebhaftes, trendiges kleines Lokal, vor dem eine lange Schlange steht. Santino geht jedoch an allen vorbei, und ein Mann namens Keenil führt uns sofort zu einem gemütlichen kleinen Tisch für zwei direkt am Fenster. Als ich Santino frage, wie wir so schnell einen Platz bekommen haben, winkt er ab und erklärt, der Besitzer sei ein großer Fußballfan.

„Getränke?", fragt die Kellnerin mit Stift und Papier in der Hand.

„Ich nehme einen Chai-Tee, bitte."

„Machen Sie zwei daraus", fügt Santino hinzu.

Ich runzle die Stirn. „Das musst du nicht tun."

„Was tun?"

„Tee trinken. Du kannst dir einen Drink gönnen. Ich werde keine Krämpfe am Tisch bekommen."

„Ich liebe den Chai-Tee hier. Wirklich."

Die Kellnerin ist nicht im Geringsten interessiert und verschwindet, dann atme ich langsam aus. Es fühlt sich gefährlich ritterlich an, dass er ein nichtalkoholisches Getränk bestellt, und das war eine der Regeln, von denen ich nicht wollte, dass er sie heute Abend bricht. Ich brauche keinen Grund, um mich zu ihm hingezogen zu fühlen.

Aber wenn ich ehrlich bin, ist die Geste wirklich süß.

Während des Essens stelle ich fest, dass ich vor lauter Stress Naan in mich hineinstopfe und ununterbrochen über Freyas Auswahl an Haustierkleidung für Harrods und darüber spreche, wie sie auf Instagram immer mehr Follower gewinnt. Ich glaube, ich erzähle sogar eine langatmige Geschichte darüber, dass ihr Kater Hercules sich keines der Kleidungsstücke von mir anziehen lassen will, weil er mich hasst und jedes Mal faucht, wenn ich mich ihm nähere. Dann erzähle ich, dass ihr Kater Jasper und ich uns gut verstehen und er jetzt jede Nacht auf dem Ersatzkissen in meinem Bett schläft, und oh mein Gott, ich klinge wie eine verrückte, alleinstehende Katzenlady. Wen interessieren im Moment schon die blöden Katzen von Freya und Mac? Was ist nur los mit mir?

Ich trinke einen langen Schluck Tee, um mich zu beruhigen, denn ich weiß, was mit mir los ist. Ich rede viel, weil ich nervös bin. Und ich bin nervös, weil Santino heute Abend verdammt heiß aussieht.

Das ist nicht falsch zu verstehen, er war schon immer sündhaft attraktiv in seinen maßgeschneiderten Anzügen und mit seiner zurückgestylten Business-Frisur. Aber heute Abend ist er lässig sexy in einer verblichenen Jeans und Turnschuhen plus einer Art teuer aussehendem Pullover, der sicher mehr gekostet hat als mein ganzes Outfit. Und sein schwarzes Haar ist weich, ohne jegliches Gel in Sicht. Seine natürlichen Wellen fallen ihm ständig über die Stirn und erinnern mich an die Zeiten, in denen wir intim waren. Er lag auf mir, drang tief in mich ein, sein Haar war durcheinander, weil ich mit den Fingern hindurchgefahren war. Die lebhaften Erinnerungen daran, wie ich mich mit ihm fühlte, wenn wir ineinander verschlungen waren, lassen Wärme in mir aufsteigen. *Hör auf, Tilly. Hör sofort damit auf. Wir schwelgen nicht in Erinnerungen. Das ist kein Date. Das ist ein Geschäftstreffen.*

Er hat mir sogar gesagt, ich solle mich bequem anziehen, was bedeutet, dass er sichergehen wollte, dass ich nicht in einem sexy kleinen Schwarzen und High Heels auftauche. Das bedeutet, dass Santino auch nicht in Erinnerungen schwelgen will.

Das ist also gut.

Ich kann mich heute Abend … einfach entspannen und ich selbst sein.

Ich werde etwas gelassener, als wir den neuen Vertrag durchgehen, den er aufgesetzt hat. Er ist in jeder Hinsicht perfekt, und ich bin wirklich dankbar dafür, dass Allie ihn mir aufgedrängt hat, denn wenn Harrods dem zustimmen kann, dann geht es nach unserem Meeting am Freitag mit Volldampf weiter.

Als wir Kaffee und Nachtisch bestellen, kann ich meine Neugierde über Santinos Veränderung nicht mehr zügeln. Ich springe über meinen Schatten und frage: „Was hat es mit diesem Spitznamen Zweimonats-Trottel auf sich, von dem ich gehört habe?"

Santinos dunkle Augenbrauen heben sich, während er seine Tasse Kaffee an die Lippen hält. „Wie bitte?"

Ich unterdrücke ein Lächeln. „Ich habe gehört, dass du mittlerweile eine Art monogamer Herzensbrecher bist."

Santino schüttelt den Kopf und rollt mit den Augen. „Wer hat dir das gesagt?"

„Freya hat es von Allie, Allie von Roan, glaube ich?"

„Eine Sache, die man über die Harris-Familie und all ihre Freunde und Cousinen wissen muss, ist, dass es so etwas wie Geheimnisse nicht gibt. Nicht, dass mein Liebesleben etwas zu verbergen hätte, aber wenn jemandem ein bisschen Klatsch und Tratsch angeboten wird, erfährt jeder davon. Und ich meine jeder."

Kichernd steche ich mit meiner Gabel in eine süße Modawk-Teigtasche, die mit Muskatnuss und Safran gefüllt ist. „Also, was bedeutet das genau?"

„So ziemlich das, wonach es sich anhört." Er seufzt schwer. „Ich scheine es nicht zu schaffen, dass eine Beziehung sehr lange hält. Manche enden nach ein paar Wochen, manche nach ein paar Monaten."

Ich runzle die Stirn, weil Santino jetzt so anders und reifer wirkt. Er macht jährliche Ausflüge mit seiner Mutter und hilft Freya und mir freiwillig. Er ist definitiv nicht mehr der schäbige Nachtclub-Typ, den ich vor fünf Jahren kennengelernt habe, aber vielleicht ist er tief im Inneren immer noch ein frauenverachtendes Arschloch, das sich nicht binden kann. „Was meinst du, was das Problem ist?", frage ich, auch wenn ich die Antwort wahrscheinlich schon kenne.

Er zuckt mit den Schultern. „Fehlender Funke, fehlendes Interesse, fehlender ... guter Sex." Seine dunklen Augen verengen sich auf mich, und ich spüre ein Flattern in meinem Bauch, das wirklich verschwinden muss.

„Klingt ... als würde etwas fehlen. Wie viele gab es denn?" Ich schlucke den Kloß in meinem Hals hinunter, denn ich hasse es, dass ich immer mehr Fragen stelle. Es hat mich nie interessiert, mit wem er schläft, auch nicht, als wir miteinander schliefen, also warum sollte ich mich jetzt darum scheren?

„Gott, ich habe den Überblick verloren." Er greift über den Tisch und schnappt sich eine Teigtasche von meinem Teller. „Zuerst habe ich mich von den Harris-Frauen verkuppeln lassen, dann habe ich versucht, auf eigene Faust jemanden zu finden. Aber es liegt nicht daran, dass ich es nicht versucht hätte, das kann ich dir sagen."

„Was hat deinen plötzlichen Sinneswandel ausgelöst?", frage ich und beobachte seinen kantigen, bärtigen Kiefer, während er auf seiner Leckerei herumkaut. „Meines letzten Wissens bist du schreiend vor Beziehungen davongelaufen."

„Vorsichtig." Er zwinkert. „Du willst doch nicht gegen eine unserer Nicht-Date-Regeln verstoßen."

Ich rolle mit den Augen. „Weichst du der Frage aus?"

Ein ernster Ausdruck tritt in seine Augen. „Nein, aber ich glaube nicht, dass dir die Antwort gefallen wird."

Mir rutscht das Herz in die Hose. „Sag es mir trotzdem."

Er lehnt sich in seinem Sitz zurück und atmet schwer aus, wobei ein finsterer Blick über sein Gesicht huscht, den er sofort wieder verdeckt. „Ein Teil davon war einfach, dass ich zu alt war, um mit Fußballern in Clubs zu gehen und mit Mädchen zu schlafen, die alle versuchten, einen Harris-Bruder zu vögeln. Ehrlich gesagt, wenn ich zurückblicke, ist das erbärmlich. Ich hätte damals schon mein eigenes Leben haben sollen." Sein Gesicht wird ernst, als er hinzufügt: „Aber der wahre Grund hatte viel mehr mit dem zu tun, was dir passiert ist."

„Mir?" Meine Haut kribbelt vor Angst.

Er nickt langsam, seine Augen werden ernst. „Gewisse Dinge in meiner Vergangenheit haben dazu geführt, dass das, was dir passiert ist, mich auf einer tiefen, dunklen Ebene berührt hat."

„Welche Dinge?", frage ich, neugierig zu ihm gelehnt.

Sein Gesicht wird hart, und er schüttelt entschlossen den Kopf. „Es ist nicht wichtig, aber es ist … auf seltsame Weise damit verbunden. Nach deinem Umzug wurde mir klar, dass all die Dinge, die ich aus meinen eigenen, beschissenen Gründen vermieden hatte, plötzlich gar nicht mehr so beängstigend waren."

Ich blinzle ihn an, während diese kryptische Information in

meinem Kopf taumelt. Worauf spielt er an? Was an meiner Situation könnte möglicherweise etwas in ihm ausgelöst haben? Ich öffne den Mund, um Fragen zu stellen, nachzuhaken, herauszufordern und die ganze Geschichte zu erfahren … aber ich kann nicht. Tiefgründige Fragen wie diese zu stellen würde nicht nur gegen die Regeln verstoßen, sondern sie in Stücke reißen.

Ich beiße mir auf die Lippe und zwinge mich zu einer sehr sanften Antwort: „Nun, ich schätze, immerhin hat sich eine gute Sache aus meiner Situation ergeben. Jetzt bist du der perfekte Single-Mann."

„Wohl kaum." Seine Schultern beben vor stummem Lachen. „Wenn du es genau wissen willst, es ging mir eine Zeit lang schlechter, nachdem du weg warst."

„Das klingt viel mehr nach Santino Rossi."

„Ja …, das war eine Phase. Dann begannen die Harris-Brüder alle zu heiraten, einer nach dem anderen, und ich fing schließlich an zu glauben, dass ich das auch haben kann, wenn sie es sogar haben können."

Er zuckt mit den Schultern, als wäre seine Aussage keine große Sache, obwohl ich weiß, dass sie eine sehr große Sache ist. Santino war von dem Moment unseres Kennenlernens an gegen Beziehungen. Das hat er sehr deutlich gemacht … was damals ein Teil des Reizes war. Es ist faszinierend zu sehen, wie anders er jetzt ist.

Schweigen bricht über uns herein, während in den Tiefen meiner Augen Gefühle aufsteigen. „Darf ich dich etwas fragen?" Ich höre mein Herz sprechen, auch wenn mein Verstand will, dass es verdammt noch mal die Klappe hält.

„Immer", antwortet er und sein Gesicht nimmt einen ernsten Ausdruck an.

„Worüber wolltest du vor ein paar Jahren mit mir reden, als du um Macs Segen gebeten hast?" Mein Gesicht flammt vor Hitze auf, und ich bete, dass er es nicht sieht.

Er zuckt zusammen und senkt sofort den Blick. „Das ist jetzt nicht wichtig."

„Es muss dir sehr wichtig gewesen sein, wenn du dich an meinen Bruder gewendet hast", erwidere ich, da ich mich frage, ob es etwas mit den Dingen aus seiner Vergangenheit zu tun hat, auf die er angespielt hat.

Er sieht mich mit zusammengekniffenen Augen an. „Ich habe das Gefühl, dass das mehr als nur ein Verstoß gegen deine Regeln ist."

„Du wolltest doch von Anfang an keine Regeln." Ich starre ihn herausfordernd an, während meine innere Stimme mich aufgrund meiner Schwäche anschreit.

Er seufzt schwer, während sein Blick über mein Gesicht wandert und jedes Merkmal auf eine Weise erfasst, durch die ich mich nackt fühle. „Weißt du, es ist mir egal, was du im Fahrstuhl gesagt hast. Ich gebe mir immer noch die Schuld an dem, was mit dir passiert ist."

Mein Mund öffnet sich. „Warum?"

Seine Miene ist von Mitgefühl erfüllt. „Selbst mit unseren dummen Regeln, die wir in der Vergangenheit hatten, konnte ich sehen, dass es dir nicht gut ging. Ich konnte sehen, dass du Probleme hattest."

Ich schüttle langsam den Kopf. „Es hatte nichts mit dir zu tun."

„Ich weiß, aber …"

„Aber nichts", unterbreche ich ihn. „Ich habe in jener Nacht meine eigenen Entscheidungen getroffen. Entscheidungen, die Konsequenzen hatten, und nun … Das ist jetzt egal. Die Dinge haben sich so entwickelt, wie sie sollten, und jetzt bin ich hier und esse Teigtaschen."

Er lächelt langsam. „Mit einem alten Freund."

Ich kneife die Augen zusammen. „Geschäftspartner."

Als er lacht, lässt der Klang Blitze in meinem Bauch zucken. „Du wirst meine Freundin sein, Tilly Logan."

„Wie du meinst, Sonny", brumme ich und nehme noch einen Schluck Kaffee. „Und glaube ja nicht, dass ich nicht gemerkt habe, dass du meiner Frage gerade geschickt ausgewichen bist."

Er rollt mit den Augen. „Trocken hin oder her, du bist immer noch nichts als Ärger, Tilly Logan."

Und ich habe das ungute Gefühl, dass Santino Rossi Ärger mögen könnte.

KAPITEL 11

Wie durch ein Wunder lässt Santino mich das Essen bezahlen, und als wir wieder in seinem Auto sitzen, wird mir klar, dass wir nicht nach Hause in die Brick Lane fahren. „Wohin fahren wir?"

„Ich habe eine Überraschung für dich."

„Oh?"

„Deshalb habe ich dir gesagt, du sollst dich bequem anziehen." Er zwinkert mir zu, als er um eine Ecke biegt. „Das ist mein Gebäude", sagt er beiläufig.

Ich schaue auf ein großes, vierstöckiges Gebäude aus Ziegeln und Glas. Es unterscheidet sich deutlich von den anderen, älteren Häusern. „Gehen wir da hin?", frage ich, und mein Puls beschleunigt sich, als mir Bilder in den Sinn kommen, wie wir durch seine alte Wohnung stolpern und uns Stück für Stück unserer Kleidung entledigen.

„Nein", antwortet er lachend. „Wir fahren nur auf dem Weg daran vorbei."

„Oh." Ich atme schwer aus und tue mein Bestes, um meine Gedanken von ihrer schmutzigen Richtung abzulenken.

Wenige Augenblicke später fährt er auf ein eingezäuntes Parkhaus zu. Ein älterer Mann kommt aus einem gemauerten Sicherheitshäuschen heraus und nähert sich dem Fahrzeug. Santino lässt das Fenster herunter. „Hiya, Sedgwick."

„Guten Abend, Mr. Rossi." Sedgwick neigt den Kopf, um mit mir Augenkontakt aufzunehmen. „Hallo, Miss."

„Ähm, hallo?", krächze ich. Mein Blick fällt auf seine Jacke, auf deren linker Brusttasche *Tower Park Grounds Crew* steht.

„Ist alles vorbereitet?", fragt Santino.

„Das ist es. Roger hat vorhin das Licht für Sie angemacht, es sollte also schön warm sein."

„Großartig. Ihr seid unglaublich."

Sedgwick wirft Santino einen ernsten Blick zu. „Nun, wir wissen zu schätzen, dass Sie sich kostenlos um unsere Gewerkschaftsverträge gekümmert haben, also ist das das Mindeste, was wir tun können." Sedgwick senkt den Kopf und schenkt mir ein freundliches Lächeln. „Sie müssen eine besondere junge Dame sein, um einen solchen Abend zu rechtfertigen."

„Ich bin mir noch nicht einmal sicher, was hier los ist", antworte ich mit einem nervösen Lachen.

„Das werden Sie noch früh genug erfahren", sagt Sedgwick fröhlich und klopft auf das Auto, bevor er zum ferngesteuerten Tor geht, um es für uns zu öffnen.

„Ich bin nicht so scharf auf Überraschungen, Sonny", sage ich nervös, während ich mir den Kopf darüber zerbreche, was wir spätabends im Tower Park machen könnten.

Santino tätschelt mein Bein. „Es ist wirklich keine große Sache, das verspreche ich dir. Sedgwick ist ein guter Freund von Tanner und war mehr als bereit, das zu tun."

Seine Hand verweilt einen Moment auf meinem Bein, wobei seine Finger über die nackte Haut streichen, die durch eines der Löcher in meiner Jeans hervorschaut. Auf meinem ganzen Körper bricht eine Gänsehaut aus und zwischen meinen Beinen pulsiert die Erregung. Ich schlucke nervös, als ich seine große, maskuline Hand auf meiner blassen Haut betrachte.

Er bemerkt, wie ich seine Berührung beobachte, woraufhin er

seine Hand schnell wegzieht und wieder auf das Lenkrad legt. „Tut mir leid."

„Ist schon in Ordnung", stoße ich hervor. *Mein Gott, es war mehr als in Ordnung, und ich muss mich jetzt unter Kontrolle bringen.*

Er wendet sich mir mit hoffnungsvoller Miene zu, als wäre meine Antwort ein Anfang. „Es ist in Ordnung?"

„Ich meine, das ist nicht in Ordnung!", platze ich heraus, wobei mein Kopf nach vorn schnellt und mein Gesicht vor Demütigung in Flammen aufgeht. „Aber es ist schon in Ordnung. Ich meine …, lass es nicht wieder vorkommen." Der letzte Satz kommt ein bisschen zu hart rüber, und ich zucke zusammen.

Er lacht und fährt durch das Tor, um direkt neben einer kleinen Seitentür zu parken, über der ein schwaches gelbes Licht brennt. Wir steigen aus dem Auto und ich sehe ihn stirnrunzelnd an. „Wir sind jetzt im Tower Park, oder?"

„Das sind wir." Er zwinkert.

„Warum?", frage ich, als er einen Schlüssel herauszieht, um die Tür aufzuschließen.

„Du sagtest, du hättest den Tower Park vorher nie sehen können, also dachte ich, ich führe dich ein wenig herum." Mein Mund öffnet sich vor Schreck, aber meine Aufmerksamkeit wird abgelenkt, als er die Tür zu einem langen, schwach beleuchteten Flur öffnet. „Du bist viel zu jung und schön, um mit Reue zu leben. Folge mir."

Er schaut auf meine Hand, als wolle er sie halten, also stecke ich sie schnell in meine Tasche, um ihm diese Möglichkeit zu nehmen. Ich habe seine Berührung im Auto kaum überlebt, also werde ich intimes Händchenhalten auf keinen Fall überleben.

Wir gehen durch den düsteren Betonflur, und Santino muss sich unter den tiefhängenden Lampen hindurch ducken, auf die er mich ebenfalls hinweist.

„Wurde dieser Gang für Trolle gebaut?" Meine Stimme hallt laut in dem Raum wider.

Er schnaubt. „Nein, nur für Kobolde und Hobbits. Trolle nehmen den Nordeingang." Er lacht über seinen eigenen Witz, und ich verdrehe die Augen und unterdrücke mein eigenes Lächeln.

„Gleich hier", sagt Santino, tritt einen Schritt zurück und legt seine Hand leicht auf meinen Rücken, um mich um die Ecke zu führen, sodass mein Körper durch seine Berührung erneut summt. „Das ist der Eingang für die Heimmannschaft."

Ich blinzle gegen den Ansturm der Stadionlichter, die durch den langen, weißen Tunnel hereinströmen. Das unwirklich grüne Spielfeld schimmert in der Ferne. „Oh mein Gott."

Ich gehe schnell und höre Santino hinter mir, als wir aus dem Tunnel auf das wunderschöne Gelände des Tower Park Fußballstadions treten. Ich schirme meine Augen ab und lasse sie sich an das Licht gewöhnen, während ich am Rand stehe und auf den saftig grünen Rasen blicke.

„Kann ich da rausgehen?", frage ich, drehe mich um und sehe, dass Santino mich mit großem Interesse beobachtet.

„Natürlich", antwortet er lachend. „Ich habe dich nicht nur zum Anschauen hergebracht."

Kindisch strecke ich die Zunge heraus und mache mich auf den Weg in die Mitte des Spielfelds, wo im Mittelkreis ein Sack mit Fußbällen liegt. Der Rasen ist schwammig unter meinen flachen Stiefeln und ich drehe mich um, wo ich die hellen Stadionlichter sehe, die den Rasen und die Tribünen beleuchten. Auf der einen Seite des Stadions steht auf alten, weiß gestrichenen Holzstühlen TOWER PARK geschrieben. Die andere Seite sieht aus, als gäbe es dort oben mehrere verglaste Suiten und Büros. Es fühlt sich groß und wichtig an. Magisch und überwältigend.

Das letzte Mal, dass ich auf einem solchen Spielfeld war, war ich mit meinem Bruder und meinem Großvater in Glasgow. Mein Großvater war damals in Dundonald sehr krank, und Mac machte einen Wechsel zu den Rangers als eine Art letzter Wunsch. Nach dem Spiel durften wir auf das Spielfeld gehen, und ich werde den Gesichtsausdruck meines Großvaters nie vergessen.

Stolz.

Reiner, unbelasteter, tränenreicher Stolz.

Ich erinnere mich daran, wie ich ihnen bei ihrer Umarmung zusah und einen Anflug von Neid empfand, weil ich nicht mehr aus meinem Leben gemacht hatte, um unseren Großvater vor seinem Tod stolz zu machen. Dann erinnere ich mich daran, dass ich mich dafür hasste, dass ich während eines so wichtigen Moments am Ende seines Lebens so schreckliche Gefühle hatte. Ich war so sehr in meinem eigenen Kopf gefangen, dass ich die Atmosphäre im Stadion nicht richtig wahrgenommen habe, wie ich es hätte tun sollen.

Dieser Moment hier im Tower Park … fühlt sich wie eine zweite Chance an.

Santino geht langsam auf mich zu, die Hände in die Taschen seiner Jeans gesteckt, als wäre dies ein ganz normaler Arbeitstag für ihn. „Ziemlich großartig, oder?"

Ich nicke und spüre, wie sich ein Kloß in meiner Kehle bildet. „Ist es komisch, dass ich weinen möchte?"

Sein Gesicht wird vor Sorge lang. „Kommt darauf an, warum du weinen willst, schätze ich."

Ich atme tief ein und versuche, mich zu beruhigen, denn meine Augen brennen vor lauter unvergossener Tränen. „Es ist einfach überwältigend."

„Was?"

„Das Leben", antworte ich ehrlich und mit bebendem Kinn, während ich ihn mit feuchten Augen ansehe. „Ich habe so viel davon verpasst, als ich die ganze Zeit getrunken habe. Und dann habe ich mich so sehr darauf konzentriert, trocken zu werden, dass ich auch diese Zeitspanne verpasst habe. Erst als meine Mutter anrief und mir sagte, dass Freya das Baby fast verloren hätte …" Meine Stimme bricht, während sich die Erinnerung an den Anruf, der mich noch immer in meinen Träumen verfolgt, in meinem Kopf wiederholt. „Sie rief an und sagte mir, dass sie im Krankenhaus seien, und es war dieses seltsame Gefühl eines Déjà-vus, das mich so erschreckte, dass es mich wachgerüttelt hat."

Ich fahre mir mit einer zitternden Hand durch die Haare und starre auf die hellen Lichter, die durch meine Tränen verschwommen sind. „Ich hatte so sehr einen Tunnelblick auf meine eigene Reise, dass ich die aller anderen verpasst habe. Meine Familie. Menschen, die mich liebten und mich in meinen dunkelsten Tagen unterstützten. Sie alle hatten mit ihren eigenen persönlichen Schrecken zu kämpfen, und ich war so mit mir selbst beschäftigt, dass mein eigener Bruder nicht das Gefühl hatte, er könne mich anrufen und mir von dem beängstigendsten Moment seines Lebens erzählen."

Erinnerungen an meine eigene Vergangenheit drängen sich mir auf, während mir die Tränen über das Gesicht fließen. Ich wische sie weg und versuche, mich zu sammeln, denn dies ist weder der richtige Zeitpunkt noch der richtige Ort, um eine Gewissenskrise zu haben.

„Ihnen jetzt zu helfen …, ist meine Chance, die verlorene Zeit wieder aufzuholen." Ich räuspere mich und bemühe mich, mutig und unbeeindruckt auszusehen. „Deshalb fühlt es sich in den letzten Wochen hier in London so an, als hätte ich mir zum ersten Mal erlaubt, wirklich zu leben statt nur zu überleben." Ich mache eine langsame Drehung und zeige auf den großen Bereich um mich herum. „Und es ist überwältigend, weil alles so klar und so präsent ist, und ich kann alles so deutlich sehen. Ich bin traurig über alles, was ich zuvor verpasst habe."

Santinos Gesicht verzieht sich vor Mitleid. „Du bist doch jetzt hier, oder?", fragt er leise.

„Ich denke schon." Ich zucke mit den Schultern, da ich mich immer noch für meine Entscheidungen in der Vergangenheit hasse.

Er kommt auf mich zu. „Du bist hier, Tilly. Du bist hier, und du machst dich gut. Du hilfst deinem Bruder und Freya. Du schlägst dich unglaublich gut mit Freyas Geschäft. Die Gegenwart ist das Wichtigste, erinnerst du dich? Ist das nicht eine deiner Regeln? Nicht über die Vergangenheit reden. Dazu gehört auch, dass du dich nicht für vergangene Entscheidungen selbst verachtest, okay?"

Mein Kinn bebt, als Santino mir die Schulter reibt. Es ist eine tröstliche, sanfte Liebkosung, die mir bewusst macht, dass ich mich schon seit Ewigkeiten vor niemandem mehr so verletzlich gezeigt habe. Nicht einmal mein Bruder und meine Eltern sehen mich so. Ich habe ihnen immer nur genügend erzählt, damit sie sich keine Sorgen machen mussten, aber ich habe ihnen nie wirklich alles erzählt, was ich erlebt habe.

Ich konnte nicht. Ich habe mich zu sehr geschämt.

„Komm her", sagt Santino, ergreift meinen Arm und zieht mich zu sich heran.

„Mir geht es gut", antworte ich, schniefe laut und versuche, meine Tränen zu unterdrücken.

„Natürlich geht es dir gut", sagt er mit Nachdruck, und bevor ich weiß, wie mir geschieht, umarmt er mich fest.

Meine Hände sinken an meinen Seiten hinunter, während ich mich mental gegen seine Umarmung wehre. Doch sobald sein vertrauter Duft in meine Nase steigt, strömen winzige Erinnerungsfetzen in meinen Kopf. Momente in Santinos Wohnung, in meiner Wohnung, Momente, in denen er mich in einem überfüllten Pub ansah und ich nur noch mit ihm gehen und nie wieder zurückblicken wollte.

Oberflächlich hatten wir nur Sex, aber die Tatsache, dass ich mich an unsere Verbindung von damals erinnern kann, diese Anziehungskraft …, macht mich dankbar. Als hätte ich nicht meine ganze Geschichte verdrängt.

Er streichelt meinen Hinterkopf und streicht mit den Fingern durch mein Haar. Es fühlt sich so gut an und so tröstlich, dass die Tränen, die ich zurückhalten wollte, zu laufen beginnen, während mein Kopf in den perfekten Platz an seiner Schulter sinkt. Ich schlinge meine Arme um seine Taille und halte mich fest, während ich diesen Moment genieße. Es ist schon lange her, seit mich ein Mann gehalten hat. Eine sehr lange Zeit. Und die Tatsache, dass es ausgerechnet Santino Rossi ist, überrascht mich aus vielerlei Gründen.

Santino war nicht der Typ, der umarmt und tröstet. Wenn er mich in der Vergangenheit berührte, geschah das zu unser beider Vergnügen. Das hier fühlt sich seltsam selbstlos an, und das ist eine Seite an ihm, die ich nicht gewohnt bin.

Schließlich sammle ich mich und murmle an seiner Brust: „Du weißt, dass das gegen einige meiner Regeln verstößt."

Santino drückt mich fester an sich und knurrt mir ins Ohr: „Freunde können sich umarmen."

Meine Lippen verziehen sich zu einem zaghaften Lächeln, während ich in sein Schlüsselbein murmle: „Das fühlt sich nach mehr als einer Umarmung an."

„Freunde umarmen sich ständig lange." Seine Brust bebt vor leisem Lachen, und schließlich lässt er mich los, tritt einen Schritt zurück und sieht mich mit einem freundlichen, besorgten Blick an. Er streicht mit dem Daumen über meine tränenverschmierte Wange. „Geht es dir gut?"

„Aye, sicher", weise ich ihn ab, trete einen Schritt zurück und schenke ihm ein zittriges Lächeln. „Nichts, was ein starker Drink oder eine jahrzehntelange Therapie nicht beheben könnte."

Er lächelt mich stolz an und wackelt dann mit den Augenbrauen. „Willst du ein bisschen Ball spielen?"

Diese Frage schockiert mich. „Weißt du, wie man Fußball spielt?"

„Ich war ziemlich gut im örtlichen Jugendclub, das solltest du wissen." Er bückt sich und kippt den Sack mit den Bällen aus.

„Wirklich?" Ich kann den Unglauben in meinem Gesicht nicht verbergen, auch wenn ich es versuche.

Er schenkt mir ein schelmisches Lächeln, während er einen Ball aufhebt und ihn zwischen den Händen hin und her wirft. „Nun, meine Mutter dachte das."

Diese Antwort entlockt mir ein Lachen. „Gott, das kann ich mir vorstellen."

„Was ist mit dir?" Er weicht von mir zurück und lässt den Ball auf seinen Fuß fallen, um ihn hochzuhalten. „Du hast einen Bruder, der als Profi gespielt hat, da hast du doch sicher auch etwas gelernt."

„Oh, ich weiß viel, keine Sorge." Plötzlich stürze ich mich auf ihn und gebe ihm einen kräftigen Stoß, bevor ich ihm den Ball klaue.

„Oh, Mist", keucht Santino und dreht sich, um mir hinterherzulaufen, während ich über das Spielfeld in Richtung Netz dribble. „Ich war nicht bereit!"

„Ein Anfängerfehler, Sonny. Du solltest immer bereit sein!" Ich lache und schreie, als er kommt und mir den Ball wieder wegnimmt. „Scheiße!"

„Oh ja", antwortet Santino, wobei er so stark lacht wie noch nie in all der Zeit, die ich ihn kenne. „Mein Trainer hat nie geglaubt, dass ich das Zeug dazu habe, aber meine Mutter hat immer an mich geglaubt."

Mein Bauch tut weh vom Lachen und Laufen, während ich seinen Pullover packe und versuche, ihm den Ball wieder abzunehmen.

„Hey! Pass auf deine Hände auf, Logan!", brüllt er.

„Manchmal muss man ein wenig schmutzig spielen, Rossi! Sei nicht so empfindlich."

„Ich bin nicht empfindlich! Ich befolge nur die …"

Plötzlich verheddern sich unsere Beine, und ehe ich mich versehe, fällt er rückwärts und reißt mich mit sich nach unten. Ich lande mit einem *Uff* auf ihm und seine Hände landen irgendwie auf meiner Taille, während meine auf seinen festen, sehr gut geformten Oberkörper drücken.

Wir lächeln beide, lachen und atmen schwer. Wirklich schwer. So schwer, dass unsere Körper sich auf eine Weise aufeinander bewegen, die sich einfach … himmlisch anfühlt.

Santinos Lachen erstirbt, als sein Blick auf meine Lippen fällt. Im Gegenzug starre ich auf die seinen, und als ich spüre, wie er seinen Kopf aus dem Gras hebt und sich meinem Mund nähert, drehe ich mich schnell auf den Rücken und springe wieder auf die Füße.

„Das war eine billige Nummer", blaffe ich, während ich die Hitze in meinen Wangen spüre. *Und zwischen meinen Beinen.*

Santino stützt sich kopfschüttelnd auf die Ellbogen. „Du warst diejenige, die mich gefoult hat."

„Ich habe dich nicht gefoult! Du hast die ganze Zeit geblockt! Du hättest mit Sicherheit eine Gelbe Karte bekommen."

Er knurrt, und dann ist er plötzlich wieder auf den Beinen und jagt dem Ball hinterher. Ich sprinte ihm nach, aber diesmal halte ich mir mehr Freiraum. Heute Abend können keine Regeln mehr gebrochen werden. Nicht unter meiner Aufsicht.

KAPITEL 12

AM SPÄTEN FREITAGNACHMITTAG STEHE ICH VOR DER Unternehmenszentrale von Harrods und fummle an meiner Krawatte herum, während ich darauf warte, dass Tilly zu unserem Meeting erscheint. Ich frage mich, was sie wohl tragen oder wie sie sich verhalten wird, denn Tilly hat in der letzten Woche den Großteil meiner Gedanken beschäftigt. Mindestens fünfmal habe ich mein Handy in die Hand genommen, um sie anzurufen, aber ich habe mich zurückgehalten, weil ich sie nicht verschrecken wollte. Und wenn ich ihr alles erzählte, was mir in den letzten achtundvierzig Stunden durch den Kopf gegangen ist, würde sie wahrscheinlich schneller weglaufen, als ich sie einfangen könnte ... selbst wenn sie einen Fußball dribbelte.

Die Wahrheit ist, dass dieses Essen am Mittwochabend ein Wendepunkt für mich darstellt. Vielleicht ist es ihre Enthaltsamkeit, die sie noch umwerfender gemacht hat, oder vielleicht liegt es daran, dass sie mir auf dem Spielfeld in den Arsch getreten hat, kurz nachdem sie mir ihre Seele geöffnet und Tränen auf meinem Hemd hinterlassen hat, aber ich will sie jetzt mehr denn je. Und die Tatsache, dass ich in den letzten zwei Tagen nichts anderes getan habe, als mir wie ein verdammter Teenager einen runterzuholen, ist gelinde gesagt peinlich. Ich bin ein sechsunddreißig Jahre alter Mann. Ich sollte besser sein.

Aber keine Frau in meinem ganzen Leben hat mich je so beeinflusst wie Tilly. Und Gott, es ist erst eine Woche her.

Dieses Gefühl, etwas zu wollen, was ich nicht haben kann, gefällt mir nicht. Aber bei Tilly muss ich mich klug anstellen. Die Freundschaft zwischen uns funktioniert, und ich muss sie zu mir kommen lassen, sonst zieht sie wieder ihre Mauern hoch wie die beeindruckende schottische Festung, von der ich weiß, dass sie sie sein kann. Also muss ich im Moment einfach so lange geduldig sein, wie es nötig ist. Und verdammt noch mal hoffen, dass es nicht lange dauert.

Mein Blick geht nach links, denn ich spüre sie kommen, bevor ich sie sehe. Sie sieht aus wie eine große, umwerfende Geschäftsmagnatin, die durch die Straßen Westlondons spaziert, als gehöre ihr diese Stadt. Sie trägt eine schlichte, weiße Bluse, eine schwarze Hose mit weitem Bein und hohe Absätze. Ihr langes erdbeerblondes Haar ist zu einem tiefen Dutt hochgesteckt, und ihr Make-up hebt sich auffällig von ihrer hellen Haut ab.

Verdammt noch mal, wenn ich am anderen Ende dieses Geschäftstreffens wäre, würde ich dieser Frau alles geben, was sie will.

Als ihr Blick den meinen trifft, schenkt sie mir ein selbstbewusstes Lächeln, als wäre sie von meiner Anwesenheit völlig unbeeindruckt. *Im Gegensatz zu mir.*

„Du bist früh dran", sagt sie, als sie in schnellem Tempo auf mich zukommt und ihre Handtasche auf der Schulter zurechtrückt. „Hast du lange gewartet?"

„Mein letztes Meeting war früher zu Ende." Ich räuspere mich, um mich zu sammeln. „Tut mir leid, dass wir nicht zusammen fahren konnten."

„Oh, das ist schon in Ordnung", antwortet sie mit einer Handbewegung, während sie eine verirrte Haarsträhne hinter ihr Ohr streicht.

„Hast du alles, was du brauchst?" Ich schaue an ihr herunter, als müsste ich mich vergewissern, aber ganz ehrlich, ich will nur einen weiteren Blick auf ihren Körper werfen.

„Ich glaube schon.“ Sie berührt ihre zuckende Nase. „Ich habe ein paar Kopien des Vertrages ausgedruckt.“

„Ich auch. Außerdem habe ich ihnen gestern alles per Kurier geschickt, also sollten sie für uns bereit sein.“

„Oh ja, das hast du mir gesagt.“ Ihr Blick senkt sich auf meinen Anzug, und sie atmet scharf ein. „Sollen wir es tun?“

Ich mache eine Geste in Richtung Tür. „Ich folge dir.“

Wir melden uns am Schalter an und erhalten Besucherausweise für den zwanzigsten Stock. Als wir den Aufzug betreten und uns hinter mindestens zehn anderen Leuten einreihen, sehen wir uns beide aus dem Augenwinkel an. Ihr wissendes Grinsen trifft mich mitten ins Herz. Das letzte Mal, als wir zusammen in einem Aufzug waren, wurde es ein wenig heiß.

Ich wollte sie damals vögeln, auch wenn ich wütend auf sie war.

Und verdammt noch mal, ich will sie jetzt vögeln.

Im Grunde will ich sie immer vögeln.

Ich habe wirklich den Verstand verloren.

Die Rezeptionistin führt uns in einen traditionell eingerichteten, verglasten Konferenzraum mit einem langen Ahorntisch und mindestens einem Dutzend Stühlen. Tilly und ich setzen uns an eine Seite und warten auf die Ankunft des Managers.

„Bist du nervös?“, frage ich, als ich beobachte, wie sie mehrere Kopien des Vertrags auslegt, die sie wahrscheinlich nicht brauchen wird, während ich ihr im Stillen für ihre übermäßig gute Vorbereitung applaudiere.

„Ich bin nicht nervös, ich bin nur bereit, die Sache zu Ende zu bringen.“ Ihre blauen Augen blicken in meine, und sie sieht nachdenklich und unsicher aus. „Ich dachte, wir wären jetzt schon so weit und würden die Logistik mit den Fabriken durchgehen. Es gefällt mir nicht, dass wir hinter dem Zeitplan zurückliegen.“

Ich strecke eine Hand aus, um ihre zu berühren. „Sie werden dem Vertrag heute zustimmen, da bin ich mir sicher. Zeig ihnen einfach, wer der Boss ist.“

Sie lächelt sanft und blickt dann auf meine Hand, die auf ihrer liegt. Plötzlich wird unsere Aufmerksamkeit abgelenkt, als sich die

Türen öffnen und drei Personen in den Konferenzraum schreiten, um sich zu uns zu gesellen.

„Ah, hallo, Miss Logan. Schön, Sie wiederzusehen." Eine Frau kommt herüber und schüttelt Tilly die Hand.

„Hi, Mrs. Woodland. Schön, Sie zu sehen."

„Wie geht es unserer lieben Freya? Ich hoffe, sie ruht sich gut aus?"

„Das tut sie, danke der Nachfrage. Ihr und dem Baby, das unterwegs ist, geht es sehr gut."

„Großartig." Sie richtet ihren Blick auf mich. „Und das ist …?"

„Mr. Santino Rossi, Rechtsbeistand von Perfectly Sized Pets", antwortet Tilly mit einem nervösen Lächeln in meine Richtung.

„Ah, ja." Mrs. Woodland mustert mich von Kopf bis Fuß, während sie mir die Hand schüttelt. „Ihnen hat unser Vertrag nicht gefallen, nehme ich an?"

„Nein, ich fand ihn fantastisch", antworte ich, ziehe meine Hand zurück und knöpfe mein Jackett auf. „Mir gefällt nur mein Briefpapier besser." Ich zwinkere ihr zu, und es funktioniert wie ein Zauber, denn sie bricht in ein übereifriges Kichern aus.

Sie stellt uns dem Rest des Teams vor, das uns gegenüber Platz genommen hat. „Wir haben Ihren neuen Vertrag eingehend geprüft, und ich glaube, wir haben eine Einigung erzielt, aber wir möchten Ihnen heute noch etwas vorschlagen."

Tillys Augen weiten sich und sie sieht mich mit einer Mischung aus Aufregung und Angst an. „Was denn?"

„Wir möchten Sie hier bei Harrods einstellen, Tilly, als Leiterin dieser neuen Abteilung." Mrs. Woodland schiebt einen braunen Briefumschlag über den Tisch. „Ich habe mich über Sie informiert und mit Ihrem früheren Arbeitgeber bei Fortnum and Mason gesprochen, und wir glauben, dass Sie das Zeug dazu haben, unser Team zu bereichern."

Tilly blinzelt Mrs. Woodland schweigend an, als wären ihr gerade drei Köpfe gewachsen, also fährt sie fort. „Wir möchten, dass Sie neue, frische Talente finden und Geschäftsbeziehungen zu potenziellen Lieferanten für unsere wachsende Haustierabteilung aufbauen. Innerhalb der Abteilung können Sie an den Verkaufsberichten arbeiten und sicherstellen, dass es keine Rückbuchungen gibt, sobald die Produktion von Freyas Produktlinie und anderen zukünftigen

Heimtierprodukten beginnt, die wir vielleicht noch aufnehmen werden. Und wir wollen sicherstellen, dass wir das richtige Produkt in die Läden bringen, damit es sich nicht nur verkauft, sondern auch gut verkauft. Sie würden hier in unserer Hauptgeschäftsstelle arbeiten und an der Spitze dieses neuen Projekts für unser Luxuskaufhaus stehen. Nachdem wir in den letzten Wochen mit Ihrer Hartnäckigkeit zu tun hatten, glauben wir, dass Sie perfekt für diese Position geeignet sind."

Tilly bleibt ungewöhnlich lange neben mir erstarrt, also stoße ich sie sanft mit dem Ellbogen an. „Tilly."

„Ja?"

„Hast du sie gehört?"

„Ich glaube schon." Sie blinzelt schnell.

Ich räuspere mich und schenke Mrs. Woodland ein höfliches Lächeln. „Entschuldigung, eine Frage: Können Sie bestätigen, ob Freyas Vertrag davon abhängt, ob Tilly dieses Angebot annimmt?"

„Um Himmels willen, nein!", ruft Mrs. Woodland aus. „Wir haben Ihren Vertrag bereits unterschrieben, Mr. Rossi." Sie schiebt mir einen zweiten Umschlag rüber, den ich öffne, um ihn mit eigenen Augen zu sehen. Meine Formulierungen und mein Briefpapier sind mit allen perfekten Unterschriften zu sehen. „Wir brauchen nur noch Freyas Unterschrift, dann kann es losgehen."

„Das sind gute Neuigkeiten." Ich schaue zu Tilly hinüber, die immer noch ein wenig erschüttert über das Angebot zu sein scheint. „Könnten Sie meiner Mandantin vielleicht kurz den Raum geben, damit sie sich mit ihrem Anwalt beraten kann?"

Mrs. Woodland lächelt mich an. „Wir brauchen heute keine Antwort. Die Stelle kann frühestens in vier bis sechs Wochen angetreten werden. Wir verstehen jedoch Ihre persönliche Situation, in der Sie Ihrer Schwägerin helfen, während sie Bettruhe hat, und falls dieser Zeitplan verschoben werden muss, können wir auch einige Homeoffice-Möglichkeiten besprechen. Denken Sie darüber nach und beraten Sie sich mit wem auch immer Sie möchten." Sie mustert mich von Kopf bis Fuß und wendet ihren Blick dann wieder Tilly zu. „Das könnte sowohl für Harrods als auch für Freya sehr gut funktionieren. Eine echte Partnerschaft, bei der Tilly das Beste für beide Parteien im Sinn hat."

„Das klingt für beide Seiten vorteilhaft", antworte ich, denn Tilly hat ihren Schock noch nicht überwunden, was ich am nervösen Zucken ihrer Nase sehe.

Mrs. Woodland zwinkert mir zu, als sie und ihre Kollegen den Raum verlassen. Sobald sie außer Sichtweite sind, schnappe ich mir Tillys Stuhl und drehe sie zu mir. „Tilly, was ist los? Du hast gerade ein Jobangebot bekommen, das nach einer großartigen Chance für dich klingt."

„Ich muss mit Freya sprechen", stößt sie hervor. Ihre blauen Augen sind groß und wachsam.

„Worüber?"

„Was, wenn sie diesen Job will?" Tilly blickt mich entsetzt an. „Ich meine, wie furchtbar …, sie hat Bettruhe, während ich hier bin und die Lorbeeren für ihre harte Arbeit ernte."

Ich runzle die Stirn. „Niemand denkt, dass du die Lorbeeren für ihre Arbeit erntest. Sie bieten dir diesen Job an, weil sie in den letzten Monaten mit dir zusammengearbeitet haben, nicht mit Freya. Außerdem, hast du nicht gesagt, dass Freya die kreative Designerin ist? Ist es nicht das, was sie am besten kann?"

„Ja."

„Sie bieten dir keine kreative Position an. Und Freya wird mit diesem unterzeichneten Vertrag weiterhin für ihre Linie bei Harrods verantwortlich sein. Eigentlich bist du diejenige, die ihren Job verlieren wird, sobald das alles in Gang kommt, also ist das eine Win-Win-Situation. Und ehrlich gesagt wage ich die Vermutung, dass Harrods viel besser bezahlt als Freya."

Ich schiebe die Mappe zu ihr rüber, und sie sieht sie an, als könnte sie sich daran verbrennen. „Mein Gott, das ist eine große Entscheidung."

„Du hast Zeit, es dir zu überlegen", antworte ich schnell, wobei ich mir ein Lachen verkneife, weil sie so herrlich aufgeregt ist. „Aber jetzt solltest du erst einmal feiern. Die haben schon nach einem Monat Arbeit mit dir etwas in dir gesehen." Ich presse meine Lippen zusammen, um nicht zu sagen, dass ich in einer Woche dasselbe gesehen habe. „Du bist genau da, wo du hingehörst, und ich glaube, das ist ein Zeichen dafür, dass noch mehr Gutes auf dich zukommt."

Tilly lässt schließlich ein Lächeln über ihr Gesicht huschen. „Danke,

Santino." Sie beugt sich vor, wirft ihre Arme um meinen Hals und umarmt mich heftig. „Du warst eine große Hilfe."

Ich erwidere die Umarmung und lache an ihrem Hals. „Ich habe nichts getan. Das warst alles du."

Sie zieht sich zurück, ihre Augen huschen zwischen meinen hin und her. „Ich kann das immer noch nicht glauben."

„Glaube es." Mit einem Lächeln streiche ich ihr eine lose Strähne hinters Ohr und genieße das Gefühl, sie in meinen Armen zu halten. „Ob du die Stelle nun annimmst oder nicht, wir sollten feiern, denn der Vertrag ist unterschrieben."

Sie leckt sich über die Lippen und lächelt mich einen Moment lang an. Es ist umwerfend, und es kostet mich alles, um nicht ihr Gesicht zu umfassen und sie genau hier und jetzt zu küssen.

Plötzlich macht sie ein langes Gesicht und ich sehe, wie sich der Zweifel wieder einschleicht. „Das tun wir besser nicht."

„Warum nicht?", frage ich, da ich mich weigere, kampflos aufzugeben.

Sie dreht sich um und fängt an, ihre Vertragskopien einzusammeln und sie in ihre Tasche zu stecken. „Nun, wenn man trocken ist, gibt es nicht viel zu feiern."

„Schwachsinn", schnaube ich und lege meine Hand auf ihren Oberschenkel. „Wir können uns im Laden an der Ecke ein paar Getränke holen und uns dann irgendwo in einen Park setzen."

Sie erstarrt und blickt mit unbehaglicher Miene auf meine Hand hinunter, weshalb ich sie schnell wieder wegnehme, da ich mich erneut seltsam zurückgewiesen fühle.

„Das ist keine gute Idee, Sonny."

Ich spanne den Kiefer an, als ich ihre Ablehnung mit voller Wucht aufnehme. „Wenn du meinst." Schwer ausatmend reiche ich ihr den Vertrag.

Mit einem nervösen Schlucken nimmt sie die Mappe entgegen. „Danke."

Und das ist nun schon meine dritte Abfuhr von der ewig ausweichenden Tilly Logan, die ich scheinbar einfach nicht überwinden kann.

KAPITEL 13

AM WOCHENENDE BIN ICH VON ANGST ERFÜLLT. DAS ANGEBOT VON Harrods ist lächerlich. Es ist mehr Geld, als ich mir selbst während meiner Karriere bei Fortnum and Mason jemals zu verdienen erträumt habe. Und als ich Freya und Mac davon erzählt habe, haben sie sich beide riesig für mich gefreut. Freya sagte mir praktisch, dass sie mich meinen Neffen nicht kennenlernen lassen würde, wenn ich den Job nicht annehme. Und Mac zeigte dieses stolze schottische Vaterlächeln, das sein Sohn sein ganzes Leben lang spüren wird. Ich habe sogar meine Eltern angerufen, um ihnen die gute Nachricht mitzuteilen, und sie schienen nicht im Geringsten überrascht zu sein, dass ich nach Freyas Geburtstermin höchstwahrscheinlich nicht mehr nach Dundonald zurückkommen werde.

„Du bist zu schlau für diesen kleinen Ort, Till", sagte mein Vater erstickt.

„Jetzt kann ich meine beiden Kinder an einem Ort sehen, wenn wir zu Besuch kommen", fügte meine Mutter beruhigend hinzu. „Und wenn das Baby erst einmal auf der Welt ist, werde ich oft zu Besuch kommen!"

Sie wissen immer genau, was sie sagen müssen, damit ich mich besonders fühle. Und doch … kann ich diese Angst nicht abschütteln.

Und ich glaube, ich kenne auch den Grund dafür.

„Gehst du aus?", zwitschert Freya von ihrem Sofathron aus, als ich versuche, mich am Sonntagmittag leise zur Haustür hinauszuschleichen.

Ich halte inne, drehe mich um und schaue mich nach einem Zeichen von Mac um.

„Er ist losgezogen, um mir ein paar Weingummis zu holen." Freya berührt zärtlich ihren Bauch. „Das Baby hat danach verlangt."

Ich lache, dann setze ich mich neben sie. „Ich gehe rüber zu Santino."

„Ich wusste es!", quietscht sie aufgeregt, und ihre runden Wangen ziehen sich zurück, als sie lächelt. „Du freches Luder. Ihr zwei habt doch den Sex, oder?"

„Nein!", rufe ich abwehrend und spüre, wie ein Summen in mir entsteht, wenn ich nur daran denke, mit Santino zu schlafen. „Nein, das ist eine reine Freundschaftssache. Ich fühle mich nur so scheiße, weil er am Freitag nach unserem Treffen den Vertrag und mein Jobangebot feiern wollte und ich ihn irgendwie abgewiesen habe."

„Warum hast du ihn abgewiesen?"

„Weil er verdammt perfekt ist!" Ich schreie fast, weil ich es so verdammt leid bin, von ihm verwirrt zu werden.

„Der hat vielleicht Nerven!", tadelt Freya aus Solidarität. „Weiß er denn nicht, dass wir Frauen nur Männer wollen, die kaputt sind, damit wir unsere Unsicherheiten auf sie projizieren und uns in unserer weniger schrecklichen Beschissenheit überlegen fühlen können?"

„Richtig!", antworte ich verärgert. „Und ich brauche keine Ablenkung wie ihn in meinem Leben, denn ich bin für dich da. Und für das Baby!" Ich lächle auf Freyas Bauch, der, wie ich schwöre, von Tag zu Tag größer wird. „Das ist meine zweite Chance mit dir und Mac. Ich bin hier, um die Schwester zu sein, die ich in den letzten zehn Jahren hätte sein sollen."

„Tilly." Freya sagt meinen Namen in einem strafenden Tonfall, der mir einen Vorgeschmack darauf gibt, wie sie als Mutter klingen wird. „Du schuldest uns nicht mehr als deine Liebe und Zuneigung."

„Was?", frage ich mit einem verwirrten Lachen.

„Als du angeboten hast, hierherzukommen und uns zu helfen, hast du das nicht getan, um dich an mein Bein zu ketten und deine Schuldigkeit zu tun. Du benutzt keine Stechuhr, und wir werden dir nicht vorwerfen, dass du dich nicht kümmerst, sobald du nicht vierzig Stunden arbeitest!"

„Das weiß ich."

Sie hält fest ihren Bauch, die Nasenlöcher vor Entschlossenheit aufgebläht. „Dann benutze mich nicht als Ausrede für deine Angst."

Angesichts ihrer äußerst direkten Worte atme ich scharf ein. Sie muss Mitleid mit meinem Schock haben, denn sie streckt sich und berührt beruhigend mein Bein. „Ich möchte nur, dass du siehst, dass es uns hier ganz gut geht. Und wir haben dich gern hier. Ich habe die Erfahrung, mit einer Schwester zu leben, sehr genossen, aber nichts davon sollte auf Kosten deines eigenen Glücks gehen. Du bist durchaus in der Lage, alles zu haben, Smarty Spice."

Sie zwinkert mir Freya-typisch zu, was mir ein leises Lachen entlockt. „Das mag ja alles stimmen, aber ich bin mir nicht sicher, ob Santino der Mann ist, mit dem ich dieses Risiko eingehen sollte. Die Katze lässt das Mausen nicht."

„Wenn du meinst." Freya schnaubt und wirft mir einen wissenden Blick zu. „Obwohl du es irgendwie geschafft hast, es zu lassen, nicht wahr?"

Ich stöhne erschöpft. „Das ist nicht dasselbe."

„So anders ist es nicht, Smarty Spice! Es ist nicht ungewöhnlich, dass Menschen sich ändern. Du bist jetzt trocken, also könnte der Gedanke, dass Santino vielleicht nicht der Lord Voldemort ist, für den wir ihn alle gehalten haben, eine Möglichkeit sein."

Ich beiße mir auf die Lippe, während ich einen Moment lang über diesen Gedanken grüble, und schüttle ihn dann schnell wieder ab. „Na ja, es ist sowieso egal, weil wir nur Freunde sind. Und ich gehe nur für ein kurzes Gespräch rüber, weil er mit diesem Deal viel für uns getan hat und ich kein totales Miststück sein will. Nur eine kurze Entschuldigung, dann bin ich wieder weg."

„Wenn du meinst", erwidert Freya mit einem verschmitzten Lächeln. „Was soll ich deinem Bruder sagen, wohin du gegangen bist?"

Ich schlucke nervös. „Sag ihm einfach, ich bin auf den Markt gegangen. Wahrscheinlich werde ich auf dem Rückweg einkaufen, dann ist es keine komplette Lüge."

Freya nickt aufgeregt. „Ich halte dir den Rücken frei, Schwesterherz."

Ich fahre mit dem Auto zu dem Gebäude, auf das Santino mich neulich nach dem Abendessen hingewiesen hat. Ich könnte ihm eine SMS schicken und ihm sagen, dass ich vorbeikomme, aber nachdem ich so ein Trottel war, denke ich, dass dies eine unerwartete Geste rechtfertigt.

Das heißt …, falls er mitten am Sonntag zu Hause ist. Ich meine, es ist erst kurz vor eins. Sollte er heute Abend ein Date haben, fängt das doch sicher erst später an, oder? Es sei denn, letzte Nacht hat jemand bei ihm übernachtet. Und wenn sie jetzt noch da ist? Oh mein Gott, das wäre demütigend.

Meine Hände verkrampfen sich um das Lenkrad und ich frage mich, ob ich jetzt umkehren und mir den ganzen Ärger ersparen sollte. Aber dann erinnere ich mich daran, wie umsichtig er den Vertrag aufgesetzt hat und wie begeistert Freya war, ihn zu unterschreiben und gleich zur Übermittlung einzuscannen. Santino hätte uns nicht helfen müssen, aber er hat es getan, und das bedeutet, dass ich nicht so ein Arsch zu ihm sein musste, als er einfach nur feiern wollte.

Ich finde Santinos Gebäude mit Leichtigkeit. Die riesigen raumhohen Fenster lassen jeden darin wie in einem Fischglas aussehen. Ich stehe am Eingang und suche nach seiner Klingel, dann sehe ich ein P neben seinem Namen.

„Natürlich ist er im Penthouse", murmle ich und hebe den Finger, um die Taste zu drücken.

„Können Sie mir helfen?", ruft eine junge Frau, während sie versucht, einen Kinderwagen aus der Tür zu schieben.

„Oh, natürlich." Ich eile hinüber, um die Tür aufzuhalten, als sie mit ihrem kichernden Baby darin herauskommt.

„Vielen Dank dafür. Nachdem ich das Ding zwei Stockwerke runtergeschleppt habe, bin ich fertig."

Ich lache und sehe zu, wie die frischgebackene Mutter geht. Komischerweise konnte ich mir nie vorstellen, Kinder zu haben. Oder schwanger zu sein, was das betrifft. Ich habe einfach nicht diesen Mutterinstinkt geerbt, den so viele Frauen haben. Die coole Tante ist eine Rolle, mit der ich viel besser umgehen kann. Und sehr bald werden Freya und Mac mir diesen Titel geben.

Ich merke, dass ich immer noch in der offenen Tür stehe, also klingle ich nicht und mache mich auf den Weg durch die vier Stockwerke in die oberste Etage. Ich nehme die Stufen langsam, während ich versuche, mich mental auf ein Wiedersehen mit Santino vorzubereiten.

Als er mit mir feiern wollte, habe ich mich nur wie eine Idiotin aufgeführt, weil ich in diesem Moment nichts anderes tun wollte, als ihn direkt in diesem Konferenzraum zu küssen. Das wäre furchtbar ungeschickt von mir gewesen, ganz zu schweigen von höchst unprofessionell. Aber die Art, wie Santino mich mit Stolz und echter Freude im Gesicht ansah, war überwältigend. Dieses Jobangebot – dieser Moment in meiner Karriere – fühlte sich an wie etwas, das ich nie für möglich gehalten hatte. Ich war so ergriffen, dass ich von den Gefühlen mitgerissen wurde, die ich nur mit Mühe unterdrücken konnte. Und diese Gefühle waren auf Santinos grüblerischen Schmollmund fixiert, an dessen Geschmack ich mich noch schwach erinnern kann.

Aber … Santino und ich sind nur Freunde. Ich weiß das. Und er weiß das auch. Deshalb werden bei diesem Besuch nur zwei Kumpel mit ein paar platonischen Sprudelgetränken anstoßen.

Als ich das oberste Stockwerk erreiche, höre ich klassische italienische Musik aus der Wohnung mit einem großen P an der Tür. Ich zögere und überlege, ob ich den Schwanz einziehen und gehen soll, denn der Gedanke, dass Santino einen Gast hat, verletzt mich auf einer tiefen, dunklen, dummen Ebene, von der beleidigt zu sein ich kein Recht habe. Außerdem, selbst wenn er einen Gast zu Besuch hat, heißt das nicht, dass ich nicht vorbeikommen kann, um mich zu bedanken. Ich muss nur sagen, was ich zu sagen habe, und ihn mit seinem Tag weitermachen lassen. *Kein Weglaufen mehr, Tilly.*

Mit einem tiefen Atemzug klopfe ich an die Tür und mache mich darauf gefasst, dass mir eine schöne Frau in einem knappen Kleid und mit Sexfrisur öffnet, denn das wäre einfach typisch für mich. Doch als die Tür aufschwingt, bin ich schockiert, als ich eine alte, weißhaarige Frau auf der anderen Seite stehen sehe. Sie wischt sich die Hände an einer weißen Schürze ab, die mit roter Soße bespritzt ist, und starrt mich an, als würde ich eine sehr wichtige Besprechung stören.

„Oh, es tut mir leid … ich muss mich in der Wohnung geirrt haben", stoße ich hervor, wobei meine Stimme von der lauten Instrumentalmelodie übertönt wird. Ich fühle einen Anflug von Erleichterung, als ich mich zum Gehen wende, aber bevor ich das tue, erblicke ich etwas hinter ihr, das mich fast die Glasflaschen in meinen Händen fallen lässt.

Es ist Santino.

In einer Küche.

Beim Schneiden von Tomaten?

Er trägt eine graue Hose und ein weißes Hemd, dessen Ärmel er hochgekrempelt hat. Um seine Taille ist eine weiße Schürze gebunden, genau wie bei der Frau, die mich gerade anfunkelt. Als er beiläufig hinüberschaut, um zu sehen, wer in der Tür steht, steht ihm der Schock ins Gesicht geschrieben.

„Tilly?" Seine Lippen formen meinen Namen, aber ich kann ihn wegen der lauten Musik, die aus der Anlage dröhnt, kaum verstehen.

Die Frau neben mir fängt an, Santino über die Musik hinweg anzuschreien, aber ich kann sie nicht verstehen, weil sie Italienisch spricht. Santino schreit in derselben Sprache zurück und schnappt sich ein Handtuch von der Theke, um sich die Hände abzuwischen, bevor er die Musik leiser stellt. Als er herüberkommt, sprechen er und die Frau eine gefühlte Ewigkeit lang schnell miteinander, während ich mit alkoholfreien Getränken in der Hand wie eine Idiotin dastehe und versuche, nicht darüber zu sabbern, dass Santino Italienisch spricht.

Was zum Teufel verbirgt er sonst noch?

Schließlich winkt sie ab und deutet aggressiv auf den Herd, während sie zurück in die Küche geht. Santino tritt in den Hausflur hinaus und schließt die Tür hinter sich. „Was machst du hier?"

„Gott, es tut mir so leid. Das war eine furchtbare Idee." Ich wende mich zum Gehen, aber er packt mich an der Taille und dreht mich herum, damit ich ihn ansehe.

„Tut mir leid, das kam falsch rüber." Er drückt für einen Moment meine Hüften, bevor er mich loslässt. „Ich meine … wie bist du hierhergekommen? Woher weißt du, wo meine Wohnung ist?"

„Du hast mir neulich das Gebäude gezeigt, und auf der Klingel stand, du seist im Penthouse, also bin ich … ähm … die Treppe hochgegangen? Eine Frau mit einem Kinderwagen brauchte draußen Hilfe, also war die Tür offen, und dann bin ich einfach reingegangen. Ich hätte aber klingeln sollen. Ich wusste nicht, dass du Besuch hast."

Ich hebe die Hände, um mein Gesicht zu bedecken, was äußerst unangenehm ist, weil ich zwei Flaschen in der Hand halte. Santino ergreift meine Handgelenke und zieht sie sanft nach unten. „Es ist in Ordnung, Tilly."

„Nein, ist es nicht." Ich lache nervös. „Wer auch immer diese Frau war, ist offensichtlich nicht glücklich darüber, eine Fremde an der Tür zu sehen."

Santinos Lippen zucken, als er sich ein Lächeln verkneift. „Nonna lächelt niemanden an. Sie sagt, Lächeln verursacht Falten."

Plötzlich öffnet sich die Tür und eine viel jüngere Frau mit kurzem, dunklem Haar steht vor uns – sie hat die Hände in die Hüften gestemmt. „Wen haben wir denn da?", fragt sie mit einem sehr schwachen italienischen Akzent.

Santino antwortet ein wenig widerwillig: „Mamma, das ist Tilly."

„Tilly?", sagt sie, verschränkt die Arme vor der Brust und mustert mich von Kopf bis Fuß. „È la tua ragazza?"

Santino räuspert sich laut und fixiert seine Mutter mit warnendem Blick. „No, Mamma. È un'amica."

Ihre Augenbrauen senken sich, als sie mein Gesicht fasziniert mustert. „Sei bella."

„Wie bitte?", frage ich, da ich kein Wort von dem verstehe, was die beiden sagen.

Mit unbehaglicher Miene richtet Santino seinen Fokus wieder auf mich. „Meine Mutter sagt, du seist wunderschön." Er schließt die Augen, als würde er sich schämen. „Hör zu, jetzt ist vielleicht nicht der beste Zeitpunkt."

Ich nicke zustimmend und will gehen, aber Santinos Mutter ergreift meinen Arm und zieht mich zur Tür. „Jetzt ist ein fantastischer

Zeitpunkt. Wir machen gerade Salsa di Pomodoro, und das ist eine Menge Arbeit. Komm, du kannst helfen."

„Okay …" Über meine Schulter hinweg werfe ich dem entmutigten Santino einen entschuldigenden Blick zu, während seine Mutter mich in die Wohnung zerrt.

Meine Augen weiten sich augenblicklich, als ich sein Zuhause betrachte. Wir betreten seine große Wohnküche mit glänzend weißen Schränken und schwarzen Marmorarbeitsplatten. Alle Geräte sind aus Edelstahl, und die riesige Dunstabzugshaube über dem Herd, auf welchem zwei große Töpfe stehen, deutet darauf hin, dass es sich um eine Gastroküche handelt, was ich von Santino nicht erwartet hätte. Aber ich nehme an, es sollte mich nicht überraschen, dass er es geschafft hat, die moderne, luxuriöse Seite Londons ins East End zu bringen. Seine Wohnung passt zu seinem Stil – nobel, teuer und mit einem Hauch von Arroganz.

Hinter der Küche befindet sich ein tiefer gelegenes Wohnzimmer mit umlaufenden, raumhohen Fenstern, die auf einen Balkon führen. Alles wird von natürlichem Licht beschienen, und ich kann nicht anders, als vor Neid ganz grün zu werden.

Santinos Mutter zieht mich durch die Küche. „Ich bin Carlotta, und das ist mia Mamma am Herd. Du kannst sie Nonna nennen, das tun alle. Und das ist Nonno." Nonno ist ein großer Mann mit dunklem Haar wie Santino. Er grunzt zur Begrüßung von seinem Platz an dem hohen Esstisch aus, an dem er mehrere Einmachgläser aufstellt. „Da drüben ist meine Stieftochter Angela." Carlotta deutet auf das Wohnzimmer, wo eine Blondine, die etwa Mitte zwanzig zu sein scheint, auf dem weißen Ecksofa sitzt, das Gesicht im Handy vergraben. Sie winkt mit begrenzter Begeisterung, als ein Mann neben uns auftaucht. „Und das ist mein Mann Bart."

Bart grinst mit einem riesigen Stück Brot im Mund. Er kaut kurz, bevor er mit vollem Mund sagt: „Hallo, freut mich, dich kennenzulernen. Wie war dein Name?"

„Tilly." Ich nehme seine angebotene Hand und bemerke seinen britischen Akzent. „Freut mich auch, Sie kennenzulernen."

„Ich hoffe, du bist bereit für die Arbeit." Er zwinkert, während er sich noch mehr Brot in den Mund schiebt. „Der Vorteil an dieser Art von Beschäftigung ist, dass man auch viel essen kann."

Plötzlich ergreift Nonna meine Hand und zieht mich zum Herd hinüber. „Du groß … das guter Job für dich", sagt sie mit wesentlich stärkerem Akzent als ihre Tochter. Sie schiebt den Tritthocker vom Herd weg und greift nach dem dicken Holzstab in einem der riesigen Töpfe mit Tomaten. „Du rühren. Du brauchen keinen Hocker. Du groß." Sie hebt die Hand über den Kopf, um das Wort *Groß* zu verdeutlichen, und ich nicke zustimmend. „Du rühren, und nach und nach Tomaten werden kleiner, und dann du fügst noch mehr Tomaten hinzu." Sie zeigt auf die Tomaten im Sieb auf dem Tresen. „Die sauber. Santino hat geschnitten, sind fertig. Du warten, bis das kocht, bevor du hinzufügst. Immer rühren. Rühren macht gut."

„Angela, geh raus und pflücke etwas Basilikum", ruft Carlotta ins Wohnzimmer. Angela seufzt schwer, bevor sie sich vom Sofa erhebt und auf den Balkon geht, wo Santino offenbar Pflanzen hat. Ich fühle mich, als wäre ich mitten in einem ausgeklügelten Streich, und jeden Moment werden sie alle anfangen, mich auszulachen.

Nonna zeigt auf den Vorratsschrank. „Wenn die Gläser voll mit Soße sind, es sieht schön aus da drin. Voll. Das macht mich glücklich", sagt sie, ohne zu lächeln. „Bei mir du lernst schnell. Ich bin eine gute Lehrerin." Sie ergreift meine Hand und rührt noch energischer um. „Du musst viel rühren oder es klebt an Boden. Gira, gira, gira."

Sie überlässt mir einen Job, für den ich mich überhaupt nicht qualifiziert fühle. Was passiert, wenn die Tomaten am Boden festkleben? Ist dann die ganze Portion ruiniert? Wann muss ich mehr Tomaten hinzufügen? Muss ich irgendetwas mit dem Basilikum machen?

„Gira heißt rühren", flüstert Santino mit warmem Atem an meinem Hals, als er wie aus dem Nichts hinter mir auftaucht.

„Das habe ich mir schon gedacht", schnaube ich und schwanke zwischen Belustigung und Nervosität, denn Santinos Nähe hat mich an Stellen zum Flattern gebracht, an denen im Moment nichts flattern sollte. „Mache ich das richtig?"

Santino lehnt sich neben mir an den Tresen und beobachtet mich einen Moment lang. „Du musst mehr Brust einsetzen."

„Was?" Ich runzle die Stirn und versuche, mich nicht von seinem zerzausten Äußeren faszinieren zu lassen, von dem ich schnell gemerkt habe, dass es mir an ihm am besten gefällt. Seine Hemdsärmel sind hochgekrempelt und geben den Blick auf seine muskulösen Unterarme frei, die mir schon bei unserem Kaffee neulich aufgefallen sind. Sein dunkles Haar ist weich und gewellt, und seine Augen glitzern förmlich vor Fröhlichkeit.

„Dein Brustkorb macht Kreisbewegungen, und dein Rühren passt sich daran an." Er hält die Hände hoch und tut so, als würde er einen Holzstab halten, um es zu demonstrieren.

Ich versuche die Bewegung selbst und komme mir lächerlich vor. „Du verarschst mich doch." Ich schaue ihn herausfordernd an.

Seine Mundwinkel zucken, während seine Schultern vor Lachen beben. „Gott, ja, aber es war es wert, dich beim Versuch zu sehen."

„Aber ich meine es ernst. Weißt du wirklich, was du da tust? Ich bin keine Köchin. Ich habe mein ganzes Leben als Erwachsene irgendwie mit bestelltem Essen überlebt."

„Man kann nicht aus einer italienischen Familie kommen und sich nicht in der Küche auskennen. Dafür wirst du enterbt." Er verschränkt die Arme vor der Brust und sieht mich nachdenklich an. „Tut mir leid, aber ich versuche immer noch zu begreifen, dass du hier … in meiner Wohnung … bist und mit meiner Familie vor meinem Herd Soße machst."

„Ich versuche zu begreifen, dass du da draußen eine Basilikumpflanze hast." Ich deute in Richtung des Balkons. „Das ist doch deine Wohnung, oder? Wohnt deine Mutter auch hier?"

„Ich bin ein erwachsener Mann, Tilly. Nein, ich lebe nicht bei meiner Mutter." Er lacht und schüttelt den Kopf. „Ich habe auch eine Petersilienpflanze da draußen, wenn du wirklich so fasziniert von grünen Dingen bist."

„Gott, das ist seltsam." Ich beiße mir nervös auf die Lippe und schaue auf meine zerrissene Jeans und mein weißes T-Shirt hinunter. Auf jeden Fall hätte ich etwas Anständigeres angezogen, wenn ich gewusst hätte, dass ich Santinos Familie treffe. Ich konzentriere mich wieder auf meine Aufgabe und fahre mit dem Holzstab über den Boden des Topfes. „Ich kann mir eine Ausrede einfallen lassen, um zu gehen. Ich konnte nur nicht schnell genug denken, als deine

Mutter mich gepackt hat. Das ist ganz sicher nicht das, was ich heute vorhatte."

Santino lässt seinen Blick mit hitzigem Ausdruck, den ich im Moment lieber nicht bemerken möchte, über meinen Körper schweifen. „Was genau hattest du vor?" Er fixiert mich direkt, was mir das Gefühl gibt, als könne er all die unanständigen Gedanken lesen, die ich in den letzten Tagen von ihm hatte.

Ich werfe einen Blick über die Schulter und sehe seine Familie, die um den Tisch herum arbeitet und uns zum Glück nicht beachtet. Während ich umrühre, antworte ich leise: „Nun, ich habe mich nach unserem Treffen am Freitag schlecht gefühlt. Du hast mir sehr geholfen, und ich weiß nicht, warum ich dich so habe abblitzen lassen."

„Du weißt nicht, warum?" Er kneift die Augen zusammen und beobachtet mich aufmerksam.

„Ich meine …, ich weiß, warum." Ich atme tief ein und versuche, das Verlangen zu verdrängen, das ich jedes Mal verspüre, wenn dieser Mann in meiner Nähe ist. Ich räuspere mich und füge hinzu: „Aber das spielt keine Rolle, denn ich weiß, dass zwischen uns nichts passieren wird."

Er stößt sich von der Theke ab, um sich zu mir an den Herd zu stellen und im zweiten Topf umzurühren. Es ist eine völlig unschuldige Bewegung, aber sein Arm streift meinen und das Gefühl verursacht wieder dieses Flattern in meinem Bauch. „Bist du sicher, dass nichts passieren wird?"

Ich schlucke den Kloß in meinem Hals hinunter und tue so, als sei ich tapfer. „Ja, ich bin stark genug, um deinem Charme zu widerstehen, sonst wäre ich jetzt nicht hier."

Er dreht sich zu mir um, wobei sich ein selbstgefälliges Grinsen auf seinem verschmitzten Gesicht ausbreitet. „Du hältst mich für charmant?"

Ein Knurren vibriert in meiner Kehle. „*Ich* halte dich nicht für charmant. Es ist klar, dass *du* dich für charmant hältst. Aber ich finde, du bist einfach nur eine arrogante Nervensäge."

Er lacht leise, und seine Stimme ist warm und verrucht, als er antwortet: „Ich glaube, du hältst nur den Topf am Kochen, Tilly."

KAPITEL 14

Als meine Familie heute mit Kisten voller Tomaten, Gläsern und Salsa di Pomodoro-Zutaten in meiner Wohnung auftauchte, war ich mies gelaunt. Es hilft auch nicht, dass Nonna mir bei jedem Besuch meiner Wohnung alles erzählt, was ihr durch den Kopf geht, sei es gut, schlecht oder sonst was … meistens schlecht.

„Deine Hose ist zu eng, der Salat ist zu salzig, du brauchst mehr Sonnenlicht im Gesicht, ein weißes Sofa ist keine gute Anschaffung. Gute Fenster hier."

Es ist ein Vergnügen.

Aber ich weiß immer, wo ich mit Nonna stehe, und das ist etwas, das man respektieren sollte.

Dann schimpfte meine Mutter mit mir, weil ich die Tomaten falsch geschnitten hatte, während Angela nichts anderes tat, als darüber zu jammern, dass ihr Freund heute nicht eingeladen war. Und Bart, verdammt noch mal, mein Stiefvater ist ein netter Mann, aber er isst mehr, als dass er arbeitet, und es macht mich völlig wahnsinnig, ihm dabei zuzusehen, wie er meine Speisekammer durchwühlt, als gehöre sie ihm.

Nichtsdestotrotz ist es meine Familie. Das tun sie eben. Sie kommen ein paarmal im Jahr sonntags vorbei, um meine Regale mit allem zu füllen, was ich ihrer Meinung nach brauche. Heute ist es Soße. Also arbeiten wir mehrere Stunden lang, essen, und sie lassen mich mit einem riesigen Durcheinander zurück, das ich beseitigen muss.

Normalerweise ist es ein Prozess, der mir Spaß macht. Nonna und Mum haben mir schon sehr früh das Kochen beigebracht, daher stört es mich nie, in der Küche zu stehen.

Aber heute war ich nicht in der Stimmung, mich mit allen auseinanderzusetzen. Ich wollte einfach einen ruhigen Tag haben, an dem ich allein meinen Gedanken nachhängen konnte.

Dann … tauchte Tilly auf.

Und verdammt noch mal, wenn meine Laune sich nicht gebessert hat.

Was mich zu meinem nächsten Punkt bringt. Warum ist der Anblick, wie Tilly mit meiner Nonna gekochte Tomaten in das elektrische Sieb kippt, so verdammt heiß?

Moment … scheiße … das klingt falsch.

Es ist nicht meine Nonna, die heiß ist. Ich meine, nicht falsch verstehen, sie ist eine reizende Frau, aber Tilly mit meiner Nonna …, wie sie Fragen stellt, Anweisungen befolgt, alles tut, was von ihr verlangt wird, ohne zu zögern …, das lässt mich Dinge fühlen.

Dinge, die ich noch nie gefühlt habe.

Das ist keine Liebe. Mein Gott, das ist Wahnsinn.

Es ist einfach … die Chemie. Reine, nicht zu leugnende Chemie, die ich nur mit Mühe in den Griff bekomme. Hat jemals eine Frau meine Kontrolle so erschüttert? Ich kenne die Antwort auf diese Frage.

Tilly und ich arbeiten die nächsten paar Stunden nebeneinander, lachen und flirten, während wir Tomatensoße passieren und in Gläser füllen. Als ein großer Klumpen auf ihr schönes, schmerzhaft enges T-Shirt spritzt und wir beide unter Nonnas finsteren Blicken wie ein paar unreife Teenager reagieren, wird mir klar, dass es zu anstrengend ist, nur mit Tilly befreundet zu sein. Meine Geduld ist am Ende. Je mehr ich in ihrer Nähe bin, desto mehr will ich sie. Und als ich sehe, dass sie wieder Spaß mit mir hat, ist das das einzige Zeichen, das ich brauche, um zu wissen, dass wir das Potenzial zu mehr haben.

Eine Rückkehr zu unserem früheren Arrangement mit Regeln und Grenzen kommt nicht infrage. Es hat sich zu viel verändert. Und so nervenaufreibend es auch sein mag, ich muss wissen, dass sie genauso fühlt. Andernfalls müssen wir die Sache vielleicht sofort beenden, bevor sie wirklich diejenige wird, die mir durch die Finger geglitten ist.

Ich kann nicht umhin zu bemerken, dass meine Mutter unsere Interaktionen mit großem Interesse beobachtet. Sie ist eindeutig fasziniert. Wahrscheinlich, weil ich seit über einem Jahrzehnt kein Mädchen mehr in meine Familie mitgebracht habe. Das letzte Mal, dass ich ein Mädchen mit nach Hause gebracht habe, war wahrscheinlich in der Mittelschule, und die Gründe, warum ich es seitdem nicht mehr getan habe, lasten immer noch schwer auf meinen Gedanken.

Jetzt funkeln die Augen meiner Mutter, als sie den Tisch für uns alle zum Abendessen deckt und darauf achtet, Tilly direkt neben mir zu platzieren, während sie sich ihr gegenüber setzt. Es ist klar, dass sie Tilly mag, aber ich glaube, sie würde jede Frau mögen, die ich mitbringe, weil es bedeutet, dass es Hoffnung für ihren Sohn gibt, den sie lange für hoffnungslos gehalten hat.

Jahrelang hatten meine Mutter und ich ein angespanntes Verhältnis zueinander, weil ich sie aus Gründen gehasst habe, die ich nicht ganz verstand. Und als ich ein Teenager war und sie mit Bart und Angela eine zweite Familie gründete, hatte ich das Gefühl, dass sie mich nicht mehr in ihrer Nähe haben wollten.

Aber unsere jährlichen Reisen haben unserer Beziehung sehr gut getan. Die gemeinsame Zeit mit ihr hat mir geholfen zu verstehen, dass sie dachte, sie täte das Beste für mich.

„Sie sagten also, Sie alle betreiben ein italienisches Feinkostgeschäft in den Cotswolds?", fragt Tilly, während sie einen Korb mit Brot an einer abgelenkten Angela vorbei zu Bart am Kopfende des Tisches reicht.

Meine Mutter nickt stolz. „Ja, es ist ein Supermarkt und Feinkostladen in Bourton-on-the-Water. Wir haben hochwertige italienische Produkte, dazu unsere Bäckerei, eine Feinkosttheke und eine Küche mit einigen Tischen zum Essen. Wir haben oft eine lange Schlange vor der Tür."

„Ich backe", sagt Nonna neben Mum und kneift die Augen zusammen, während sie mit einem Stück Brot den letzten Rest Soße von ihrem Teller wischt. „Nonno kocht.“

„Angela kümmert sich um die Kasse, wenn sie es schafft, sich lange genug von ihrem Handy zu lösen“, fügt Bart hinzu, wobei er ihr besagtes Gerät entreißt.

Sie schnaubt. „Ich führe die Kasse glänzend. Die Kunden lieben mich.“

Nonno murrt am anderen Ende des Tisches, und Tilly scheint diese Interaktion zu genießen. „Wie lange haben Sie das Geschäft schon?“, fragt sie, bevor sie einen Schluck von ihrem Getränk nimmt.

„Mein Bruder Antonio hat es zusammen mit seiner Frau, die von dort stammt, vor fast vierzig Jahren gegründet. Damals war es nur ein Supermarkt. Ein paar Jahre später beschlossen meine Eltern, Venedig zu verlassen und ihm in die Cotswolds zu folgen.“ Mutter blickt zu Nonna, die stoisch schaut, während sie fortfährt. „Es war eine ganz schöne Reise für sie, wenn man bedenkt, dass ich sechzehn und mit Santino schwanger war. Und plötzlich standen wir da und suchten Familienrezepte für ein Restaurant aus, das wir in einem kleinen britischen Dorf eröffnen wollten. Es ist kaum zu glauben, wie schnell sich unser Leben damals verändert hat.“

Tilly blinzelt fasziniert. „Moment, wollen Sie damit sagen, Sie haben Santino mit sechzehn bekommen?“

Ich bin angespannt, weil ich nicht weiß, wie meine Familie auf diese sehr direkte Frage einer Frau reagieren wird, die sie gerade erst kennengelernt hat. Ehrlich gesagt ist eine dreiste Frage von Tilly genau das, was ich von ihr erwarten würde, aber die meisten Leute reagieren nicht so, wenn meine Mutter beschließt, dieses kleine Detail beiläufig zu erwähnen, um den Schockfaktor zu erhöhen. Die meisten Menschen weichen der Frage aus. Die meisten Menschen sind nicht Tilly.

Wir alle drehen den Kopf, als eine Gabel klappernd auf den Teller fällt, aber Nonna nimmt sie schnell wieder auf. „Meine Tochter …“

„Wurde sehr jung schwanger, ja.“ Meine Mutter richtet sich auf und neigt den Kopf zur Seite.

„Verstehe“, antwortet Tilly mit einem Ausdruck des Erstaunens in den Augen, während sie meine Mutter einen langen, stillen Moment anschaut. „Meine Eltern bekamen meinen älteren Bruder, als sie beide achtzehn Jahre alt waren, aber da hatten sie die Schule schon abgeschlossen, es ist also nicht annähernd dasselbe. Es ist fantastisch, dass Sie es geschafft haben, ein neues Leben in einem neuen Land zu beginnen, einen Feinkostladen zu eröffnen und ein kleines Baby dabei zu haben. Was für eine Leistung."

Nonna blickt Tilly mit großen Augen an, während Nonno sich auf seinen leeren Teller konzentriert. Meine Mutter antwortet langsam: „Jeder hat seinen eigenen Lebensweg zu meistern. Santinos Weg war es, Anwalt zu werden." Sie erhebt ihr Glas zu mir. „Er war der erste in unserer Familie, der auf die Universität ging …, und dann hat er sogar ein langes Jurastudium erfolgreich beendet."

„Alla salute, Santino!" Nonno hebt sein Glas und zwinkert mir zu.

Tilly lächelt herzlich, als sie ebenfalls mit mir anstößt. „Ein großartiger Weg, in der Tat."

Der Blick meiner Mutter landet auf Tillys Getränk, wobei sie bemerkt, dass ihre und meine Gläser die einzigen am Tisch sind, die nicht mit Rotwein gefüllt sind. „Und du, Tilly? Wie sieht dein Weg aus?"

Tilly richtet sich in ihrem Stuhl auf, und die beiden sehen sich an, als befänden sie sich mitten in einem Patt – ich weiß nicht, ob das gut ist. Sie atmet scharf ein und antwortet mit professionellem Unterton in der Stimme: „Ich habe vor, eine Führungsposition anzunehmen, die mir am Freitag bei Harrods angeboten wurde. Das ist ein Traumjob für jemanden wie mich, da ich einen Master in Einzelhandelsmanagement habe, und ich hoffe, dass das der Beginn eines Neuanfangs für mich ist."

„Du hast dich also entschieden, anzunehmen?", frage ich, wobei ich meine Freude darüber, dass Tilly dauerhaft in London bleibt, nicht verbergen kann. „Das ist großartig, Tilly."

„Danke", sagt sie und streicht sich die Haare hinters Ohr. „Das ist eine tolle Gelegenheit. Nein zu sagen, wäre dumm von mir." Unsere Blicke treffen sich für einen Moment und diese neue Realität setzt sich über uns fest.

Die Stimme meiner Mutter unterbricht uns. „Magst du keinen Wein, Tilly?"

„Mamma", presse ich zwischen zusammengebissenen Zähnen hervor.

„Es ist okay", unterbricht Tilly mich, als sie sich meiner Mutter zuwendet. „Es ist ein Teil meines Wegs, und Sie haben mir viel von Ihrem erzählt." Sie berührt das Getränk vor ihr. „Ich trinke keinen Alkohol, weil ich schlechte Entscheidungen treffe, wenn ich es tue."

Meine Mutter legt den Kopf schief, und es ist nicht zu übersehen, dass sich ihre Augenbrauen abschätzig heben. „Ich verstehe."

Tilly schenkt meiner Mutter ein höfliches Lächeln, das sie nicht verdient. „Zum Glück habe ich das jetzt besser im Griff. Ich habe gelernt, dass es besser ist, etwas zu genießen, das mich nicht in Schwierigkeiten bringt." Sie wendet ihren Blick zu Nonna und fügt hinzu: „Wie dieses unglaubliche Essen. Ich habe wirklich noch nie etwas so Köstliches gegessen. Sie haben sich alle selbst übertroffen, und ich weiß es zu schätzen, dass Sie mich ein klein wenig an der Zubereitung haben teilhaben lassen."

Der ganze Tisch verfällt in ein seltenes Schweigen, und es ist Nonno, der die Unbehaglichkeit durchbricht. „Von zu viel Pasta kann man das hier bekommen." Er klopft sich stolz auf den Bauch, und der Tisch entspannt sich sofort bei seinem erfolgreichen Versuch, die Stimmung aufzulockern.

Nach Kaffee und Kuchen sagt meine Mutter schließlich: „Meine Güte, seht nur, wie spät es ist. Wir gehen jetzt besser. Wir haben eine lange Fahrt nach Hause."

Alle stehen vom Tisch auf und beginnen, die mitgebrachten Sachen einzupacken.

„Sie bleiben nicht in der Stadt?", fragt Tilly und blickt neugierig zu mir herüber.

„Nonno schläft nur in Nonnos Bett", sagt Angela, und wir alle lächeln über diese offensichtliche Wahrheit.

Ich zwinkere und stupse Tilly an. „Nonno hat einen schlimmen Rücken."

„Tut mir leid, dass wir dich mit dem Chaos allein lassen", sagt meine Mutter, kommt zu mir und gibt mir zwei Küsse auf die Wange. Sie tritt zur Seite und macht mit Tilly dasselbe. „Ich sag jetzt einfach Du. Bleib stark, bella Ragazza. Aber irgendetwas sagt mir, dass das kein Problem für dich sein wird." Sie tippt ihr leicht auf die Nase, und alle anderen verabschieden sich hektisch, wobei meine Großmutter mir sagt, ich solle den Boden wischen.

Als ich meine Wohnungstür schließe, fühle ich mich, als könnte vor Erschöpfung zusammenbrechen. Ich gehe zurück in die Küche, wo Tilly gerade Teller abspült und in die Spülmaschine einräumt. „Du musst das nicht tun", erkläre ich und stelle mich neben sie.

„Du brauchst die Hilfe", sagt sie lachend. „Diese Wohnung ist eine Katastrophe."

Ich fahre mir mit einer Hand durch die Haare. „Ja, ich brauche nach ihrem Eindringen normalerweise ein paar Stunden, um alles wieder in den ursprünglichen Zustand zu bringen."

„Viele Hände machen bald ein Ende." Sie zwinkert mir zu, und allein diese kleine Geste lässt meinen Körper wieder erwachen.

Wir machen uns schnell an die Arbeit, und als ich den Tisch fertig abgewischt habe, steht Tilly unbeholfen daneben. „Wie oft kommt deine Familie auf diese Weise zu Besuch?"

Ich halte inne. „Sie kommen ein paarmal im Jahr hierher, um meine Vorratskammer aufzufüllen. Nonna sagt, dass wir sonntags nach einer anstrengenden Woche immer Soße machen, weil man so den Kopf frei bekommt für die nächste Woche. Sie sagt auch, dass dir niemand sagen kann, wie du deine Soße machen sollst, obwohl sie dir sagt, wie du deine Soße machen sollst."

„Das habe ich bemerkt", antwortet Tilly lachend.

„Sie ist ein wandelnder Widerspruch", schnaube ich. „Sie erzählt jedem alles, was ihr durch den Kopf geht. Zum Glück ist sie ziemlich scharfsinnig, sodass sie meistens recht hat."

Tilly nickt nachdenklich und kaut auf ihrer Lippe. „Habe ich deine Mutter durch meine Frage über ihre frühe Schwangerschaft verärgert?"

Ich hebe die Augenbrauen. „Überraschenderweise glaube ich, dass es für sie in Ordnung war."

Sie zuckt zusammen und zupft an ihrem Hemd, das noch immer Flecken der Tomatensoße hat. „Ich habe dieses Fettnäpfchen-Syndrom."

„Ist mir gar nicht aufgefallen." Ich zwinkere ihr zu.

Sie rümpft die Nase. „Du glaubst also nicht, dass sie mich hasst?"

„Nein", antworte ich, erfreut über die Tatsache, dass sie sich offenbar sehr darum sorgt, was meine Mutter von ihr denkt. Ich werfe den Lappen in die Spüle und lehne mich gegen den Küchentisch. „Ich glaube, sie war einfach begeistert, mich mit einer Frau zu sehen."

Tilly hebt neugierig den Blick. „Denkt sie, dass du Männer magst?“

Ich lache und schüttle den Kopf. „Nein.“

„Du bringst also … deine Zweimonats-Trottel-Frauen nicht zu deiner Familie?“

„Nein.“

Tilly verlagert nervös das Gewicht von einem Fuß auf den anderen. „Nun, tut mir leid, dass ich ihr Hoffnungen gemacht habe.“

Ich winke ab. „Ist schon in Ordnung. Ich habe ihr gesagt, dass du und ich nur Freunde sind.“

„Oh.“ Tilly sieht zurückgewiesen aus.

Ich liebe es, verdammt noch mal.

Sie atmet scharf ein. „Wie ist dein Vater involviert?“

Ich versteife mich bei dieser Frage, zwinge mich dann jedoch zur Entspannung. „Er war nie involviert. Es gab immer nur meine Großeltern, meinen Onkel und seine Frau, und meine Mutter. Bis sie Bart kennenlernte, als ich fünfzehn war. Er hatte Angela mit seiner ersten Frau.“

„Stehst du Bart nahe?“, fragt sie und entfernt sich vom Kopfende des Tisches, um sich auf die freie Fläche neben mir zu stützen.

„Nicht wirklich“, antworte ich achselzuckend. „Er ist ein netter Kerl, aber ich war schon fast aus dem Haus, als er auftauchte, also hatten wir nicht viel Zeit, um uns wirklich kennenzulernen.“

„Und deine Schwester?“

„Ist verwöhnt. Aber ein gutes Kind.“

Sie lächelt liebevoll und starrt auf den Boden. „Weißt du, es war überraschend, diese Seite von dir zu sehen.“

„Welche Seite?“

Sie zuckt mit den Schultern. „Ich weiß nicht …, wie … ein Mensch?“

„Verströme ich außerirdische Schwingungen?“

„Aye, ein bisschen. Ich meine, du bist groß, dunkel, gutaussehend und lächerlich fit. Du hast eine traumhafte Wohnung und einen tollen Job. Ich habe mich verzweifelt an den Gedanken geklammert, dass du immer noch ein schmieriger Hurenbock bist, der jedes Wochenende eine andere Frau abschleppt.“

Ich fixiere sie mit einem Blick. „Ich habe dir gesagt, dass ich nicht mehr dieser Typ bin.“

„Ich weiß." Sie runzelt für einen Moment die Stirn. „Das wurde mir klar, als ich dich mit deiner Familie sah." Etwas in ihrer Stimme und die Tatsache, dass sie noch nicht zur Tür gegangen ist, gibt mir Hoffnung.

Ich richte mich auf und stelle mich vor sie. „Hast du noch Fragen?"

Sie zuckt mit dem Kopf zurück, da ihr offensichtlich nicht aufgefallen ist, wie viele Fragen sie mir in den letzten fünf Minuten entgegengeschleudert hat. „Entschuldigung …, schon wieder ins Fettnäpfchen getreten."

„Es ist okay", antworte ich und nehme ihre Hand in meine. „Ich mag dich trotzdem."

Sie blickt nervös zu mir auf, als ich ihr näherkomme. „Ich dachte, wir seien nur Freunde."

„Das sind wir." Ich neige den Kopf und lasse meinen Blick träge über ihr Gesicht schweifen.

Sie schaut auf unsere verschränkten Hände hinunter. „Was machst du dann?"

„Ich denke, wenn Freunde sich lange umarmen können, dann können sie sicher auch allein in der Küche Händchen halten."

Sie nickt langsam und ihre Zunge gleitet heraus, um ihre Lippen zu befeuchten, während ich den kleinen Abstand zwischen uns verringere. Sie atmet tief ein und hebt den Blick, um meinen zu treffen. Ihre Augen sind voller Sehnsucht und Anziehung, all die verdammten Gefühle, die ich spüre, seit ich sie vor über einer Woche auf dieser Wohltätigkeitsveranstaltung gesehen habe.

Sie stößt einen zittrigen Atemzug aus und hebt ihre Lippen zu meinen.

Wenige Millimeter vor ihrem Mund halte ich inne und flüstere: „Tilly?"

„Ja?" Ihre Atmung stockt, während sie auf den Kontakt wartet.

„Wirst du mich küssen?"

„Das war der Gedanke", sagt sie atemlos.

Ich lasse meine Nase über ihre Wange gleiten. „Der Gedanke gefällt mir."

„Warum reden wir dann?"

„Weil …" Ich ziehe mich zurück und sehe sie stirnrunzelnd an. „Ich ein paar Regeln habe."

Ihr Gesicht verzieht sich und die Stimmung ist dahin. „Regeln?"

„Na ja, nur eine Regel."

„Welche?", fragt sie, wobei Ärger in ihrem Tonfall mitschwingt.

Ich mache mich auf ihren Zorn gefasst. „Wir müssen exklusiv sein."

„Was?" Sie lacht, das Gesicht vor Verwirrung verzogen.

Ich schüttle den Kopf. „Ich sagte doch, ich habe mich verändert."

Sie blinzelt verwirrt. „Also, was genau willst du? Dass ich deine nächste Zweimonats-Beschäftigung bin?" Sie stößt die Worte hervor.

„Hör zu, ich muss nicht eine weitere der Zweimonats-Frauen sein. Ich weiß, dass du jetzt Mr. Monogam bist, aber woher willst du wissen, dass ich das will?"

„Was willst du?"

„Ich weiß es nicht …"

„Doch, das tust du."

„Nein, das tue ich nicht."

Ich trete zurück, um ihr etwas Raum zu geben. „Denk nicht darüber nach, sag einfach, was du willst. Geh raus aus deinem Kopf."

„Ich kann nicht aus meinem Kopf raus, weil dann Fehler passieren." Sie verschränkt die Arme vor der Brust und beginnt, vor dem Tisch auf und ab zu gehen. „Nach allem, was ich in der letzten Woche mit dir geteilt habe, hältst du eine Beziehung mit mir für eine gute Idee?"

„Ich halte es für eine bessere Idee, als dich zu küssen und nicht zu wissen, wann ich dich wieder küssen kann." Ich werfe ihr einen strengen Blick zu, denn das ist eine Wahrheit, die ich hasse. So resistent Tilly mir gegenüber seit ihrer Rückkehr auch ist, vertraue ich nicht darauf, dass sie nicht küsst und davonläuft. Sie ist schon einmal weggelaufen.

Tillys Schritte stocken, weil sie weiß, dass meine Worte wahr sind.

Ich mildere meinen Tonfall. „Ich bin nicht mehr auf der Suche nach Bettgeschichten. Und es ist mir lieber, dich zu haben und wissen, dass du mir gehörst, als dich zu haben und mir Sorgen zu machen, dass du einem anderen gehören könntest."

Ihre Augen weiten sich. „Das kann doch nicht dein Ernst sein."

„Ich meine es todernst."

„Sonny."

„Trouble …"

Sie atmet tief ein. „Ich bin mir nicht sicher, ob das eine gute Idee ist."

„Warum?" Ich strecke eine Hand aus und berühre ihre Hüfte, um ihre Bewegung zu stoppen. „Sieh uns an, Tilly. Unsere Anziehungskraft ist immer noch da. Stärker als je zuvor. Unsere Körper sind wie zwei Magnete, die sich den ganzen Tag lang gegenseitig finden. Weißt du, wie schwer es war, dich heute nicht zu packen, wenn du in meine Nähe kamst? Ich hätte es einfach getan, wenn meine Nonna mir nicht mit ihrem ekelhaften Soßenstab auf den Kopf geschlagen hätte." Ich verschränke meine Finger mit ihren und genieße das Lächeln, das ihre Lippen umspielt. „Vertraue darauf. Vertraue uns. Glaube daran, dass wir uns beide verändert haben. Dass wir jetzt mehr aushalten können, weil wir uns verändert haben. Klingt es nicht aufregend, uns jetzt kennenzulernen? Mit klaren Absichten?"

„Mein Gott", schnaubt sie nervös, und ich sehe, wie ihre Entschlossenheit nachlässt.

Ich streichle ihre Wange und senke meine Lippen zu ihren. „Sag einfach Ja. Sag, dass du mein sein wirst."

„Was bist du, eine verdammte Valentinstagskarte?", gibt sie mit einem gackernden Lachen zurück.

Ich lächle und beiße mir auf die Lippe, als der Drang, sie zu küssen, so stark wird, dass ich nicht weiß, ob ich es noch lange aushalten kann. Ihr Duft, ihr Körper, ihre blauen Augen … sie haben mich die ganze Woche verfolgt, und ich will, dass sie der Sache zustimmt. Dass sie uns eine Chance gibt.

„Komm schon, Trouble. Eine Wiederholung wird für uns beide eine Herausforderung sein, und ich weiß, dass du Herausforderungen liebst."

KAPITEL 15

„JA."

Zwei kleine Buchstaben.

Sehr große Ergebnisse.

Das Ergebnis sind Santinos Lippen, die sich auf meine legen.

Ich brauche ein paar Atemzüge, bis ich begreife, was da passiert. Aber sobald ich es tue, greifen meine Hände in seinen Nacken, um dem fordernden Druck seines Kusses zu begegnen. Mit einer schnellen Bewegung lösen sich unsere Lippen, während er mich bei der Taille packt und auf den Esstisch hebt. Wir befinden uns jetzt auf Augenhöhe, und der verruchte Blick in seinen dunklen Augen lässt meinen Herzschlag auf ein ganz neues Niveau steigen.

Er kommt auf mich zu und erobert erneut meine Lippen. Ich schlinge meine Beine um ihn und genieße die Härte seines Körpers. Unsere Zungen stoßen gierig gegeneinander, während seine Hand mein Haar meisterhaft festhält und ein Druckgefühl zwischen meinen Beinen auslöst.

Wer hätte gedacht, dass das Zubereiten von Soße ein so episches Vorspiel sein kann?

Nicht dieses schottische Mädchen. Ganz und gar nicht.

Aber Santino beim Umgang mit seiner Familie zu beobachten, wie er sich von seiner sanften Seite zeigt, wie er seiner Nonna den Stuhl hinhält und uns beiden stillschweigend Limonade einschenkt, während alle anderen Rotwein trinken … er hat diese dunkle und gefährliche Ausstrahlung verloren, vor der ich immer Angst hatte. Er hat sich irgendwie in diese sexy, häusliche, gottähnliche Kreatur verwandelt, nach der ich mich instinktiv sehne.

Zumindest, wenn wir nicht gerade rummachen.

Seine Hände wandern über meinen Körper, und ich verliere mich in diesem Gefühl, während in meinem Inneren eine Sehnsucht pulsiert, die schon lange nicht mehr gestillt wurde. Ich krümme meinen Körper zu ihm, ergreife seine Hand und lege sie auf meine Brust. Ich brauche seine Berührung, ich brauche seine Rauheit. Santino hatte immer diese perfekte Mischung aus beherrschender Sanftheit. Und ihn jetzt zu spüren, völlig nüchtern, ohne die Trübung durch Alkohol oder Drogen … das ist sogar noch besser als in meiner Erinnerung. Mein Körper ist wie ein stromführender Draht, der schon bei dem harten Druck seiner Finger auf meinen bedeckten Nippel zu entflammen droht.

Heilige Scheiße, ich werde kommen.

Fuck.

Nein.

Noch nicht.

Es ist noch zu früh.

Das ist alles noch zu früh.

„Santino." Ich löse meine Lippen von ihm und atme tief ein, während meine Augenlider gegen die Schwere ankämpfen.

„Ja?", murmelt er und küsst meinen Hals hinunter. Seine Bartstoppeln verursachen ein Kribbeln in meinem ganzen Körper, als er sanft in mein Ohr beißt. „Was ist los, Trouble? Wo willst du mich haben? Ich möchte dich überall kosten."

Oh mein Gott, meine nächsten Worte sind so beschissen von mir.

„Ich, ähm … möchte es langsamer angehen." Ich verkrampfe mich in seinen Armen, denn mein Körper hasst mich in diesem Moment.

Er zieht sich sofort zurück und blinzelt verwirrt, seine dunklen Augen mustern mich besorgt. „Scheiße. Geht es dir gut? Ist das nicht …? Habe ich das falsch verstanden …"

„Es ist in Ordnung", stoße ich sehnsüchtig aus und berühre mit meinem Finger seine Lippen, die ich am ganzen Körper spüren möchte. „Ich habe Ja gesagt. Ich will das. Ich will es so sehr."

„Gut." Er schenkt mir ein schiefes Lächeln, das ihn so jungenhaft aussehen lässt, wie ich ihn noch nie gesehen habe.

„Ich … ich muss dir etwas sagen." Ich reibe mir nervös die Stirn und überlege, wie ich es formulieren soll, während ich nach Luft schnappe.

Er zieht die Augenbrauen zusammen, als sein Blick von meinen Lippen zu meinen Augen schweift. „Du kannst mir alles sagen."

Ich schlucke den Kloß in meinem Hals hinunter, als meine Nase zu zucken beginnt, als hätte sie einen eigenen Willen. „Ich … ähm …"

„Tilly." Er sagt meinen Namen sanft, während seine Hände von meinen Hüften zu meinem Gesicht wandern, er seine Daumen beruhigend über meine Wangen gleiten lässt und mich zwingt, ihn anzusehen. „Was immer es ist, du kannst es mir sagen."

Hölzern nicke ich und spüre, wie mir die Tränen in die Augen schießen, als er mich so besorgt und mitfühlend anschaut, dass es schwer zu akzeptieren ist. Ich habe das Gefühl, das nicht zu verdienen. Ich bin ein Wrack.

„Ich … habe mit niemandem mehr geschlafen seit …, na ja …" Ich konzentriere mich auf sein zugeknöpftes Hemd und habe Mühe, Augenkontakt herzustellen, da meine Wangen vor Verlegenheit heiß werden.

„Seit wann?", fragt er neugierig.

Ich atme durch meine Nase ein und zwinge mich, ehrlich zu sein. „Seit London."

Er blinzelt mich eine Sekunde lang an, während er das verarbeitet. „Scheiße", antwortet er schließlich. „Er?"

Ich nicke. Mein Kinn bebt bei dieser Erkenntnis, dann schüttle ich den Gedanken so schnell wie möglich ab.

„Warum?", hakt er verwirrt nach.

Ich zucke mit den Schultern, schniefe und fahre mir nervös mit der Hand durchs Haar. „Ich weiß es nicht. Angst? Reue? Selbstbestrafung?"

„Mein Gott." Santino legt den Kopf schief und sieht mich mit einem neuen Ausdruck an, den ich nicht ganz deuten kann. Gott, bitte kein Mitleid. Ich kann kein Mitleid von ihm ertragen. Schließlich schüttelt er seine Benommenheit ab und beugt sich vor, um mir einen Kuss auf die Stirn zu geben. „Sag mir, was du brauchst."

Ich schüttle den Kopf und versuche, so zu tun, als sei das keine große Sache, aber ich habe das Gefühl, dass es eine riesige Sache ist. Eine peinliche, gigantische, idiotische Sache. „Hör zu …, ich verstehe, wenn das nicht das ist, was du wolltest. Ich hätte es dir sagen sollen, bevor du mich gebeten hast …, dein zu sein und so weiter."

„Tilly …"

„Nein, es ist in Ordnung. Es ist chaotisch. Ich bin chaotisch. Ich bin mir sicher, dass ich noch einiges mit einem anderen Therapeuten zu klären habe, also denke ich, dass es besser ist, wenn du und ich es jetzt beenden, bevor es zu kompliziert wird."

Santino tritt zurück und starrt mich an, als hätte ich ihm gerade eine Ohrfeige verpasst. „Du willst es beenden?"

„Ich kann nicht verlangen, dass du …"

Er hebt eine Hand, um mich zu unterbrechen, wobei ein Muskel in seinem Kiefer wütend zuckt. „Wenn du es beenden willst, weil du mich nicht willst, dann beende es aus diesem Grund. Aber beende es nicht, weil du dir in den Kopf gesetzt hast, zu kaputt für mich zu sein. Denn das bist du nicht."

„Aber ich bin es", rufe ich. Es bricht mir das Herz, weil ich weiß, dass ich mich selbst sabotiere – etwas, worin ich laut meines Therapeuten in Schottland sehr gut sei. „Du hast dein ganzes Leben hier im Griff, Santino. Du hast eine Basilikumpflanze auf deinem Balkon, um Himmels willen."

„Wen interessiert das? Vielleicht möchte ich meine Basilikumpflanze mit dir teilen."

„Nun, ich bin immer noch unfertig, und ich brauche dich nicht, um mich mit deinem frischen Basilikum zu reparieren!"

„Ich versuche nicht, dich zu reparieren, Tilly", schnauzt er mit Verzweiflung in der Stimme. „Und wir müssen aufhören, über Basilikum zu reden, sonst werfe ich diese verdammte Pflanze über den Sims."

Ich strecke eine Hand aus, um seine Wange zu streicheln, da ich den gequälten Ausdruck in seinen Augen hasse. „Du hast vor all den Jahren versucht, mich zu reparieren, und damals habe ich es nicht verstanden …, aber jetzt verstehe ich es. Es ist nur so, dass du … du bist ein Reparierer. Du bist dieser Heilige im Anzug, und ich will nicht, dass du das Gefühl hast, mir helfen zu müssen."

„Das Gefühl habe ich nicht." Santinos Stimme ist so aggressiv, wie ich es noch nie von ihm gehört habe. „Du bist nicht die Einzige mit Ballast, Tilly. Mein Gott. Mein Leben ist nicht perfekt. Ganz und gar nicht."

Ich starre ihn verwundert an, denn ich sehe nichts als einen wunderschönen, perfekten Mann vor mir, und ich bringe eine Wagenladung Ballast mit, die ihn herunterziehen würde. „Du hast eine fantastische Karriere, eine tolle Wohnung, eine reizende Familie. Währenddessen lebe ich bei meinem Bruder. Du hast alles im Griff, Sonny. Das kannst du nicht leugnen!"

„Jeder hat seine Dämonen, Tilly." Sein Ton ist ernst, während ein Anflug von Schmerz über sein Gesicht huscht. „Aber darüber möchte ich jetzt nicht sprechen. Verdammte Scheiße. Was ist los? Können wir uns verdammt noch mal einen Moment beruhigen?"

„Okay." Ich verschränke nervös die Arme vor der Brust, als wir beide still werden. Ich hasse es, dass ich die Dinge stoppen musste, aber die Vorstellung, dass Santino mich jetzt mit in sein Bett nimmt, macht mir eine Heidenangst. Es ist schon so lange her, und ich kann mich kaum noch daran erinnern, wann ich das letzte Mal Sex hatte. Was, wenn ich währenddessen ausflippe?

Santino atmet schwer aus, womit er die angespannte Stille durchbricht. „Ich weiß, dass wir beide eine Vergangenheit haben, aber das bedeutet nicht, dass wir sofort wieder da anknüpfen müssen, wo wir aufgehört haben. Wir können die Dinge langsam angehen. Neu anfangen. Lass uns einfach eine Weile zusammen sein. Zum Teufel, Leute laden bei ihren ersten Dates nicht jahrelangen Ballast aufeinander ab, richtig?"

Ich zucke hilflos mit den Schultern. „Ich schätze nicht."

Er nickt langsam und tritt an mich heran. „Also, lass uns das wie unser erstes Date behandeln, okay?"

„Lässt du alle deine ersten Dates mit deiner ganzen Familie Soße machen?"

„Du hast meinen Zio noch nicht kennengelernt." Er tritt zwischen meine Beine, seine Hände gleiten über meine Oberschenkel und lassen mich alles bereuen, was ich gerade gesagt habe. „Das heben wir uns für das zweite Date auf."

„Wenn du ein zweites Date bekommst", antworte ich kokett und lege meine Arme auf seine Schultern, während ich mit den Fingern durch seine kurzen, schwarzen Haare fahre.

Er presst seine Lippen auf meine und murmelt: „Jetzt gibt es kein Zurück mehr, Trouble."

„Also gut." Sein Spitzname für mich lässt meinen Körper vor Verlangen flattern, da er alle möglichen erotischen Erinnerungen an unsere gemeinsame Vergangenheit wachruft.

„Wir werden alles langsam angehen. Kein Sex. Kein Ausziehen. Es wird Spaß machen. Als wären wir wieder Teenager." Er zieht sich zurück und ein Grinsen umspielt seine Lippen, während er mit einer Haarsträhne von mir spielt. „Aber heute Abend …" Er hält inne, sein Blick wandert voller Bewunderung über mein Gesicht. „Möchte ich dich einfach nur küssen."

Mein Herz wird augenblicklich leichter. Ich weiß nicht, wie er es geschafft hat, dieses beschissene Gespräch umzudrehen, aber er hat es verdammt gut gemacht. „Also gut, Sonny."

Er lächelt siegessicher und beugt sich vor, um mich erneut zu küssen. Es ist weicher, sanfter, aber ganz Mann.

Ich ziehe mich zurück und löse unsere Lippen hörbar voneinander. „Vielleicht können wir noch ein bisschen Trockensex einbauen?"

Er drückt seine Stirn an meine und knurrt: „Du bist wirklich gefährlich."

KAPITEL 16

„Guten Morgen!", ruft Freya am nächsten Tag, als ich die Küche betrete und sie am Tisch sitzend mit Hercules über der Schulter vorfinde. Jasper ist mir dicht auf den Fersen, und Hercules scheint das nicht zu gefallen. Er starrt unser plötzliches Auftauchen mit unverhohlenem Ärger an, als hätten wir gerade einen friedlichen Morgen gestört. „Du warst gestern ewig weg", sagt Freya mit wissendem Tonfall in der Stimme.

Ich schreite mit verlegener Miene zum Wasserkocher hinüber. „Hast du mich hier gebraucht?"

„Oh, Himmel, nein. Allie und ich haben uns im Bett noch einmal die ersten drei Folgen von *Bridgerton* angesehen, während Mac den ganzen Nachmittag mit Roan ein neues Videospiel gespielt hat, an dem er gearbeitet hat. Es war ein schöner, fauler Sonntag. Allie hat sogar meine Zehennägel lackiert." Sie wackelt mit ihren Füßen unter dem Tisch. „Es wird schwierig, sie zu erreichen."

„Das klingt wunderbar." Ich fülle einen von Freyas Katzen-Kaffeebechern, von denen sie einen endlosen Vorrat zu haben scheint.

Auf dieser Tasse ist eine Katze in einem Regenmantel abgebildet, und auf der Seite steht in großen, fetten Buchstaben „WAP". *Vielleicht wird das keine gute Tasse mehr sein, wenn das Kind alt genug ist, um es zu verstehen.*

Ich lasse mich Freya gegenüber nieder und sehe, dass ihr Frühstück aus Sellerie und Clotted Cream zu bestehen scheint. Das ist definitiv keine Kombination, die ich je in meinem Leben gesehen habe, schon gar nicht zum Frühstück, aber Freyas Schwangerschaftsgelüste sind so einzigartig wie ihre Persönlichkeit.

„Ist Mac schon auf dem Weg zur Arbeit?", frage ich mit einem Blick auf die andere Seite der Wohnung, um festzustellen, ob seine Arbeitstasche im Flur zu sehen ist.

„Ja, er ist weg und ich platze buchstäblich aus allen Nähten." Sie deutet auf ihren Bauch. „Was ist gestern passiert?"

Meine Augen werden groß. „Viel mehr, als ich erwartet habe." Ich nehme einen Schluck meines Tees.

„Oh mein Gott, du hast ihn gevögelt", ruft sie, wobei sie mit einer Hand auf den Tisch klatscht. Hercules springt bei dem Geräusch auf und wirft mir einen finsteren Blick zu, als wäre es meine Schuld, dass seine Mummy so aufgeregt ist.

„Ich habe ihn nicht gevögelt." Ich fahre mir nervös mit den Händen durch die Haare.

„Nicht?" Sie sieht enttäuscht aus.

„Wir … gehen es langsam an, denke ich?"

Freya zieht die Augenbrauen zusammen. „Okay … aber ihr hattet schon den Sex, also was genau bedeutet das?"

„Nun, es ist irgendwie seltsam, weil er mich gebeten hat …" Ich erschaudere, als ich mich darauf vorbereite, die Worte auszusprechen, „exklusiv zu sein."

„Was?", kreischt Freya in hoher Tonlage, und wie vom Blitz getroffen springt Hercules aus ihren Armen und plumpst auf den Boden, wo er dem armen, ahnungslosen Jasper einen Schlag verpasst, bevor er davonstürmt. Jasper sieht völlig unbeeindruckt aus, leckt sich die Pfote und reibt sich das Ohr. „Ihr seid schon exklusiv? Wie ist das denn passiert?"

„Ich weiß es nicht." Ich halte meine Tasse fest umklammert. „Ich bin bei ihm zu Hause aufgetaucht, und seine ganze Familie war da und hat Soße gemacht – seine Mutter, seine Großeltern und seine Stieffamilie. Sie haben mich helfen lassen, und der Tag war einfach so schön und *normal*. Ich hatte das Gefühl, als würde ich Santino zum ersten Mal sehen. Er hat eine Basilikumpflanze auf seinem Balkon!"

„Nein!", schreit Freya wieder, genauso fasziniert wie ich von dieser Tatsache. „Welcher alleinstehende Mann baut Pflanzen auf dem Balkon an?"

Ich zucke mit den Schultern. „Ein Heißer, denke ich."

Sie nickt wissend. „Sehr heiß."

„Und als ich den Schritt gewagt habe, ihn zu küssen …"

„Du hast den ersten Schritt gemacht?", quiekt Freya. „Mein Gott, das ist ja schon fast so heiß wie bei *Bridgerton*! Weißt du, ich glaube, *Bridgerton* während der Schwangerschaft zu sehen, war eine schlechte Idee. Die Schwangerschaftshormone sorgen dafür, dass ich die sinnlichsten Träume meines ganzen Lebens habe. Ich hätte mich an *Heartland* halten sollen. Pferde sind sexuell viel weniger anregend."

Ich rümpfe die Nase. „Na, das will ich hoffen."

Sie seufzt. „Aber … ich liebe Ponys." Sie schaut verzweifelt, bevor sie diesen Gedanken abschüttelt. „Wie auch immer, ich bin so stolz auf dich und deinen schottischen Mumm!"

Ich lache und schüttle den Kopf. „Nun, er hat mich aufgehalten, kurz bevor ich ihn küssen wollte, und sagte so etwas wie: ‚*Es ist mir lieber, dich zu haben und zu wissen, dass du mir gehörst, als dich zu haben und zu wollen, dass du mir gehörst*'."

Ihre fällt die Kinnlade herunter. „Ich bin gerade gekommen."

„Richtig?" Meine Stimme wird am Ende peinlich hoch.

„Also, damit ich das richtig verstehe." Freya taucht eine Selleriestange in ihren Teller mit Clotted Cream und zeigt mit dem Finger auf mich. „Du bist erst seit einem Monat in London und hast schon einen festen Freund? Wäre ich nicht verheiratet und schwanger, würde ich dich wirklich verabscheuen."

„Er ist kein fester Freund." Ich schüttle diesen nervenaufreibenden Gedanken ab. „Es ist nur … ich weiß nicht. Wir sind zusammen, schätze ich? Es wird sehr kompliziert werden."

„Warum?"

Ich kaue nervös auf meiner Lippe. „Nun, wir gehen es langsam an, weil ich mit niemandem mehr geschlafen habe, seit …" Meine Stimme bricht ab, weil es zu schwer ist, den Satz zu beenden.

Freya legt beschützend eine Hand auf ihren Bauch. „Seit der Fehlgeburt?"

Ich erschaudere, als sie das Wort sagt, das ich am meisten hasse. Ich hasse es aus so vielen Gründen, aber am meisten hasse ich es, weil ich denke, dass ich sie verursacht habe. Und das verfolgt mich jeden Tag meines Lebens.

„Oh, Tilly." Freyas Stimme wird leise, als sie meinen inneren Kampf erkennt.

Sie streckt eine Hand aus, um mich zu berühren, aber ich ziehe mich schnell zurück. „Bemitleide mich bitte nicht. Ich hasse Mitleid. Es geht mir gut. Ich bin jeden Tag mit dir zusammen und breche nicht zusammen. Ich war nur … nicht bereit, mit ihm ins Bett zu springen, nach …"

„Fünf ganzen Jahren", sagt Freya mit großen Augen. „Das macht Sinn. Also, was hat Santino gesagt?"

„Er sagte, er hätte kein Problem damit. Er sagte, es könnte Spaß machen, es langsam angehen zu lassen. Wir haben etwa eine Stunde lang auf seinem Sofa rumgemacht, bevor ich dachte, ich sollte nach Hause gehen, falls Mac einen Suchtrupp vorbereitet."

Freya seufzt wehmütig. „Das klingt wunderbar."

Ich zucke mit den Schultern. „Ich mache mir keine großen Hoffnungen. Ich habe Santino gestern Abend gesagt, dass ich chaotisch bin, und ich würde es vollkommen verstehen, wenn er Reißaus nehmen will."

Freya schüttelt traurig den Kopf. „Mach dich nicht so runter, Tilly. Du hast so viel für dich getan, und jetzt tust du so viel für mich, und du nimmst heute einen großen neuen Job an. Du bist alles andere als chaotisch. Du bist nervtötend liebenswert, wenn du mich fragst."

„Danke, Frey." Ich zwinge mich zu einem Lächeln, das ich nicht spüre. „Hey, bevor wir uns an die Arbeit machen und die letzten Lieblingsstücke für Harrods aussuchen, dürfte ich den Klapptisch, der im Flur steht, hoch in mein Schlafzimmer bringen?"

„Natürlich", sagt Freya mit einem Mund voll Sellerie. „Wir benutzen ihn für nichts. Woran arbeitest du denn?"

„Nun, ich habe mir überlegt, meine Sammelalbum-Sachen auszupacken. Ich bin auf all die alten Fotos gestoßen, die ich vor langer Zeit gemacht und die es nie in ein Buch geschafft haben, und ich schätze, jetzt juckt es mich in den Fingern, sie zu sortieren."

„Unbedingt!", antwortet Freya mit großen, aufgeregten Augen. „Ich warte immer noch darauf, dass das Foto, das du mir von Hercules' Zwilling geschenkt hast, von den Rahmenmachern zurückkommt. Ich glaube, es wird sich hier in der Küche gut machen, meinst du nicht?"

Ich lache leise. „Ich habe dir gesagt, dass du es nicht einrahmen musst. Es ist kein professionelles Bild, nur eine alte Handyaufnahme."

„Blödsinn! Ich liebe es!", erwidert Freya. „Es wird einen stolzen Platz in diesem Zimmer haben. Es wird sich anfühlen, als würde Hercules immer über uns wachen."

„Mit Verachtung", füge ich trocken hinzu, bevor ich einen Schluck Tee trinke.

Sie kichert und mustert mich dann neugierig. „Was um alles in der Welt könnte deine Kreativität anregen, frage ich mich?"

Ich grummle, aber sie hat noch mal Glück, als mein Handy neben mir klingelt. Als ich es in die Hand nehme, sehe ich, dass es eine SMS von Santino ist, und Freya winkt mit einem übermütigen Lächeln ab.

Ich gehe mit meinem Handy durch die Hintertür in den Garten, um die Nachricht zu öffnen.

Santino: Guten Morgen.

Tilly: Hallo.

Santino: Denkst du an mich?

Tilly: Das hättest du wohl gern.

Santino: Nun, ich denke auf jeden Fall an dich.

Tilly: Hat dir schon mal jemand gesagt, dass du es ein wenig übertreibst?

Santino: Nein. Das ist das erste Mal. Es gibt eine Menge Dinge, die ich mit dir mache, die ich noch nie mit jemand anderem gemacht habe.

Tilly: Zum Beispiel?

Santino: Das ist wahrscheinlich ein wenig zu viel Information, da wir die Dinge langsam angehen, also ist es am besten, es geheim zu halten.

Bei dieser Antwort beiße ich mir auf die Lippe, denn wie ich Santino kenne, geht es hier um etwas Unanständiges. Allein bei dem Gedanken daran pocht es sehnsüchtig zwischen meinen Beinen. Meine Güte, diese Anziehungskraft ist intensiv. Und das ist gut so. Es macht Spaß und ist aufregend, und ich fühle mich lebendig. Und obwohl ich fest entschlossen bin, die Dinge langsam anzugehen, möchte ich nicht das verlieren, was ich an Santino als so unglaublich in Erinnerung habe.

Sein schmutziges Mundwerk.

Tilly: Zieh mich nicht so auf, Sonny. Ich bin ein großes Mädchen. Ich kann es verkraften.

Santino: Nun gut. Es wird dich freuen zu hören, dass ich mir gestern Abend nach deinem Weggang einen runterholen musste und dabei nur an deine sexy Lippen gedacht habe.

Nichts kann das selbstgefällige Grinsen in diesem Moment aus meinem Gesicht vertreiben. Ich beiße mir auf die Lippe und hebe mein Handy, um zu antworten.

Tilly: Da könnte ich dich schlagen.

Santino: Nur raus damit … in allen Einzelheiten, wenn wir an diesem schönen Montagmorgen so offen sein wollen.

Tilly: Nun, für mich war es zweimal. Vibrator. Das ist das Einzige, was mich durch meine sehr lange Durststrecke gebracht hat.

Santino: Gott, ich werde mir einen runterholen müssen, bevor ich zur Arbeit gehe.

Tilly: Tut mir leid.

Santino: Das muss es nicht. Abendessen am Mittwoch? Ich habe im Moment so viel zu tun, dass ich es nicht früher schaffe.

Tilly: Mittwoch sollte funktionieren.

Santino: Gut. Wir müssen über einige Dinge reden.

Tilly: Zum Beispiel?

Santino: Zum Beispiel deinem Bruder sagen, dass wir miteinander ausgehen.

Tilly: Ich passe.

Santino: Trouble …

Tilly: Können wir uns nicht erst mal ein bisschen amüsieren? Er ist buchstäblich ein Nachfahre eines der frühesten Höhlenmenschen. Er wird alles ruinieren. Lass uns erst noch warten.

Santino: Über wie lange reden wir?

Tilly: Nicht lange …, nur bis wir … vielleicht … aufhören, batteriebetriebene Geräte zu benutzen.

KAPITEL 17

IN DEN NÄCHSTEN TAGEN MUSS ICH ÜBERSTUNDEN MACHEN, UM weitere lächerliche Vertragsverhandlungen für Zander Williams zu führen. Der Junge macht mich rasend. Er sollte eigentlich schon hier sein und für uns spielen, aber jetzt kann er erst anfangen, wenn das Transferfenster im Januar geöffnet wird.

Normalerweise würde ich zu jeder Nachtzeit an einem solchen Chaos arbeiten, aber in den letzten paar Nächten war ich am Telefon mit Tilly beschäftigt. Ich kann mich gar nicht daran erinnern, wann ich das letzte Mal so viel mit einer Frau gesprochen habe, mit der ich nicht geschlafen habe. Diese Sache mit der Langsamkeit ist faszinierender, als ich erwartet hätte.

Als ich mich gerade für unser Date heute Abend umziehe, erscheint Vaughns Name auf meinem Display. „Hallo, Vaughn."

„Santino, wo bist du? Du bist nicht in deinem Büro."

„Ich bin zu Hause."

„Zu Hause? Es ist doch erst sechs Uhr", antwortet er verwirrt.

Ich zucke zusammen, weil ich meistens der Letzte bin, der das

Büro verlässt, aber heute Abend hätte mich nichts davon abgehalten, Tilly zu sehen. „Ja, tut mir leid. Ich habe heute Abend schon Pläne."

„Du musst dich nicht entschuldigen, Junge, ich … nun ja …, du bist normalerweise immer hier."

Ich atme tief ein angesichts der bizarren Tatsache, dass ich eine Frau der Arbeit vorziehe. Das ist eine weitere Premiere mit Tilly. „Was brauchst du?"

„Wie steht es um den Vertrag von Zander Williams? Ich weiß, dass wir das Transferfenster verpasst haben, aber ich bin neugierig, ob sich das Ganze in Luft auflöst oder ob wir ihn im Januar noch bekommen können."

„Der Sportdirektor versucht immer noch, mit ihm zu arbeiten", antworte ich bedauernd. „Anscheinend hat sein aktueller Verein in letzter Minute beschlossen, ihn bis Januar zu behalten, und ich denke, das ist das Hauptproblem. Das bedeutet, dass ich mit einigen Immobilienbesitzern sprechen muss, mit denen wir zusammenarbeiten, um zu sehen, was im Januar verfügbar ist, wenn er anfangen könnte."

Vaughn grinst. „Zum Glück scheint Finney auf dem Weg der Besserung zu sein, weshalb ich denke, dass er für unser erstes Spiel fit sein wird. Offensichtlich ist Zander noch jung und versteht die Grundlagen von Vertragsverhandlungen nicht. Aber Shawn will nicht aufhören zu sagen, wie brillant er als Ausputzer ist. Er sagt, er spiele wie Gareth, als dieser bei United anfing, und das ist genau die Art von Spieler, die wir brauchen."

„Ich bin ganz deiner Meinung. Ich denke, wenn wir eine Wohnung für ihn finden, wird das vielleicht die letzte Revision sein."

„Mein Schwiegersohn Hayden, Vis Mann, hat ein paar Gebäude, die gut geeignet wären. Wir sollten uns zuerst an ihn wenden. Es wäre schön, wenn es in der Familie bliebe."

„Genau mein Gedanke."

„Okay … na dann …, viel Spaß bei deinen Plänen."

Wir legen gerade auf, als die Klingel ertönt, und ich gehe hinüber, um den Summer zu betätigen. „Ich bin auf dem Weg nach unten." Ich schnappe mir meine Schlüssel und eile die vier Stockwerke hinunter, wo Tilly vor dem Gebäude steht. Sie dreht sich, damit ich sie von allen Seiten sehen kann, und ich kann mir ein Lächeln nicht verkneifen, denn sie ist eine wahre Augenweide.

Sie trägt ein trägerloses schwarzes Lederkleid mit einem Reißverschluss auf der Vorderseite. Was normalerweise ein sündhaft sexy Kleid wäre, hat sie durch ein weißes T-Shirt etwas legerer gestaltet. Ich werfe einen Blick nach unten, um zu sehen, dass sie schwarze Converse-Turnschuhe trägt, pflichtbewusst meiner Anweisung folgend, dass sie bequeme Schuhe tragen soll – nicht dass ich mir wirklich Sorgen machen müsste. Tilly hatte schon immer einen etwas lässigen Stil.

In der Vergangenheit ist mir immer aufgefallen, dass ihre Freundinnen hautenge Minikleider mit hohen Absätzen trugen, die nichts der Fantasie überließen. Tilly zeigte nur halb so viel Haut und sah trotzdem zehnmal heißer aus. Sie trug auch oft ein Kleid, aber dann hatte sie eine Lederjacke darüber oder wählte Leggings und Springerstiefel anstelle eines kurzen Rocks. Wie auch immer ihr Stil genannt wird, es ist eine Kombination, die ich sehr schätze.

„Sei bellissima stasera", knurre ich und lasse meine Hände in ihre lockeren, glatten Haare gleiten, während ich meine Lippen für einen kurzen Kuss auf ihre presse. Ich fahre mit den Fingerspitzen über ihre blasse Wange und füge hinzu: „Wunderschön."

Sie packt meine Arme, ihre Augen sind groß und herausfordernd. „Warum wusste ich nie, dass du Italienisch sprichst?"

„Ich bin ein Mann voller Geheimnisse." Ich senke meine Nase in den Bereich unter ihrem Ohr und atme ihren berauschenden Duft nach Honig und Zitrusfrüchten ein. Nachdem ich vor ein paar Tagen mit ihr geknutscht habe, kann ich nicht aufhören, mich nach ihrem Duft zu sehnen. Sie krümmt sich in meiner Berührung, und die Bewegung lässt meinen Schwanz in meiner Jeans zum Leben erwachen. Ich ziehe mich zurück und starre auf ihre Lippen. „Und niemand hat gesagt, dass ich gut Italienisch spreche. Ich hätte dir gerade sagen können, dass du wie eine Rote Bete aussiehst."

Ihre Hände gleiten die kurzen Ärmel meines Hemdes hoch, ihre Finger graben sich in meinen Bizeps. „Ich liebe Rote Bete."

„Niemand liebt Rote Bete." Ich lache, wobei ich den Kopf mit selbstgefälliger Miene neige. „Hai delle labbra così deliziose … Vorrei tanto baciarti."

Ihr fällt die Kinnlade herunter. „Was hast du gerade gesagt?"

Lächelnd beuge ich mich vor und flüstere gegen ihre Lippen: „Ich habe gesagt, dass deine Lippen so köstlich sind … ich würde dich wirklich gern küssen."

Ohne Pause führe ich unsere Münder zusammen und lasse meine Zunge über ihre üppigen Lippen gleiten. Sie schmeckt minzig, und das, gepaart mit ihrem Honigduft, lässt mich den Kuss noch weiter vertiefen. Ihre Hände wandern von meinen Armen zu meiner Taille, während sie mein T-Shirt umklammert. Als ich meine Zunge tief in ihren Mund schiebe, atmet sie scharf ein, und ihr leises Stöhnen vibriert an meinen Lippen. Ich bewege meine Hände zu ihrem Hintern und ziehe sie an mich heran, damit sie die Wirkung spüren kann, die sie auf mich hat.

„Okay, Sonny Corleone, kein Grund, frech zu werden." Mit gerötetem Gesicht unterbricht sie unseren Kuss, während sie sich nervös umschaut und mit den Fingern ihre zerzausten Haare kämmt. „Wir sind schließlich in der Öffentlichkeit."

Ich schiebe die Hände in meine Taschen. „Es ist schon lange her."

„Es ist ein paar Tage her."

„Mehr oder weniger fünf Jahre." Ich zwinkere ihr spielerisch zu, woraufhin sie die Augen verdreht.

„Tu nicht so, als hättest du dich die ganze Zeit nach mir gesehnt." Sie schubst mich spielerisch. „Also, wohin führst du mich heute Abend aus? Ich hoffe, wir spielen nicht wieder Fußball, denn dieses Kleid ist nicht für hohe Bälle gedacht."

Ich neige den Kopf und kann mir das Lächeln nicht verkneifen. „Kein Fußball. Aber bist du völlig ausgehungert, oder hältst du es noch ein bisschen aus?"

„Es geht noch, warum?"

„Ich hatte eine Idee für heute Abend, aber es wäre besser, es zu tun, solange wir noch etwas Tageslicht haben."

„Okay." Sie sieht mich neugierig an.

Ich ziehe mein Handy aus der Tasche. „Ich habe diese App gefunden, die dir sagt, wo es in unserer Nähe die beste Straßenkunst gibt."

Tillys Kopf zuckt erschrocken zurück. „Du hast was?"

„Ich erinnere mich, dass du immer Fotos von Graffiti gemacht hast, also dachte ich, wir könnten unseren eigenen kleinen Rundgang machen …"

„Woher wusstest du, dass ich Fotos gemacht habe?", fragt sie ein wenig erschrocken.

Ich zucke mit den Schultern. „Ich weiß es nicht. In der Vergangenheit gab es Zeiten, in denen wir nach dem Ausgehen zu mir oder zu dir gingen und wir mussten anhalten, damit du dein Ding machen konntest."

„Und das weißt du noch?" Sie starrt mich mit einem Ausdruck an, den ich nicht recht einordnen kann. Es ist entweder Verärgerung oder Verwirrung, und es gibt eine große Grauzone zwischen den beiden, also weiß nur der Teufel, was sie wirklich denkt.

Ich nicke. „Ich erinnere mich an viele Dinge. Aber hör mal, wenn du darauf keine Lust mehr hast, können wir auch etwas anderes machen. Ich meine, es ist Sommer in London, also … sind die Möglichkeiten endlos." Ich werfe einen Blick auf mein Handy, um eine kurze Suche durchzuführen.

„Nein", sagt sie etwas gezwungen, als ihre Hände sich um meine schließen. „Das würde ich wirklich gern tun."

Meine Mundwinkel verziehen sich zu einem Lächeln. „Also gut. Lass uns loslegen, Trouble."

Die Tour ist perfekt. Es ist ein leichter Spaziergang, bei dem wir viel Zeit haben, uns zu unterhalten und wieder zu einander zu finden. Sie erzählt mir, wie sie den Papierkram für ihren neuen Job bei Harrods unterschrieben hat, der frühestens in einem Monat beginnen wird. Ich merke, dass sie sich darüber freut, denn ihre Stimme wird immer lauter, während sie davon spricht. Ich beschwere mich über die Arbeit, weil der Start in die neue Saison so miserabel war. Vertragsänderungen in letzter Minute sind nie ein Thema, und ich fühle mich dafür verantwortlich, dass Zander nicht für Vaughn erfolgreich geholt wurde, denn ich weiß, dass er ihn unbedingt auf das Spielfeld bringen will. Es ist schön, jemanden zu haben, mit dem man über diese Dinge reden kann, auch wenn Tilly meinen Job nicht ganz versteht. Ich habe mit den anderen Frauen auf meinen Dates durchaus über die Arbeit gesprochen, aber die meisten nickten nur, lächelten und wirkten gelangweilt. Tilly stellt mir herausfordernde Fragen, damit ich meine Themen aus verschiedenen Blickwinkeln betrachten kann. Es ist erfrischend.

Und die Kunstwerke, die wir finden, sind gelinde gesagt interessant. Sie reichen von riesigen, mehrstöckigen Wandgemälden bis hin zu winzig kleinen Kritzeleien in Telefonzellen, die ich nicht wirklich als Kunst bezeichnen würde, aber Tilly scheint von allen, ob groß oder klein, hingerissen zu sein. Sie macht mehrere Fotos aus verschiedenen Blickwinkeln und überprüft die Bilder auf ihre Klarheit, bevor sie uns erlaubt, zum nächsten Halt weiterzugehen. Ihre blauen Augen sind groß und aufgeregt, während sie die Sehenswürdigkeiten in dieser perfekten Sommernacht aufnimmt.

Tilly ist die eindrucksvollste Kunst, die ich heute Abend gesehen habe. Ihre erdbeerfarbenen Haare glänzen in der untergehenden Sonne, während sie pausenlos über vergangene Fotos spricht, die sie gemacht hat. Sie erzählt mir, wie sie Kopien an ihre Großmutter schickte, als diese noch lebte, weil sie die Straßenkunst liebte, aber ihr Großvater, Fergus, hasste sie. Er sagte, sie seien Kriminelle und nichts weiter, doch sie schickte sie ihm auch nach dem Tod ihrer Großmutter, und er hängte jedes Foto an den Kühlschrank … wenn auch widerwillig. Sie sagt, während Fergus und Mac über Fußball redeten, stritten sie und Fergus darüber, was Kunst sei. Heute Abend ist sie mit mir ganz im Moment, und es ist umwerfend, ihr zuzusehen.

Seit ihrer Rückkehr habe ich festgestellt, dass sie oft in ihrem eigenen Kopf ist und tausend verschiedene Gedanken hat, die sie nicht mit der Welt teilt. Ein paarmal habe ich jedoch erlebt, wie sie wirklich losgelassen hat, sodass ihr Lächeln ihre Augen zum Leuchten brachte. Ich habe es auf dem Spielfeld im Tower Park gesehen, beim Kochen mit meiner Nonna … und gerade jetzt.

Ich spüre, dass es einen gemeinsamen Nenner gibt.

„Was glauben Mac und Freya, wo du heute Abend bist?", frage

ich, als wir uns auf den Weg zu der Pizzeria machen, die ich für das Abendessen vorgeschlagen habe.

„Einen alten Freund treffen." Tilly blickt mich aus dem Augenwinkel an. „Obwohl Freya die Wahrheit kennt."

Ich mustere sie neugierig. „Wirklich?"

Tilly zuckt mit den Schultern. „Es … hat sich einfach so ergeben. Ich habe mich wirklich gut an das Konzept einer Schwester gewöhnt. Mit ihr lässt es sich viel leichter reden als mit Mac."

„Ich verstehe", antworte ich, erfreut darüber, dass sie von mir spricht. „Und du glaubst nicht, dass sie es ihrem Mann sagen wird?"

„Sie meinte, es läge an mir, diese Neuigkeit zu erzählen, nicht an ihr."

„Sind wir Neuigkeiten?" Ich verschränke meine Finger mit ihren und drücke sie kräftig.

„Ich denke, es bleibt abzuwarten, ob wir zu offiziellen Neuigkeiten werden, oder?" Sie blickt mich mit einem liebenswert nachdenklichen Blick an.

„Ich würde sagen, es fängt schon mal sehr gut an." Ich nehme ihre Hand und wirble sie herum, ohne einen Schritt auf unserem Spaziergang auszulassen.

Tilly lacht. „Du scheinst dir in allem so sicher zu sein. Ich bin nur noch nicht so weit. Ich glaube, wir beide müssen uns erst wieder kennenlernen. Ich meine …, mit unseren früheren Regeln und all dem, das ist wirklich alles neu für uns."

Diese Bemerkung lässt mich die Stirn runzeln. „Wir haben in den letzten Tagen stundenlang telefoniert. Hast du nicht das Gefühl, dass wir uns dabei besser kennengelernt haben?"

„Schon. Ich habe nur … das Gefühl, dass ich mich an dein neues Ich gewöhnen muss. Wenn du mir vor fünf Jahren gesagt hättest, dass du mit deiner Nonna Soße kochst, wäre ich … hin und weg gewesen." Sie unterstreicht die Bemerkung mit einer Handbewegung.

„Autsch." Ich starre nach vorn und versuche, den Schlag gegen mein offenbar zerbrechliches Ego zu ignorieren.

„Tut mir leid", sagt sie und legt ihre freie Hand um meinen Arm. „Du hattest in der Vergangenheit auch keinen guten Eindruck von mir."

Ich lache trocken. „Eigentlich schon."

Sie sieht mich stirnrunzelnd an. „Ernsthaft?"

„Ja." Ich ziehe meinen Arm frei und lege ihn um ihre Schultern. „Du warst herausfordernd und unverblümt, und du wusstest immer genau, was du wolltest, vom Drink bis zur Sexstellung. Du warst motiviert, mutig und kühn."

„Ich war betrunken", murmelt sie mit einem angewiderten Kopfschütteln. „Der Alkohol hat mich mutig gemacht."

„Blödsinn", schnaube ich. „Du warst neulich beim Abendessen mutig zu meiner Mutter. Du hast ihr gezielte Fragen darüber gestellt, wie ihr Leben als junge Mutter war. Die meisten Leute tun so etwas nicht."

Sie schaut mich verwundert an. „Ist das nicht eine schlechte Eigenschaft?"

„Nicht für mich", sage ich trotzig. „Ich mag deine Ehrlichkeit. Damit bin ich aufgewachsen, also fühlt es sich für mich richtig an. Und vergiss nicht", ich schaue hinter uns, um sicherzugehen, dass niemand in der Nähe ist, während ich mich zu ihr lehne und flüstere, „als wir gevögelt haben, warst du nie völlig betrunken. Dafür habe ich gesorgt."

Tilly stöhnt und bedeckt ihr Gesicht. „Diese blöden Nüchternheitstests, die du mich immer hast machen lassen, wenn ich nachts in deiner Wohnung aufgetaucht bin, waren schrecklich."

„Schrecklich brillant." Meine Schultern beben, als ich ein Lachen unterdrücke. „Sie waren wie kostenlose Unterhaltung. Damals war ich wirklich ein arrogantes Arschloch."

„Das warst du." Sie seufzt schwer. „Aber du hattest einige erlösende Momente. Ich wünschte, mehr Männer wären wie du gewesen."

Mein Magen verkrampft sich, denn je mehr sie mich auf ein Podest stellt, desto schlimmer wird es sein, wenn ich ihr von meiner Vergangenheit erzähle. Das heißt, *falls* ich ihr je von meiner Vergangenheit erzähle. Ich habe die letzten Jahre mit der Hoffnung verbracht, eine Frau zu treffen, der ich dieses persönliche Detail über mich mitteilen möchte, aber es ist noch zu früh, um zu wissen, ob Tilly diese Frau ist. Es fühlt sich an, als könnte sie es sein. Es fühlt sich an wie der Beginn von etwas, das zehnmal echter und ehrlicher ist als jede meiner früheren Beziehungen. Vielleicht liegt es daran, dass wir eine gemeinsame Vergangenheit haben. Oder vielleicht liegt es daran, dass Tilly etwas Besonderes ist und schon immer war.

Wie auch immer, ich muss mich zusammenreißen und die Dinge langsam angehen. Zu viel Wasser kann eine Pflanze genauso leicht umbringen wie zu wenig. Und vielleicht verdiene ich diese zweite Chance nicht, aber ich werde alles mir Mögliche tun, um sie nicht zu versauen.

KAPITEL 18

„Okay, jetzt berührst du die Ferse deines linken Fusses mit den Zehenspitzen deines rechten Fußes und streckst die Hände nach außen", befiehlt Santino von seinem Platz auf dem Sofa aus.

Ich verziehe das Gesicht, als ich versuche, diesen wahnsinnig spezifischen Befehl zu verstehen. „Bist du sicher, dass ich das getan habe, als ich betrunken war?"

„Oh ja", antwortet er trocken. „Jedes Mal."

Ich habe Mühe, das Gleichgewicht zu halten, während ich mitten in seinem Wohnzimmer vor dem Fernseher stehe und einen lächerlichen Nüchternheitstest mache, obwohl ich den ganzen Abend lang keinen Schluck Alkohol getrunken habe. Genauso wenig wie Santino, wenn wir schon dabei sind.

Das Abendessen war wunderbar. Wir haben über leichte, alberne Dinge geredet wie die Tatsache, dass Santino Katzen hasst. Offenbar hat er buchstäblich Angst vor ihnen, denn als er jung war, übernachtete er bei einem Freund, und dessen schwarze Katze gelangte irgendwie in seinen Schlafsack. Als Santino hineinschlüpfte, griff der kleine

Kerl ihn an und hinterließ an seinen Schienbeinen und Waden zahlreiche Wunden.

Darüber habe ich mich natürlich kaputtgelacht.

Dann erzählte ich ihm von meinen fehlgeschlagenen Versuchen, Hercules mit kleinen Stückchen Delikatessfleisch für mich zu gewinnen. Das Arschloch nimmt mein Angebot an und schleicht sich dann davon, um es in Ruhe zu verspeisen und nie wieder von sich hören zu lassen. Warum kann er nicht mehr wie Jasper sein?

„Jetzt musst du mit dem linken Zeigefinger deine Nase berühren, während du dich bückst und mit der rechten Hand nach deinem rechten Knöchel greifst.“

„Das kann nicht wissenschaftlich sein“, sage ich und habe Mühe, mich in Position zu bringen. „Ich meine, welche Recherche hast du für diese Art von …“

Plötzlich beginne ich zu fallen, und als ich eine Hand ausstrecke, um mich aufzufangen, schlage ich damit auf die Fernsehkonsole, was einen stechenden Schmerz verursacht, der bis in mein Handgelenk ausstrahlt. Ich lande unsanft auf Santinos Plüschteppich und stöhne laut, während ich mein Handgelenk fest umklammere, um die Schmerzen abzuwehren.

„Scheiße“, sagt Santino, springt von der Couch und hockt sich neben mich. Er legt sanft eine Hand auf meine Hüfte. „Alles okay?“

„Mir geht es gut“, stöhne ich, rolle mich lachend auf den Rücken und schüttle meine Hand aus. „Nur unkoordiniert.“

„Hast du dir etwas gebrochen?“ Santinos Blick schweift über meine Hand, während er mich inspiziert.

„Nur meinen Stolz“, murmle ich, da ich mich einfach nur dumm vorkomme.

Er grinst und küsst die Innenseite meines Handgelenks. „Wusstest du, dass ich deinen Slip sehen konnte, als du dich gebückt hast?“ Seine Augen sind jetzt voller Verruchtheit.

„Ich dachte schon, es sei ein bisschen luftig da unten.“ Ich beiße mir auf die Lippe, als meine Libido erwacht. *Nicht, dass sie heute Abend jemals wirklich geschlafen hätte.*

„Brauchst du Hilfe beim Aufstehen?“, fragt er. Seine Mundwinkel zucken, während er sich ein Lächeln verkneift.

„Ich würde Nein sagen, aber ich glaube, das würde den Spaß an der Sache nehmen." Ich kichere wie ein Schulmädchen.

„Nichts als Ärger", murmelt er, legt einen Arm hinter meinen Rücken und den anderen unter meine Knie. Er erhebt sich mit Leichtigkeit, und ich schlinge meine Hände um seinen Hals, um mich festzuhalten, während ich versuche, die Schmetterlinge in meinem Bauch zu ignorieren. Als größere Frau finde ich es einfach sexy, mit einem Mann zusammen zu sein, der es mit meinen Maßen locker aufnehmen kann.

Er bringt mich zum Sofa und lässt mich auf seinen Schoß plumpsen, wobei er meinen Rücken gegen die Armlehne drückt. „Ist dir schwindelig?" Er streicht mir eine Haarsträhne hinters Ohr.

Ich schließe meine Augen und genieße die Aufmerksamkeit. „Auf jeden Fall."

„Bist du betrunken?", fragt er lachend.

„Völlig besoffen." Ich öffne die Augen und schenke ihm ein breites Grinsen.

Sein Gesicht wird ernst und ein Muskel in seinem Kiefer zuckt. „Dann werde ich dich heute Abend wohl nicht mehr berühren können." Er gibt ein missbilligendes Brummen von sich.

Ich runzle die Stirn. „Wo wolltest du mich denn berühren?"

Er zieht wissend die Augenbrauen hoch. „Oh, an ein paar verschiedenen Stellen, zu denen dein Handgelenk nicht gehört."

Ich lecke mir über die Lippen, dann fahre ich mit einem Finger über seine harte Brust und widerstehe dem Drang, mich vorzubeugen und sein würziges, männliches Rasierwasser einzuatmen. „Weißt du, wissenschaftlich gesehen wäre es für mich wirklich schwer, betrunken zu sein, ohne einen Tropfen Alkohol getrunken zu haben."

„Das ist ein sehr berechtigtes Argument." Er macht einen zischenden Laut, unsere Atemzüge vermischen sich, die Lider sind gesenkt.

Mit flüsternder Stimme füge ich hinzu: „Vielleicht könntest du also eine Ausnahme von deiner Regel machen, nur dieses eine Mal."

Mit einem sexy halben Lächeln beugt er sich vor und berührt meine Lippen mit seinen, um mich einen Moment lang zärtlich und ohne Zunge zu küssen. Es ist sanft und unschuldig, und als sich seine

Hand mit meiner verschränkt, spüre ich einen Ansturm von Intimität, wie ich es noch nie zuvor erlebt habe.

Als unsere Lippen sich lösen, zieht er sich zurück und sieht mich an, wobei ich angesichts der Begierde in seinen Augen zittrig einatme. Seine Nasenlöcher blähen sich auf, während sein Blick zu meinen Lippen schweift, und als er den Kopf neigt und zu einem weiteren Kuss zurückkehrt, ist er diesmal inniger und dringender. Seine Zunge gleitet zwischen meine Lippen und stößt mit gebieterischer Kraft in mich hinein. Ich lasse seine Hand los und streiche mit den Fingern durch sein Haar, die Begierde bebt selbst in meinen Fingerspitzen. Seine freie Hand gleitet an meinen Rippen entlang und an der Außenseite meines Beins hinunter, sein Daumen krümmt sich in Richtung meines Innenschenkels. Das Gefühl trifft einen Nerv, den ich genau zwischen meinen Beinen spüre, und als wir uns weiter küssen, spreizen sie sich, sehnsüchtig nach seiner Berührung.

Langsam gleiten seine Fingerspitzen mit einem aufreizend langsamen Tempo an der Innenseite meines Oberschenkels hinauf. Ich stöhne an seinen Lippen, und er interpretiert das richtig, denn er bewegt sich am Saum meines kurzen Kleides vorbei und streift mit den Fingerknöcheln über meinen Slip. Ich atme zischend ein, drücke meine Stirn an seine und klammere mich an seinem Hals fest.

„Soll ich dich hier berühren?", fragt Santino, seine Stimme tief und voller Erregung, während er mit dem Zeigefinger über die Seide meines Höschens streicht. „Gefällt dir das?"

Ich nicke, beiße mir auf die Lippe und bin physisch nicht in der Lage, ihn zu küssen, weil ich nur ans Atmen denken kann.

„Sag es mir", befiehlt er, wobei seine Nase die meine streift.

„Berühre mich, Santino", krächze ich, meine Stimme ist ein sehnsüchtiges Flüstern. „Gott, bitte. Berühre mich."

Er wirft einen Blick auf die Stelle, an der seine Hand gerade unter meinem Kleid verborgen ist, und presst zwei Finger auf den Stoff. Er reibt sanft von einer Seite zur anderen über meine Klitoris, was einen berauschenden Druck in meinem Becken auslöst. Meine Beine klammern sich um seine Hand, während ich mich auf seinem Schoß winde und hin und her bewege, mein Körper praktisch aufgelöst durch den unaufhörlichen Reiz.

„Bitte", flehe ich, sehnsüchtig nach mehr Kontakt, während ich kaum die Augen öffnen kann. „Bitte, Sonny."

Plötzlich gleitet sein Finger unter den Stoffstreifen, und als seine nackte Haut meine nackte Haut berührt, ist es, als stünde mein ganzer Körper in Flammen.

„Du bist so feucht für mich, Tilly", stöhnt er und fährt mit seinem Finger an meinem Schlitz entlang, während seine Lippen und seine Zunge den Bereich unter meinem Ohr kitzeln. „So verdammt feucht."

Mein Kopf fällt in den Nacken, als ich ein tiefes Stöhnen ausstoße und spüre, wie ich mein Becken gegen seine Hand stemme. Es ist, als hätte mein Körper jetzt einen eigenen Willen und würde sich gegen mich auflehnen, weil ich ihn so lange allein gelassen habe. Er ignoriert alle üblichen Anstandsregeln völlig.

Santino führt einen langen Finger in mich ein, und ich schreie laut auf, während mein Körper sich auf ihm anspannt. Ich öffne die Augen und stelle fest, dass er mein Gesicht mit gieriger Faszination betrachtet, während sein Schwanz sich unter meinem Hintern verhärtet.

„So verdammt eng", murmelt er, während er mit langsamen, bemessenen Bewegungen in mich hineinstößt. „Mein Gott, du fühlst dich unglaublich an."

Meine Augen rollen in den Hinterkopf, als er einen zweiten Finger einführt und eine Stelle streichelt, die sich sehr, sehr richtig anfühlt. Zu richtig. Mein Gott. Nicht einmal mein bester Vibrator mit dem Saugaufsatz bringt mich so schnell in Fahrt. Aber das Gefühl von Santinos hartem, muskulösem Körper unter mir, das Gefühl seines warmen Atems an meinem Hals und der Anblick seines muskulösen Unterarms, der sich anspannt, während er in mich stößt und diese eine bestimmte Stelle immer und immer wieder stimuliert … das alles lässt mich die Kontrolle verlieren.

Er muss die Dringlichkeit in meinem Körper erkennen, denn er beginnt seine Finger nun schneller zu bewegen. „Verdammt Tilly, wirst du so für mich kommen?" Seine Stimme ist ehrfürchtig und voller Staunen.

Ich schnappe nach Luft und packe seine Hand zwischen meinen Beinen, während ich anfange, ihn aggressiv zu reiten und ihm bei jedem Stoß mit meinen Hüften entgegenzukommen.

„Mein Gott", flüstert er heiser. „Ich kann nicht glauben, dass du …"

„Santino", schreie ich und lehne mich an seine Brust, während sich die ganze Spannung, die ich fünf Jahre lang in meinem Körper gehalten habe, in pulsierenden Wellen der Lust an seinen Fingern entlädt.

Er bleibt eine ganze Weile wie erstarrt, während er mich an seine Brust drückt. Unsere Atemzüge sind schwer, während ich mich von der außerkörperlichen Erfahrung erhole, die ich gerade hatte. Ich packe die harten Muskeln seiner Brust, als die Realität wieder in mein Bewusstsein zurückkriecht. Mein Gott, ich bin gerade allein durch seine Finger zum Höhepunkt gekommen.

Beschämung macht sich in meinem Kopf breit. Was muss Santino von mir denken? Als er mich früher kannte, war ich wild und selbstbewusst. Mutig und kühn, sagte er. Mich nach meinem ersten Orgasmus durch seine Finger von ihm trösten zu lassen, ist alles andere als kühn.

Da ich weiß, dass ich die Situation umdrehen muss, rutsche ich schnell von seinem Schoß und knie mich zwischen seine Beine. „Zeit für eine Revanche", sage ich lächelnd, während ich den Saum meines Kleides zurück an seinen Platz schiebe. Mein Gott, mein Slip ist klatschnass.

„Tilly." Santino ergreift meine Arme, um meine Aufmerksamkeit von seiner sehr angespannten Erektion, die in seiner Jeans steckt, auf ihn zu lenken. Seine Augen sind auf mich gerichtet, als er sagt: „Ich bin noch nicht fertig mit dir."

„Für heute Abend schon", antworte ich kühn und knöpfe seine Jeans auf. „Jetzt bin ich an der Reihe."

Als seine Erektion aus seiner Jeans herausspringt, kann ich nicht anders, als sie verwundert anzustarren. Ich kann mich nicht erinnern, dass sie so dick war. Oder so lang. Ist sie in den letzten fünf Jahren gewachsen, oder ist mein Gedächtnis einfach so beschissen? Das ist die Sache mit meinem damaligen Alkoholmissbrauch. Alles ist verschwommen, und ich frage mich ständig, was echt und was unecht war. Aber im Moment bin ich geistig und körperlich gesund, und ich möchte unbedingt Santino zwischen meinen Lippen spüren.

Ich schließe meine Finger fest um ihn, und sein hörbares Zischen der Lust ist die einzige Bestätigung, die ich brauche. Ich reize die Spitze seines Schwanzes mit meiner Zunge, bevor ich ihn tief in den Mund nehme.

„Fuck", knurrt er und streckt eine Hand aus, um mein Haar zur Seite zu streichen. Er wickelt es um seine Faust und hält es zurück, als ich ihn mit einem hörbaren Ploppen loslasse. „Das musst du wirklich nicht tun."

„Ich will aber", antworte ich, bevor ich ihn erneut mit den Lippen umschließe.

Die Laute, die er von sich gibt, und das von ihm empfundene Vergnügen, während ich ihm weiter einen blase, sind alles, was ich brauche, um wieder die Kontrolle über die Situation zu haben. Mich so vor ihm zu verlieren, wo wir gerade erst angefangen haben, was auch immer wir da tun, ist nicht klug. Es gibt einen Grund, warum ich seit fünf Jahren mit keinem Mann intim war. Die Kontrolle zu behalten, ist jetzt ein wichtiger Teil meines Lebens.

Ich verstehe nicht ganz, warum ich beschlossen habe, dass Santino der erste Mann sein soll, mit dem ich nach all den Jahren intim werde. Vielleicht, weil er mir vertraut ist. Vielleicht, weil er selbst dann, als mein Leben ein totales Chaos war, eine kleine Form von Sicherheit war? Aber er ist nicht mein Retter. Ich habe mich selbst gerettet. Und ich kann nicht zulassen, dass er alles bestimmt, wenn wir wieder zusammenkommen, sonst riskiere ich, den Teil von mir zu verlieren, den ich in meiner Trockenheit gefunden habe.

„Tilly", ruft Santinos schroffe Stimme, als ich mich in der Handlung verliere. „Ich bin kurz davor."

Ich schaue zu ihm hoch, während ich mit meinem Mund über seine pochende Erektion fahre. Seine Nackenmuskeln sind angespannt, und er packt mein Haar hart an den Wurzeln. Die Anspannung ist erregend. Es ist ermutigend, einen Mann, der die Kontrolle verloren hat, so vor mir zu haben. So ermutigend, dass ich fester sauge und mit den Zähnen seinen Schaft leicht kratze, anstatt ihn loszulassen und ihn in einem Taschentuch kommen zu lassen.

„Oh fuck!", schreit er, beugt sich nach vorn und lässt mein Haar los, um seine Hände auf seinem Sofa auszubreiten.

Nach ein paar weiteren Sekunden pulsiert sein Schwanz zwischen meinen Lippen und eine warme, salzige Flüssigkeit dringt in meine Kehle. Er stöhnt, während er sich in mir entleert, die Hände auf meinen Schultern.

Als er fertig ist, setze ich mich auf die Fersen und wische mir den Mund ab. Ohne ein Wort zu sagen, greift Santino nach vorn, packt mich an den Armen und zieht mich auf seinen Schoß. Mein Kleid rutscht mir bis zu den Hüften hoch, während er mir mit einem Blick voller Bewunderung in die Augen schaut.

„Verbringe die Nacht mit mir." Es ist eine Aussage, aber in seinen Augen steht eine Frage.

Ich schaue auf seine Brust hinunter. „Besser nicht."

„Warum?"

„Du weißt, warum."

„Ich verlange keinen Sex." Er legt den Kopf schief und sieht mir in die Augen – versucht, mich zu verstehen.

„Das ist es nicht." Ich fahre ihm mit der Hand durchs Haar, während ich versuche, mir eine Ausrede einfallen zu lassen. „Es geht um meinen Bruder. Er wird sich fragen, wo ich bin."

„Dann lass uns ihm sagen, dass wir etwas miteinander haben. Ich habe keine Angst vor ihm."

„Ich auch nicht", antworte ich entschlossen und beschließe, Santino mit Ehrlichkeit zu begegnen, weil ich weiß, dass er damit einverstanden sein wird. „Aber die Nacht bei dir zu verbringen, heißt auch nicht, die Dinge langsam anzugehen."

Er gibt ein Brummen von sich, während er liebevoll mit den Händen über meine Arme streicht. „Ich verstehe. Womit auch immer du dich wohlfühlst. Du hast das Sagen."

Ich lächle ihn frech an und stemme die Hände in die Hüften. „Gut, dass du dich daran erinnerst, denn als du mir Befehle zugebrüllt hast, dachte ich einen Moment lang, du hättest es vergessen."

Er lacht und zieht mich an seine Brust, seine Stimme ist tief und heiser, als er sagt: „Du kannst mich jederzeit daran erinnern."

KAPITEL 19

Es ist Samstagnachmittag, bevor ich mich wieder mit Tilly treffe. Sie sagte, ihr Bruder habe bemerkt, wie spät sie am Mittwochabend nach Hause kam, und habe ihr eine Menge unangenehmer Fragen gestellt, denen sie irgendwie erfolgreich ausweichen konnte. Als sie mir am nächsten Tag eine SMS schrieb, sagte sie, dass es für uns einfacher sei, uns am Wochenende tagsüber zu sehen, weil er es weniger bemerkt, wenn sie nachts nicht unterwegs ist.

Ich bin kein großer Fan von dieser Heimlichtuerei, weil ich Mac nicht noch mehr Grund geben will, mich zu hassen, aber ich verstehe Tillys Wunsch, erst sehen zu wollen, wie es mit uns weitergeht. Vielleicht stellen wir in ein paar Wochen fest, dass die Verbindung, die wir in unserer Vergangenheit hatten, genau das ist … eine Sache der Vergangenheit.

Wie auch immer, ihr dabei zuzusehen, wie sie am Mittwochabend auf meiner Hand kam, war so ziemlich das Heißeste, was ich je mit einer Frau gemacht habe. Die Unschuld des Ganzen hatte etwas atemberaubend Erotisches. Kein Sex, kein Entkleiden, nur ein einfaches

Gleiten der Finger. Und vielleicht war es noch heißer, weil sie so lange nicht berührt worden war, aber ihr dabei zuzusehen, wie sie sich öffnete, während sie die Kontrolle über ihr eigenes Vergnügen übernahm …, verdammt. Und was sie danach mit mir gemacht hat … Gott, ich werde hart, wenn ich nur daran denke.

Mein Handy klingelt auf dem Tresen und ich sehe, dass es meine Mutter ist, die anruft. Ich schwöre, es ist, als sei ihr Gehirn darauf trainiert zu wissen, wann ich unanständige Gedanken habe.

„Hallo?", antworte ich mit dem Handy am Ohr, während ich in den Kühlschrank greife, um die Lebensmittel für Tillys Abendessen zu holen.

„Was kochst du für sie?", trällert meine Mutter laut.

„Essen", antworte ich knapp. Ich hätte meiner Mutter bei ihrem Anruf vor ein paar Tagen nie sagen sollen, dass ich für sie koche. Sie ist wie ein Hund mit einem Knochen.

„Sag es mir genau. Und welchen Wein servierst du dazu?"

„Kein Wein, Mamma. Erinnerst du dich?"

„Ach ja, richtig, sie kann nicht trinken." Ihr Tonfall ist flach. „Meine Güte, kein Wein zum Essen ist eine Farce."

„Es ist in Ordnung."

„Und wegen ihr trinkst du nicht? Wirst du nie wieder trinken, wenn du mit diesem Mädchen zusammenbleibst?"

Ich zucke mit den Schultern. „Bis jetzt hat es keine Probleme gegeben. Und sie kann trinken. Sie entscheidet sich nur dagegen."

„Interessant."

„Ich kann deine Kritik hören."

„Ich kritisiere nicht", antwortet sie abwehrend. „Ich verarbeite nur. Wein ist für Italiener wie Wasser."

„Ich weiß, aber das ist wirklich keine große Sache. Ich mache uns Espressi."

„Was hast du zum Nachtisch gemacht?"

Ich seufze schwer. „Willst du mich wirklich dazu zwingen?"

„Was?"

Ich höre auf, mich um das Essen zu kümmern. „Du und Nonna habt mir das Kochen beigebracht, jetzt vertraue halt darauf, dass ich ihr ein hervorragendes Essen koche, bei dem sie sich nicht auf dem ganzen Tisch übergeben muss."

„Das ist kein Witz." Ihre Stimme wird sanfter, als sie hinzufügt: „Du hast noch nie für eine Frau gekocht."

Ich runzle die Stirn. „Das kannst du nicht wissen."

„Na dann, hast du?"

Meine Nasenlöcher blähen sich auf. „Nein."

„Eben." Sie schnaubt in die Leitung. „Es ist wichtig, und du wirst mich mit deinen Witzen nicht ablenken. Letzten Sonntag warst du so launisch. Dann ist sie aufgetaucht, und es war, als hätte jemand in dir ein Licht angezündet. Du hast gesagt, du warst schon mal mit ihr zusammen?"

„Wir waren theoretisch gesehen nicht zusammen. Nur … Freunde." Ich zucke zusammen und hoffe, dass sie nicht weiter auf dieses Thema eingeht.

Sie grummelt. „Freunde geben gute Liebhaber ab."

„Okay, Mamma, ich muss jetzt auflegen. Sie wird bald hier sein."

„Wirst du es ihr sagen?", stößt sie hervor, bevor ich mich verabschieden kann.

„Ihr was sagen?"

„Du weißt, wovon ich spreche, Santino. Stell dich nicht dumm."

Angesichts des plötzlichen Themenwechsels erstarrt mein ganzer Körper, meine Hände ballen sich zu Fäusten. Meine Stimme ist leise, als ich antworte: „Mum, dafür ist es noch zu früh."

„Ich weiß, aber das ist alles, worüber wir auf unseren Reisen gesprochen haben. Du willst eine Frau, vor der du dich nicht verstecken musst. Das ist die Erste, die ich je getroffen habe, das muss doch etwas bedeuten, oder?"

Ihre Stimme wird am Ende zittrig, und meine Entschlossenheit wird schwächer. „Bitte weine nicht, Mamma."

„Ich weine nicht", krächzt sie eindeutig weinend. „Ich will das nur für dich, so sehr. Ich habe ewig gebraucht, um Bart zu finden, und ich will dieses Leben nicht für dich. Du arbeitest so hart, du bist so erfolgreich und hast dir ein wunderbares Leben aufgebaut. Du verdienst jemanden, der dein wahres Ich liebt und keine Geheimnisse vor dir hat."

Ich atme schwer aus, denn das ist der Grund, warum ich meine Mutter noch nicht den Frauen vorgestellt habe, mit denen ich ausgehe. Sie macht sich Hoffnungen, und das weckt Gefühle aus der Vergangenheit, was nicht hilfreich ist. „Danke, Mamma. Aber im Moment haben wir nur Spaß. Ich will keinen Druck ausüben."

„Okay." Sie schnieft laut. „Spaß ist gut. Du arbeitest zu viel."

„Ich weiß. Ich muss jetzt wirklich auflegen, okay?"

„Okay, ti amo, Santino."

„Ti amo, Mamma."

Als wir aufgelegt haben, gehe ich hinüber, um die Musik in meiner Stereoanlage einzuschalten. Ich muss das unerwartet intensive Gespräch mit meiner Mutter abschütteln, denn ich will mich gedanklich nicht damit befassen. Heute Abend muss es um Tilly gehen, nicht um meine verkorkste Vergangenheit.

Wenig später klingelt es und ich drücke den Summer für Tilly, nachdem ich mein Bestes gegeben habe, um die Teile vorzubereiten, bei denen sie mir helfen soll. Ich weiß, dass sie nicht gern kocht, aber es wird Spaß machen, sie aus ihrer Komfortzone herauszuholen. Und Essen ist wie Vorspiel, also sollte das der perfekte Start für uns sein.

Als sie an die Tür klopft, mache ich auf und stelle fest, dass sie regennass ist. „Scheiße, ich habe gar nicht gemerkt, dass es draußen regnet." Ich werfe einen Blick über meine Schulter auf die dunklen Wolken durch meine Fenster.

„Als ich mein Auto geparkt habe, ging ein Wolkenbruch nieder und ich habe natürlich nicht daran gedacht, einen Regenschirm mitzunehmen."

„Komm rein." Ich ergreife ihre Hand und ziehe sie zu mir.

An der Tür zieht sie ihre flachen Schuhe und ihre übergroße Jeansjacke aus. Ich hänge sie zum Trocknen an den Haken in der Nähe und drehe mich, um ihren Anblick zu genießen. Sie trägt eine lockere Highwaist-Jeans und ein schwarzes schulterfreies Crop Top. Sie sieht zum Anbeißen aus.

„Du siehst nach Ärger aus." Ich gehe auf sie zu und wische ihr ein paar Regentropfen von den Wangen. Ihr Duft ist in Verbindung mit dem Regen noch verführerischer, und ich kann nicht anders, als den Kopf zu senken und ihre Lippen zu kosten. Ihre seidige Zunge gleitet zwischen meine Lippen, und die Reibung lässt meinen Körper zum Leben erwachen. Meine Hände gleiten von ihrem Gesicht zu ihrer Taille, streicheln die zarte Haut an ihren Seiten und kitzeln die Ränder ihres Tops. Ich frage mich, was wohl passieren würde, wenn ich ihren BH gleich hier im Eingangsbereich öffne?

Als hätte sie meine Gedanken gelesen, löst sie sich von meinen Lippen und atmet zittrig, während sie sich an meinen Armen abstützt. „Begrüßt du so alle deine Gäste?"

Meine Augen tanzen. „Nur die, die ich wirklich mag." Sie kann ihr zufriedenes Grinsen nicht verbergen. „Hast du Hunger?"

„Einen Bärenhunger."

Ich zeige auf die Küche. „Gut, du kannst mir beim Kochen helfen."

Sie fährt sich mit einer Hand durch ihr feuchtes Haar, das Gesicht voller Zweifel. „Das ist keine gute Lebensentscheidung, Sonny."

„Warum?", antworte ich lachend.

Sie starrt auf all die Zutaten und rümpft die Nase. „Ich sagte doch … ich bin ein Mädchen für bestelltes Essen. Zeig mir eine Speisekarte und ich bin eine große Hilfe."

Ich rolle mit den Augen. „Ich übertrage dir nur die Verantwortung für die Antipasto-Platte."

Sie zuckt zusammen. „Das ist wie Charcuterie, richtig?"

„Mehr oder weniger." Ich lege meine Hände auf ihre Taille, denn ich kann sie nicht unberührt lassen, während ich sie zu dem Arbeitsplatz führe, den ich neben dem Kühlschrank eingerichtet habe. Ich stehe hinter ihr, lege mein Kinn auf ihre Schulter und zeige ihr die Sachen, die ich auf dem Markt gekauft habe. Wurstwaren, Oliven, Pilze, ein paar verschiedene Käsesorten und ein Laib Brot. „Das meiste davon ist schon vorbereitet. Du musst es nur auf diesem runden Brett hier ausbreiten. Stell es dir wie dekorieren vor, aber mit Lebensmitteln."

Sie lächelt und nimmt ein Messer aus der Halterung vor sich. „Ich werde versuchen, es nicht zu vermasseln."

Ich küsse die Stelle unter ihrem Ohr, und sie schmiegt sich an mich. Es fühlt sich so gut an, dass es mir schwerfällt, mich von ihr zu lösen, aber ich habe den ersten Gang auf dem Herd und muss mich darum kümmern. Ich verziehe mich an meinen eigenen Arbeitsplatz und mache mich daran, den frischen Knoblauch zu hacken, um ihn in die rote Soße zu geben. „Oh, im Kühlschrank sind noch ein paar Limonaden. Willst du sie holen? Der Flaschenöffner liegt in der Schublade direkt vor dir."

Sie unterbricht ihre Arbeit und schnappt sich zwei Glasflaschen. „Du weißt, dass du in meiner Gegenwart Alkohol trinken darfst, oder?", fragt sie, reißt den Deckel von der Flasche ab und schiebt sie zu mir rüber, wo ich die Soße auf dem Herd umrühre. „Es ist Jahre her, seit ich mit dem Trinken aufgehört habe, und ich habe dir gesagt, dass ich seither einen Drink ohne Probleme hatte. Ich bin nicht so empfindlich."

„Ich weiß, aber du trinkst trotzdem die meiste Zeit nicht." Ich greife nach der Flasche vor mir und nehme einen kühlenden Schluck. „Außerdem macht es mir nichts aus."

„Meinst du das wirklich?" Sie wendet ihre Aufmerksamkeit wieder dem Brot zu, das sie gerade aufgeschnitten hat.

„Wenn ich trinken wollte, würde ich trinken. Aber ehrlich gesagt genieße ich es, mit dir trocken zu sein." Ich zwinkere ihr zu, was ihr zu gefallen scheint, denn sie steckt sich einen Käsewürfel in den Mund.

Sie schnappt sich ihr Getränk und tritt näher heran, um in die beiden Pfannen zu schauen, die ich auf dem Herd habe. „Also, was steht heute Abend auf dem Speiseplan?"

„Zuerst Antipasto." Ich zeige auf ihre Platte. „Dann das Primo-Gericht mit roter Soße und Penne. Dann habe ich ein gebratenes Huhn im Ofen für das Secondo mit Broccolini als Contorno. Und zum Schluss gibt es das Dolce ... Dessert. Obwohl ich gestehen muss, dass ich es gekauft habe. Es gibt eine wirklich gute Bäckerei um die Ecke, die die besten Cannoli macht. Im Ernst, die sind besser als die von meiner Nonna, aber wenn du ihr das erzählst, lasse ich dich umbringen."

Ihre Augen weiten sich, als sie einen Schluck aus ihrer Glasflasche nimmt und sich wieder ihrer Platte zuwendet. „Mord scheint ein bisschen viel für Cannoli zu sein."

„In meiner Familie geht es beim Essen um Leben und Tod", erkläre ich ohne jeden Anflug von Belustigung. „Nonna hasste sogar einen unserer Nachbarn in Bourton, weil er Petersilie in seine Minestrone gab." Ich fixiere Tilly mit einem ernsten Blick. „Das ist eine unverzeihliche Sünde, falls du das nicht wusstest."

„Ich hatte keine Ahnung", antwortet sie mit großen Augen. „Gut, dass ich nie Minestrone mache."

Das bringt mich aufrichtig zum Lachen.

Sie steckt sich eine grüne Olive in den Mund. „Du kannst nicht jeden Abend allein so essen. Es ist unmöglich, so viel zu essen und dabei so auszusehen wie du."

Ich werfe ihr einen Seitenblick zu, während ich die Nudeln in das kochende Wasser werfe. „Du hast bemerkt, wie ich aussehe, Tilly?"

Sie rollt mit den Augen und nimmt sich eine Weintraube. „Ich meine, du hast dich mir noch nicht richtig gezeigt, aber ich kann mir allein durchs Ansehen eine allgemeine Vorstellung verschaffen." Ihr Blick wandert an meinem Körper hinunter.

„Du *hast* mich also in Augenschein genommen", sage ich selbstgefällig.

„Nein", erwidert sie, während sie mich mit ihrem Blick durchbohrt. „Dein Ego kommt auch ohne meine Aufmerksamkeiten gut zurecht."

Ich stoße einen Laut aus, während ich ihr eine Olive vom Brett stibitze. „Welche Gerichte kocht deine Familie?"

„Hmm", antwortet sie, während sie einen Schluck ihrer Limonade trinkt. „Meine Mutter ist eine sehr ordentliche Köchin mit Fleisch und zwei Gemüsesorten. Sie würde Curry für etwas Exotisches halten."

Ich lache wieder. „Sind deine Eltern enttäuscht, dass du nicht zurück nach Schottland ziehst?"

„Ja, klar, aber sie haben sich über meine Karrierechance gefreut. Außerdem denke ich, dass sie oft nach London kommen werden, wenn Freyas und Macs Baby da ist."

Ich beobachte Tilly einen Moment lang bei ihrer Arbeit und zögere, ihr eine Frage zu stellen, die sie sicher nicht beantworten will. Aber da ich weiß, dass sie sich andererseits nicht zurückhalten würde, beschließe ich, einfach damit herauszurücken. „Ist es schwer für dich, in Freyas Nähe zu sein?"

„Warum sollte das so sein?" Sie sieht mich stirnrunzelnd an – aufrichtig verwirrt.

Ich schlucke den Kloß in meiner Kehle hinunter. „Weil sie schwanger ist und du schon mal ein Baby verloren hast."

Als ihre Hände erstarren, bereue ich sofort, so schnell so tief gegangen zu sein. Wir haben gelacht, geflirtet und uns prächtig amüsiert, und ich habe das alles total vermasselt. „Tut mir leid, darauf musst du nicht antworten."

„Ist schon in Ordnung", sagt sie leise und wendet ihre Aufmerksamkeit wieder dem Essen vor ihr zu. „Ich denke nicht viel darüber nach, weil es … nun ja …, mit einer so schwierigen Zeit in meinem Leben verbunden war, die nicht mehr Teil von mir ist. Also versuche ich, es einfach in der Vergangenheit zu lassen."

Ich nicke langsam. „Das heißt aber nicht, dass es nicht trotzdem schwer ist, oder?"

Traurig blickt sie mich an. „Ich schätze schon."

Ich bleibe einen Moment lang still, da sie etwas zu verarbeiten scheint. „Willst du darüber reden?"

Sie kaut auf ihrer Unterlippe und blickt nach unten. „Ich spreche eigentlich nie mit jemandem darüber. Ich habe meiner Familie das Versprechen abgenommen, es nie wieder zu erwähnen, und sie haben diesen Wunsch respektiert. Dann habe ich mich so sehr darauf konzentriert, trocken zu bleiben, dass ich das Erlebnis wohl irgendwie vergessen habe."

Mein Körper schmerzt, denn ich hasse die Tatsache, dass sie das allein durchgemacht hat. Ich weiß, dass sie ihre Familie um sich hatte, aber sie hatte keinen Partner oder den Mann, der sie in diese Lage gebracht hatte. Das erinnert mich an meine Mutter, die schwanger und allein mit mir war.

„Wie weit warst du?"

„Nur neun Wochen", sagt sie seufzend. „Ich hatte erst in der Woche zuvor einen Ultraschall gemacht. Die ganze Erfahrung fühlt sich an wie ein anderes Leben. In einem Moment diskutierte ich noch über meine Optionen und versuchte zu entscheiden, ob ich das Baby überhaupt behalten wollte. Im nächsten Moment hatte ich einen Ultraschall und hörte den Herzschlag."

Sie räuspert sich und beginnt, gedankenlos Stücke von einer Scheibe Brot abzureißen. „Niemand kann dich auf dieses Geräusch vorbereiten. Ihr Herzschlag ist anfangs sehr schnell, und es klingt wie das Donnern eines galoppierenden Pferdes, sodass es schwer zu glauben ist, dass es überhaupt ein echtes Baby ist. Aber die Wirkung, die es auf mich hatte, war sofort da …, was bizarr war, weil ich mir nie vorgestellt hatte, Mutter zu werden. Ich konnte mich einfach nicht in schwangerem Zustand vorstellen. Dann, innerhalb von Sekunden, nachdem ich dieses Geräusch gehört hatte, wusste ich, dass ich unmöglich …" Ihre Stimme bricht am Ende, bevor sie hinzufügt: „Dann, gerade als ich begann, mich mit der Idee des Mutterwerdens anzufreunden, verlor ich es. Es war vorbei, bevor es überhaupt angefangen hatte." Sie hört auf, mit dem Brot herumzuspielen und wischt sich nervös die Hände an ihrer Jeans ab. „Freyas Bauch wachsen zu sehen, ist kein Problem. Ich war nie weit genug, um dieses Gefühl überhaupt zu haben." Tilly lächelt ein wenig zittrig. „Aber neulich hat Mac eine ganze Stunde lang seine Hand auf Freyas Bauch gelegt und auf einen kleinen Tritt gewartet, und als der kam …"

Tillys Stimme wird leiser, als ihr die Tränen über die Wangen laufen. Ich lasse das Essen am Herd stehen und ziehe sie in meine Arme. Sie stößt ein selbstironisches Lachen aus. „Es ist Jahre her, Santino. Ich muss wirklich nicht getröstet werden."

„Warum nicht?"

„Weil ich darüber hinweg bin. Ich habe mich nur so für meinen Bruder gefreut."

Ich fahre mit einer Hand ihre Wirbelsäule auf und ab. „Aber ist es etwas, worüber du jemals wirklich hinwegkommst?"

Sie antwortet nicht darauf, sondern lässt sich einfach in meine Arme sinken und von mir halten, während sich die Schwere des Augenblicks um uns legt. Die meiste Zeit über ist Tilly hart und unantastbar. Aber ich erinnere mich, dass es auch vor fünf Jahren diese stillen Momente gab, in denen sie sich öffnete wie ein Schmetterling. Das Problem war nur, dass niemand sie jemals einfangen konnte.

Sie zieht sich zurück und lächelt mich mit feuchten Augen an. „Ich werde eine tolle Tante sein, das kannst du mir glauben. Und Tanten haben es so viel einfacher, nicht wahr? Wir können die Kleinen abgeben, wenn wir mit ihnen fertig sind. Wir verwöhnen sie und müssen uns nicht mit nächtlichem Stillen oder wunden Nippeln herumärgern. Es ist wirklich großartig."

Ich streiche ihr die Haare aus dem Gesicht und wische ihre Tränenspuren weg. „Ich finde dich unglaublich."

„Warum?", schnaubt sie lachend, wendet sich von mir ab und widersteht meinen Worten.

„Weil du schon viel durchgemacht hast, und jetzt bist du hier, um dich freiwillig um deine schwangere Schwägerin zu kümmern …, die meisten würden das nicht schaffen." Sie dreht sich zu mir um und mir entgeht nicht, dass ihre Nase leicht zuckt, während sie über meine Worte nachdenkt.

„Ich liebe sie." Sie hebt die Augenbrauen und hebt die Schultern. „Und ich mag Herausforderungen."

„Das wusste ich bereits." Ich beuge mich hinunter, um ihre Lippen sanft zu küssen, und liebe es, wie sie ihre Arme um meine Taille schlingt und mich drückt, als bräuchte sie auf einmal eine Umarmung und einen Kuss. Als ihr Magen knurrt, lösen wir uns lachend voneinander. „Wir müssen wirklich das Abendessen fertigmachen."

„Allerdings."

Wir schaffen es, nichts anbrennen zu lassen, vor allem, weil ich Tilly vom Ofen fernhalte, und sie deckt den Tisch wunderschön. Wir lassen uns Zeit beim Essen von Antipasto, Primo und Secondo. Tilly genießt jeden Gang und stellt Fragen darüber, wie ich alles gemacht habe, obwohl ich weiß, dass sie es nie versuchen wird.

Als ich die Cannoli rausbringe und uns Espresso mache, ist es anscheinend Tillys Aufgabe, mir die schwierigen Fragen zu stellen.

„Warst du schon einmal verliebt?", fragt sie, während sie ihre Espressotasse umklammert. Sie sitzt direkt neben mir, auf ihrem Stuhl zusammengerollt, mit den Knien unter dem Kinn.

„In Cannoli? Jeden verdammten Tag meines Lebens." Ich nehme einen Bissen, wobei ich die Knusprigkeit des Gebäcks und die zähe, süße Füllung genieße.

„Nicht der Frage ausweichen." Sie fixiert mich mit einem Blick. „Du hast mich mit den tiefgründigen Fragen überfallen, bevor wir überhaupt die Vorspeise hatten."

Ich ziehe eine Grimasse, lehne mich in meinem Stuhl zurück und drehe mich so, dass meine Beine auf beiden Seiten ihres Platzes sind. „Ich kann nicht behaupten, es jemals gewesen zu sein."

„Nicht einmal in jungen Jahren?" Sie stellt ihre Tasse ab und stützt ihr Kinn auf die Hand. „Teenagerliebe kann albern sein, aber es ist immer noch Liebe."

Ich zucke mit den Schultern. „Nein, nicht einmal dann."

„Wie ist das möglich?", fragt sie. „Du hast mir erzählt, dass du seit ein paar Jahren ernsthaft mit Frauen ausgehst. Willst du damit sagen, dass sich keine von ihnen in dein dunkles italienisches Herz geschlichen hat?"

„Ich weiß nicht, was ich dir sagen soll. Ich habe es nie gespürt."

„Haben sie es dir gegenüber gespürt?" Sie zieht neugierig die Augenbrauen zusammen.

„Ich weiß es nicht. Ein oder zwei vielleicht." Ich berühre den Rand meiner Tasse und weiche ihrem Blick aus.

Sie atmet scharf ein und berührt meinen Oberschenkel. „Sie haben dich geliebt, und du … was? Hast nichts gesagt?"

„Gott, du wirst es nicht auf sich beruhen lassen, oder?" Ich lache, verschränke meine Finger mit ihren und halte ihre Hand auf meinem Schoß. „Wenn sie es sagten und ich nicht genauso empfand, habe ich die Sache normalerweise beendet. Ich wollte niemanden an der Nase herumführen."

„Vielleicht warst du einfach nicht geduldig genug?"

„Wenn es die richtige Person gewesen wäre, hätte ich es gewusst." Ich drücke spielerisch ihre Hand und greife nach meiner Tasse. „Den Spitznamen des Zweimonats-Trottels habe ich bekommen, weil ich festgestellt habe, wenn ich den Frauen zwei volle Monate gebe, dann kann ich mit Gewissheit gehen."

„Interessant", antwortet Tilly stirnrunzelnd. „Ein wenig klinisch für die Liebe, würde ich sagen."

„Ich bereue nichts, also muss es funktioniert haben."

Sie leckt sich über die Lippen, wobei die Ungläubigkeit ihr noch immer ins Gesicht geschrieben steht. „Es ist nur seltsam, weil du großartige Beispiele für Liebe vor dir hast. Deine Großeltern scheinen sehr beständig zu sein. Deine Mutter und Bart sehen aus, als würden sie sich gut verstehen. Ich versuche nur herauszufinden, warum du nicht schon einmal verliebt warst."

Ich atme aus und gebe ihr dann die einzige Antwort, die ich geben kann, ohne ihr genügend Ballast für ein ganzes Leben aufzubürden. „Vielleicht liegt es daran, dass ich meinen eigenen Vater nie gekannt habe, weshalb mir der Gedanke, dass ein Mann und eine Frau sich durch alles hindurch lieben, wie ein Haufen Schwachsinn vorkam."

Sie schiebt die Unterlippe vor. „Das ist traurig."

Ich zucke mit den Schultern. „Ich habe meiner Mutter lange Zeit übel genommen, dass sie mir nicht gesagt hat, wer mein Vater ist. Es fühlte sich hinterlistig und falsch an und als würde sie etwas vor mir verbergen. Einen Teil dessen, was ich war. Ich glaube, das hat dazu geführt, dass es mir schwerfiel, Frauen jemals zu vertrauen."

„Was hat dich dann dazu veranlasst, dein Herz zu öffnen?"

„Wer sagt, dass ich mein Herz geöffnet habe?"

„Nun, die lange Liste der Frauen, mit denen du ausgegangen bist, sieht nach Veränderung aus."

„Ja, aber das bedeutet nicht unbedingt, dass ich mich jemandem völlig hingegeben habe. Ich kann mich mit einer Frau verbinden, ohne ausreichend Vertrauen in diese Verbindung zu haben, um mich in sie zu verlieben."

Mitgefühl tritt in ihre Augen. „Warum sich also die Mühe machen, es überhaupt zu versuchen?"

„Weil ich alles will", antworte ich entschlossen, die Arme weit ausgebreitet. „Früher wollte ich nur im Beruf erfolgreich sein, aber jetzt will ich mehr. Ich will das, was ich als Kind nicht hatte, und ich will an den Punkt kommen, an dem ich mit jemandem mein wahres Ich sein kann."

Sie lächelt und nippt nachdenklich an ihrem Kaffee. „Das ist faszinierend."

„Auch wieder nicht." Ich lache.

„Doch, ist es." Sie sieht mich mit großen, aufgeregten Augen an. „Ich habe das Gefühl, Santino Rossi, wenn du dich verliebst, wird es ein Feuerwerk geben."

Sie starrt mich an, und ich starre zu ihr zurück, während ich versuche zu entscheiden, ob sie diejenige sein wird, die mich über die Kante stürzen lässt. Es ist noch zu früh, um das zu sagen. Liegt mein unmittelbares Interesse an Tilly nur an unserer gemeinsamen Vergangenheit? Oder liegt es an der Situation, die ihr vor ihrem Wegzug widerfahren ist? Wäre einer der beiden Fälle nicht eingetreten, wäre sie dann die Person gewesen, der ich mein Herz geschenkt hätte? Ich weiß es einfach nicht.

Ich schüttle diesen nervenaufreibenden Gedanken ab und drücke ihr Bein. „Was ist mit dir?"

„Was ist mit mir?" Sie nimmt einen kleinen Bissen vom Dolce.

„Warst du jemals verliebt?"

Ihre Augenbrauen schnellen in die Höhe, während sie kaut. „Nur ein paarmal."

„Natürlich warst du das." Grinsend schüttle ich den Kopf.

„Was soll das denn heißen?" Sie fixiert mich mit einem bedrohlichen Blick.

„Als wir uns das erste Mal trafen, stand dir *Herzensbrecherin* ins Gesicht geschrieben. Und du bist damals sehr frei mit deinen Gefühlen umgegangen. Was immer du gefühlt hast, hast du auch gesagt."

Sie zwinkert wissend. „Ich schätze, das stimmt. Obwohl ich rückblickend nicht sicher bin, ob ich wirklich wusste, was Liebe ist. Die Erfahrungen, die ich seither gemacht habe, haben mich ein wenig verändert."

„Das kann ich sehen." Ich sehe sie einen Moment lang nachdenklich an, erstaunt darüber, dass sie nach all der Zeit jetzt hier bei mir ist. Hätten wir vor fünf Jahren so offen zueinander sein können? Das ist zweifelhaft.

Wir unterhalten uns noch eine Stunde lang bei einem zweiten Espresso, und als wir mit dem Aufräumen fertig sind, sagt sie: „Weißt du was? Ich bin jetzt schon dreimal hier gewesen und habe immer noch nicht dein Schlafzimmer gesehen."

Mein Schwanz erwacht in meiner Hose bei dem Gedanken an sie in meinem Schlafzimmer zum Leben. „Was ist damit passiert, es langsam angehen zu lassen?", frage ich mit neugierig hochgezogenen Augenbrauen.

Sie stemmt die Hände in die Hüften. „Eine Tour durch den Rest deiner Wohnung zu bekommen bedeutet nicht, dass wir vögeln, okay? Kommen Sie schon, zeigen Sie mir Ihre Pracht, Mr. Rossi."

„Nun gut, Ms. Logan." Ich breite dramatisch die Hände aus. „Hier ist die Küche." Sie kneift die Augen zusammen, aber ich lasse mich nicht beirren. „Das ist ein Herd." Ich berühre ihn spöttisch, als ihre Lippen schmal werden. „Das hier nennt man einen *Tiiisch*. Da drüben ist eine Lampe."

„Du bist so ein Trottel." Sie stürzt sich auf mich, aber ich fliehe aus der Küche und renne wie ein Verrückter durch das Wohnzimmer und um die Ecke in den Flur, der zu den Schlafzimmern führt.

Ich rufe über die Schulter: „Hier ist das Gästezimmer", und bin schockiert festzustellen, dass sie direkt hinter mir ist. Sie schlingt die Arme um meine Taille, als wolle sie mich niederreißen. „Verdammt, du bist schneller als dein Bruder, schätze ich. Aber nicht sehr stark."

„Du bist so ein Arschloch", schreit sie und versucht vergeblich, meine Beine unter mir wegzureißen, wobei sie die ganze Zeit lacht. Gott, es ist sexy.

Ich packe sie am Handgelenk und werfe sie mir über die Schulter. Mit meiner aufgeblasensten Stimme, von der ich weiß, dass sie sie lieben wird, klatsche ich ihr auf den Hintern und trage sie in mein Zimmer. „Das ist das Hauptschlafzimmer. Von hier aus hat man einen weiten Blick auf die Lichter von Bethnal Green, einem aufstrebenden Viertel mit all den neuesten Trends. Hier haben wir ein luxuriöses Kingsize-Bett mit hochwertiger Bettwäsche und ein großes Bad mit Badewanne und begehbarer Dusche."

Ich drehe uns zur Seite, damit ich unser Spiegelbild sehen kann. Ihr rotes Haar hängt herunter und verdeckt ihr Gesicht, während sie sich auf meinen Hintern stützt. Sie streicht sich die Haare aus dem Weg, um mich im Spiegel anzufunkeln. „Bleib bei deiner grüblerischen italienischen Art, Santino. Du bist nicht einmal annähernd lustig."

Gott, ich liebe sie so. Frecher Mund, herausfordernd und völlig meiner Gnade ausgeliefert. „Findest du mich nicht lustig?", frage ich, als ich in die gefliste Dusche trete und meine Hand auf den Wasserhahn lege. „Willst du den Wasserdruck überprüfen? Das könnte sehr lustig sein."

„Wage es ja nicht!", ruft sie und schlägt mir mit den Fäusten in den Rücken. „Ich habe mein Handy in der Tasche."

„Nein, hast du nicht. Es liegt auf dem Tisch. Aber netter Versuch, Trouble!"

Als ich das Wasser aufdrehe, schreit sie. Es ist eiskalt. Das war eine schlechte Lebensentscheidung.

„Warte nur eine Minute", rufe ich, während ich mich durch den Ansturm des kalten Wassers und ihr Strampeln und Schreien quäle. „Es wird gleich warm."

„Du bist das größte Arschloch der Welt!", knurrt sie.

„Ach was, ich bin sicher, mein Arschloch hat eine durchschnittliche Größe."

„Lass mich runter!"

Sie windet sich auf mir, als das Wasser endlich warm wird. Ich setze sie ab und halte sie an der Taille fest, damit sie nicht wegläuft, als ihre Faust auf meiner Brust landet. Sie sieht durch das strömende Wasser zu mir hoch, und ich kann nicht anders, als zu lachen. Schließlich verwandelt ihre Wut sich in Belustigung, als sie sich das Wasser aus den Augen wischt und mich angrinst.

Im einen Moment ist sie sauer, tritt und schreit. Im nächsten Moment sind unsere Lippen aufeinandergepresst, unsere Zungen duellieren sich und unsere Hände ertasten jeden verfügbaren Quadratzentimeter des Körpers voneinander, abgesehen von der wirklich lästigen und höchst unbequemen nassen Kleidung.

Ein kehliger Laut ertönt aus meiner Brust, als sie beginnt, mit ihrer Hand fest über meinen Schwanz zu streichen, der sich in dieser engen, nassen Hose gerade sehr unwohl fühlt. Die Reibung ist umwerfend und ich fürchte, ich könnte zu schnell kommen, also greife ich unter ihr Top und öffne ihren BH. Da er trägerlos ist, fällt er mit einem schnellen Ruck auf den Boden der Dusche. Als ich sie durch das Wasser hindurch anschaue und ihre harten Nippel durch den schwarzen Stoff ragen sehe, komme ich fast aus einem ganz anderen Grund.

„Fuck", murmle ich, umfasse ihre zierlichen Brüste und senke meinen Kopf zu ihrer linken Brustwarze. Ich beiße sie fest durch den Stoff und sauge durch das Wasser, als sie aufschreit und meinen Kopf an ihre Brust presst. Ich schiebe meine andere Hand unter den

Stoff und umfasse ihre nackte Brust, genieße das Gefühl ihres harten Nippels auf meiner Handfläche und meinen Fingerspitzen. Mein Schwanz drückt gegen den Reißverschluss meiner Hose, aber ich bin entschlossen, Tilly zu geben, was sie mir Anfang der Woche gegeben hat.

Ich richte mich wieder auf, lasse meine Hände über ihre Kurven gleiten und halte am Knopf ihrer Jeans inne. Meine Stimme ist leise und voller Erregung, als ich murmle: „Ich will dich kosten, Tilly.“

Sie schnaubt laut und hält sich an der gläsernen Duschtür fest, während sie langsam nickt, ihre Lippen stehen offen und die Haare kleben an den Seiten ihres Gesichts. Gott, sie ist verdammt umwerfend.

„Zieh das aus“, krächzt sie. Sie packt den Saum meines Hemdes und zieht es mir über den Kopf, bevor es als nasser Klumpen auf dem Fliesenboden landet. Dann arbeite ich daran, ihr die Jeans auszuziehen, während ihre Hände gierig über meine Muskeln gleiten. Sie trägt einen blauen Spitzentanga, den ich normalerweise bewundern würde, aber im Moment sehne ich mich mehr nach ihrem Geschmack als nach den verdammten Cannoli, von denen ich vorhin geschwärmt habe.

Ich drücke sie mit dem Rücken an die kühle Fliesenwand und höre ein lautes Zischen von ihr, als ich mich hinknie und auf ihre nackte, nasse Muschi starre. Ich greife ihr Bein und stütze es auf meine Schulter, bevor ich den Mund senke und einmal über ihre Mitte fahre.

„Santino“, schreit sie laut, eine Hand in meinem nassen Haar vergraben, und ich mache mich mit der Zunge über sie her, während das Wasser auf meinen Rücken prasselt.

Ich packe ihre Hüften, ziehe sie zu mir heran und bedecke mein ganzes Gesicht mit ihrer Essenz, während ich sie verschlinge. Scheiße, sie schmeckt gut und unanständig, und die Dinge, die ich mit ihr tun möchte, sind verdammt noch mal endlos. Ein ganzes Leben mit dieser Muschi wäre nicht genug Zeit.

Ich ziehe mich zurück und schiebe zwei Finger in sie hinein, starre sie an, während sie meine Hand reitet und ihre Hüften meiner Berührung entgegenstemmt, genau wie an unserem letzten gemeinsamen Abend. Gott, sie ist geil und empfänglich, feucht und eng. Mein Schwanz droht in meiner Hose zu explodieren, so gut fühlt sie sich an. Ich neige den Kopf und fahre mit der Zunge über ihre Klitoris, während ich meine Finger tief in sie hineinstoße.

„Oh mein Gott", sagt sie, als sie ihre Oberschenkel um mein Gesicht herum anspannt. „Ich …"

Sie kommt. Verdammte Scheiße, noch nie ist eine Frau so für mich gekommen. Ihre Muschi pulsiert wild um meine Finger, ihr ganzer Körper verkrampft sich, während sie sich immer wieder anspannt und zusammenzieht.

Als sie fertig ist, stehe ich auf und halte ihre Hüften fest, da ihre Beine nachzugeben scheinen. Sie zittert, also lasse ich das heiße Wasser über ihren Körper laufen, während ich mich zu ihr beuge und ihr einen Kuss gebe. Sie erwidert ihn, aber es ist träge und hinreißend. Sie ist erschöpft. Sie ist umwerfend.

Sie ist mein.

Ich platziere Küsse bis zu ihrem Ohr und beiße sanft hinein, bevor ich murmle: „Weißt du, wenn du weiterhin jedes Mal so schnell für mich kommst, gerät mein Ego außer Kontrolle."

Sie stößt ein Lachen aus, die Augenlider schwer, während sie sich von dem Delirium erholt. „Werde nicht zu übermütig. Ich bin aus der Übung."

Ich knurre und beiße ihren Hals, was sie sofort aufweckt. Ihre Hand gleitet über meine Brust und streicht über meine Bauchmuskeln. „Genau wie in meiner Erinnerung. Steinharte Muskeln."

„Genau wie in meiner Erinnerung." Ich zwicke ihre stoffbedeckten Nippel. „Perfekte Titten."

Sie zuckt zusammen und verdeckt sie mit den Händen. „Meine Brüste sind wie kleine Brötchen."

Ich runzle die Stirn über ihre Aussage. „Du sagst das, als wäre das etwas Schlechtes." Ich greife nach unten und ziehe ihr Oberteil hoch, wobei ich mir die Brüste, die ich vor wenigen Augenblicken noch im Mund hatte, genau ansehe. „Und gute Cannoli-Nippel."

Sie bricht in Gelächter aus und schubst mich. „Ich glaube nicht, dass das ein Kompliment ist."

Ich drücke sie gegen die Duschwand und reibe neckend meine Nase an ihrer. „Für mich schon, und ich bin der einzige Mann, der gerade deine Brötchen sieht, also zählt, was ich sage."

Ihre Hand wandert von meiner Brust zu meiner Leiste. „Das ist viel größer als ein Cannoli."

„Okay, jetzt machen wir uns nur noch lächerlich."

Wir brechen beide in Gelächter aus und küssen uns lächelnd, als sie ihre Hand in meine Hose gleiten lässt und mich bis zum Höhepunkt streichelt. Auch bei mir dauert es nicht lange. Verdammte Scheiße, wenn das Vorspiel mit Tilly so gut ist, kann ich mir nur vorstellen, wie der Sex sein wird, wenn es endlich so weit ist.

Als wir uns abtrocknen, wirft sie einen Blick auf die Kleider, die in meiner Dusche liegen. „Was soll ich für den Heimweg anziehen?"

„Ich werde etwas für dich finden." Ich wickle mir ein Handtuch um die Taille und stapfe barfuß in mein Schlafzimmer. Aus dem begehbaren Kleiderschrank hole ich ein graues T-Shirt und eine Jogginghose, die mir schon immer ein wenig zu eng war.

Als ich ins Badezimmer zurückkehre, wickelt sie ihr Haar in ein Handtuch und wischt sich das verschmierte Make-up aus dem Gesicht. „Ich sehe fürchterlich aus", sagt sie in den Spiegel.

„Du bist perfekt." Ich stelle mich hinter sie und betrachte unser Spiegelbild. Ihre blasse Haut, meine dunkle Haut, ihre blauen Augen, meine schwarzen. Wir sind Gegensätze, und doch gefällt mir, was ich gerade sehe.

Ich hole ihr ein paar Wattebällchen aus der Schublade und setze mich auf den Tresen, während sie über ihr Gesicht reibt. „Was machst du nächstes Wochenende?"

„Ich gehe zum großen Fußballspiel." Sie wirft mir einen verstohlenen Seitenblick zu.

„Wirklich?" Ich neige den Kopf angesichts der Tatsache, dass sie dieses kleine Geheimnis vor mir verheimlicht hat.

„Mac und Freya wurden eingeladen, und ich schätze, sie haben mich in die Einladung miteinbezogen. Anscheinend ist es ein großes Rivalitätsspiel, und alle gehen hin?"

„Ja, Camden Harris spielt für Arsenal und Booker Harris für Bethnal. Wenn die Brüder gegeneinander antreten, wird das Spiel normalerweise zu einer Familienangelegenheit, bei der alle Kinder anwesend sind. Da es sich aber um ein Abendspiel handelt, bringen sie normalerweise nicht alle Kinder mit, wodurch es in der Suite weniger chaotisch zugehen wird."

„Willst du damit sagen, dass du dort sein wirst?" Sie stemmt eine Hand in die Hüfte und schaut mich mit großen Rehaugen an.

„Tu nicht so, als hättest du das nicht gewusst."

„Habe ich nicht!"

„Deine Besessenheit von mir wird langsam ein wenig intensiv." Ich gleite vom Tresen und sehe sie im Spiegel an, wobei ich bemerke, wie ihr Blick über meine Brust schweift. „Vielleicht sollten wir einen Schritt zurücktreten und unsere Situation neu bewerten."

„Ach ja?", ruft sie und breitet die Hände auf dem Tresen aus, um mich im Spiegel anzufunkeln. „Während ich nackt in deinem Badezimmer stehe, sagst du das zu mir? Kein Wunder, dass diese armen Frauen es nur zwei Monate mit dir und deinem monströsen Ego ausgehalten haben."

Ich packe sie an der Taille und kitzle sie, woraufhin ihr Handtuch weit genug von ihren Brüsten rutscht, dass ich ein verdammt schönes Bild für meine Erinnerungen bekomme. Wer braucht schon Sex, wenn man eine nackte Tilly hat, die man ständig necken kann?

Sie trocknet sich die Haare und zieht die Kleidung an, die ich ihr gegeben habe. Ich starre sie fasziniert an, als mir klar wird, dass ich mich nicht entscheiden kann, ob mir der Anblick von ihr im Handtuch oder in meinen Klamotten besser gefällt. Als sie sich unbeobachtet wähnt, sehe ich, wie sie das T-Shirt an ihre Nase hebt und tief einatmet. Sie lächelt verträumt und ich weiß ohne Zweifel, dass sie mir in meinen Klamotten definitiv besser gefällt.

„Brunch morgen?", frage ich, während ich sie zur Tür begleite und mir wirklich wünsche, sie müsste nicht gehen.

„Ich schätze, ich könnte mich wegschleichen." Sie stellt sich auf die Zehenspitzen und küsst mich. „Dieses Herumschleichen ist eigentlich ganz lustig."

„Findest du", brumme ich, während ich die Hände auf ihre Taille lege und nach unten zu ihrem Hintern gleiten lasse. „Was wird dein Bruder sagen, wenn du heute Abend in Männerkleidung auftauchst?"

Sie leckt sich über die Lippen und lässt ihre Hände über meine Arme gleiten. „Ich bin sicher, er wird es nicht einmal bemerken.

Normalerweise ist er um diese Zeit in Videospiele vertieft." Sie küsst mich wieder, und es fällt mir noch schwerer, sie gehen zu lassen.

„Bist du sicher, dass du gehen musst?" Scheiße, jetzt schmolle ich. Ich habe meine Männlichkeitskarte komplett verloren.

„Ich bin mir sicher." Sie zieht sich zurück. „Wir sehen uns dann morgen."

„Okay, Trouble. Wir sehen uns morgen."

KAPITEL 20

Santino: Ich denke, wir sollten Mac vor dem Spiel morgen sagen, dass wir etwas miteinander haben.

Tilly: Ich passe, nächste Frage.

Santino: Ich meine es ernst, Tilly. Ich bin mir nicht sicher, ob ich in der Lage sein werde, gleichzeitig mit dir und ihm in einem Raum zu sein.

Tilly: Warum? Hast du Angst, dass du dich nicht beherrschen kannst?

Santino: Ich habe Angst, dass du dich nicht beherrschen kannst. Du hast mich diese Woche dreimal zum Mittagessen eingeladen, nur damit du mich in einer schmutzigen Gasse küssen konntest.

Tilly: Unsinn. Wir waren immer in der Nähe von wunderschöner Straßenkunst, weil die App, die du gefunden hast, unglaublich ist. Und muss ich dich daran erinnern, dass du derjenige warst, der es in eine schmutzige Fummelei verwandelt hat?

Santino: Du warst diejenige, die ihr Höschen in meine Anzugtasche gesteckt hat!

Tilly: Das sollte lustig sein.

Santino: Oh ja. Es war wirklich lustig, allein beim Gedanken daran auf der Arbeit einen Steifen zu bekommen.

Tilly: Siehst du, du hast keine Kontrolle.

Santino: Ich könnte dich leicht die Kontrolle verlieren lassen.

Tilly: Du überschätzt deinen Charme, Rossi. Ich kann dir selbst in den schwierigsten Situationen widerstehen.

Santino: Ist das eine Tatsache?

Tilly: Ja, deshalb sagen wir es meinem Bruder auch noch nicht, weil ich mich beherrschen kann.

Santino: Das klingt nach einer Herausforderung.

Tilly: Bitte versuch nicht, mir deine Boxershorts zu geben. Ich fürchte, umgekehrt hat es nicht denselben Effekt.

Santino: Gott, du hast wirklich ein freches Mundwerk. Ich werde es wirklich genießen, es nach dem Match am Samstag zu ficken.

Tilly: Droh mir nicht mit Spaß!

Santino: Gott, mit dir kann ich nicht gewinnen.

Tilly: Am besten gibst du einfach auf.

Santino: Warte nur bis Samstag. Ich werde mir etwas einfallen lassen, um mich bei dir für dein freches Mundwerk zu revanchieren.

KAPITEL 21

DER TOWER PARK AM SPIELTAG IST SOGAR NOCH UNGLAUBLICHER als eine private Tour bei Nacht, was ich nie für möglich gehalten hätte. Die Energie der grün-weiß gekleideten Fans, die ins Stadion strömen und sich vor dem Einnehmen der Plätze mit Essen und Getränken versorgen, ist elektrisierend. In meiner Kindheit war Fußball bei uns zu Hause eine Religion. Mein Vater und mein Großvater diskutierten über Macs Karriere, als hätte er nichts zu sagen, während meine Mutter und ich uns bemühten, seine Cheerleader und sein Unterstützungssystem zu sein. Das Leben eines Profisportlers ist nicht einfach, und Mac war schon immer so ein Jasager, dass er oft aus den Augen verlor, was er in seinem Leben wollte, weil er so sehr darauf bedacht war, andere stolz auf sich zu machen.

Deshalb war es so schön, in den letzten anderthalb Monaten mit ihm zusammenzuleben und aus erster Hand zu erfahren, wie er als Ehemann und werdender Vater ist. Er wird immer selbstbewusster und setzt sich immer mehr durch. Freya und ich fahren derzeit auf der Rückbank eines Golfwagens durch den Tower Park, denn obwohl

Freyas Arzt ihr leichte Aktivitäten und Spaziergänge erlaubt hat, war Mac nicht der Meinung, dass sie den ganzen Weg bis zur Familiensuite zu Fuß gehen sollte.

Mein Bruder ist wirklich ein liebenswerter, störrischer Ochse.

Sollten sie irgendwann eine Tochter bekommen, wird das arme Mädchen keine Chance auf ein normales Leben haben.

Der Wagen passt gerade so in den Aufzug, der uns in die obere Etage bringt, und als wir uns der VIP-Suite nähern, ist der Lärm der Menschen im Inneren deutlich zu hören.

„Danke fürs Fahren, Sedgwick", sagt Mac, springt vom Wagen und kommt nach hinten, um Freya zu helfen.

Ich schlüpfe auf der anderen Seite heraus und schenke Sedgwick ein nervöses Lächeln. „Danke."

Er zwinkert wissend und tippt sich an die Nase, ohne ein Wort darüber zu verlieren, dass ich erst vor ein paar Wochen mit Santino hier war. Ich frage mich, ob Santino etwas zu ihm gesagt hat? Bestimmt hat er das. Gott weiß, dass Mac nicht erfreut gewesen wäre, wenn er gehört hätte, dass seine Schwester nachts von einem Mann, den er verabscheut, durch ein leeres Fußballstadion geführt wurde.

Ich hasse die Tatsache, dass Mac Santino gegenüber nachtragend ist. Ich habe ihm schon einmal gesagt, dass er mit dem, was mir vor fünf Jahren passiert ist, nichts zu tun hatte. Mir ist klar, dass Mac mir glaubt, aber er weiß auch, dass an der Geschichte mehr dran ist. Solange ich nicht bereit bin, Mac alles zu erzählen, weiß ich nicht, wie ich seine Meinung ändern kann.

Und die Wahrheit ist, dass ich es ihm nicht sagen will. Ich bin entsetzt, wenn ich an die Situation denke, in die ich mich gebracht habe. Mac und meinen Eltern zu sagen, dass ich mich nicht einmal an den Namen des Kerls erinnern konnte, ist eine Schande, die ich nicht ertragen kann. Niemals. Nach dem Verlust des Kindes und der Änderung meines Lebens beschloss ich, dass es für alle das Beste sei, die Vergangenheit ruhen zu lassen. Mich eingeschlossen.

Das hat offensichtlich funktioniert, denn für mich läuft es jetzt großartig. Und Santino ist ein Teil dieser Großartigkeit. Ich bin mir nicht sicher, ob ich jemals eine so reife, erwachsene Beziehung erlebt habe …, wenn man dies überhaupt so beschreiben kann. Wir haben nichts offiziell gemacht oder so, aber ich weiß, dass wir exklusiv sind. Macht ihn das also zu meinem Freund? Habe ich mir bei einem anderen Mann jemals mehr Gedanken darüber gemacht?

Die Antwort ist nein. Das habe ich nicht.

Deshalb will ich meinem Bruder auf keinen Fall von uns erzählen. Er würde nur unseren Schwung ruinieren, und wir sind immer noch dabei herauszufinden, was wir füreinander sind.

Ich versuche, das unsichere Gefühl in meinem Bauch zu ignorieren, als ich Mac und Freya in die mit Menschen gefüllte Suite folge. Es ist ein recht großer Raum, der sich zum Spielfeld hin öffnet und mehrere Reihen Stadionsitze auf einem großen Balkon bietet. Drinnen gibt es ein langes Essensbuffet und mehrere Stehtische sowie eine kleine Bar. Die Wände sind mit Bildern der Spieler von Bethnal Green tapeziert. Ich erkenne sofort Booker Harris mit seinen leuchtend neongrünen Torwarthandschuhen, und an der gegenüberliegenden Wand ist Macs Kumpel Roan DeWalt zu sehen, der gerade einen Elfmeter schießt.

„Hey, Leute!", sagt Allie, kommt herüber und zieht Freya in eine große Umarmung. „Oh mein Gott, Freya, es ist so schön, dich außerhalb des Hauses zu sehen!"

„Es ist ein gutes Gefühl, außerhalb des Hauses zu sein!" Freya berührt ihren Bauch. „Ich habe vergessen, wie es ist, richtige Kleidung anzuziehen." Sie hält sich die Hand vor den Mund und flüstert laut: „Aber in der Zeit, in der ich zu Hause bin, bin ich eine echte Liebhaberin von Muumuus geworden."

„Na ja, du siehst großartig aus." Allie streichelt liebevoll Freyas Bauch. „Ich bin so froh, dass du aufstehen und dich ein bisschen bewegen kannst."

„Wir sollten dir einen Stuhl suchen", brummt Mac, der sich nach einem Platz umschaut.

„Beruhige dich, Mac. Sie steht noch nicht einmal eine ganze Minute." Besänftigend tätschle ich seinen Arm und kann nicht anders, als über die Sorge in seinen Augen zu lachen.

„Nächste Woche haben wir einen weiteren Scan, und Belle sagte, wenn alles gut geht, könnten meine Einschränkungen ganz aufgehoben werden", fügt Freya hoffnungsvoll hinzu.

„Aber sie wird sich trotzdem schonen", grummelt Mac.

„Und ich werde nirgendwo hingehen", füge ich in dem Versuch hinzu, meinen Bruder ein wenig zu unterstützen. „Ich bin hier, bis das Baby da ist."

„Gott sei Dank", schnaubt Mac, immer noch sichtlich besorgt darüber, dass Freya noch nicht auf einem Stuhl sitzt.

In diesem Moment kommt Belle mit einem freundlichen Lächeln herübergeschlendert. „Wie geht es meiner Lieblingspatientin?", fragt sie und schiebt ihr dunkles Haar hinter die Schultern zurück. „Fühlt es sich gut an, das Haus zu verlassen?"

„Du meine Güte, ja", ruft Freya aus, und ihre runden Wangen verziehen sich zu einem Lächeln. „Ich bin überglücklich. Aber könntest du Mac hier kurz untersuchen? Ich glaube, er hat sich einen Fall von Überfürsorglichkeit eingefangen."

„Oh, er ist schon seit Jahren davon befallen", werfe ich ein und schlage meinem Bruder leicht auf die Schulter. „Es ist wie Herpes, und ich fürchte, er wird es nicht los."

Alle lachen, und Freya hat Mitleid mit Mac und lässt sich von ihm auf einen Fensterplatz mit Blick auf das Spielfeld führen, wo sie die Füße hochlegen kann.

„Wo ist Indie?", frage ich Belle, als wir beide aus dem Fenster auf das Spielfeld schauen, um die Spieler beim Aufwärmen zu beobachten.

„Sie ist irgendwo da unten mit Tanner. Lass uns rausgehen und nachsehen." Ich folge ihr bis zum Rand des Balkons, und wir beide suchen den Bereich unter uns ab. Schließlich deutet sie auf die Seitenlinie. „Da ist sie, in dieser schrecklichen hellbraunen Hose und dem grünen Poloshirt. Siehst du sie?"

Ihr lockiges rotes Haar sticht sofort ins Auge. „Ah ja, da ist sie. Das ist ein unglaublicher Platz, um ihren Mann spielen zu sehen. War Indie eine der Mannschaftsärztinnen von Bethnal, bevor Camden zu Arsenal ging?"

„Nein, er war schon weg, bevor Indie den Job bekam. Aber sie hat ihn auf andere sinnvolle Weise bearbeitet, wenn du weißt, was ich meine." Sie lacht und schüttelt den Kopf. „Sag mir, dass diese Spieler nicht damit zu kämpfen haben, ihren Willie im Zaum zu halten, während sie ihre Verletzungen untersucht. Sie ist einfach umwerfend." Belle zeigt auf das Spielfeld und fügt hinzu: „Oh, sieh mal, da ist Cam."

Wir werden beide still, als wir Cam in seinem Arsenal-Trikot über das Spielfeld in Richtung Indie joggen sehen. Sie hält inne, dreht sich um, stemmt die Hände in die Hüften und schüttelt den Kopf. Er lässt sich jedoch nicht entmutigen, sondern nimmt sie in die Arme und drückt ihr einen sehr unanständigen Kuss auf die Lippen. Sie stößt ihn weg, und plötzlich steht Vaughn neben ihnen, zeigt auf das Spielfeld und spricht ohne jegliche Belustigung mit seinem Sohn. Cam lächelt neckend und geht zum Aufwärmen zu seiner Mannschaft zurück.

„Gott, die sind ja hinreißend. Zwei kleine Kinder zu Hause und sie knutschen in der Öffentlichkeit immer noch wie Teenager. Aber ich kann das nicht beurteilen, ich bin selbst damit beschäftigt, Tanner anzustarren." Sie zeigt auf das Ende des Spielfelds, wo Tanner mit Booker in seinem Torwarttrikot steht. „Als er den Trainerposten bekam, hat er darüber nachgedacht, sich die Haare schneiden zu lassen, um professioneller auszusehen, aber ich habe ihn angefleht, es nicht zu tun. Ich stehe auf den Dutt, den Manbun-Look."

Ich lache darüber. „Jeder nach seinem Geschmack."

„Was ist dein Typ?", fragt Belle und stupst mich spielerisch am Arm an, wobei ihre dunklen Augen verschmitzt funkeln. „Ist dir in London jemand aufgefallen, seit du zurück bist?"

Meine Wangen glühen augenblicklich. „Oh … nein, eigentlich nicht. Ich mag allerdings den klassischen großen, dunklen und gutaussehenden Typ." Ich werfe einen Blick über die Schulter und frage mich, wann Santino kommen wird. Er hat mir heute Morgen eine SMS geschickt und geschrieben, ich solle mich „auf seine Überraschung vorbereiten". Was auch immer das bedeuten mag.

Belles Augen weiten sich. „Würdest du mich hassen, wenn ich dich meinem Bruder Ronald vorstelle?"

„Dein Bruder?", wiederhole ich ein wenig verwirrt.

„Ja! Er ist alleinerziehender Vater und Firmenanwalt. Früher stand er völlig unter der Fuchtel meines aufgeblasenen, karriereorientierten Vaters, aber seit er vor ein paar Jahren seine Frau verloren hat, ist er ganz anders. Er kommt jetzt viel öfter vorbei, weil er wissen will, was ein normales Leben ist, das nicht aus Angestellten, verschwenderischen Partys und ständigem Arschkriechen besteht." Sie mustert mich von Kopf bis Fuß und lächelt dabei. „Du siehst aus, als wärst du eine gute Dosis Spaß für ihn. Er ist der Erbe eines Lords, falls das dein Ding ist?"

„Das ist es nicht", antworte ich sofort und fahre mir nervös mit der Hand durchs Haar.

„Macht nichts, damit gibt er nicht mehr an, Gott sei Dank." Sie dreht sich um und blickt hinter uns in die Suite. „Ich frage mich, wo er ist. Er sagte schon vor einer Weile, er sei unterwegs."

„Ich hole mir etwas zu trinken", sage ich schnell in dem Versuch, eine Ausrede zu finden, um Belles Bruder nicht treffen zu müssen. „Brauchst du etwas?"

„Nein, mir geht's gut, danke. Wir sehen uns später!" Sie zeigt mir begeistert einen Daumen hoch und ich lächle verlegen, während ich mich auf den Weg zur Bar mache.

Als ich hinüberschaue, sehe ich, dass Mac und Freya sich in ihrer kleinen Ecke mit Sloan, Gareth, Leslie und ihrem Mann Theo sowie Allie und Bookers Frau Poppy niedergelassen haben, also mache ich mich auf den Weg zur Bar, um etwas Abstand zu gewinnen. Offenbar kämpft nicht nur Tanner mit Grenzen, sondern auch seine Frau. Aber was hätte ich denn sagen sollen? Dass ich mit jemandem ausgehe und mein Bruder nichts davon weiß? Das hätte mir viele Fragen eingebracht, die ich nicht beantworten kann. Das ist das Problem, wenn man heimlich mit jemandem zusammen ist.

„Kann ich bitte ein Club Soda mit Limette bekommen?", frage ich, lege eine Hände auf die Theke und spüre, wie mir ein Schauder über den Rücken läuft.

Der Barkeeper zieht sich zurück, als mir eine tiefe Stimme ins Ohr flüstert: „Rache serviert man am besten kalt."

Der vertraute Geruch von Santinos Eau de Cologne umweht mich, und ich kann das Lächeln nicht unterdrücken, das sich auf meinem Gesicht ausbreitet. Ich drehe mich zu ihm um und betrachte seinen blassgrauen Anzug. Sein dunkles Haar ist kunstvoll zerzaust, und es fällt mir schmerzlich schwer, mich nicht auf die Zehenspitzen zu stellen und ihn zu küssen. „Sieh an, du zitierst den *Paten*."

„Der Schüler übertrifft die Lehrerin." Er hat einen sündhaften Ausdruck in den Augen, der mir nicht gefällt. „Außerdem ist es ein sehr passendes Zitat für das, was ich heute mit dir vorhabe."

„Und das wäre was genau?" Ich werfe einen Blick über meine Schulter, um zu sehen, ob uns jemand beobachtet, aber Santino scheint nicht im Geringsten besorgt zu sein.

Er reicht mir eine kleine Geschenktüte. „Ich habe ein kleines Geschenk für dich." Seine Augen tanzen vor Heiterkeit.

„Ein Geschenk ist nicht sehr diskret."

„Mach dir keine Sorgen. Es ist unten gut versteckt." Als sein Blick auf meine Lippen fällt, spüre ich, wie sich mein Inneres vor Verlangen zusammenzieht.

Die Sache mit der heimlichen Beziehung war bis zu diesem Moment kein Thema für mich. Ich atme tief ein und konzentriere mich auf die Geschenktüte. „Was ist da drin?"

Er zieht die Augenbrauen hoch. „Nur eine kleine Rache für dein freches Mundwerk gestern."

Ich verkneife mir ein zufriedenes Grinsen. „Ich habe nur die Tatsache festgestellt, dass du mich eindeutig mehr willst als ich dich. Das ist eigentlich ein bisschen traurig. Ich meine, du bist vier Jahre älter als ich. Ich hätte gedacht, du hättest dich besser unter Kontrolle."

Er knurrt und kneift mich diskret in die Seite. Ich muss mir einen Aufschrei verkneifen, als mir mein Getränk gereicht wird.

Der Barkeeper zeigt auf Santino. „Ich nehme einen Whiskey on the rocks, bitte."

Ich ziehe die Augenbrauen hoch, als er lässig vor mir Alkohol bestellt. Seltsamerweise erfüllt es mich mit Stolz. Als hätte er gehört, wie ich ihm gesagt habe, dass ich mit seinem Trinken in meiner Gegenwart umgehen kann – als vertraue er meinen Worten. Ich schätze dieses Maß an Respekt von einem Mann. In meiner Kindheit in Schottland waren überfürsorgliche Männer an der Tagesordnung. Mein Großvater, mein Vater und vor allem mein Bruder waren sich alle sicher zu wissen, was das Beste für mich war. Es ist eine wunderbare Sache, Männer zu haben, die sich so sehr um mich kümmern, aber es kann manchmal auch bevormundend sein.

Wenn ich also sehe, dass Santino meine Worte respektiert und sie sich zu Herzen nimmt, fühle ich mich auf eine sehr bedeutsame Weise gesehen. Ich schüttle die Schmetterlinge in meinem Bauch ab und frage: „Soll ich das jetzt aufmachen?"

„Nein", blafft Santino und unterdrückt ein Lachen, das ihn jung und unbeschwert aussehen lässt. „Du musst auf die Toilette gehen, um es zu öffnen. Und … du wirst es auf jeden Fall dort anziehen müssen. Das ist nicht verhandelbar."

Meine Wangen glühen vor Hitze. „Was …"

„Dass ich dich hier sehe, Santino", mischt mein Bruder sich von der anderen Seite ein.

Santino schenkt Mac ein strahlendes, unbeeindrucktes Lächeln. „Hallo, Mac. Schön, dich zu sehen."

Mac grunzt missmutig, und sein Blick fällt auf das Getränk in meiner Hand. Er setzt einen neugierigen Gesichtsausdruck auf, bevor er sich wieder an Santino wendet. „Kann ich dir irgendwie helfen?"

„Nein, mir geht es gut. Ich führe nur ein nettes Gespräch mit deiner Schwester."

Mac knurrt und zeigt auf die Tasche in meiner Hand. „Was hast du denn da, Tilly?"

„Es ist ein Trikot mit deiner früheren Nummer und Logan auf der Rückseite", antwortet Santino mit Leichtigkeit. „Ich war neulich im Lagerraum des Geschenkeladens und habe einige deiner alten Sachen in Kisten gefunden, und ich dachte, dass sie deiner Schwester vielleicht gefallen. Ich habe eine weitere Kiste für dich und deine Familie an der Tür stehen, die du dir heute Abend auf dem Weg nach draußen nehmen kannst."

Mac blickt Santino finster an. „Du machst wohl Witze."

Santino hebt die Augenbrauen. „Mache ich nicht. Da war sogar ein Babyteil drin. Ein Strampler oder so?"

„Scheiße", blafft Mac, der offensichtlich genauso verblüfft ist wie ich von diesem ganzen Austausch. „Das war sehr aufmerksam von dir."

Santino zuckt mit den Schultern. „Tilly hat nur erwähnt, dass sie noch nie im Tower Park war, also war ich mir nicht sicher, ob sie ein Trikot hat. Ich hätte wissen müssen, dass sie etwas zum Anziehen hat."

Er wirft einen Blick auf den Bethnal-Green-Pullover, den ich trage, und ich wittere eine Chance. „Ja, aber auf meinem Pullover steht nicht Logan, und ich würde gern meinen pensionierten Bruder repräsentieren." Ich schenke den beiden ein breites Grinsen. „Ich gehe nur schnell auf die Toilette und ziehe mich um."

Ich entferne mich von meinem Bruder und Santino, während mein Herz nach diesem unangenehmen Austausch heftig klopft. In der Sicherheit der Toilette der Suite angekommen, öffne ich die Tasche und finde ein sehr schönes weißes Trikot mit grünem Rand und großen Buchstaben auf dem Rücken, auf denen Logan steht. Er hat nicht gelogen! Und es passt perfekt. Als ich den Saum über meiner Jeans glattstreiche und mir im Spiegel mit den Fingern durch die Haare kämme, schwillt mein Herz vor Stolz an. Nicht nur, weil ich heute die Nummer meines Bruders trage, sondern auch, weil dies ein äußerst aufmerksames Geschenk von Santino war. Ich bin mir nicht sicher, ob ich jemals so ein süßes Geschenk von einem Mann erhalten habe.

Da ich weiß, dass dieses Geschenk nicht nur aus Herzen und Blumen bestehen kann, schaue ich noch einmal in die Tüte und wühle unter mehreren Lagen Seidenpapier, bevor ich eine kleine Schachtel und einen Umschlag finde. Ich öffne ihn und sehe einen Zettel von Santino:

Du sagst, du magst Herausforderungen …, zieh das an und sieh, wie herausfordernd dieses Spiel wird, wenn ich die Kontrolle habe.

Stirnrunzelnd öffne ich die Schachtel, und meine Augen weiten sich, als ich sehe, was sich darin befindet.

Es ist das Höschen, das ich ihm neulich in die Anzugtasche gesteckt habe, aber an dem mittleren Stoffstreifen ist etwas befestigt.

„Das kann nicht sein", flüstere ich, als ich auf das kleine schwarze Gerät hinunterschaue, das wie eine sehr schlanke Tastaturmaus aussieht. Auf der Rückseite entdecke ich einen Ladeanschluss und einen einfachen Ein- und Ausschalter.

Er hat mir einen vibrierenden Slip geschenkt. Was für ein Mistkerl.

Mit verkniffener Miene schiebe ich den Schalter auf „ein" und ein leises Summen ertönt in meiner Hand, was meine ursprüngliche Einschätzung bestätigt. In meinem Bauch sammelt sich augenblicklich flüssige Hitze, als ich mir vorstelle, wie Santino das Gerät bei mir anwendet. Ich meine, ich hasse diese Vorstellung nicht. Der Gedanke, wie er in diesem Moment die Tür aufstößt und mich mit diesem kleinen Ding bearbeitet, reicht aus, um meinen ganzen Körper vor Vorfreude erzittern zu lassen.

Aber es mir mit meinem Höschen zu geben, hört sich nicht danach an, als würde er momentan das von mir wollen. „Das kann doch nicht sein Ernst sein."

Wie aufs Stichwort klingelt mein Handy in meiner Tasche, und ich ziehe es heraus, um eine SMS von Santino zu sehen.

Santino: Ja, ich habe dir einen vibrierenden Slip geschenkt, und ja, ich habe über eine App auf meinem Handy die volle Kontrolle darüber. Lass ihn eingeschaltet.

Tilly: Du kannst nicht erwarten, dass ich das jetzt anziehe.

Santino: Oh, das tue ich, Tilly. Es sei denn, es ist dir lieber, wenn ich mich mit Mac über meine Gefühle für dich unterhalte? Ich denke, ich habe ihn mit der Tüte mit den alten Trikots gut aufgewärmt.

Tilly: Du bist so ein Trottel.

Santino: Heißt das also, du wirst ihn tragen? Ich habe den ganzen Tag darüber nachgedacht, wie es wäre, deine Lust in meinen Fingerspitzen zu haben. Ich habe sehr flinke Finger, falls du dich erinnerst.

Ich schlucke nervös, während in meinen Adern ein erotischer Kitzel pulsiert. Das ist der Santino, zu dem ich mich vor fünf Jahren hingezogen fühlte. Herrisch, fordernd und diskret pervers. Mit einem scharfen Atemzug tippe ich meine Antwort.

Tilly: Ich werde ihn mit Stolz tragen, Sonny.

Santino: Oh Trouble, das wird so viel Spaß machen.

Ich mache mich langsam auf den Weg zu den Sitzen auf dem Balkon des Stadions, gerade als das Fußballspiel angepfiffen wird, wobei ich mir des Fremdkörpers zwischen meinen Schenkeln sehr bewusst bin. An der Vorderseite befindet sich ein geriffelter Noppen, der beim Gehen gegen meine Klitoris reibt und meinen Körper in Erregung versetzt, ohne dass auch nur ein Hauch von Vibrationen zu spüren ist. *Das wird ein echter Härtetest für mich.*

Santinos Augen folgen mir von seinem Platz an der Bar, wo er mit Gareth steht. Ich tue mein Bestes, um den selbstgefälligen Ausdruck zu meiden, der in seinen Augen tanzt. Ich bin eine Schottin durch und durch, und er wird nicht stärker sein als ich.

Am Ende der letzten Reihe finde ich einen freien Platz neben Freya. Mac sitzt auf ihrer anderen Seite, und Allie und Sloan sitzen noch weiter den Gang hinunter. Mit einem beiläufigen Blick durch die Glaswand hinter mir sehe ich, dass Santino von der Bar weggegangen ist und sich direkt hinter Mac gesetzt hat. Seine dunklen Augen glänzen vor sündhafter Rache.

Als das Spiel beginnt, gebe ich mein Bestes, um mich auf die Spieler zu konzentrieren, die den Fußball auf dem Spielfeld hin und her schießen. Normalerweise kann ich mich in ein Spiel vertiefen und lauter schreien als die meisten Zuschauer. Aber normalerweise habe ich keinen Vibrator zwischen meinen Schamlippen und Santinos dunkle Augen im Nacken, die jede meiner Bewegungen beobachten.

Das Spiel ist anfangs etwas langweilig und es gibt nur wenig Action vor den beiden Toren. Doch in der dreizehnten Minute verwirrt Camden Harris mit seiner schnellen Beinarbeit seinen Verteidiger und schafft sich bei einem Schuss aus kurzer Distanz freies Feld. Ein harter Schuss in die linke untere Ecke wird von Booker Harris mit einem Hechtsprung abgewehrt, und das ganze Stadion ist auf den Beinen und ruft *Harris! Harris! Harris!*

Alle in der Suite lachen und jubeln laut, weil es eine nette Geste an die beiden Brüder ist, die in einer schönen Demonstration brüderlichen Sportsgeistes aufeinander zeigen. Freya und ich klatschen und grinsen wie Verrückte, als plötzlich die Stelle zwischen meinen Beinen von einem Gefühl erfüllt wird, das mich fast auf Belle fallen lässt, die vor mir sitzt.

„Geht es dir gut, Tilly?", fragt Freya, deren Stimme vom Jubel fast übertönt wird.

Meine Lippen werden schmal, als ich ihr kurz zunicke und mich bemühe, meine Atmung zu kontrollieren. „Mir geht es großartig! Was für eine Abwehr von Booker!"

„Ich weiß, das Baby der Familie ist ein echter Star!" Sie wedelt aufgeregt mit den Händen in der Luft und stimmt wieder in die Sprechchöre ein, während sie Bookers Frau Poppy abklatscht, die neben Belle sitzt.

Als sie ihre Aufmerksamkeit zusammen mit allen anderen auf das

Spielfeld lenkt, spüre ich, wie sich die Vibration von der Vorderseite des Geräts zur Rückseite bewegt, hin und her, zickzack, vor und zurück. Was zum Teufel ist das? Hat dieses Ding ein verdammtes Sensorpad? *Verdammt, ich stecke in Schwierigkeiten.*

Meine Oberschenkel pressen sich unwillkürlich zusammen, als ich Allies Blick einfange, die angesichts meines seltsamen Gesichtsausdrucks eine Augenbraue hochzieht. Ich winke mit einer Grimasse ab und täusche einen Hustenanfall vor, um meine unregelmäßige Atmung zu verbergen.

Als ich über meine Schulter schaue, sehe ich, dass Santino mich mit hungrigem Blick ansieht, der in mir den Wunsch auslöst, das Ding aus meinem Slip zu reißen und ihm ins Gesicht zu werfen.

Aber das würde dem Trottel wahrscheinlich zu sehr gefallen.

Als alle wieder ihre Plätze einnehmen, atme ich erleichtert aus, als das Vibrieren aufhört. Mein Inneres pulsiert jedoch immer noch vor Verlangen, als ich mich vorsichtig hinsetze und angesichts der Feuchtigkeit in meinem Slip das Gesicht verziehe.

Ist es wirklich seltsam, dass ich möchte, dass er ihn wieder einschaltet?

Ich tue mein Bestes, um mich auf das Spiel zu konzentrieren, und die nächste spannende Szene ereignet sich, als die schlechte Verteidigung des Arsenal-Strafraums viele Pässe der Angreifer von Bethnal Green zulässt. Schließlich steht Roan DeWalt frei und hämmert den Ball hoch an den oberen Pfosten, wo er dem Torhüter entgleitet und sicher im Netz landet.

Ich habe nicht einmal die Chance zu jubeln, bevor der Vibrator auf ein noch höheres Niveau als zuvor ansteigt. Alle um mich herum drehen wegen eines unglaublichen Torschusses durch, und ich kann mich nur auf die Empfindungen konzentrieren, die mein Zentrum mit solcher Heftigkeit überfallen, dass ich mich an die Armlehnen kralle und versuche, nicht zu stöhnen.

Mit großer Anstrengung erhebe ich mich auf zittrigen Beinen und hoffe, keine Aufmerksamkeit zu erregen. Ich stecke meine Hände in die Hosentaschen, während meine Gedanken hin und her schwanken zwischen dem Wunsch, den Vibrator aus seiner Position zu reißen, um Erleichterung zu bekommen, und dem Drang, über die Lehne dieses Stuhls zu klettern und das Ganze so lange auszuhalten, bis ich wie ein Freak zum Höhepunkt komme.

„Hörst du das?", höre ich Freya Mac fragen, während sie seinen tätowierten bedeckten Arm festhält.

„Was soll ich hören?", schreit Mac zurück, der laut für das Tor seines Freundes klatscht.

„Da ist ein Summen." Sie blickt sich um. „Ist es dein Handy?"

Mac runzelt die Stirn, sichtlich verärgert, dass Freya ihn mitten in einem spannenden Spiel dazu zwingt, aber er kramt trotzdem in seiner Tasche, um nachzusehen. „Meins ist es nicht."

„Nun, ich habe mein Handy nicht mit nach draußen genommen." Freya schaut sich neugierig um. „Frag mal bei Allie nach."

„Cookie, ich weiß nicht, warum das überhaupt eine Rolle spielt."

„Frag sie einfach!"

Er schnaubt und wendet sich von Freya ab, um Allie zu fragen, die durch die ganze Aufregung verwirrt ist.

Währenddessen laufen mir Schweißperlen über die Stirn, als ich die Augen schließe und mir die wilden Laute verkneife, die sich aus meiner Kehle lösen wollen. Hitze breitet sich in meinem Körper aus, während ich mich an dem Stuhl vor mir festhalte und eine außerkörperliche Erfahrung durchlebe. Ich spüre, wie ich der Erlösung immer näher komme, während ich gleichzeitig meinen Körper anflehe, das nicht hier zu tun. *Tu das nicht, Tilly. Du bist stärker. Du kannst das bekämpfen!*

Über den Lärm des Stadions hinweg schnappe ich nach Luft, als die Spannung sich auf ein unerträgliches Niveau steigert und mein Inneres einen Fieberpegel erreicht, der sich weigert, ignoriert zu werden. Mein ganzer Körper beginnt zu beben, während ich die Augen schließe und mich verzweifelt festklammere, als Lichtblitze hinter meinen Lidern flackern.

Sekunden, Minuten oder Stunden später …, wer weiß, wie viel Zeit vergangen ist …, öffne ich die Augen und sehe Flecken, während ich das Spielfeld und alle Fans betrachte, die sich nach einem herrlichen Tor wieder beruhigen.

Heilige Scheiße, ich bin gerade während eines Fußballspiels zum Höhepunkt gekommen. Ich bin wirklich Schottin.

Zum Glück hört das Vibrieren auf und ich atme lautstark aus, während ich mir die feuchten Hände an den Seiten abwische. Inzwischen hat mein Zentrum jedoch seinen eigenen Herzschlag entwickelt, denn es bebt und pulsiert weiter zwischen meinen Schenkeln. Ich fahre mir mit einer Hand durch die Haare und nutze die Bewegung, um einen mörderischen Blick in Santinos Richtung zu werfen, der aussieht, als würde er sich verdammt gut amüsieren.

Der Mistkerl. Der schreckliche, furchtbar sexy und schmerzhaft verlockende Mistkerl. Ich hasse ihn.

Ich schaue mich nervös um, in der Hoffnung, dass niemand gesehen hat, was gerade passiert ist, und bin dankbar, dass Freyas süße, unschuldige Verwirrung jeden ablenkt, der vielleicht nahe genug war, um es zu bemerken.

Mein Gott, ich werde das nicht ein ganzes Spiel lang durchhalten.

Zum Glück hat Santino die nächsten zwanzig Minuten Mitleid mit mir und lässt zu, dass mein Körper die Kontrolle über sich zurückgewinnt. Leider ist mein Verstand alles andere als auf Fußball eingestellt. Alles, was ich spüre, ist der Vibrator zwischen meinen Beinen. Mein Körper ist in voller Alarmbereitschaft und bereitet sich auf den nächsten Ansturm vor. Ein leichter Schimmer von nervösem Schweiß überzieht meine Haut, und meine Brüste fühlen sich schwer an, meine Nippel sind steinhart, als ich mir vorstelle, dass das Teil zwischen meinen Beinen Santinos Schwanz ist und nicht dieses blöde Spielzeug.

Wenn ich ihm den entsprechenden Blick zuwürfe, würde er mir zweifellos aufs Klo folgen und mich wieder, wieder und wieder ficken. Es würde sich so verdammt unglaublich anfühlen, nachdem …

Moment mal. Kein Sex.

Das tun wir noch nicht.

Hör auf, an Sex zu denken, Tilly!

Es ist klug für uns, es langsam anzugehen. Santino auf dem Klo zu ficken, wäre die alte Tilly. Und ich bin nicht die alte Tilly. Ich bin die neue und verbesserte Tilly mit Reife, Kontrolle und Nüchternheit.

Aber im Moment bin ich betrunken vor Erregung.

„Ich hole mir nur noch etwas zu trinken", sage ich, als die Halbzeitpause erreicht ist. Ich brauche etwas frische Luft, sonst fahre ich jeden Moment aus der Haut.

„Ich mache das", blafft Mac in schroffem Ton, während er aufsteht und sich an Freya vorbeidrängt.

Ich sehe ihn mit gerunzelter Stirn an. „Ich komme schon klar, Mac."

„Ist schon gut." Er schnappt sich mein Glas aus dem Becherhalter, ohne mich auch nur eines Blickes zu würdigen. „Du bleibst hier bei Freya."

„Ist bei Mac alles okay?", frage ich Freya und folge mit meinem Blick meinem Bruder, der angespannt auf die Bar zugeht.

„Er ist gestresst wegen mir, nehme ich an." Sie seufzt leise. „Ich glaube, meine Anwesenheit macht ihn unruhig. Würde es dich zu sehr stören, wenn wir jetzt gehen? Du musst ja nicht mit uns kommen. Ich bin sicher, du könntest ein Taxi nehmen oder bei Vi und Hayden mitfahren. Sie wohnen auch in der Brick Lane. Oder du könntest dich mit Santino davonschleichen, wenn du die Gelegenheit dazu hast." Sie stößt mich mit dem Ellbogen an.

„Oh, das ist schon in Ordnung. Ich kann ein Taxi nehmen."

Plötzlich vibriert der Bereich zwischen meinen Beinen in einem Ausmaß, das ich nicht einmal versuchen kann, auf meinem Gesicht zu verbergen.

„Geht es dir gut, Smarty Spice?" Freya berührt meinen Arm mit besorgter Miene. Ich versuche, sie vorsichtig abzuschütteln, denn auch wenn es wahnsinnig unanständig ist, das in einem Raum voller Leute zu tun, kann ich es nicht gebrauchen, dass meine Schwägerin meine Hand hält, während ich wieder einen Orgasmus habe. *Tötet mich jetzt!*

Ich nicke und zwinge mich zu einem Lächeln, als ich stammle: „Nur ein Krampf im Oberschenkel."

Freyas legt eine Hand auf mein Bein. „Du solltest eine Banane essen!"

Nickend ergreife ich entsetzt ihre Hand und drücke sie, um sie von meinem vibrierenden Becken wegzubekommen. „Haben die hier Bananen?", frage ich mit zusammengebissenen Zähnen.

„Das bezweifle ich." Freya sieht niedergeschlagen aus, aber ihre Augen weiten sich. „Ich höre wieder dieses Geräusch! Es ist ein schwaches Summen. Hörst du es auch?"

Ich schüttle sofort den Kopf, woraufhin mir die Haare ins Gesicht fallen.

„Das klingt wie eine Biene. Ich bin wirklich allergisch gegen Bienen. Meinst du, es könnte eine Biene sein?" Freya schaut sich besorgt um. „Entweder das oder die Baseline eines Spice-Girls-Songs, vermute ich."

„Ich höre nichts", krächze ich, während ich mich unwillkürlich an dem Vibrieren in meinem Schritt reibe.

Freya macht einen abfälligen Laut. „Weißt du, bei mir wurde nie eine Bienenallergie diagnostiziert, aber Honig mochte ich nie. Ich glaube, es heißt, man hat eine natürliche Abneigung gegen Dinge, gegen die man allergisch ist, oder?"

„Ich weiß es wirklich nicht." Meine Stimme quietscht am Ende und zum Glück hört das Vibrieren auf, als Mac zurückkommt.

„Mac, Liebling, wärst du furchtbar traurig, wenn wir gehen würden?", fragt Freya, als Mac mir ein neues Glas reicht.

Er sieht sie stirnrunzelnd an. „Fühlst du dich nicht wohl? Sollen wir mit Belle sprechen?"

„Ich fühle mich wunderbar, Liebling. Ich denke nur, mit dir auf dem Sofa zu kuscheln klingt viel besser als diese Menge. Außerdem glaube ich, dass eine Biene um die Suite kreist, und Bienen und ich vertragen sich nicht."

„Was immer du willst, Cookie." Mac tritt vor und hilft Freya auf. „Tilly, kommst du?"

„Sie wird bleiben", sagt Freya schnell und tätschelt Mac den Arm. „Sie kann sich von Vi oder wem auch immer nach Hause fahren lassen."

Mac sieht mich stirnrunzelnd an. „Bist du sicher?"

„Ich komme klar, Mac", antworte ich und winke ab. „Ich genieße das Spiel. Das ist mein erstes Tower-Park-Spiel, schon vergessen?"

„Aye, okay." Mac sieht mich zweifelnd an, wendet sich dann aber wieder Freya zu, während sie sich langsam durch die Suite bewegen und sich von allen verabschieden.

Sobald sie außer Sichtweite sind, atme ich schwer aus, denn mein ganzer Körper fühlt sich an, als würde er in Flammen aufgehen. Das war heftig. Vielleicht wäre es einfacher gewesen, meinem Bruder zu sagen, dass ich mit Santino ausgehe, als diese verkorkste Halbzeit durchzumachen. Santino spielt definitiv schmutzig.

Plötzlich ertönt eine Stimme hinter mir. „Da ist sie!" Ich drehe mich um und sehe Belle, die ihre Arme um einen Mann geschlungen hat, der wie die adrette Version von Henry Cavill aussieht. „Ronald, das ist Tilly! Tilly, das ist mein Bruder, Ronald. Sind die Plätze noch frei?"

Ich bringe kaum das Wort „Ja" heraus, bevor sie an mir vorbeischlurft und ihren Bruder direkt neben mir platziert. „Ronald, Tilly ist aus Dundonald! Wir waren dort vor ein paar Jahren bei den jährlichen Highland Games."

„Na so was?" Er schenkt mir ein schwaches Lächeln, da er sich angesichts der Kupplungsversuche seiner Schwester sichtlich unwohl fühlt.

„Die meisten Leute haben noch nie etwas von Dundonald gehört", sage ich, weil es furchtbar unangenehm ist und die Stille gefüllt werden muss.

„Ja, ich fürchte, das habe ich nicht." Er nimmt einen Schluck von seinem Bier und blickt auf das Spielfeld hinunter. „War es bis jetzt ein gutes Spiel?"

Ich nicke, aber dann erschaudere ich, weil ich mich nicht einmal an den größten Teil des Spiels erinnern kann, also antworte ich ganz allgemein: „Ja, schon."

Belle beugt sich vor und lächelt uns beide an. „Ihr zwei seht süß aus zusammen."

Ronald blickt seine Schwester finster an. „Belle."

„Was?", gibt sie mit großen Augen zurück. „Ich stelle nur eine Tatsache fest."

Er trinkt weiter sein Bier, während Belle ihrem Bruder einen bedrohlichen Blick zuwirft. „Es ist besser, wenn du dich an die Medizin hältst und nicht an die Kuppelei."

„Oh, Ron", ruft Belle lachend aus. „Mach dich ein bisschen locker!"

Ich starre geradeaus und frage mich, ob es unhöflich von mir wäre, jetzt zu gehen. Plötzlich spüre ich Ronalds Wärme an meinem Arm, als er sich zu mir beugt und murmelt: „Tut mir leid wegen meiner Schwester."

„Ach, ist schon gut." Ich winke ab.

Er schüttelt den Kopf, und ich spüre sein Starren, also drehe ich mich zu ihm um. Seine dunklen Augen sind aufrichtig, als er sagt: „Es ist nicht gut. Es ist peinlich, und es tut mir leid. Sie will mich einfach unbedingt in ihre Welt einbinden."

Ich zucke lächelnd mit den Schultern. „Ist das so schlimm? Das ist zwar eher die Welt meines Bruders als meine, aber ich amüsiere mich ganz gut."

Er atmet schwer aus. „Es ist einfach noch zu früh." Als ein gequälter Ausdruck über sein Gesicht huscht, erinnere ich mich sofort an Belles Worte.

„Er hat seine Frau verloren …"

Ich reibe nachdenklich meine Lippen aneinander, bevor ich frage: „Wie war ihr Name?"

„Rose." Er sagt es fast ehrfürchtig, und ich spüre, wie mir ein Schauer über den Rücken läuft.

„Das ist ein schöner Name", erwidere ich mit einem sanften Lächeln.

Er nickt dankbar. „Tilly auch."

Wir haben einen schönen, ruhigen Moment des Verständnisses, als plötzlich der Bereich zwischen meinen Beinen zum Leben erwacht. Meine Augen weiten sich und wandern zu Santino, der mit eisiger Miene hinter dem Glas steht.

Ich schüttle wütend den Kopf, und der Scheißkerl stellt etwas an seinem Handy ein, um die Intensität zu erhöhen.

Mühsam murmle ich eine Entschuldigung, um mich von meinem Platz zu entfernen. Ich kann nicht neben einer anderen Person sitzen, während mein Schritt so laut kreischt, dass man es bis nach Schottland hören kann.

Ronald wirft mir kaum einen Blick zu, als ich einen stolpernden Schritt auf den Mann zu mache, der für meinen derzeitigen Zustand verantwortlich ist. Ich schaffe es gerade noch, mir ein Stöhnen zu verkneifen, während ich nach Luft ringe und auf Santino zusteuere.

Er ist ein wandelnder Toter.

KAPITEL 22

Sobald ich sehe, wie Tilly sich von dem Kerl löst, der sie
angafft, als wolle er sie ablecken, schalte ich die Vibrations-App aus.
Ich werde der Einzige sein, der sie leckt, herzlichen verdammten Dank,
Kumpel. Ich bedeute ihr, mir aus der Suite zu folgen, und ihre Augen
sehen beim Betreten des leeren Flurs geradezu tödlich aus.

„Was zum Teufel war das?", zischt sie, wobei ihre Nasenflügel vor
Wut aufgebläht sind.

„Das nennt sich Vibrations-App, und du wusstest, welches Spiel
wir spielen, also warum tust du jetzt überrascht?", schnauze ich. Mein
Körper ist mit einer Besitzgier angespannt, die zu fühlen ich nicht
gewohnt bin.

„Es war vorhin ein Spiel, als du es bei den Toren gemacht hast."
Sie verschränkt die Arme vor der Brust und wendet sich mir zu. „Es
mir vor diesem Mann anzutun, war einfach grausam."

„Grausam?" Mein Körper wird von Wut durchströmt. „Es war
grausam, wie du diesen Trottel angestarrt hast. Ich dachte, wir hätten einen Deal!"

„Was für ein Deal?"

„Du und ich. Wir haben unsere Bedingungen festgelegt, bevor ich meine Lippen auf deinen Körper gelegt habe. Wir wollten herausfinden, was wir sind, aber exklusiv."

„Sonny", knurrt sie und tritt mit Zorn in den Augen näher an mich heran. Ihre Stimme ist tief und kehlig, als sie sagt: „Der Typ hat nur mit mir geredet. Ich habe ihn in keiner bestimmten Weise angestarrt, sondern habe ihm nur zugehört, verdammt!"

„Tja, es hat mir halt nicht gefallen." Mein Ton ist beißend, weil ich hasse, wie dumm ich mich gerade fühle. Ich hasse, wie ich den Verstand verloren habe, nur weil sie ihn freundlich angelächelt hat. Mehr als das hasse ich, wie machtlos ich mich im Angesicht dieser Frau fühle. Ich sehne mich jeden verdammten Tag nach ihr, und wir machen immer noch diese ganze Heimlichtuerei.

Ich packe sie sanft an den Schultern und zwinge sie, mich anzusehen. „Hör zu, Tilly. Du bist diejenige, die hier alle Karten in der Hand hält. Ich habe dich gefragt, ob du mir gehören willst, und du hast Ja gesagt. Du wolltest es langsam angehen lassen, und damit habe ich kein Problem. Ich habe dich gebeten, deinem Bruder von uns zu erzählen, du hast nein gesagt. Ich tue mein Bestes, um dich nicht bei jeder Gelegenheit zu drängen, aber meine Stärke hat Grenzen."

Ihre Augen schwimmen vor Unsicherheit. „Was willst du von mir?"

„Ich will mehr", schnaube ich. Mein ganzer Körper sehnt sich danach, sie zu halten. Meine Stimme wird sanfter, als ich meine Worte wiederhole, aus keinem anderen Grund, als weil sie wahr sind. „Ich will mehr."

Sie atmet langsam ein und aus, ihr Gesicht zeigt eine Unentschlossenheit, die ich verdammt noch mal hasse. Wie kann sie sich in dieser Sache nicht sicher sein? Wieso hat sie nicht gesehen, was wir in den letzten Wochen erlebt haben? Ich habe noch nie so etwas für eine Frau empfunden. Noch nie. Sie ist die Ausnahme. Sie war vor fünf Jahren die Ausnahme, und sie ist es auch jetzt.

„Können wir jetzt zu mir gehen?" Ich flehe sie an, denn es ist egal, wie unsicher sie ist, ich kann sie nicht so zurücklassen.

Sie nickt hölzern, und ich spüre, wie mein Körper vor Erleichterung zusammensackt, weil ein dunkler Teil in mir befürchtete, sie könnte nach meinem Eifersuchtsanfall die Flucht ergreifen. Der vibrierende Slip hat sich innerhalb eines Augenblicks von einem Spaß in eine Strafe verwandelt, weil ich mich in einen unsicheren Idioten verwandelt habe.

Ich verschränke meine Finger mit ihren und ziehe sie den Flur hinunter zur Treppe, denn auch wenn ich ein Arsch war, muss ich ihre Haut an meiner spüren. Dieser ganze Abend war verdammt schmerzhaft. Als ich die Suite betrat und sie an der Bar sah, kostete es mich all meine Kraft, nicht hinter sie zu treten und meine Arme um ihre Taille zu legen. Aber das war nicht das, was sie wollte. Ja, ich habe sie mit dem Vibrator bestraft, aber nur, weil ich die abartige Hoffnung hatte, dass sie durch Aufzeigen ihrer Gier nach mir endlich ihren Schutzschild fallen lassen und mir sagen würde, was wir sind. Es ist jetzt Wochen her, und ich weiß es immer noch nicht genau.

Ich weiß nur, dass sie heute Abend auf Nummer sicher gehen wollte, also habe ich es versucht. Aber sie dabei zu beobachten, wie sie gegen ihre Lust ankämpfte, wie ihre Wangen erröteten, wie sie die Zähne in ihre Lippen versenkte – sie war ein verdammter feuchter Traum.

Gott.

Ich muss in ihr sein.

Ich schüttle den Gedanken ab, denn wir warten. Wir warten, denn wenn ich in sie eindringe, muss ich wissen, was wir sind. Nichts von dieser Ungewissheit und Geheimniskrämerei. Ich hasse es, verdammt.

Gott, ich bin ein Wrack. Ich bin zu einem unsicheren, schmollenden und verkopften Idioten geworden. Ich muss sie nur kosten und mich daran erinnern, wie gut wir sind, dann wird mein Kopf sich wieder normal anfühlen.

Sobald wir aus dem Stadion heraus sind und bei meinem Auto stehen, drücke ich sie gegen die Beifahrertür und halte ihr Gesicht. „Was machst du da?", fragt sie, die Augenbrauen verwirrt zusammengezogen.

„Ich war die ganze letzte Stunde hart und werde das Gefühl nicht los, dass ich dich verliere."

Ihre Augen weiten sich mit echtem Schock. „Du wirst mich nicht verlieren."

„Dann bitte, vorrei tanto baciarti." Ich fahre mit meinen Daumen über ihre Wangenknochen. „Bitte lass mich dich verdammt noch mal küssen."

Als sie einen Blick auf meine Lippen wirft, ist das die einzige Antwort, die ich brauche, um meinen Mund zu senken und auf ihren zu pressen. Es ist kein süßer, vertrauter Kuss, der unsere Zehen in das seichte Ende unserer Begierde taucht. Es ist eine verdammte Arschbombe, die Schockwellen der Sehnsucht bis in die Tiefen meiner Seele schickt.

Sie stöhnt gegen meine Lippen, packt meine Jacke und zieht mich dicht an sich heran, sodass wir Brust an Brust sind. Ich verschlinge sie hungrig mitten auf dem Parkplatz und erinnere mich daran, dass sie mich genauso sehr will wie ich sie. Ich weiß es.

Und ich weiß, dass sie heute Abend nicht geflirtet hat, also warum zur Hölle habe ich mich so aufgeregt?

Weil Tilly wie ein wilder Hengst ist, der beim ersten Anzeichen von Ärger die Flucht ergreift. Und wenn ich mit ihr vorankommen will, muss ich ihr erlauben, das Tempo vorzugeben, sonst verliere ich sie völlig.

Unsere Zungen duellieren sich und ich spüre, wie mein Schwanz in meiner Hose immer dicker wird. Ich bin mir nicht sicher, ob er seit vorhin nachgelassen hat, aber jetzt ist er härter, wütender. Begieriger. Wenn ich tief genug einatme, kann ich sogar die feuchte Erregung zwischen ihren Beinen riechen, und das Wissen, dass dieses Gerät dort sitzt, wo ich sein will, lässt meine Erektion gierig gegen ihren Schritt drücken.

Gott, sie schmeckt gut. So verdammt gut. Ihre Hüften stoßen gegen meine und sie legt ein Bein um meine Hüfte, während sie sich an mir reibt. Ich bin kurz davor, meine Hand in ihre Jeans zu schieben und sie mit den Fingern zum Höhepunkt zu bringen, als ich in der Ferne eine Autohupe höre.

„Scheiße", knurre ich, ziehe mich zurück und sehe mich nervös um. Normalerweise hält die Presse sich nach den Spielen vor dem Stadion auf, und ich brauche auf gar keinen Fall jemanden, der Fotos von diesem Moment macht. „Wir müssen gehen."

„Okay", krächzt sie.

Ich schaue zu ihr hinüber und stelle fest, dass ihre Lippen von meiner Attacke gerötet sind. Erneut sieht sie aus wie ein verdammter feuchter Traum. Ihre Nippel drücken sich durch den dünnen Stoff ihres Trikots. Ihr Brustkorb hebt und senkt sich mit tiefen Atemzügen. Ihr Blick fällt auf meinen Schwanz und ich spüre, wie er vor Verlangen pocht.

Ein neckisches Lächeln umspielt ihre Lippen, und einfach so weiß ich, dass alles in Ordnung ist. Dieser Kuss war unsere Version von Versöhnungssex. Und das ist okay für mich. Tilly ist schön und verrückt, lustig und überraschend, und deshalb weiß ich, dass sie anders ist. Solange wir uns also vorwärts bewegen, solange sie nicht vor mir wegläuft, kann ich geduldig sein.

Für den Moment.

KAPITEL 23

Es ist Mittwochabend, und ich bin gerade oben in meinem Schlafzimmer und bereite mich auf ein Date mit Santino vor. Normalerweise versuche ich, unter der Woche nicht auszugehen, weil mir mein Idiot von Bruder ständig Fragen stellt, mit wem ich mich treffe und wohin ich gehe. Er scheint es weniger zu bemerken, wenn ich an den Wochenenden ausgehe. Aber diese Woche vermisse ich Santino. Die Worte, die er am Samstagabend zu mir sagte, dass er das Gefühl hätte, mich zu verlieren, haben mich tief verletzt. Es erinnerte mich an die Dinge, die meine Familie nach meiner Fehlgeburt zu mir sagte. Mein Großvater, der normalerweise kein übermäßig emotionaler Mensch war, sagte einmal zu mir, dass ich direkt vor ihm sitze und er mich dennoch nicht sehen könne.

Ich hasste diese Bemerkungen, aber an diesem Punkt in meinem Leben konzentrierte ich meine ganze Energie auf meine Trockenheit und darauf, mein Leben wieder in den Griff zu bekommen. Ich konnte niemanden an mich heranlassen, weil ich die Kontrolle über mich selbst behalten musste.

Aber das war vor fünf langen Jahren. Ich bin nicht mehr die alte Tilly. Ich bin die neue Tilly und will, dass Santino sich sicher fühlt in dem, was wir füreinander sind. Ich bin wütend auf diesen verdammten Idioten. Er ist in so vielen Dingen schmerzhaft perfekt, aber er fordert mich immer noch heraus und erregt mich. Und die Tatsache, dass er beim Fußballspiel einen Wutanfall bekam, weil er eifersüchtig war, hat mich auf eine kranke Art und Weise angemacht. Was soll ich sagen? Ich mag eine leicht besitzergreifende Ader bei Männern.

Und das ist es, was Santino ist. Mein Mann. Mein … *fester Freund*. Ich habe diese Bezeichnung bei ihm noch nicht benutzt, weil ich nervös war, es auszusprechen. Aber er sagte, er wolle mehr, also möchte ich, dass der heutige Abend ein Schritt nach vorn für uns ist. Vielleicht bin ich dann endlich mutig genug, meinem sturen Schotten von Bruder zu sagen, dass ich auf einen Mann stehe, den er hasst, und er solle verdammt noch mal darüber hinwegkommen.

Ich mache mich auf den Weg nach unten, um mich für den Abend zu verabschieden, halte jedoch inne, als ich Macs Stimme aus der Küche höre. Als ich unten an der Treppe ankomme, läuft mir ein Schauder über den Rücken, als ich merke, dass mein Bruder das Schlaflied singt, das mein Großvater uns immer in unserer Kindheit vorgesungen hat.

Ich schaue um die Ecke und sehe Mac und Freya in der Küche tanzen. Er hat seine Arme von hinten um sie geschlungen und seine Hände auf ihrem Bauch ausgebreitet, während er ihr leise ins Ohr singt.

Das Lied ist ein schottisches Wiegelied namens „Dream Angus". Es handelt von dem keltischen Gott der Träume, der herumging und jedem, den er traf, Geschichten über die Liebe erzählte. Die Idee war, dass diese kleinen Träume einem hübschen Kind in der Wiege helfen würden, ruhig zu schlafen, weil ihr Herz voller Liebe und Zufriedenheit wäre, und jeder schläft ruhig mit Liebe im Herzen.

Mir kommen sofort die Tränen, weil Mac dieses Lied bei der Beerdigung unseres Großvaters gesungen hat. Damals war ich fast untröstlich, weil ich so viel bereute. Ich bereute, keine bessere Enkelin gewesen zu sein. Ich bereute, nicht mehr Zeit mit ihm verbracht zu haben, als er noch am Leben war. Ich bereute, mich ihm nicht mehr geöffnet und nicht mehr mit ihm geteilt zu haben. Mein Großvater liebte mich sehr, aber ich wünschte, ich wäre furchtlos genug gewesen, um ihm gegenüber ehrlich zu sein.

Ich war so lange auf meine Trockenheit und persönliche Kontrolle konzentriert, dass ich mir nicht erlaubt habe, wirklich verletzlich zu sein. Nicht gegenüber meinem Bruder, meinen Eltern … nicht einmal gegenüber Santino. Ich habe mich fünf Jahre lang zurückgehalten, und es ist erschöpfend.

Wenn ich jetzt sehe, wie mein Bruder seine Frau umarmt und ihrem ungeborenen Baby ein Schlaflied vorsingt, dann sehnt mein Herz sich nach mehr. Ich verdiene mehr. Ich habe mir mehr erarbeitet. Deshalb weiß ich jetzt mehr denn je, dass ich bei Santino nichts bereuen will. Und heute Abend muss ich ihm das sagen.

Santino

Tilly ist heute Abend im Restaurant sehr ruhig. Sie ist eindeutig mit etwas beschäftigt, denn ich sehe, wie ihre kleine Nase vor Sorge zuckt. Ich fürchte, sie ist immer noch verärgert über das, was beim Fußballspiel passiert ist. Ich möchte sie darauf ansprechen, aber ich kenne Tilly inzwischen gut genug, um zu wissen, dass sie erst reden wird, wenn sie dazu bereit ist. Also lasse ich ihr den nötigen Freiraum, in der Hoffnung, dass sie es mir irgendwann mitteilen wird.

Nach dem Essen fahren wir zu mir nach Hause, und ich möchte mich nur noch mit ihr auf dem Sofa einkuscheln, bis sie wieder zu ihrem Bruder muss. Schon wieder. Es ist anstrengend, darauf zu warten, dass sie begreift, was wir füreinander sind, aber sie ist es wert, Geduld mit ihr zu haben.

Als ich zu meiner Wohnungstür komme, stecke ich meinen Schlüssel hinein und runzle die Stirn, als ich sehe, dass sie bereits aufgeschlossen ist. „Das ist seltsam", sage ich und hebe meine Hand, um Tilly zurück hinter die Wand zu schieben.

Langsam öffne ich die Tür, um zu sehen, warum sie unverschlossen ist, und mir fallen fast aus dem Kopf beim Anblick einer kurvenreichen Brünetten, die in meiner Küche ein Glas Wein trinkt.

„Ciao, Santino!" Meine Ex lächelt strahlend und stellt ihren Wein ab, während sie mit ihren Absätzen über den Parkettboden zu mir in der Tür klackert. Sie küsst mich auf beide Wangen, wobei mir ihr teures Parfüm um die Nase weht. „Wo bist du gewesen?"

„Bria …, ich … ähm …"

Brias Augen wandern an mir vorbei. „Wer ist das?", fragt sie und zeigt mit einem manikürten Fingernagel hinter mich.

„Das ist Tilly." Ich trete zur Seite, um ihr den vollen Blick zu ermöglichen.

Tilly stellt sich vor mich, die Arme vor der Brust verschränkt. „Wer bist du?"

„Ich bin eine alte Freundin der Familie." Bria hebt eine perfekt geformte Augenbraue und wirft mir einen liebevollen Blick zu. „Santino und ich sind im selben Viertel in Bourton-on-the-Water aufgewachsen und haben zusammen Jura studiert."

„Ach ja?" Tilly wirft mir einen hämischen Blick zu, den ich direkt in den Eiern spüre. „Ist das alles?"

Ich spüre, wie sich meine Schultern heben. „Mehr oder weniger."

Bria setzt ein erzwungenes Lächeln auf, das alles andere als aufrichtig wirkt. „Santino, vielleicht können wir beide auf den Flur gehen, um zu reden?"

Ich schüttle langsam den Kopf. „Jetzt ist kein guter Zeitpunkt, Bria."

„Wie bist du reingekommen?", fragt Tilly spitz.

Brias Mundwinkel verziehen sich zu einem halben Lächeln, als sie in ihre Tasche greift und einen Schlüssel herauszieht. „Den habe ich schon seit Ewigkeiten."

„Das hatte ich ganz vergessen." Ich strecke eine Hand in Brias Richtung, die mich neugierig anstarrt. „Den sollte ich wohl zurücknehmen."

Sie sieht mich stirnrunzelnd an. „Santino, Ciccio."

Ich schüttle wieder den Kopf und ignoriere ihren Kosenamen für mich. „Tut mir leid, Bria. Aber ich glaube wirklich, dass es das Beste ist, wenn du gehst.“

Ich nehme ihr den Schlüssel aus der Hand, und sie starrt mich an, als hätte ich zwei Köpfe, bevor sie in fließendem Italienisch zu schimpfen anfängt. Sie wettert darüber, dass ich sie so behandle, nachdem wir uns so lange kennen, und dass ich in ein oder zwei Monaten mit dieser Rothaarigen fertig sein werde, wie mit allen anderen. Ich ziehe eine Grimasse und tue mein Bestes, um sie zur Tür zu führen, wobei ich die ganze Zeit Tillys hitzigen Blick auf uns spüre.

Schließlich schiebt Tilly mich zur Seite und drückt ihre Hand an den Türrahmen. „Hör zu … ich weiß nicht, was du gerade durchmachst, aber mein *Freund* hat dich gebeten zu gehen.“

Bria sieht erst Tilly, dann mich mit hochgezogener Augenbraue an. „Freund?“

„Aye“, bestätigt Tilly, und ich schwöre, dass ihr schottischer Akzent mit ihrer Wut noch stärker wird. „Ich kenne die Übersetzung ins Italienische nicht, aber ich werde sie nachschlagen und dir auf einer schönen Postkarte von uns beiden schicken. Tschüss.“ Tilly schlägt Bria die Tür vor der Nase zu und dreht sich zu mir um.

Meine Augen sind weit aufgerissen, als ich sage: „Das war wirklich …“

„Du gibst diesen Frauen, mit denen du zwei kurze Monate ausgehst, einfach so Schlüssel?“ Ihr Tonfall ist barsch, während sie die Arme vor sich verschränkt.

„Bist du eifersüchtig, Tilly Logan?“ Ich kann mir ein Grinsen nicht verkneifen.

„Weiche nicht der Frage aus“, schnauzt sie. „Warum sollte sie deinen Schlüssel haben, wenn es so zwanglos war, wie du immer behauptest?“

„Bria war anders.“

„Inwiefern anders?“

Ich atme aus und fahre mir mit einer Hand durch die Haare. „Sie ist auch aus Italien. In unserem Viertel gab es viele Italiener, und so wurden unsere Familien Freunde. Wir haben diese ganze Dating-Sache erst im letzten Jahr versucht.“

Tilly nickt langsam, während sie mich mit vorsichtigem Blick mustert. „Hast du sie geliebt?"

Ich schnaube. „Du weißt, dass ich das nicht getan habe."

„Du kennst sie schon ewig, und sie hatte einen Schlüssel zu deiner Wohnung." Sie streicht ihr rotes Haar zurück und sieht mich mit zusammengekniffenen Augen an.

„Weil sie meine Pflanzen gegossen hat, als ich vor ein paar Monaten mit dem Team unterwegs war."

„Dein kostbares Basilikum konnte ein Wochenende ohne dich nicht überleben?" Sie rollt mit den Augen und funkelt mich an wie ein mürrischer Teenager. Es ist wirklich verdammt sexy.

Denn die Wahrheit ist, ich will, dass Tilly eifersüchtig ist. Ich will, dass sie den Schmerz fühlt, den ich am Samstag fühlte. Es ist der Schmerz, den zwei Menschen empfinden, wenn sie starke Gefühle füreinander haben, es sich aber verdammt noch mal noch nicht eingestehen.

Ich trete an sie heran und spüre, wie sich eine Schwere zwischen uns legt, während ich meine Hände auf beiden Seiten ihres Kopfes an die Tür presse, damit sie vor diesem Moment nicht weglaufen kann. „Hast du das ernst gemeint, was du zu ihr gesagt hast?"

„Wechsle nicht das Thema", zischt sie, ihre blauen Augen auf meine gerichtet. „Hast du gesehen, wie riesig ihre Brüste waren? Verdammt, allein dafür hätte ich mich in sie verliebt. Sie sahen aus wie riesige Wasserballons. Wie kann jemand, der so wunderschön ist, Jura studieren? Mein Gott, ich wette, deine Mutter ist untröstlich, dass ihr euch noch nicht versöhnt habt."

Ich schaue liebevoll auf sie herab. „Bist du fertig?"

„Nein." Tilly schnaubt, bevor sie die Unterlippe vorschiebt. „Sie scheint perfekt zu sein."

„Sie ist nicht du." Ich lasse meine Hände auf ihre Hüften sinken und ziehe sie zu mir heran, wobei ich meine Lippen auf ihre bezaubernde, zuckende Nase senke, um sie zu küssen. „Und falls du es nicht wusstest, sono pazzo di te."

Sie legt die Hände um meinen Hals. „Was bedeutet das?"

Ich bewege meine Lippen an ihre Ohrmuschel und flüstere: „Ich bin verrückt nach dir."

Sie stößt einen kleinen Seufzer aus und fährt mit den Fingern durch mein Haar. „Wahrscheinlich, weil ich mir nicht zu vornehm bin, um bei einem Fußballspiel ein vibrierendes Höschen zu tragen."

Ich lächle an ihrem Hals, bevor ich mich zurückziehe, um ihr einen ernsten Blick zuzuwerfen. „Ich werde diese abfällige Bemerkung über dich ignorieren, weil es mir wirklich gefallen hat, dass du mich vorhin als deinen Freund bezeichnet hast."

Sie rümpft liebenswert die Nase. „Na ja, sie hat versucht, dich mit ihrem Duft zu besprühen."

„Du hast es also nicht so gemeint?" Neugierig neige ich den Kopf und mein Körper spannt sich an, denn wenn ich eines über Tilly weiß, dann ist es, dass ich nie etwas weiß.

„Oh, ich habe es ernst gemeint." Sie starrt auf meine Brust und spielt mit meinem Haar, während sie die Stirn runzelt. „Ich wollte heute Abend mit dir darüber reden, aber *Bria* hat mir die Show gestohlen."

Wärme strahlt durch meinen ganzen Körper. „Bria hat nichts gestohlen." Ich drücke meine Stirn an ihre. „Ich gehöre dir schon seit einiger Zeit."

Ein kleines Lächeln erhellt ihr Gesicht, während sie meine Worte einatmet, als wolle sie sie in ihrer Brust festhalten. Ihre blauen Augen mustern mich mit einem bedeutungsvollen Blick. „Tut mir leid, dass ich so lange gebraucht habe, um so weit zu sein."

„Es ist okay."

Sie reibt nachdenklich die Lippen aneinander. „Es ist nur so, dass ich so lange auf mich allein gestellt war, dass es mir Angst macht, mich jemandem so anzuvertrauen. Als könnte ich die Kontrolle verlieren."

„Du wirst nicht die Kontrolle verlieren." Ich hebe ihr Kinn, um sie dazu zu zwingen, mir in die Augen zu sehen. „Wenn du dich jemandem hingibst, bedeutet das nur, dass du Unterstützung hast, wenn du sie brauchst."

Sie hebt die Augenbrauen. „Ich komme ganz gut allein zurecht, falls du das nicht wusstest."

„Oh, glaub mir, das weiß ich." Ich lache und beiße mir auf die Lippe, um mich davon abzuhalten, ihren sexy Schmollmund zu küssen. „Aber vielleicht brauche ich dich?" Das Eingeständnis schickt eine Welle der Beklemmung durch meinen ganzen Körper.

Sie gibt mir einen spielerischen Schubs. „Offensichtlich brauchst du mich, um schöne Frauen in deiner Wohnung abzuwehren."

„Das musst du gerade sagen", antworte ich, wobei ich ihre Taille drücke. Während ich sie in meinen Armen halte, verspüre ich das Bedürfnis, die Worte noch einmal zu hören. Um sicher zu sein, dass es wirklich echt ist. „Das ist es also? Bist du meine Freundin, Tilly? Wirklich? Denn wenn es nur war, um Bria zum Gehen zu bewegen, muss ich es wissen."

Sie seufzt schwer. „Aye, sicher, wenn du es so genau nehmen willst."

„Genau ist ein wirklich sexy Wort." Ich lächle breit, hebe sie hoch und trage sie in mein Schlafzimmer. Sie quietscht überrascht, als ich sie technisch auf mein Bett lege und mich genau darauf vorbereite, ihren Körper so lange anzuhimmeln, wie sie es mir erlaubt.

KAPITEL 24

ALS ICH AM NÄCHSTEN MORGEN AUFWACHE, LIEGE ICH AUF SANTINOS Brust, seine Arme sind fest um mich geschlungen. Das frühe Morgenlicht dringt durch die halb zugezogenen Vorhänge, während ich versuche, das Grinsen auf meinem Gesicht zu verbergen, als mir die Erinnerungen an unseren Abend durch den Kopf gehen.

Hat Santino mir die Augen verbunden und einen Federkitzler benutzt? Oder habe ich nur geträumt? Ich werfe einen Blick auf den Nachttisch und sehe den visuellen Beweis.

Kein Traum.

Mein Grinsen verwandelt sich jetzt in ein echtes Lächeln. Kein Wunder, dass ich am Ende des Abends völlig erschöpft war und gar nicht mehr aus Santinos Bett aufstehen konnte. Der Mann ist ein Freak, und noch nie habe ich so viele Orgasmen nur durch seine Finger und seinen Mund bekommen.

Und seine verdammt unanständige Zunge.

Ich war beunruhigt, als Santino mich ins Bett brachte, weil ich dachte, dass er, nachdem es mit uns nun offiziell ist, auch im

Schlafzimmer den nächsten Schritt erwarten würde. Aber als wir uns auszogen, konnte er es sofort spüren, als meine Gedanken vor Angst und Unruhe wirbelten. Als ich ihm sagte, dass ich noch nicht so weit sei und dass es mir leidtäte, dass ich wirklich seine Freundin sein wolle, aber noch Zeit bräuchte, legte er einen Finger auf meine Lippen und sagte: *„Ich muss keinen Sex mit dir haben, um mit dir zusammen zu sein. Lass mich dich einfach anhimmeln.“*

Und er hat mich angehimmelt.

Mein Körper windet sich in den Laken, während mir die Erinnerungen an die Tücher durch den Kopf gehen, mit denen er mich an sein Bett gefesselt hat. Sobald er mich fixiert hatte, strich er mit dem Federkitzler über jeden Quadratzentimeter meines Körpers und verfolgte diese Wege dann mit seinem sündhaft sexy Mund.

Und als er mich schließlich freiließ, um den Gefallen zu erwidern, drehte er mich nur Sekunden nach einem sehr eifrigen Blowjob um, sodass ich auf seinem Gesicht saß, während sein Schwanz wieder in meinem landete.

Er packte meine Hüften und drückte mich gierig auf seinen Mund, zwang mich, sein Gesicht zu reiten, als wäre er ein ausgehungerter Mann. Seine Lippen verschlangen mich, während er unanständige Dinge murmelte wie: „Du schmeckst so verdammt gut, und ich werde nie genug von dir bekommen.“ Ich erwiderte seine Begeisterung und saugte seinen Schwanz so tief, dass ich Tränen in den Augen hatte.

Ich kann mich nicht erinnern, diese Stellung jemals mit einem anderen Mann in meinem Leben gemacht zu haben, aber ich denke, die Tatsache, dass wir uns mit dem Sex zurückgehalten haben, bedeutete, dass es Zeit war, kreativ zu werden.

Als er mit drei dicken Fingern in mich eindrang und meinen Kanal unablässig streichelte, kam ich über sein ganzes Gesicht und schrie immer wieder seinen Namen. Dann kam er ohne Vorwarnung, spritzte über das ganze Laken und sogar in mein Haar. Wir waren ein wildes Durcheinander, was die Dusche danach sowie das Wechseln der Laken umso amüsanter machte.

Ich konnte nicht gehen.

Es war einfach ein zu guter Abend.

Santino strahlte voller Selbstgefälligkeit, als ich mir eines seiner

T-Shirts überzog und zu ihm ins Bett kroch. Mit sauberen Laken, ausgeschalteten Lichtern und einem Dauerlächeln im Gesicht redeten wir stundenlang, bis wir schließlich einschliefen.

Ich glaube, ich bin sogar mit demselben Lächeln aufgewacht, aber jetzt, wo ich hier allein mit meinen Gedanken sitze, hat Bria sich in meinen Kopf eingeschlichen. Gestern Abend war ich so sehr damit beschäftigt, unsere Beziehung offiziell zu machen, dass ich keine Zeit hatte zu analysieren, was diese Frau Santino bedeutet hat.

„Nicht", murmelt Santino, als er instinktiv seine Hände auf meinem Körper anspannt.

„Was nicht?" Ich lege meinen Kopf auf seine Brust, schaue in sein wunderschönes, verschlafenes Gesicht und lächle über seine zerzausten Haare.

Seine Augen bleiben geschlossen, als er antwortet: „Geh nicht."

Ich lache und schaue auf seine Uhr. „Ich habe eine Stunde Zeit, bevor mein Bruder aufwacht."

„Wenn das so ist." Er setzt sich auf und rollt uns auf dem Bett herum, sodass er auf mir liegt. Seine Erektion wölbt sich durch seine Boxershorts und drückt gegen mein Bein, während er meine Handgelenke auf das Bett drückt und mit seinem stoppeligen Kiefer über meinen Hals fährt. „Lass uns das Beste daraus machen."

Er beginnt, meine Brust zu küssen, und mein Körper bebt vor Verlangen. Sein muskulöser Rücken kommt im Morgenlicht voll zur Geltung, und ich würde nichts lieber tun, als zu sehen, wie sich seine Muskeln unter seiner Haut anspannen, während er mich ganz verschlingt.

Aber … ich habe Fragen. Zweifel. Und Verwirrung. Und mein kleines Hirn ist wie einer dieser lästigen Kreisel, die sich einfach nicht entspannen und auf den Moment einlassen können. Als er den Saum meines Slips erreicht, finde ich schließlich meine Stimme. „Warte, Sonny. Warte mal. Wir müssen uns unterhalten."

„Oh, Trouble", knurrt er, löst seine Lippen von meiner Leiste und küsst meinen harten Nippel durch den Stoff. „Ich werde ewig auf dich warten." Er schenkt mir ein träges Lächeln, während er von mir heruntergleitet und eine Hand auf meinen Bauch legt. „Was hast du auf dem Herzen?"

Ich atme schwer aus und beginne, mit dem Saum des Lakens zu spielen. „Bria."

Ich schaue zu ihm rüber und sehe, dass sein bezauberndes, verschlafenes Lächeln durch Verwirrung ersetzt wurde. „Warum zur Hölle denkst du an sie?"

„Weil sie einen Schlüssel zu deiner Wohnung hatte", antworte ich schnell.

Er drückt meine Taille, während ein zärtlicher Ausdruck über sein Gesicht huscht. „Ich habe dir gesagt, dass es ein kleines Versehen war."

„Da muss doch noch mehr dran sein", sage ich und kaue nervös auf meiner Unterlippe. Santino ist dieser reiche, erfolgreiche Anwalt mit einer wunderschönen Wohnung, einer liebevollen, unterstützenden Familie, und Bria war die perfekte Frau für ihn. Was in aller Welt ist da schiefgelaufen? Und was in aller Welt macht er mit mir? „Ich will wissen, warum es nicht funktioniert hat."

Er seufzt und rollt sich auf den Rücken, wobei er einen Arm hinter den Kopf legt. „So viel steckt nicht dahinter."

„Tu mir den Gefallen." Ich drehe mich auf die Seite, um ihn anzusehen.

Er stöhnt und reibt sich die Augen, anscheinend um sein Gehirn wieder etwas mehr aufzuwecken. „Ich habe dir doch gesagt, dass ich Bria schon seit meiner Kindheit kenne, oder?"

„Ja."

„Nun, sie war immer an mir interessiert. Das hat sie sehr deutlich gemacht. Aber ich wollte nie etwas mit ihr anfangen, weil ich damals nichts Ernstes wollte. Und auch als ich mein Leben ein wenig geändert habe, bin ich ihr aus dem Weg gegangen, weil ich …, um ganz offen zu sein …, dachte, sie sei die Richtige. Unsere Familien standen sich nahe, sie verstand meine Kultur, und sie war auch Anwältin … also ergab es einfach Sinn. Aber zu der Zeit war ich noch nicht bereit dafür, also hielt ich mich einfach von ihr fern. Vor etwa sechs Monaten traf ich sie zufällig, als ich zu Hause meine Familie besuchte, und sie stellte mir aus dem Nichts ein Ultimatum. Sie sagte mir, ich hätte sie zu lange auf Eis gelegt und es sei jetzt oder nie."

Eifersucht nagt an meinem Bauch, aber ich tue mein Bestes, um sie zu verbergen und weiter zuzuhören.

„Also … fingen wir an, miteinander auszugehen", fährt er achselzuckend fort. „Und es wurde ziemlich schnell ernst, weil wir uns schon seit Ewigkeiten kennen. Wir konnten das ganze Kennenlern-Zeug überspringen. Ich schätze, deshalb habe ich ihr einen Schlüssel gegeben, weil bereits ein gewisses Maß an Vertrauen vorhanden war."

Ich atme schwer aus, da ich es verabscheue, wie sehr ich diese Geschichte hasse. „Also, was ist schiefgelaufen?"

„Nichts Besonderes. Es hat sich einfach nie richtig angefühlt. Ich habe es versucht. Glaub mir, ich habe es versucht. Ich wollte, dass es funktioniert, weil ich befürchtete, dass es mit niemandem klappen würde, wenn ich es mit Bria nicht schaffte. Aber nach zwei Monaten, als sie mir sagte, dass sie mich liebt, und ich es nicht erwidern konnte, wusste ich, dass ein Verbleib in der Beziehung egoistisch und grausam wäre. Also habe ich ihr gesagt, dass wir eine Auszeit brauchen."

Ich runzle die Stirn über diese Wortwahl. „Sie hat also gedacht, dass ihr nur eine Pause macht? Dass es nicht ganz zu Ende ist?"

„Nein", antwortet er schnell. „Vielleicht." Er seufzt und fährt sich mit einer Hand durch die Haare. „Ich weiß es nicht."

Ich sehe die Qual in seinem Gesicht, und jeder Nerv in meinem Körper fühlt sich unsicher an. Als wäre er mit mir zusammen, aber nicht wirklich. Ich werde nicht anders sein als all die anderen Frauen, mit denen er ausgegangen ist. „Willst du es noch einmal mit ihr versuchen?"

Er sieht mich abrupt an. „Warum fragst du mich das?"

Ich zucke nervös mit den Schultern. „Weil es dort eine Menge Geschichte und familiäre Verbindungen gibt. Vertreibst du dir mit mir nur die Zeit?"

„Tilly." Er sagt meinen Namen mit so viel Nachdruck, dass ich den Atem anhalte, aus Angst vor dem, was er als Nächstes sagen wird. „Ich habe dir gestern Abend gesagt, dass ich verrückt nach dir bin. Wir beide sind noch nicht einmal einen Monat zusammen, und ich empfinde schon jetzt eine Million Mal mehr für dich, als ich jemals für Bria empfunden habe, obwohl ich sie fast mein ganzes Leben lang kenne. Ich vertreibe mir mit dir nicht nur die Zeit."

Er fährt sich mit beiden Händen durch die Haare, was sie noch mehr zerzaust als zuvor. „Wenn sie mich noch einmal kontaktiert, werde ich ihr sagen, dass es unangebracht ist, okay?"

Ich reibe meine Lippen aneinander und nicke, während ich versuche, seine Worte in mein verhärtetes Herz zu zwingen. Es ergibt keinen Sinn. Warum er sich für mich interessiert …, eine genesende Alkoholikerin, die bei ihrem Bruder lebt und einen Mann zwingt, sich heimlich mit ihr zu treffen, weil sie immer noch versucht, ihr Leben in den Griff zu bekommen. Aber er ist hier. Mit mir. Nur die Zeit wird zeigen, ob ich die zwei Monate überstehe.

Und so ungern ich es auch zugebe, diese Beziehung fühlt sich … wichtig an. Als gäbe es einen Grund, warum wir wieder zueinander gefunden haben. Ich weiß nicht genau, warum, aber ich weiß, dass es mich nur noch verrückter macht, wenn ich es infrage stelle. Und Santino hat in den letzten vierundzwanzig Stunden genug von meiner Verrücktheit gehabt.

Ich atme scharf ein und fahre mit den Fingern durch Santinos Haar. „Gott, du stehst so auf mich."

Er knurrt und knabbert an meinem Finger. „Das habe ich versucht, dir zu sagen."

„Dann machen wir uns besser an die Arbeit", sage ich mit ernstem Blick. „Ich muss zu Hause sein, bevor mein Bruder zur Arbeit geht, und du hast da unten ein Problem, um das ich mich definitiv kümmern muss."

Sein Körper bebt vor Lachen, als ich unter die Decke schlüpfe, um ihm einen ordentlichen schottischen Abschied zu geben.

Okay, ich weiß nicht genau, ob ein Blowjob schottisch ist, aber ich vermute, dass wir die besten geben.

Wenig später schleiche ich mich leise ins Haus von Mac und Freya. Normalerweise duscht Mac um diese Zeit, wenn ich mich also beeile, kann ich die Treppe hinaufgehen, bevor er überhaupt merkt, dass ich verschwunden bin. Gerade als ich die unterste Stufe erreiche, ruft Mac: „Tilly?"

„Mein Gott!", schreie ich und sehe, wie ein orangefarbenes Fellknäuel in Richtung Schlafzimmer flüchtet. Ich drehe mich auf dem Absatz um und entdecke Mac, der im Wohnzimmer auf dem Sofa sitzt, bereits in seinem Anzug für die Arbeit. „Mac, mein Gott. Ich habe dich gar nicht gesehen."

„Du warst zu sehr damit beschäftigt, dich reinzuschleichen." Er hält sich an den Armlehnen des Sofas fest, in seinem Gesicht ist keinerlei Belustigung zu erkennen. Sehr untypisch für Mac.

Ich runzle die Stirn. „Ich habe nur versucht, leise zu sein, weil ich annahm, dass du noch schläfst."

„Wo warst du?", fragt er. Seine Augen treffen meine mit einem ernsten Blick, der mir nicht gefällt.

Ich schiebe mein zerzaustes Haar zurück, das ich noch nicht gebürstet habe. „Ich habe bei einem Freund übernachtet."

„Welcher Freund?" Er legt den Kopf schief und mustert mich streng, was mich sofort defensiv werden lässt.

„Was soll die Befragung?", zische ich mit den Händen in den Hüften.

„Warum weichst du der Frage aus?", schießt er zurück.

„Weil ich wissen will, warum sie gestellt wird", antworte ich entschieden.

Macs Augen werden schmal. „Tilly, ich werde dir eine Frage stellen, und ich möchte, dass du ganz ehrlich zu mir bist."

Ich atme den Druck in meiner Brust aus, da ich mir sicher bin zu wissen, worauf das hinausläuft und dass ich jetzt mehr denn je dazu bereit bin. „Gut. Raus damit."

„Trinkst du wieder?", krächzt er. Seine Stimme ist voller Emotionen, die mich zutiefst erschüttern.

„Was?", keuche ich fast.

„Trinkst du? Sei ehrlich." Seine Nasenflügel blähen sich vor Entschlossenheit auf.

„Mac."

„Sag's mir einfach", blafft er und hat eine Hand zur Faust geballt. „Wir können das gemeinsam angehen."

Ich schüttle den Kopf und eile zum Sofa, um mich neben ihn zu setzen. Ich lege meine Hände fest auf die seinen und schaue ihm direkt in die Augen. „Mac, ich verspreche dir, dass ich nicht wieder trinke."

Ein Muskel in seinem Kiefer zuckt. „Nimmst du Drogen?"

„Nein!", rufe ich aus. Ich lehne mich zurück, denn ich fühle mich verletzt, während Wut jeden Zentimeter meines Körpers durchdringt. „Mac, was in aller Welt ist hier los?"

„Irgendetwas stimmt nicht mit dir, Tilly. Ich mache mir Sorgen, dass dich diese schrecklichen Freunde runterziehen, die du früher hattest. Du hast dich in letzter Zeit sehr verändert."

„Inwiefern verändert?", frage ich. Mein Herz schmerzt angesichts des Misstrauens, das mein Bruder mir entgegenbringt.

„Zum einen bist du öfter weg."

„Darf ich hier kein eigenes Leben haben?", fauche ich praktisch, setze mich aufrecht hin und drehe mich zu ihm um. Ich war kein einziges Mal betrunken, seit ich beschlossen habe, mit dem Trinken aufzuhören, also ist es grausam und unfair, dass Mac mich aus heiterem Himmel so angreift. „Ich bin für dich, Freya und das Baby da, aber selbst Freyas Einschränkungen wurden ein wenig aufgehoben, also kannst du nicht sagen, dass ich hier so gebraucht werde wie zu Beginn."

„Natürlich wirst du hier gebraucht", sagt er ernst, seine Stimme kehlig und heiser. „Ich brauche dich."

Angesichts seines schmerzerfüllten Gesichtsausdrucks steht mir der Mund offen. „Mac."

„Ich meine es ernst, Tilly. Ich will dich nicht wieder verlieren. Als du hier in London gelebt hast, während ich Fußball gespielt habe, warst du ein verdammter Geist."

Mir kommen die Tränen, als mein großer, starker Bruder, der nie irgendwelche Gefühle zeigt, seine Ängste gesteht.

„Du hast kein Interesse an meinen Spielen gezeigt, obwohl ich immer Karten für dich reserviert habe. Du bist völlig betrunken bei Fußballveranstaltungen aufgetaucht. Dann wurdest du schwanger und hast uns nichts darüber erzählt, wer der Bastard war, der dir das angetan hat. Ich lasse nicht zu, dass du diesen Weg noch einmal einschlägst. Wenn es sein muss, werde ich dich einsperren und den Schlüssel wegwerfen, um dich zur Vernunft zu bringen."

„Mac", knurre ich. Meine Stimme wird durch meine Tränen beinahe erstickt. „Ich habe dir gesagt, dass mir das alles leidtut."

„Das weiß ich", stößt er wütend hervor. „Aber verdammt, Tilly. Cookie und ich bekommen ein Baby, und ich habe mich über die Vorstellung gefreut, dass du ein fester Bestandteil im Leben des Kleinen sein wirst."

„Das will ich auch!", schreie ich, während der Schmerz meinen ganzen Körper durchdringt.

„Dann reiß dich zusammen, verdammt!" Er steht auf, knöpft seinen Anzug zu und zeigt mit einem Finger auf mich. „Irgendetwas ist mit dir los. Und wenn es nicht Alkohol oder Drogen sind, dann ist es etwas anderes."

Ich atme schwer aus, mein Körper fühlt sich an, als wäre er von tausend verschiedenen Erinnerungen an meine Vergangenheit durchbohrt worden. Erinnerungen, die ich so gut wie möglich zu vergessen versucht habe, die mich aber immer wieder überrollen und alles zunichtemachen, was ich dachte, erreicht zu haben.

Scheiße, ich habe es vermasselt.

Die naheliegendste Lösung für diese Situation ist, Mac von Santino zu erzählen. Aber bei der Wut, die er im Moment an den Tag legt, würde das eine schlechte Situation mit Sicherheit zehnmal schlimmer machen. Und das will ich nicht. Ganz und gar nicht. Ich möchte, dass Mac Santino akzeptiert und ihn so schätzt, wie ich es tue.

Verdammt, warum habe ich es ihm nicht einfach von Anfang an gesagt? Warum musste ich verdammt verhalten und verschlossen sein? Weil ich Angst hatte? Weil ich mich nicht binden wollte? Weil ich eine verdammte Stahlfalle bin, die seit fünf verdammten Jahren niemanden an sich heranlässt, und offensichtlich aus gutem Grund?

Ich hasse mich im Moment selbst. Ich verheimliche diese Beziehung vor Mac, weil ich weiß, dass ich ihm die ganze Geschichte über die Nacht erzählen muss, in der ich schwanger wurde, damit er Santino akzeptiert. Denn ob es mir gefällt oder nicht, diese Nacht und Santino sind in Macs Augen untrennbar miteinander verbunden. Und Mac wird ihm niemals verzeihen können, solange ich nicht den Mut habe, meinem Bruder die ganze Geschichte zu erzählen.

Deshalb war es einfacher, heimlich mit Santino zusammen zu

sein. Es tat gut, mich nicht gebrochen zu fühlen. Und es hat sich ausgezahlt, weil ich endlich jemanden an mich herangelassen und meinem Herz zu schlagen erlaubt habe.

Allerdings kann es nicht ewig so weitergehen. Mac muss die Wahrheit erfahren, denn das hat Santino verdient. Aber es ihm jetzt zu sagen, wo er bereits an meiner Aufrichtigkeit zweifelt, würde ein sehr ernstes Gespräch verkomplizieren. Ich muss die Sache im Interesse aller behutsam angehen.

Ich stähle mich und gebe ihm eine Ausrede, die er hoffentlich akzeptieren wird. „Ich verspreche dir, Mac, ich nehme keine Drogen und trinke nicht. Ich war nur abgelenkt durch die Aufregung um den neuen Job und die Vorstellung, für immer nach London zu ziehen. Ich schwöre bei meinem Leben, dass nichts Schlimmes mit mir los ist."

„Ich hoffe, das stimmt." Mac starrt mich an, wobei sein Kiefer vor verhassten Emotionen angespannt ist, als er sich zum Gehen wendet. Im Eingangsbereich bleibt er stehen und sieht über seine Schulter zu mir. „Freya und ich haben beschlossen, das Kind Fergie zu nennen, zu Ehren von Großvater."

Mein Kinn bebt und Tränen brennen in meinen Augen. Ich wische sie weg und krächze: „Das ist so perfekt, Mac."

„Ich dachte, es würde dir gefallen." Er stapft zu mir zurück und beugt sich herunter, um mir einen Kuss auf den Kopf zu geben. „Ich habe dich lieb, Tilly."

Ich halte seine Hand auf meiner Schulter. „Ich habe dich auch lieb, Macky."

Und als er geht, verspüre ich zum ersten Mal seit Jahren einen überwältigenden Drang, zu trinken.

KAPITEL 25

„DANKE, DASS DU MIT MIR ZU DIESEM SCAN GEKOMMEN BIST", SAGT Freya, während sie in einem kleinen Untersuchungsraum des Chelsea and Westminster Hospital, wo Belle Harris als Fetalchirurgin und gelegentlich als Pränatalspezialistin für VIP-Patienten wie Freya tätig ist, ihren Bauch reibt.

„Es ist mir ein Vergnügen", antworte ich und zwinge mich zu einem Lächeln, während ich überlege, was ich Santino über die Pläne für dieses Wochenende schreiben soll.

„Mac war enttäuscht, dass er heute nicht von der Arbeit weg konnte, aber sie stellen einem großen Sponsor ihr neues Videospiel-Update vor, also konnte er es wirklich nicht verpassen."

„Das ist kein Problem." Ich schalte das Display meines Handys aus und stecke es in meine Tasche, weil ich weiß, dass sich in einer SMS nichts gut anhören wird.

„Wem schreibst du?", fragt Freya neugierig.

Ein schuldbewusstes Lächeln breitet sich auf meinem Gesicht aus. „Santino."

Sie wackelt aufgeregt mit den Augenbrauen. „Habt ihr morgen schon etwas vor? Du gehst doch normalerweise samstags gern auf den Markt, oder?"

Ich schüttle den Kopf. „Nein. Ich … nun … ich gehe ihm nicht aus dem Weg, aber ich versuche, mich für den Moment zurückzuhalten."

„Was? Warum?", keucht Freya mit niedergeschlagener Miene.

Ich halte abwehrend die Hände hoch. „Ich mache nicht Schluss. Ich versuche nur, die Zeit totzuschlagen, bevor ich ihn wieder sehe."

„Wozu?"

Ich seufze schwer. „Du weißt, warum."

„Weil Mac dich beschuldigt hat, wieder zu trinken?"

Sie starrt mich traurig an, und ich spüre, wie mir wieder die Tränen in die Augen steigen. Jedes Mal, wenn ich an diesen schmerzhaften Blick in Macs Augen denke, bricht mir das Herz. Ich hasse diese Situation. Ich hasse es, dass ich mich in diese Situation gebracht habe, indem ich überhaupt ein Problem mit Alkohol hatte.

Ich erzwinge ein Lächeln. „Ich wollte ihm in diesem Moment die Wahrheit über Santino und mich sagen, aber du kennst ja meinen Bruder."

„Er ist ein sturer Ochse." Sie greift meine Hand und hält sie.

„Ich weiß", antworte ich mit einem selbstironischen Lachen. „Und ich auch, deshalb warte ich, bis die Lage sich beruhigt hat, bevor ich es ihm sage."

Freyas Augen werden groß. „Ist es ernst geworden zwischen euch beiden?"

Ich beiße mir auf die Lippe und nicke. „So langsam, ja."

„Dann wird dein Bruder es verstehen."

„Das wird er. Ich denke nur, wenn ich mich ein oder zwei Wochen zurückhalte und nicht mehr bei jeder freien Minute davonlaufe, um mit Santino zu knutschen, dann wird er sehen, dass es mir gut geht, und wir werden in einer besseren Position sein, bevor ich ihm von uns erzähle. Ich möchte, dass er Santino mag, Freya. Er *muss* ihn mögen."

„Oh, Tilly." Freya sagt meinen Namen voller Mitgefühl. „Wenn ich es nicht besser wüsste, würde ich sagen, du bist verliebt."

Meine Augen weiten sich bei dieser beiläufigen Bemerkung, als Belle plötzlich die Tür öffnet und hereinspaziert. „Meine

Lieblingspatientin!" Sie lächelt mich an. „Oh, hallo Tilly! Kein Mac heute?"

„Ich fürchte, nein", seufzt Freya. „Er hat eine berufliche Verpflichtung, bei der er dabei sein muss. Es hat ihn sehr getroffen, diesen Termin zu verpassen. Ich glaube, ich habe ihn heute Morgen in der Dusche weinen hören."

Belles Gesicht wird lang. „Wir hätten den Termin verschieben können."

„Um Himmels willen, nein!", entgegnet Freya. „Du hast gesagt, dies sei der Scan, der mich von der Bettruhe befreien könnte, also weigere ich mich, diesen wundersamen Akt auch nur einen Moment hinauszuzögern."

Belle nickt wissend. „Nun, dann lass uns anfangen."

Freya zieht den Krankenhauskittel hoch und platziert die Decke auf ihrem Schoß, während Belle das Gel auf ihrem Bauch verteilt und mit der Sonde über ihre straffe Haut fährt. Das Baby ist deutlich zu erkennen und wackelt über den ganzen Bildschirm, als würde es einen irischen Tanz aufführen.

„Wir haben hier vielleicht einen Tänzer", sagt Belle und zeigt auf den Bildschirm, während sie den Kleinen mit der Sonde verfolgt.

„Oder einen Pony-Kunstreiter." Freya schaut mich an und zwinkert. „Ich werde Tilly für *Heartland* begeistern, sobald wir mit *Bridgerton* fertig sind."

Belle lacht und beginnt, Messungen vorzunehmen und alles in den Computer einzugeben. Als sie fertig ist, schenkt sie Freya ein breites Lächeln. „Nun, Freya, du bist in der vierundzwanzigsten Woche, das Baby hat alle wichtigen Wachstumsmarker erreicht, und das Chorionhämatom, das wir vor ein paar Monaten gesehen haben, ist fast vollständig verschwunden. Es sind nur noch Spuren davon übrig, kaum genug, um sie zu messen."

„Oh mein Gott!", quiekt Freya aufgeregt.

„All deine Bettruhe hat sich gelohnt", antwortet Belle und berührt sanft Freyas Hand, während sich Freyas Augen mit Tränen füllen.

Sie schluchzt glücklich. „Ich könnte platzen, so glücklich bin ich!"

„Du solltest glücklich sein. Das Baby sieht perfekt aus."

„Wir nennen ihn Fergie", erklärt Freya und berührt liebevoll ihren

Bauch, während sie schnieft. „Es ist kurz für Fergus. Das war der Name seines Urgroßvaters."

Belle lächelt. „Fergie sieht nach einem starken kleinen Kerl aus, und ich kann es kaum erwarten, ihn kennenzulernen. Aber im Moment fühle ich mich sehr wohl dabei, dich komplett von der Bettruhe zu befreien."

„Dem Himmel sei Dank!", ruft Freya begeistert aus, als Belle und ich ihr helfen, sich auf dem Untersuchungstisch aufzusetzen. „Ich ziehe mich nur schnell auf der Toilette um und rufe Mac mit den guten Neuigkeiten an!"

„Großartig", sagt Belle, während sie lächelnd die Sonde abwischt. „Und Freya, wenn ihr nächste Woche für einen weiteren Scan vorbeikommen wollt, kann ich das einrichten. Dann kannst du Mac zeigen, dass die Blutung vollständig verschwunden ist, und ihn hoffentlich ein wenig beruhigen."

„Würdest du das wirklich tun?", fragt Freya, als sie vom Tisch rutscht.

„Natürlich! Ihr gehört ja praktisch zur Familie."

„Du bist so süß." Freya umarmt Belle fest und schlurft in das angrenzende Badezimmer, um Mac anzurufen.

Als Belle ihre Krankenakte nimmt und sich zum Gehen bereit macht, hält sie vor mir inne und wirft mir einen verstohlenen Blick zu. „Es tut mir leid, aber ich muss dich das fragen. Was hast du von Ronald gehalten? Du bist so schnell gegangen. War er so furchtbar? Er kann manchmal ein aufgeblasener Arsch sein, aber ich glaube wirklich, er ändert sich."

„Oh Gott, nein. Er war nett!", versichere ich ihr. Ich fühle mich schrecklich, wie das für sie ausgesehen haben muss. „Ich meine, wir haben nicht viel geredet, aber er schien großartig zu sein."

„Oh gut." Sie atmet erleichtert aus und beißt sich nervös auf die Lippe. „Soll ich ihm vielleicht deine Nummer geben?"

Ich zucke zusammen und rümpfe die Nase. „Ich fürchte nicht."

„Warum nicht?", fragt sie verwirrt.

„Ich … bin eigentlich mit jemandem zusammen." Wow, das laut auszusprechen ist eigentlich viel verrückter, als ich dachte. „Es ist gerade ernst geworden."

„Ach, wirklich? Wer?", erkundigt Belle sich mit faszinierter Miene.

Ich beiße mir nervös auf die Lippe. „Santino Rossi."

„Oh mein Gott!"

Ich halte die Hände hoch. „Mac weiß es noch nicht."

„Beschützender-Großer-Bruder-Alarm?", fragt Belle wissend.

„Beschützender-Großer-*Schottischer*-Bruder-Alarm. Er spielt in einer ganz anderen Liga."

Belle nickt und lächelt. „Nun, ich bin sehr vertraut damit, mit jemandem auszugehen, den meine Familie nicht gutheißt. Aber als Erwachsene ist deine Familie nur an den Wochenenden da, weißt du? Die Person, in die du dich verliebst, ist jeden Tag da. Mit ihm gründest du deine eigene Familie … mit Babys und allem Drum und Dran."

Sie fängt an, durch die Krankenakte zu blättern, ohne zu ahnen, dass ihre Bemerkung einen Gedanken in mir auslöst, den ich bis zu diesem Moment gar nicht richtig in Betracht gezogen habe. „Belle, kann ich dir eine seltsame medizinische Frage stellen?"

„Du und jeder, der mir je auf einer Party begegnet." Sie lacht und schenkt mir ihre volle Aufmerksamkeit. „Raus damit."

Ich atme tief ein. „Wenn eine Person schon einmal eine Fehlgeburt hatte … wie hoch ist die Wahrscheinlichkeit, dass sie wieder eine Fehlgeburt hat?"

Belle runzelt die Stirn. „Wie weit war die Schwangerschaft fortgeschritten?"

Ich schlucke den Kloß in meinem Hals hinunter. „Neun Wochen?"

Sie nickt wissend. „Fehlgeburten im ersten Trimester sind sehr häufig, und die Wahrscheinlichkeit einer weiteren Fehlgeburt ist im Grunde die gleiche, als hätte die Patientin nie eine Fehlgeburt gehabt."

Ich kaue auf meiner Lippe. „Verstanden."

Sie legt den Kopf schief. „Es war eine intrauterine Schwangerschaft, richtig?"

„Was meinst du?"

„Sie war nicht in deinem Eileiter, oder?"

Mein Gesicht wird heiß vor Verlegenheit. „Nein, war sie nicht."

Sie lächelt beruhigend. „Dann denke ich, dass bei dir alles in Ordnung sein wird."

„Ich weiß nicht einmal, ob ich Kinder haben will", stoße ich kopfschüttelnd hervor, da ich mich wirklich unwohl fühle, dass ich mich überhaupt getraut habe, diese Frage zu stellen. „Ich kann mir nicht vorstellen, Mutter zu werden."

„Das ist auch in Ordnung", erwidert sie. „Aber weißt du …, du hattest ein Baby in dir, also bist du theoretisch gesehen bereits Mutter."

Mein Körper erstarrt bei diesen schmerzlichen Worten, die mich völlig unerwartet treffen. „Aber ich habe das Baby nicht einmal gesehen. Ich habe einfach … angefangen zu bluten. Dann haben sie mir gesagt, dass es keinen Herzschlag mehr gibt und dass es von allein abgehen würde."

Belle nickt verständnisvoll und streckt eine Hand aus, um mein Bein zu berühren. Es ist eine sanfte Berührung, aber sie fühlt sich bedeutungsvoll an. „Du bist in dem Moment Mutter geworden, als du den positiven Schwangerschaftstest hattest. Sag mir, dass du dein Leben nicht für dieses Baby geändert hast, bevor du überhaupt einen Scan hattest."

Ich halte inne, in dem Wissen, dass ich diese Tatsache nicht bestreiten kann.

„Du hast Entscheidungen getroffen, die eine Mutter treffen würde."

„Gott", krächze ich, und mein Kinn bebt vor unerwarteter Rührung über ihre sehr logischen Worte.

„Tut mir leid." Sie lacht und zieht ihre Hand zurück. „Ich würde nicht mit allen meinen Patienten so reden, aber da du nicht meine Patientin bist, habe ich keine Angst, dir zu sagen, dass du eine fantastische Mutter abgeben würdest."

Als Freya aus dem Bad kommt, stehen mir Tränen in den Augen. „Oh Gott, was habe ich verpasst?" Sie blickt zwischen Belle und mir hin und her. „Redet ihr ohne mich über *Bridgerton*?"

KAPITEL 26

„Sɪᴇ ᴍüssᴇɴ ᴅɪᴇ Gᴇʜᴇɪᴍʜᴀʟᴛᴜɴɢsᴠᴇʀᴇɪɴʙᴀʀᴜɴɢ ᴜɴᴛᴇʀsᴄʜʀᴇɪʙᴇɴ, die ich Ihnen gerade gemailt habe", sagt eine Frau namens Jane Williams an einem ziemlich trüben Donnerstagabend in die Telefonleitung meines Büros.

Es ist fast fünf und ich möchte nach Hause gehen, aber diese Frau hat mich in einer recht merkwürdigen E-Mail, die ich vor wenigen Minuten erhalten habe, aufgefordert, sie anzurufen.

„Warum muss ich etwas unterschreiben?", frage ich, verwirrt darüber, warum zum Teufel die Mutter von Zander Williams mich – den Anwalt – darum bittet, irgendetwas zu unterschreiben. Es ist fast elf Uhr abends an der Ostküste Amerikas, wo sie sich befindet. Was zum Teufel könnte so wichtig sein?

„Weil ich mit jemandem reden muss, und ich vertraue nur einem Anwalt, dass er sich tatsächlich an die Regeln einer Geheimhaltungsvereinbarung hält. Ich möchte mich nicht damit herumschlagen müssen, jemanden zu verklagen, der die Sache nicht ernst nimmt."

Ich zerre neugierig an meinem Krawattenknoten. „Das ist höchst unwahrscheinlich, und ich bin mir nicht sicher, ob ich mich dabei wohl fühle."

„Sie werden dankbar sein, es getan zu haben, wenn ich Ihnen erzähle, was ich Ihnen mitzuteilen gedenke."

Verdammt noch mal. Dieser Job nimmt kein Ende.

Ich unterschreibe die Vereinbarung auf ihrer offiziellen DocuSign-Website und schicke sie an sie zurück.

„Okay ..., ich habe es bekommen. Wir sind uns also einig?", bestätigt sie.

„Wir sind uns einig", scherze ich, da ich von ihr erwarte, dass sie mir sagt, ihr Sohn hätte zwanzig Frauen geschwängert und ich müsse das Chaos beseitigen, wenn er im Januar bei uns anfängt.

„Ich möchte, dass Sie die Vertragsverhandlungen mit Zander Williams beenden."

„Warum?"

„Weil Zander nicht irgendein Fußballspieler aus Amerika ist. Sein Vater ist Vaughn Harris."

Ich muss lachen, denn ich weiß sehr wohl, in welche Situationen Fußballer immer wieder geraten können. Nun, Vereinsmanager haben diese Art von Problemen normalerweise nicht, vor allem, wenn die Kinder erwachsen sind ..., aber ...

„Hören Sie, mein Name ist Jane Williams, und ich war seit meinem achtzehnten Lebensjahr mit Vaughns Frau Vilma befreundet. Damals haben wir an der Universität zusammen gewohnt. Ich war in dem Pub, in dem Vaughn Vilma kennenlernte und sie um den Finger wickelte, ich war bei dem Spiel von ManU, zu dem er Vilma und ein paar ihrer Freunde in einem Privatjet einflog, und ich war bei ihrer Hochzeit und ihrer Beerdigung dabei. Täuschen Sie sich nicht ... das ist kein Telefonstreich."

Mir gefriert das Blut in den Adern.

„Ich traf Vaughn Harris sechs Jahre nach Vilmas Tod, und er war damals genauso unglücklich wie am Tag der Beerdigung seiner Frau. Wir waren betrunken, wir waren einsam, wir waren traurig. Wir schliefen miteinander, und ein paar Wochen später, bevor ich aus beruflichen Gründen nach Amerika ziehen sollte, fand ich heraus, dass ich schwanger war."

„Warum in aller Welt haben Sie ihm das nicht gesagt? Oder hat er es die ganze Zeit gewusst?", frage ich, von beiden Gedanken gleichermaßen entsetzt.

„Er hat keine Ahnung, und das soll auch so bleiben."

„Warum?", frage ich. Meine Kinnlade hat den Boden erreicht und wird so schnell nicht wieder hochkommen.

„Die Gründe gehen Sie nichts an. Aber mein Sohn Zander kann nicht für Vaughns Verein spielen. Er weiß nicht, wer sein Vater ist, aber ich kann nicht sicher sein, dass das Spielen an der Seite seiner Halbbrüder nicht etwas aufwirbeln wird."

„Mein Gott."

„Genau. Also … wie ich schon sagte …, beenden Sie diesen Vertrag. Nach dem zu urteilen, was ich im Internet gesehen habe, braucht die Harris-Familie nicht noch mehr Schlagzeilen."

Ich runzle die Stirn, denn ich nehme die Familie in Schutz, die ich mittlerweile auch als die meine erachte. „Sie sind in den letzten Jahren alle ruhiger geworden."

„Sie wissen so gut wie ich, dass diese Art von Nachricht ihr ganzes Leben sowie das der ganzen Enkelkinder, die sie alle in die Welt setzen, durcheinander bringen wird."

Ich seufze schwer. „Wie zum Teufel ist Ihr Sohn in unserem Verein gelandet?"

„Ich weiß es nicht, aber Sie müssen das in Ordnung bringen. Sie sind der Einzige, dem ich das zutraue."

Als wir auflegen, spüre ich das Gewicht der Welt auf meinen Schultern lasten. Warum zum Teufel habe ich diese verdammte Geheimhaltungsvereinbarung unterschrieben? Es war wirklich außerordentlich dumm von mir. Vaughn Harris hat einen Sohn, von dem er nichts weiß. Einen Sohn, der ausgerechnet Fußball spielt? Und ich darf es ihm nicht mal sagen? Mein Gott …, was zum Teufel soll ich mit dieser Information anfangen?

Ich schreibe Tilly eine SMS und frage sie, ob wir uns heute Abend treffen können, denn ich muss das alles bei jemandem abladen. Ich brauche einen Rat, ich brauche einen Drink, ich brauche … *sie*. Sie hat mich das ganze Wochenende über abblitzen lassen und behauptet, sie sei mit einem Fabriknotfall für Freyas Haustierlinie beschäftigt, auf die Harrods wartet, und müsse das klären. Aber ihre Nachrichten waren vage und ehrlich gesagt verdammt verwirrend.

Als ich sie das letzte Mal gesehen habe, verbrachte sie die Nacht in meiner Wohnung und blies mir einen, bevor ich verlangte, den Gefallen zu erwidern … in rasantem Tempo, wie ich hinzufügen möchte, damit sie vor dem Aufstehen ihres Bruders nach Hause kam. Keiner von uns beiden kam an diesem Morgen ohne ein Lächeln aus, warum also war es diese Woche so schwer, mit ihr zu reden? Es ist seltsam, denn ich hätte angenommen, dass die Änderung unseres offiziellen Status uns vorwärts und nicht rückwärts bringen würde. Wir haben uns noch nie so viele Tage lang nicht gesehen. Und ich merke, dass mir das gar nicht gefällt.

Mein Handy summt, und ihr wunderschönes Gesicht, das halb von einem meiner Bettlaken verdeckt wird, leuchtet auf dem Display. Ich nehme den Anruf entgegen und knurre in die Leitung: „Wo bist du?"

Sie lacht unbeholfen. „Ich bin im Haus meines Bruders."

„Warum kannst du nicht in meinem Bett sein?", murmle ich leise, während mir schmutzige Gedanken durch den Kopf gehen. „Ich hatte eine höllische Woche und habe jeden Tag wie ein Freak an deinem Kissen gerochen."

Es gibt eine kleine Pause. „Nun, ich fürchte, du wirst noch ein wenig länger daran riechen müssen."

Ich runzle die Stirn, als mich die Angst packt.

„Ich wollte es dir schon länger sagen." Sie seufzt schwer. „Mac denkt, ich trinke wieder."

„Was?", frage ich, verärgert darüber, dass ihr Bruder denkt, sie würde alles wegwerfen, wofür sie in den letzten Jahren so hart gearbeitet hat. Frustriert fahre ich mir mit den Fingern durchs Haar, denn ich hasse es, dass ich nicht für sie da sein kann, wenn sie mich offensichtlich braucht.

„Ja, ich habe ihn beruhigt, aber weil ich in letzter Zeit so viel mit dir unterwegs war und ausweichend auf meinen Aufenthaltsort geantwortet habe, denkt er, dass ich mich wieder mit den falschen Leuten abgebe. Gott, es ist, als wäre ich zwölf Jahre alt und er mein Vater."

„Nun, dann müssen wir ihm einfach sagen, was los ist", sage ich entschlossen. Das ist die einfachste Lösung für dieses Problem. Für alle Probleme. Ich könnte für sie da sein, und sie könnte jede Nacht in meiner Wohnung und in meinen Armen verbringen. Dann könnte ich ihrem Bruder ganz einfach sagen, wo er sich seine Gedanken hinstecken kann, wenn er sie noch einmal dieser Scheiße beschuldigt.

„Noch nicht", antwortet sie schnell. „Es läuft doch so gut zwischen uns, meinst du nicht?"

„Bis zur letzten Woche, ja. Das ist umso mehr Grund, es ihm jetzt sagen", erwidere ich und stehe auf, um in meinem Büro auf und ab zu gehen.

„Du siehst das verkehrt, Sonny. Mac ist so besorgt um mich, dass er denken wird, du würdest mich zu schlechten Entscheidungen verleiten."

Diese Bemerkung lässt mich innehalten. „Aber das tue ich nicht", verteidige ich mich, löse meine Krawatte und knöpfe mein Hemd auf.

„Ich weiß", antwortet sie schnell. „Aber wir müssen ihm nicht noch mehr Grund geben, dich nicht zu mögen."

„Wie sieht also dein Plan aus, Tilly?", frage ich, während ich mir frustriert durch die Haare fahre.

„Wir gehen es einfach entspannt an und geben einander ein wenig Freiraum, dann wird er sich sicher wieder beruhigen."

„Freiraum?", blaffe ich in die Leitung, das Handy fest umklammert. „Tilly, ich will keinen Freiraum. Ich habe dich schon seit einer verdammten Woche nicht mehr gesehen." Mein Herz beginnt bei der bloßen Erwähnung von noch mehr Zeit getrennt voneinander in meiner Brust zu hämmern. Will sie mich nicht genauso gern sehen wie ich sie? Scheiße, das macht mich wahnsinnig.

„Ich spreche nur noch von ein paar Tagen! Mac hat die Aufmerksamkeitsspanne einer Fruchtfliege. Er wird seine Sorgen sehr bald vergessen, und dann können wir uns wieder treffen, ohne Geheimnisse." Sie beendet den Satz für meinen Geschmack zu fröhlich. Wie kann sie bei alldem fröhlich sein?

Ich schüttle den Kopf, mein ganzer Körper vibriert vor Wut. Ich war geduldig. Ich habe ihr die Führung überlassen, und es hat funktioniert. Aber jetzt bin ich fertig mit dem Scheiß.

„Nein", presse ich zwischen zusammengebissenen Zähnen hervor.

„Was?"

„Ich sage nein", wiederhole ich nachdrücklich. Ich will Tilly Logan in meinem Leben haben, Punkt. Und nichts wird mich davon abhalten, diese Tatsache bekannt zu machen, selbst wenn das ein angespanntes Gespräch mit ihrem Bruder bedeutet.

„Warum?"

„Weil ich Gefühle für dich habe, Tilly. Echte, verdammte Gefühle, und ich will keinen Rückschritt machen. Ich werde dich nicht noch einmal verlieren", knurre ich praktisch, in der Hoffnung, dass sie hört, wie ernst es mir wirklich ist.

„Du wirst mich nicht verlieren! Ich habe auch echte Gefühle, Santino. Mehr als ich je gedacht hätte, aber wenn wir warten, ist es auf lange Sicht besser für uns."

„Nein", zische ich und schlage mit der Faust auf die Schreibtischplatte. Ich habe es satt, ihr die Führung zu überlassen. Damit ist jetzt Schluss. Ich kann mich nicht mehr zurückhalten. Ich weigere mich. „Am Anfang hat das Herumschleichen noch Spaß gemacht, aber je länger das so geht, desto mehr fühle ich mich wie ein Arsch. Wir sind verdammt noch mal erwachsen, Tilly. Wir sind keine verfeindeten Familien bei Romeo und Julia. Ich werde es Mac heute sagen, und du kannst mich nicht aufhalten." Ich schnappe mir mein Jackett und meine Schlüssel und mache mich auf den Weg zum nächstgelegenen Ausgang.

„Santino …"

„Ich komme jetzt rüber. Wir sehen uns gleich."

KAPITEL 27

Die Leitung ist tot, und ich stehe wie erstarrt in meinem Schlafzimmer, während Jaspers leises Schnurren auf meinem Bett das Grummeln begleitet, das ich in meiner Magengrube spüre. Als ich draußen einen Vogel zwitschern höre, fällt der Schock von mir ab und ich setze mich in Bewegung.

Zuerst betrachte ich mich im Spiegel. Leggings und ein zerrissenes T-Shirt. Nicht gerade mein modischstes Outfit, aber ich habe im Moment keine Zeit, mich darum zu scheren.

Als Nächstes eile ich nach unten, um zu sehen, ob Freya und Mac schon von ihrer Untersuchung zurückgekehrt sind. Das sind sie nicht. Gott sei Dank. Wenn Mac schon ausflippt, will ich wenigstens sichergehen, dass Freya nicht in der Schusslinie ist. Und da von Santino noch nichts zu sehen ist, kann ich ihn vielleicht bei seiner Ankunft abfangen und die Situation beruhigen.

Während ich im Haus auf und ab gehe und auf Santino warte, beschließe ich aus einer Laune heraus, panisch aufzuräumen. Ich schwanke zwischen dem Geraderücken der pelzigen Kissen und dem nervösen Blick aus dem Fenster, überwacht von Hercules, der jede meiner Bewegungen abschätzig beobachtet.

„Ach, jetzt hast du keine Angst mehr vor mir?", frage ich und blicke die fette orangefarbene Katze an, die auf der Anrichte vor dem Fenster sitzt. „Jetzt, wo ich eine totale Katastrophe bin und eine Show für dich abziehe, bist du plötzlich interessiert? Wo ist dein Popcorn?"

Seine Schnurrhaare zucken.

Ich rolle mit den Augen. „Dachte ich es mir doch."

Santino fährt gerade vor, als ich darüber nachdenke, die Vorhänge für eine schnelle Wäsche herunterzuziehen, weshalb ich ihm stattdessen auf dem Bordstein entgegeneile.

„Jetzt oder nie, Tilly", knurrt Santino, schreitet um sein Auto herum und marschiert zur Haustür.

„Lass uns erst mal eine Runde fahren und wie richtige Erwachsene darüber reden." Ich ergreife seinen Arm und versuche, ihn zurück zum Fahrzeug zu ziehen.

„Du bist diejenige, die sich wie ein Kind benimmt, nicht ich", brüllt er und reißt seinen Arm aus meinem Griff. Verdammt, wenn es angesichts seines energischen Tonfalls zwischen meinen Beinen nicht heiß wird.

Er marschiert die Treppe hinauf und reißt die Tür auf. Hercules flieht wie ein geölter Blitz in Richtung Schlafzimmer, da er seine tägliche Ration an Drama eindeutig überschritten hat.

„Bist du glücklich? Du hast Hercules verärgert."

„Wo ist Mac?", zischt Santino, seine dunklen Augen auf mich gerichtet.

„Er ist nicht da." Nervös verschränke ich die Arme, während ich vor der Treppe stehe.

Santinos Augen werden schmal. „Blödsinn, du bist nervös." Er schiebt mich aus dem Weg und poltert die Treppe hinauf.

„Er ist nicht da oben!", rufe ich ihm hinterher und habe Mühe, mit ihm Schritt zu halten. Mein Gott, ist er schnell in diesem sexy Anzug.

Er erreicht den Treppenabsatz und bleibt vor dem Kinderzimmer stehen, wo er sich umsieht, als wäre er ein Polizist, der ein Haus nach Verbrechern durchsucht. Dann öffnet er die Tür zu meinem Zimmer. Er geht hinein und sieht sich meine Fotos an der Wand an. Er blickt mich fragend an. „Er ist wirklich nicht hier?"

„Nein." Ich trete ein und schließe die Tür. „Fühlst du dich schon wie ein Idiot, weil du hier wie ein Psychopath reinmarschiert bist?"

Er blinzelt mich an, seine dunklen Augen voller Enttäuschung. „Ein bisschen."

Ich atme schwer aus, als ich sehe, wie der vernünftige Santino in das Universum zurückkehrt. Ich trete auf ihn zu und lege die Arme um seinen Hals. „Wir werden es meinem Bruder sagen, aber im Moment sind er und Freya bei einem Scan."

„Gut." Er schließt die Augen und schlingt die Arme um mich, um mich in eine große Umarmung zu ziehen. Er drückt seine Nase in den Bereich unterhalb meines Halses und atmet tief ein, als wolle er sich mit meinem Geruch wieder vertraut machen. Seine Stimme ist sanft und gequält, als er sagt: „Für mich ist das echt, Tilly. Das ist kein Spiel."

„Für mich ist es auch echt", antworte ich abwehrend.

Er zieht sich zurück und Nervosität huscht über sein Gesicht, während er mich mit entsetzter Miene ansieht. „Tilly?"

„Was?" Ich bekomme am ganzen Körper eine Gänsehaut, weil ich Angst davor habe, was als Nächstes kommt.

Er atmet scharf ein und sagt: „Mi sono innamorato di te."

„Was?" Ich runzle die Stirn. „Was hast du gerade gesagt? Du willst wieder indisches Essen bestellen?"

Sein Adamsapfel bewegt sich in seinem Hals, bevor er zittrig antwortet: „Ich habe mich in dich verliebt."

„Was?", keuche ich.

Der Muskel in seinem Kiefer zuckt, als er sich aufrichtet und leise wiederholt: „Ich habe mich in dich verliebt."

„Den Teil habe ich gehört." Ich blinzle schnell in sein schrecklich schönes Gesicht.

„Welchen Teil hast du nicht verstanden?", fragt er verwirrt.

Ich schüttle den Kopf, mein ganzer Körper zittert. „Es ist nur …, es waren erst ein paar Wochen." Ist es in Ordnung, dass Menschen sich innerhalb weniger Wochen verlieben?

„Ich weiß", erwidert er mit einem kräftigen Seufzer.

„Du hast gesagt, du warst noch nie verliebt." Ich zeige anklagend mit einem Finger auf ihn, als könnte das unmöglich wahr sein.

„Ich weiß." Ein nervöses Grinsen umspielt seine Mundwinkel, während er beobachtet, wie ich dieses Geständnis verarbeite.

„Das ist also …"

„Echt." Er macht einen Schritt auf mich zu, während sein Gesicht wieder ernst wird.

„Okay." Ich drehe mich um, berühre meine Schläfe und spüre einen Adrenalinstoß, der mich aus dem Nichts trifft, während ich auf und ab gehe. „Du hast gerade gesagt, dass du mich liebst."

„Ja."

Ich schaue zu ihm hinüber. „Ich dachte, wir wollten es langsam angehen lassen?"

„Ich weiß." Er zuckt zusammen.

Ich bleibe stehen, stemme die Hände in die Hüften und spüre ein Brennen in den Augen, das ich nicht in den Griff zu bekommen scheine. Das geht alles sehr schnell. Aber es fühlt sich auch an, als würde alles in Zeitlupe ablaufen. Meine Brust schwillt vor Angst an, denn seit Tagen macht sich ein Gefühl in mir breit, ein Gefühl von Behaglichkeit und Begeisterung. Das Gefühl, dass es einen Grund gibt, warum ich nach London zurückgekommen bin, und nicht nur, um Mac und Freya zu helfen.

Ich habe diese Gefühle ignoriert, weil ich nicht der Typ Mensch bin, der sich einfach ins Ungewisse stürzt. Schon gar nicht nach allem, wofür ich in den letzten fünf Jahren gearbeitet habe. Ich behalte gern die Kontrolle über mich. Ich behalte gern die Kontrolle über meine Gefühle. Und was ich jetzt sagen werde, fühlt sich sehr, sehr unkontrolliert an.

Schließlich nicke ich entschlossen und antworte mit einem zittrigen Atemzug. „Okay."

„Okay?" Er sieht verwirrt aus.

„Nun, ich bin praktisch auch wahnsinnig in dich verliebt, was beängstigend ist, denn bei meiner Rückkehr nach London hatte ich mir vorgenommen, mich ganz auf mich und meine Familie zu konzentrieren, aber dann kamst du mit deiner blöden Basilikumpflanze zurück in mein Leben und hast diesen Plan über den Haufen geworfen." Mein Standpunkt wird von einem äußerst eleganten und frustrierten Knurren begleitet, das diesen besonderen Moment wirklich unterstreicht.

Santino blinzelt mich an, seine Augen so dunkel und verängstigt, wie ich es noch nie gesehen habe. „Hast du gerade gesagt, dass du mich liebst?"

„Ja!", rufe ich aus. „Und ich habe noch nie jemanden so geliebt, wie ich dich liebe, also ist das im Moment ein großer Druck, und ich habe eine kleine Panikattacke."

Plötzlich schließt Santino den Raum zwischen uns und nimmt mich in die Arme, sodass wir auf Augenhöhe sind. „Sag es noch einmal."

„Es war schon beim ersten Mal schwer genug." Er brummt seine Beharrlichkeit, während ich besiegt seufze. Meine Stimme ist voller Emotionen, als ich sage: „Ich liebe dich, du Trottel." Mein ganzer Körper kribbelt vor Wärme bei der Intensität dieses Geständnisses. „Ich fand es nicht besonders toll, dass du hier reinmarschiert bist und gedroht hast, meinem Bruder unsere Beziehung zu verraten, aber ich liebe dich, also komme ich wohl darüber hinweg."

Seine Lippen sind jetzt auf meinen und er greift meine Worte mit hungriger Wildheit an, während er mich zum Bett trägt und sich auf mich legt. Sein harter Körper ist wie die beste Kuscheldecke, die man für Geld kaufen kann, während er mich leidenschaftlich küsst, seine Hände über meine geröteten Wangen streichen und in meinem Nacken landen, um den Kuss zu vertiefen.

Ich schlinge meine Beine um ihn und drücke ihn an mich, während ich diesen Moment der Unschuld genieße. Der Leidenschaft. Intimität sollte sich so anfühlen. Roh, verletzlich. Ein ungestrichenes Gebäude, das darauf wartet, dass jemand es mit schöner, origineller, unkonventioneller Kunst bespritzt.

„Santino, ich will dich", sage ich, unterbreche unseren Kuss und greife zwischen uns hindurch, um an seiner Hose zu fummeln. „Ich will, dass du Liebe mit mir machst."

„Bist du sicher?", fragt er und sucht in meinen Augen nach Bestätigung. „Das müssen wir nicht."

Ich nehme seine Erektion in die Hand und nicke. „Ich bin sicher."

Blitzschnell gleitet Santino von mir herunter und wir beide entledigen uns in Rekordzeit unserer Kleidung. Sein Schwanz wippt mir entgegen, lang und stark, denn er hat wahrscheinlich viel länger auf diesen Moment gewartet, als er wollte.

Als er ein Kondom aus seiner Brieftasche zieht, nehme ich es ihm ab und rolle es genüsslich über seine immense Länge. Ich halte ihn fest und schaue ihn mit großen, begierigen Augen an. „Ich möchte mich wieder lebendig fühlen. Geliebt und geschätzt. Nicht gebrochen."

„Du bist nicht gebrochen", sagt er, beugt sich über mich und küsst mich leidenschaftlich. „Und du bist so geschätzt."

Mein Herz, mein Bauch, mein Verstand, mein ganzes Leben ist überlastet. Ich brauche das. Ich brauche es jetzt.

Ich rutsche an das Kopfende des Bettes und die Matratze senkt sich, als er sich zwischen meinen Beinen platziert. Ich klammere mich an seinen Rücken und sage mit zittriger Stimme: „Du musst es wahrscheinlich erst einmal langsam angehen."

„Was immer du willst." Er küsst mich innig und seine Zunge duelliert mit meiner, während seine Hand zwischen uns hinuntergleitet. Er streicht mit seinen Fingern über meine Mitte und knurrt gegen meine Lippen, als er merkt, wie feucht ich bin. „Du bist immer feucht für mich."

„Ja", keuche ich, als er sich zurückzieht und seine Erektion an meiner Klitoris reibt. „Bist du bereit?"

„Ja."

Er positioniert seine Spitze an meinem Eingang und stößt ein paar Zentimeter hinein. Es ist eng. Ungeheuer eng. Enger, als ich es bei einem Körper, der bereits Sex hatte, für möglich gehalten hätte. Aber je tiefer er eindringt, desto stärker wird meine Erregung, und die Barriere fühlt sich weniger hart dand mehr begierig an. Ich wickle meine Beine förmlich um seinen Körper, um ihn schneller in mich hineinzuziehen, nur um die Reibung dort zu bekommen, wo ich sie brauche. Ich brauche sie so sehr.

Als er schließlich in mir vergraben ist, wird der Druck so stark, dass meine Finger sich in seine Schultern bohren. „Oh mein Gott", stöhne ich. Mein Becken pulsiert sehnsüchtig, als hätte es einen eigenen Herzschlag entwickelt.

„Geht es dir gut? Tut es weh?" Er starrt auf mich herab, wobei sein Haar ihm auf diese perfekt zerzauste Weise über die Stirn fällt, die mich verrückt macht.

Ich nicke heftig und frage mich, ob man in den Dreißigern eine wiedergeborene Jungfrau werden kann. „Beweg dich einfach, Santino. Ich will, dass du dich bewegst."

Er zieht sich langsam zurück und stößt ein, zwei, dreimal zu, jedes Mal wird es angenehmer und der Schmerz lässt immer mehr nach, während sich meine Muskeln dehnen, um die herrliche Berührung eines Nervs in mir zuzulassen, der seit Ewigkeiten nicht mehr getroffen wurde.

Wenn ich früher gezögert habe, mit Santino Sex zu haben, dann deshalb, weil ich Angst hatte. Ich hatte Angst, dass der Akt irgendwie die Erinnerung an einen fremden Mann auf mir auslösen könnte, den ich nicht in mir haben wollte. Ich hatte Angst, dass ich wie ein Amnesie-Opfer sein könnte, bei dem die gesamte Erinnerung ausgelöst wird, sobald ein ähnlicher Akt stattfindet. Es war dumm, aber das war es, woran ich zu diesem Zeitpunkt dachte. Ich wollte mich nicht an jene Nacht erinnern. Ich wollte alles vergessen, auch das, was danach geschah.

Es war nicht so, dass ich nie wieder Sex haben wollte. Ich wusste nur, dass es mit jemandem sein muss, dem ich vertraute. Jemandem, der mir etwas bedeutet. Die Tatsache, dass es mit jemandem ist, den ich liebe …, ist eine Ehre, von der ich nicht wusste, dass ich sie überhaupt noch verdiene.

Gerade als mir dieser Gedanke durch den Kopf geht, stößt Santino fester in mich hinein und flüstert gegen meine Lippen: „Ti amo."

Dafür brauche ich keine Übersetzung.

Ich liebe ihn auch. Mehr als ich es bei meinem Herzen je für möglich gehalten hätte. Nach allem, was ich erlebt habe, schien es mir nicht möglich, mich einem Mann wie ihm hinzugeben. Ich fühlte mich nicht würdig. Ich fühlte mich innerlich ruiniert, als hätte ich jemandem erlaubt, sich ein Stück von mir zu nehmen, das ich nie mehr zurückbekommen könnte. Aber während Santino mit mir schläft und mir italienische Worte ins Ohr, auf meine Brust und über meine Lippen flüstert, beginne ich endlich zu glauben, dass nichts in mir verschwunden ist. Es hat sich nur in der Dunkelheit versteckt und darauf gewartet, dass jemand es herausholt.

KAPITEL 28

ICH STEHE IN TILLYS ZIMMER UND STARRE AUF DIE WAND MIT DEN Fotos, die sie von verschiedenen Straßenkunstwerken gemacht hat. Sie sind gerahmt und datiert, perfekt aufgereiht aus den Jahren vor unserem Kennenlernen, die sie in London verbrachte. Es ist interessant, sich anzuschauen, was ihr damals aufgefallen ist, denn sie sind alle sehr dunkel und düster, zeigen Porträts von Schmerz und Wut oder kontrastreiche Designs, die einfach nur … beunruhigend wirken.

Dann hören die Bilder vor fünf Jahren auf, und darunter ist ein neues, das ich von unserer Tour vor ein paar Wochen erkenne. Es war ein riesiges Wandbild in der Hanbury Street in der Brick Lane, das einen Storch zeigt, der ein in eine Decke eingewickeltes Baby trägt. Am Zeh des Babys hängt ein Preisschild mit der Aufschrift FREE TO A GOOD HOME. Es ist hell und fröhlich, aber mit einem winzigen Hauch von Schärfe, der ganz der heutigen Tilly entspricht. Nicht der Tilly von gestern.

Ich zeige darauf und werfe einen Blick über meine Schulter. „Warum hast du das ausgewählt?"

Tillys Augen sind nicht auf mein Gesicht gerichtet, während sie unter der Decke liegt, die Hände hinter dem Kopf verschränkt. „Ich kann kein Wort verstehen, wenn du hier nackt in meinem kleinen Schlafzimmer stehst."

Ich rolle mit den Augen. „Du bist manchmal so ein Kerl."

„Du bist manchmal so ein Mädchen." Sie kichert und ich würde sie am liebsten küssen.

Ich marschiere zum Bett, schlüpfe unter die Decke, greife nach ihrem Körper und ziehe ihn an meinen. Der Hautkontakt ist herrlich. Wir waren schon auf tausend verschiedene Arten intim, seit wir uns kennen, aber sie so zu spüren, nachdem wir gerade Liebe gemacht haben … ist euphorisch.

Ich lasse ihren Körper los und zeige wieder auf das Foto. „Sag mir, warum du das ausgewählt hast."

Sie stöhnt ihren Widerspruch, rollt sich dann aber auf die Seite auf meine Brust. Ihr Finger zieht Kreise um meine Nippel, während sie spricht. „Es hat mich dazu gebracht, über meine eigene Situation nachzudenken."

„Mit der Schwangerschaft?"

„Aye." Als sie eine Pause macht, schweige ich und warte darauf, was sie sagen will, ohne eine Frage zu stellen, um zu hören, was ich von ihr hören will. „Ich frage mich manchmal, wie es gewesen wäre, wenn das Baby überlebt hätte. Wäre ich eine gute Mutter gewesen? Wäre ich in Dundonald geblieben? Hätte ich mir einen Ehemann ge-sucht, um dem Kind einen Vater zu geben?"

Mein Körper spannt sich bei diesen letzten Worten an. „Damals wolltest du nicht, dass ich dir helfe, das steht fest."

Sie blickt zu mir auf und legt neugierig den Kopf schief. „Ich weiß immer noch nicht, warum du das angeboten hast. Ich meine, das Kind eines anderen Mannes als dein eigenes zu nehmen, ohne Fragen zu stellen. Und diese Entscheidung hast du in Sekundenschnelle getrof-fen. Du warst ein junger, erfolgreicher Mann, der sein bestes Leben in London lebte. Was um alles in der Welt würde dich dazu bewegen, dein Leben so aufzugeben?"

Bei der letzten Frage fühlt es sich an, als säße ein Elefant auf meiner Brust. Ein Elefant, mit dem ich lebe, seit ich im Alter von nur zwanzig Jahren ein sehr unerwartetes Gespräch mit meinem Nonno hatte.

Ich schlucke den Kloß in meinem Hals hinunter und streiche eine Haarsträhne hinter Tillys Ohr. „Dafür gibt es einen Grund … und es ist etwas, das ich tatsächlich noch nie jemandem erzählt habe."

Sie runzelt die Stirn und sieht mich erwartungsvoll an. Als ich den Mund öffne, um ihr meine Seele zu offenbaren, gibt es plötzlich einen lauten Knall von unten, gefolgt von schweren Schritten auf der Treppe.

Tilly reißt entsetzt die Augen auf. „Scheiße, das ist Mac!"

Wir steigen beide aus dem Bett und huschen durch ihr Zimmer, um die Reste unserer Kleidung zu finden. Tilly schlüpft in einen Bademantel, während sie meine Hose vom Boden aufhebt. Als wir die Schritte vor der Tür hören, habe ich nur meine Boxershorts an, während ich mir den Rest meiner Kleidung an die Brust drücke. „Was zum Teufel soll ich tun?"

„Geh in den Kleiderschrank!", ruft Tilly, drückt mir meine Hose in die Hand und deutet auf die Tür in der Ecke. „Wenn mein Bruder dich nackt sieht, wird er dich kastrieren. Und er weiß, wie das geht, denn neben Großmutters Frühstückspension gab es einen Bauernhof, und na ja …, sagen wir einfach, Mac und ich haben als Kinder ein paar grausame Dinge gesehen."

„Wirklich? Diese süße Geschichte aus deiner Kindheit erzählst du mir jetzt?", zische ich, als sie mich fast über einen Karton schubst und ich gegen den Türrahmen pralle, um mich abzufangen.

Es klopft laut an der Tür, als Macs Stimme dröhnt: „Tilly, geht es dir gut? Es klingt, als wäre etwas runtergefallen."

„Mir geht es gut!", schreit sie und versucht, die Tür hinter mir zu schließen, bevor ich durch bin.

„Autsch!", zische ich, als die Tür meinen Zeh trifft. Ich fasse mir an den Fuß und hüpfe auf einem Bein, wobei ich das Gleichgewicht verliere, als ich wieder in den Karton stolpere. Als ich rückwärts darüber falle, greife ich nach Tillys Bademantel, um mich abzufangen, ziehe sie mit mir nach unten und lande mit einem lauten Krachen auf dem Boden.

„Tilly!", brüllt Mac, reißt die Tür auf und erwischt uns beide in einer sehr ungünstigen Position.

Ich halb im Schrank, nur in meinen Boxershorts, mit Tilly auf dem Karton zwischen meinen Beinen, ihr Gesicht direkt vor meinem Schwanz und ihr Bademantel … nun … sagen wir einfach, Mac bekommt einiges zu sehen.

„Verdammt, was zum Teufel soll das?", brüllt Mac und wendet den Blick ab, als Tilly von der Kiste aufsteht und ihren Bademantel wieder richtet. „Wenn das Santino Rossi in deinem verdammten Kleiderschrank war, ist es gut, dass er liegt, denn von da unten ist es einfacher, ihn zu begraben!"

Ich springe auf die Beine und versuche, mein Hemd zu packen, um mich zu bedecken. Als Mac einen Blick riskiert, um zu sehen, ob wir beide wieder, nun ja … halbwegs angezogen sind, kommt er auf mich zu. Seine Augen sind mörderische Schlitze, während er seine Hände nach meiner Kehle ausstreckt.

Plötzlich gibt es ein lautes Fauchen und ein Knurren, bevor etwas Graues hinter mir aus dem Schrank springt und auf Macs Gesicht landet.

„Jasper!", kreischt Tilly, als die Katze Mac angreift und dabei die schrecklichsten Laute von sich gibt, die ich je in meinem Leben gehört habe.

Mac stößt einen hohen Schrei aus, den vermutlich nur Hunde hören können, während er versucht, das Tier von seinem Gesicht zu lösen. Die schreckliche Szene dauert eine gefühlte Ewigkeit, und das muss sie auch, denn als er es endlich schafft, ist der Anblick, der sich mir bietet, nicht schön.

KAPITEL 29

Die Spannung um mich herum?

Schwer.

Die Emotionen im Raum?

Unbeständig.

Der Drang, zu kichern, während ich die Katzenkratzer im Gesicht meines Bruders mit Salbe einreibe?

Ein sehr bedauerliches Problem.

„Na, na, mein süßer Junge. Jetzt ist alles gut", gurrt Freya, drückt Jasper an ihren üppigen Busen und streichelt ihn sanft.

Mac wendet sein Gesicht von dem Wattebausch ab, den ich auf die Wunde oberhalb seiner Augenbraue drücke. Er wirft Freya einen bösen Blick zu. „Ich glaube, du solltest mich trösten …, deinen Mann."

„Oh, sei still …, Jasper ist eindeutig traumatisiert." Freya presst ihre Lippen an sein Ohr, woraufhin ein lautes Schnurren um uns herum vibriert.

„Der kleine Bastard hat mich verstümmelt", brüllt Mac und breitet die Hände auf dem Esszimmertisch aus, um den wir uns alle versammelt haben. Die Kratzer in seinem Gesicht werden mit seiner kaum verhohlenen Wut noch röter.

„Er kommt aus dem Tierheim, Mac!", sagt sie und wendet sich von ihm ab, um Jasper zu schützen. „Du hast ihn mit deinem Getrampel und Geschrei zu Tode erschreckt."

Mac knurrt leise vor sich hin. „Ich hätte nicht die Beherrschung verloren, wenn dieser Trottel nicht splitterfasernackt im Zimmer meiner kleinen Schwester gestanden hätte."

„Ich war nicht nackt", gibt Santino zurück, wenn auch aus sicherer Entfernung von der anderen Seite des Tisches aus.

Mac öffnet den Mund, aber ich unterbreche ihn. „Mac", sage ich nachdrücklich und greife nach dem Finger, den er auf Santino richtet. „Santino ist mein Freund, und du wirst ihn mit Respekt behandeln."

„Freund." Er stößt ein Lachen aus, immer noch nicht bereit, die Fakten zu akzeptieren, die ich ihm offenbart habe, während wir ihm die Treppe hinunter folgten, um einen Erste-Hilfe-Kasten zu finden. „Für wie lange? Er verbraucht Frauen schneller als seine Unterwäsche."

„Nun, ich erwarte, anders zu sein, weil … ich ihn liebe." Die Worte fühlen sich in meinem Mund klebrig an, aber dennoch richtig. Nervös schaue ich zu Santino hinüber, und der selbstgefällige Ausdruck auf seinem Gesicht lässt mein Herz flattern.

Freya schnappt hörbar nach Luft, als ihr Blick von mir zu Santino und wieder zu mir schweift.

„Liebe?", schnaubt Mac, verschränkt die Arme vor der Brust und stößt meine Hand weg, die den Wattebausch an seine Wange hält. „Woher willst du bereits wissen, dass du ihn liebst?"

„Ich liebe sie auch", sagt Santino entschlossen und sieht mir dann in die Augen, während er hinzufügt: „Ich glaube, ich liebe sie schon sehr lange."

Mir fällt die Kinnlade herunter, als ich über die Bedeutung seiner Worte nachdenke. Er kann doch nicht früher gemeint haben, oder? Sicherlich nicht vor fünf Jahren. Damals war ich ein Wrack. Jetzt bin ich immer noch ein Wrack, aber wenigstens ein trockenes.

„Wenn du sie geliebt hättest, hättest du sie nicht verlassen, als sie schwanger war", schimpft Mac, während er mit einer Hand nach Santino schlägt, als sei er eine lästige Fliege.

„Das Baby war nicht von ihm, Mac." Ich werfe ihm den Wattebausch ins Gesicht und lehne mich an den Tisch. „Und das weißt du auch."

Macs Augen verengen sich zu Schlitzen. „Das ist so ziemlich das Einzige, was ich weiß." Er funkelt Santino an. „Das und die Tatsache, dass dieser verdammte Bastard dir Geld für eine Abtreibung geschickt hat."

„Es war kein Geld für eine Abtreibung!", schreie ich, da ich es hasse, dass Mac die ganze Zeit so über Santino gedacht hat. „Er gab mir Geld, um einen Privatdetektiv zu engagieren, der den leiblichen Vater ausfindig machen sollte."

„Was?", blafft Mac verwirrt.

Ich atme schwer aus und bereite mich darauf vor, alles offenzulegen. Mich zu entblößen. Ich war Santino gegenüber verletzlich, und das hat sich am Ende ausgezahlt. Jetzt kann ich auch meinem Bruder gegenüber verletzlich sein.

„Ich habe mich damals zu sehr geschämt, um dir die Wahrheit zu sagen, also habe ich dich in dem Glauben gelassen, dass das Geld dafür gedacht war." Ich schaue Santino traurig an, der nur versucht hat, alle finanziellen Hindernisse aus dem Weg zu räumen, die ich zu jenem Zeitpunkt hatte, was unglaublich großzügig war.

„Wer war der Vater?", fragt Mac mit rauer Stimme.

Ich schaue wieder meinen Bruder an, dem angesichts dieser Enthüllung schlecht geworden zu sein scheint. „Ich habe es nie herausgefunden. Ich habe jemanden angeheuert, aber er stieß nur auf eine Sackgasse nach der anderen. Nach der Fehlgeburt beschloss ich, die Sache auf sich beruhen zu lassen."

Mac schüttelt den Kopf, die Fäuste auf die Tischplatte gepresst. „Ich verstehe das nicht."

„Ich erinnere mich nicht, wer mich geschwängert hat, Mac!", schreie ich. Ich hasse die Worte, die aus meinem Mund kommen, aber ich weiß, dass ich ihm alles genau erklären muss. „Ich habe ein paar Pillen von einem Freund genommen …, jedenfalls hielt ich ihn für einen Freund …, und ehe ich mich versehe, wache ich in der Wohnung eines Fremden auf und kann mich nicht daran erinnern, mit ihm nach Hause gegangen zu sein."

„Verdammte Scheiße", knurrt Mac, wobei er den Kiefer so heftig zusammenpresst, dass ich glaube, seine Zähne knirschen zu hören. „Welcher Freund?" Er lässt seinen Blick anklagend zu Santino hinüberschweifen.

„Keiner, mit dem ich noch spreche", fauche ich und stelle mich zwischen Mac und Santinos. „Ich war mehrere Wochen nicht mehr in Santinos Nähe gewesen, also hör auf, ihn so anzustarren, als hätte er mir das angetan. Er war nicht einmal da. Deshalb wusste ich, als ich schwanger wurde, dass es das Baby von diesem Fremden war."

„Verdammte Scheiße." Mac starrt auf seine Hände und sieht aus, als würde er gleich weinen.

„Siehst du?", stöhne ich, entsetzt über diesen ganzen Moment. „Das ist der Grund, warum ich es dir nie sagen wollte. Dieser Blick … genau da. Enttäuschung. Scham. Abscheu. Du fühlst all diese Dinge für mich? Stell dir vor, wie ich mich mit dem Wissen darüber fühle, in welche Lage ich mich gebracht habe. Stell dir vor, ich müsste es Mum und Dad sagen …, oder schlimmer noch, Großvater. Stell dir die Angst vor, die mir durch den Kopf ging, als ich wieder zu Hause einzog und ihnen sagen musste, dass ich schwanger bin."

Macs Gesicht wird weicher.

„Ich habe mich so geschämt, Mac. Ich habe mich so verdammt geschämt, und ich konnte niemandem außer mir selbst die Schuld geben."

Mac atmet schwer aus. „Es tut mir leid, Tilly."

„Das muss es nicht. Es war mein eigenes Werk." Ich verschränke die Arme vor der Brust, da ich das Gefühl habe, den Schutzpanzer wieder hervorholen zu müssen, wenn ich dieses Gespräch überleben will. „Aber du sollst wissen, dass Santino mir wichtig ist. Er ist etwas Besonderes. Er war vor all den Jahren ein Freund für mich. Der einzige echte, den ich wirklich hatte." Meine Stimme bleibt mir im Hals stecken, als mich diese Erkenntnis wie aus dem Nichts trifft. „Er bot mir an, bei mir zu sein, obwohl wir beide wussten, dass das Baby auf keinen Fall von ihm war. Aber ich konnte seine Freundlichkeit damals nicht annehmen. Ich habe ihr nicht getraut, also habe ich ihn weggestoßen."

Mit tränenreichem Blick schaue ich Santino an und sehne mich danach, wieder in seinen Armen zu liegen. Ihm dafür zu danken, dass er mir in einem Moment, in dem ich es nicht verdient habe, Gnade gezeigt hat.

Meine Stimme ist nachdrücklich, als ich mich wieder auf Mac konzentriere. „Aber was ich jetzt mit Santino habe, Mac? Ich vertraue der Sache. Ich vertraue ihr von ganzem Herzen, und ich werde es nicht wegstoßen. Mit jeder Faser meines Seins halte ich daran fest und schwöre bei Gott, wenn du mir das vermasselst …, werde ich die heiligen Höllen des Terrors auf dich loslassen, und das Baby im Bauch deiner Frau wird das einzige sein, das du je bekommst. Tut mir leid, Frey."

„Das muss es nicht", antwortet sie mit großen Augen, während sie aussieht, als würde sie beinahe das Leben aus dem armen Jasper herausquetschen. „Das hier ist besser als *Bridgerton*."

Mac nickt langsam, während er alles, was ich gerade gesagt habe, auf seine langsame Höhlenmenschen-Art verarbeitet. Schließlich wendet er sich mit ernstem Blick an Santino. „All der Scheiß, den ich in den letzten Jahren zu dir gesagt habe. Du hast mich nicht ein einziges Mal korrigiert. Warum?"

Santinos Mundwinkel verziehen sich zu einem traurigen Lächeln. „Weil mir deine Schwester wichtig ist."

Mac atmet tief durch und nickt lange mit dem Kopf, bevor sein Stuhl laut über den Holzboden schrammt, als er aufsteht. Er geht zu Santino hinüber, der sich schnell aufrichtet, um meinem Bruder ebenbürtig zu sein. Mac streckt meinem Freund eine zerkratzte Hand entgegen und sagt: „Es tut mir leid, dass ich dich falsch eingeschätzt habe."

Santino blinzelt kurz schockiert und blickt für den Bruchteil einer Sekunde zu mir hinüber, bevor er Macs angebotene Hand nimmt. „Ist schon in Ordnung."

„Danke, dass du für meine Schwester da warst." Er legt Santino eine Hand auf die Schulter, und die beiden teilen einen Moment des Friedens, von dem ich nie sicher war, dass ich ihn je erleben würde.

Mit feuchten Augen schaue ich zur weinenden Freya, die in vollem Ausmaß heult und Jaspers Fell benutzt, um ihre Tränen zu trocknen. „Tut mir leid, die verdammten Schwangerschaftshormone."

Ich lache, nehme eine Serviette vom Tisch und tupfe über meine zuckende Nase. „Was ist dann meine Ausrede?"

Freya lächelt und reißt einen Witz. „Vielleicht ist dieses Schwangerschaftszeug ansteckend."

Meine Augen weiten sich und ich schaue zu Santino hinüber, in der Erwartung, dass er mit uns allen lacht, aber stattdessen sehe ich einen leichten Ausdruck von Unbehagen in seinem Gesicht, der mir gar nicht gefällt.

KAPITEL 30

„WAS SEHE ICH HIER GERADE VOR MIR?" TILLYS STIMME HALLT IN DER Ferne wider und reißt mich aus einem sehr entspannten Moment.

Mac und ich nehmen die Gurkenscheiben von unseren Augen und sehen Tilly und Freya in der Tür stehen, die zum hinteren Garten führt. Sie starren uns beide an, als hätten wir zwei Köpfe, während wir auf den Liegestühlen unter dem Kirschbaum sitzen.

„Das nennt sich Selfcare", sagt Mac, während er sich zurücklehnt und die Gurkenscheiben wieder auf seine Augen legt.

„Wir sind vor zehn Minuten zum Laden gegangen." Freya verlagert eine große Schüssel Salat von einer Hand zur anderen und schaut Tilly an. „Warum komme ich zurück und finde meinen Mann vor, wie er Shrek gleicht?"

„Das ist eine Gesichtsmaske mit grünem Tee", erkläre ich hilfsbereit und berühre meinen Kiefer, um festzustellen, dass sie in der Hitze gut getrocknet ist. „Meine Nonna macht sie selbst. Sie verkaufen sie in ihrem Markt in Bourton. Ich habe für alle etwas mitgebracht, wenn ihr wollt. Sie ist komplett natürlich."

Tilly lacht laut auf. „Unser zweites Doppeldate mit den beiden, und du hast schon eine Bromance mit meinem Bruder angefangen?"

Ich zucke mit den Schultern. „Ich habe eine Schwäche für Rothaarige."

Mac brummt warnend unter seiner Maske, aber mit grünem Gesicht ist er wesentlich weniger einschüchternd.

„Ich glaube, es hat mir besser gefallen, als Mac dich gehasst hat", sagt Tilly lachend.

Mac hebt eine Gurkenscheibe an. „Ich habe ihn nie gehasst."

„Doch, hast du." Ich lache kopfschüttelnd.

„Okay, gut …, aber nur, weil du meine kleine Schwester angesehen hast, als wolltest du sie ablecken."

Ich ziehe die Augenbrauen hoch. „Das mache ich immer noch, Kumpel."

„Ja, aber jetzt habe ich die Gurkenscheiben." Er tippt sich mit dem Zeigefinger an die Schläfe und lässt das Gemüse wieder auf sein Auge fallen. „Außerdem sind all meine anderen Freunde heute Abend mit Fußball beschäftigt. Es ist schön, jemanden zu haben, mit dem man freitags nach einer langen Arbeitswoche ein Bierchen trinken kann. Also danke, dass du doch kein Volltrottel bist, Santino."

Ich schenke Tilly ein breites Grinsen. „Wenn das keine begeisterte Rezension ist, dann weiß ich auch nicht."

Sie hebt die Hände. „Auf jeden Fall, lasst eure Verrücktheits-Fahnen wehen."

Ich runzle die Stirn. „Anständige Gesichtspflege ist nicht verrückt."

„Aye", sagt Mac und streckt mir blindlings seine Bierflasche entgegen. Ich nehme meine vom Beistelltisch und stoße mit ihm an.

„Ihr beide solltet euch eigentlich um den Grill kümmern." Freya schüttelt verärgert den Kopf und stellt den Salat auf den Tisch. „Und die Gurken waren für unser Wasser, Mac."

„Die Steaks ruhen, Cookie." Mac seufzt schwer. „Jetzt setz dich mit mir auf diese Liege und lass dir von Santino grüne Scheiße ins Gesicht schmieren. Es ist erstaunlich angenehm. Aber Santino, wenn das nicht aus meinem Bart rausgeht, werden wir in eine ordentliche Prügelei geraten."

Eine Stunde später stellen wir alle fest, dass es ein ziemlicher Albtraum ist, die Maske aus Macs Bart zu bekommen. Aber glücklicherweise bringen das Kichern der Frauen und schnelles Problemlösen mithilfe eines Gesichtsdampfers alles in Ordnung, und meine neugefundene Freundschaft mit Tillys Bruder scheint intakt zu bleiben, was wirklich unglaublich ist.

Hätte man mir vor ein paar Monaten gesagt, dass ich meine Freitagabende mit einer Gesichtsmaske in Mac Logans Garten verbringen und mit ihm, Freya und Tilly grillen würde, hätte ich es als völlig verrückt abgestempelt. Doch jetzt sitzen wir alle hier, wie richtige Erwachsene, und feiern das Ende einer weiteren zermürbenden Arbeitswoche.

Es ist eine willkommene Abwechslung zum Büro, wo es gelinde gesagt sehr angespannt war. Seit dem Anruf von Zander Williams' Mutter meide ich Vaughn Harris wie die Pest. Ich weiß, dass ich ihm nichts sagen darf. Ich bin gesetzlich dazu verpflichtet, ihm nichts zu sagen. Aber mitten in der Verhandlungsphase einen Vertrag für einen neuen Fußballspieler zu zerstören, übersteigt bei Weitem meine Gehaltsklasse. Er soll bald unterschreiben, um in ein paar Monaten zu kommen, was bedeutet, dass ich nicht viel Zeit habe, um die Sache zu klären.

Das größte Problem, das ich im Moment sehe, ist meine Überzeugung, dass Vaughn Harris wissen wollen würde, dass er einen Sohn hat. Mir ist klar, dass es da draußen eine Menge Monster gibt, denen uneheliche Nachkommen völlig egal sind. *Meine eigene Vergangenheit ist ein Paradebeispiel dafür.* Aber das ist nicht Vaughn. Sicher, er hat als alleinerziehender Vater nach dem Tod seiner Frau einige Fehler gemacht, aber er hat zwei Jahrzehnte seines Lebens der Aufgabe gewidmet, diese Fehltritte wiedergutzumachen. Und soweit ich das beurteilen kann, macht er das wunderbar.

Aber es ist nicht meine Entscheidung, weshalb es das Beste ist, jegliche Interaktion mit der Harris-Familie zu vermeiden, bis ich Jane Williams dazu bringen kann, mich zur Besprechung dieser Angelegenheit anzurufen.

Zum Glück ist es viel einfacher, die Arbeit zu vergessen, wenn ich Tilly Logan in meinem Leben habe. Sie ist die willkommenste

Ablenkung aller Zeiten. Unsere Beziehung in den letzten Wochen nicht verstecken zu müssen, hat sich wie ein seltsamer Traum angefühlt, aus dem ich nie wieder aufwachen möchte.

Am Abend unseres intensiven Gesprächs mit Mac und Freya bestand Freya darauf, dass ich zum Abendessen bleibe. Sie sagte, Mac müsse sehen, wie Tilly und ich miteinander umgehen, sonst würde er sich nie an den Gedanken gewöhnen, dass wir zusammen sind. Es war etwas seltsam, weil ich es gewohnt bin, dass Mac mir gegenüber nur Tierlaute von sich gibt, aber er erwies sich als recht freundlich. Er bot mir ein Bier an und fragte mich, ob ich sein neues Videospiel ausprobieren wolle, das er mitentwickelt hatte.

Unangenehm wurde es erst, als er das Thema meiner Unterwäsche ansprach.

„Du bist also der Typ Boxershorts." Mac nimmt einen langen Schluck von seinem Bier, setzt seinen Controller ab und sieht mich an. „Ich hätte Geld darauf gewettet, dass du auf jeden Fall der Typ Slip bist."

Ich räuspere mich und rutsche auf dem Sofa hin und her, während ich spüre, wie Tilly uns von der Küche aus aufmerksam beobachtet „Ich mag Platz zum Atmen."

Mac nickt langsam. „Ich auch, Junge. Ich auch." Er klopft mir fest auf die Schulter und fügt hinzu: „Denk daran, wenn du mal hier übernachtest. Verstanden?"

Was so viel heißt wie: *Es ist mir egal, ob du in meine Schwester verliebt bist, wenn du sie unter meinem Dach vögelst, bringe ich dich um.*

Aber Tilly weigerte sich, an diesem Abend mit zu mir zu kommen. Sie sagte, sie hätte wochenlang darauf gewartet, mich in ihrem Bett zu haben, und trotz meiner Proteste schleppte sie mich die Treppe hinauf, während ich nervös über meine Schulter zu Mac schaute, der uns den ganzen Weg über anfunkelte.

In den ersten zwanzig Minuten in ihrem Bett war ich fest davon überzeugt, dass wir aus Respekt vor Mac und Freya keinen Sex haben würden. *Und weil deren Schlafzimmer direkt unter unserem lag.*

Aber verdammt, Tilly kann sehr überzeugend sein, und als sie anfing, ihren Hintern an meinem Schwanz zu reiben und sich zu mir zu drehen, um mir zu zeigen, wie hart ihre Nippel waren …, wusste ich, dass ich erledigt war.

Verdammt noch mal, ich bin schwach.

Und das Bild von Tilly, die ihre Schreie der Leidenschaft mit ihrem Kissen dämpfte, während ich sie von hinten nahm und langsam in sie stieß, um das Bett nicht knarren zu lassen, ist ein Bild, das mich auch zwei ganze Wochen später noch steif macht.

Danach kamen wir beide überein, dass es am besten sei, bei mir zu schlafen. Wir haben uns eigentlich nur getrennt, wenn wir arbeiten mussten. Tagsüber war sie bei Freya, um die letzten Details für ihren Harrods-Deal auszuarbeiten, und ich habe mein Vermeidungsschauspiel beim Bethnal Green F. C. aufgeführt. Wenn wir uns abends bei mir treffen, kann ich sie gar nicht schnell genug ausziehen.

Man kann mit Sicherheit sagen, dass wir jede Oberfläche meiner Wohnung eingeweiht haben. Tilly sagte, wir hätten es öfter getan als der Duke und die Duchess aus *Bridgerton* in ihren Flitterwochen. Ich hatte keine Ahnung, was das bedeutet, aber sie sagte, Freya würde es verstehen.

In den letzten Wochen habe ich mich dabei ertappt, wie ich darüber staune, dass das Verliebtsein so ist. Verdammt, das hätte ich schon vor Jahren tun sollen. Und das mit dem Löffelchen liegen, das Tanner erwähnt hatte, ist auch nicht schlecht. Tilly ist mein perfektes kleines Löffelchen. Wir haben sogar unsere eigene Morgenroutine des gemeinsamen Duschens entwickelt, die sicher nie langweilig wird.

Es scheint sogar, dass wir eine neue Freitagabend-Tradition mit Mac und Freya und einem Grillfest im Garten beginnen. Obwohl, so wie Tilly heute Abend in dem engen grünen T-Shirt aussieht, ist der Gedanke, die Nacht bei mir zu verbringen, sehr verlockend. Es muss ihr gefallen, dass ich sie so ansehe, denn sie wirft mir immer wieder diese koketten Blicke zu, und ich bin mir nicht sicher, ob ich es abwarten kann, bis wir wieder bei mir sind, um sie wieder nackt auszuziehen. Vielleicht sollten wir nach oben in ihr Zimmer gehen und wieder ganz, ganz leise sein. Vielleicht benutze ich meine Krawatte, um sie zu knebeln, damit sie nicht zu laut ist.

„Ihr solltet nächstes Wochenende mit uns in die Cotswolds fahren", ruft Tilly und reißt mich aus meinen schmutzigen Gedanken, während sie mir zum Nachtisch klebrigen Toffee-Pudding serviert.

Die Sonne ist gerade untergegangen, und sie sieht aus wie ein Engel, der unter den Lichterketten leuchtet, die überall im Garten hängen. „Wir bleiben zwei Tage. Santino wird mir den Laden seiner Familie zeigen, und wir werden aufs Land fahren. Vielleicht ist es schön, mal aus der Stadt rauszukommen?"

„Oh, das klingt so schön." Freya reibt sich den Bauch und sieht Mac bedauernd an. „Aber Belle hat mir gesagt, dass es zwar gut aussieht, sie mir aber trotzdem nicht zum Reisen rät."

„Natürlich", antwortet Tilly schnell. „Das hätte ich mir denken können."

Freya blickt auf ihren Bauch hinunter. „Ich kann immer noch nicht glauben, dass ich mich der dreißigsten Woche nähere. Ich kann immer noch nicht glauben, wie beängstigend das alles war und wie gut jetzt alles zu sein scheint."

Tilly lächelt herzlich, als sie das Dessert verteilt. „Nun, du hast es prima gemeistert."

„Es war eine Teamleistung." Freya erhebt ihren Mocktail für einen Trinkspruch. Wir stoßen alle mit den Gläsern an, während Freya sich an den Bauch fasst. „Der kleine Fergie wird auf jeden Fall ein Fußballer werden. Seine Kicks werden von Tag zu Tag entschlossener."

„Vielleicht solltest du dich hinlegen", sagt Mac, der ihr besorgt den Rücken massiert. „Ich weiß, dass du keine Bettruhe mehr hast, aber du hattest einen anstrengenden Abend, meinst du nicht?"

Freya zerzaust Macs Haar. „Nun gut, Ehemann. Bring mich ins Bett …, aber vergiss den Pudding nicht."

Tilly setzt sich neben mich an den Tisch, während wir beobachten, wie Mac Freya hineinführt. Sie isst vom Nachtisch und zeigt mit ihrem Löffel auf die beiden. „Unglaublich, wie groß ihr Bauch ist und wie viel sie noch vor sich hat."

„Ist das ungewöhnlich?", frage ich, während ich beobachte, wie sie um die Ecke verschwinden.

„Oh, ich weiß nicht, aber sie sieht aus, als würde sie gleich platzen."

„Bist du bereit, Tante zu werden?", frage ich und beobachte faszniert Tillys verträumten Blick.

Sie lächelt strahlend. „Ich bin auf jeden Fall bereit. Was ist mit dir?"

„Was ist mit mir?"

„Willst du Kinder?" Sie nimmt einen weiteren Bissen von ihrer Leckerei, als hätte sie mir nicht gerade eine sehr belastende Frage gestellt.

„Nicht wirklich." In meiner Kehle bildet sich ein dicker Kloß. „Willst du Kinder?"

„Ich weiß es nicht genau." Tillys Schultern heben sich. „Ich glaube, ich warte erst einmal ab, wie sich der Kleine entwickelt, bevor ich mich entscheide. Die Logan-Blutlinie kann furchtbar stur sein." Sie kichert und schiebt sich einen weiteren Bissen Pudding in den Mund.

Der Anblick ist so unbeschwert und süß. Die Unschuld des Ganzen stößt an einen sehr tiefen dunklen Strudel in meiner Seele. Was, wenn ich Tilly nicht geben kann, was sie will? Was ist, wenn ich ihr sage, wer ich bin und woher ich komme, und damit ihre hoffnungsvolle Unschuld zerstöre? Sie hat es in ihrem Leben schon so weit gebracht: Sie hat den Verlust ihrer Schwangerschaft überwunden, ist trocken geworden und nimmt nun bald einen neuen Job an. Es geht ihr so gut und sie ist so optimistisch, was das Leben angeht. Wenn ich sie mit meiner Wahrheit treffe, wird sie vielleicht durchdrehen.

Meine Wirbelsäule richtet sich auf, als eine neue Realität über mich hereinbricht. Ich dachte immer, dass ich in dem Moment, in dem ich mich wirklich in jemanden verliebe, ihr die Wahrheit über mich und darüber sagen würde, wer ich wirklich bin. Ich dachte, es wäre reinigend und würde mein wahres Herz zum Vorschein bringen. Aber was ist, wenn ich mich geirrt habe? Was, wenn diese Gedanken nur egoistischer, wahnhafter Blödsinn waren? Was, wenn es so ist, als würde man einer Frau sagen, dass man sie betrogen hat, nur um sein eigenes schlechtes Gewissen zu beruhigen, während man in der Zwischenzeit ihres zerquetscht?

Das will ich Tilly nicht antun. Ich liebe sie. Ich liebe sie so sehr, dass mir das Atmen schwerfällt, wenn ich nur daran denke. Vielleicht ist es selbstloser, mit diesem Geheimnis zu leben, als offen zu sein. Zumindest wird sie mich dann nicht mit anderen Augen sehen. Denn wer kann schon das Kind eines Monsters wirklich lieben?

KAPITEL 31

Ich erinnere mich an eine Zugfahrt als Jugendliche, während der ich einem jungen Paar direkt gegenübersaß. Die beiden flüsterten und lachten hysterisch, seine Hände glitten ihr Bein hinauf, ihre Hände kitzelten ihn unter seiner Jacke. Das taten sie während der gesamten zweistündigen Fahrt. Ich erinnere mich, dass ich mich fragte, wie ihnen der Gesprächsstoff nicht ausgegangen ist. Was ist immer so lustig? Ist es nicht unangenehm, wenn ihr Bein so auf seinem Schoß eingekeilt ist?

Santino und ich … sind jetzt dieses Paar.

Während der ganzen langen Zugfahrt in die Cotswolds kann ich die Hände nicht von ihm lassen. Sein Geruch, sein Gefühl, seine heisere Stimme, die mir ins Ohr flüstert, während wir Geschichten aus unserer Jugend austauschen – es ist so schön, dass ich gar nicht aufhören kann zu lächeln. Vielleicht habe ich ein bisschen zu lange über meine Erinnerungen an die Übernachtung bei meinen Großeltern geplappert, aber Santino hat alles mit einem Lächeln im Gesicht ertragen. Ich erzählte ihm, dass meine Großmutter mich dafür bezahlte, alle Betten zu machen, aber dann kam mein Großvater hinter mir herein, korrigierte meine schlampige Arbeit und verlangte die Hälfte des Geldes für sich selbst …, was er später nutzte, um mir Eis zu kaufen.

Ich habe Santino sogar eine dumme Geschichte erzählt, wie ich Blumenmädchen für eine Hochzeit in der Frühstückspension war, weil das ursprüngliche Blumenmädchen mit Übelkeit aufgewacht ist. Erst war ich eine große Retterin, bis ich die gesamte Zeremonie ruinierte, indem ich einen Wutanfall bekam und mir die Blumen aus dem Haar riss.

Ich plappere ganz sicher. Und ich plappere, weil ich mich in der letzten Woche dabei ertappt habe, dass ich über Dinge fantasiere, über die ich noch nie zuvor fantasiert habe. Wie Hochzeit, Babys und ein Happy End. Das ist ein sehr seltsames Gefühl, denn vor nicht allzu langer Zeit wollte ich keine Kinder. Bei meiner Rückkehr nach London war ich fest entschlossen, Supertante Tilly zu werden, aber jetzt, wo ich mich verliebt habe, hat sich alles geändert. Und ich bin jetzt alt genug, um zu wissen, dass meine Gefühle für Santino echt und wichtiger als alles sind, was ich je in früheren Beziehungen erlebt habe.

Wenn ich darüber nachdenke, ist das alles ziemlich überwältigend.

Ich atme schwer aus und versuche, meine Gedanken abzuschalten. Es ist noch viel zu früh, um solche Dinge zu besprechen, und ich glaube, ich habe ihn mit dem Babygerede bei Mac und Freya letztes Wochenende verunsichert. Er war in der letzten Woche etwas abgelenkt, und ich bin mir nicht sicher, warum. Er sagte, es habe hauptsächlich mit der Arbeit zu tun und er sei gesetzlich verpflichtet, nicht darüber zu sprechen, aber die Wahrheit ist, dass es immer noch eine Menge gibt, was ich nicht über Santino weiß. Er hat mehr als einmal versucht, mir etwas aus seiner Vergangenheit mitzuteilen, aber wir scheinen immer abgelenkt zu werden, oder er wechselt das Thema, wenn es gerade tiefgründig wird.

Ich hoffe, dass er diesen Ausflug als einen Wendepunkt für uns sieht. Vielleicht wird es ihm helfen, sich in meiner Gegenwart sicher zu fühlen, wenn er mir den Ort seiner Kindheit zeigt und ich seine Familie richtig kennenlerne. Dann kann ich vielleicht damit beginnen, die letzten Geheimnisse zu lüften, die Santino Rossi umgeben.

***

Wir kommen an einem Bahnhof an, der etwa zwölf Kilometer von Santinos Dorf entfernt ist, und finden dort seinen Großvater, der draußen auf uns wartet. Er sieht aus wie ein netter, anständiger Großvater in Hemd, Hose und weißen Socken mit Sandalen. Santino hat mir gesagt, dass wir heute mit dem Zug fahren müssten, weil Nonno ihm sonst nicht erlaubt, sein Auto zu leihen, um durch die Gegend zu fahren, wie er es wollte. Anscheinend ist Nonno sehr besitzergreifend, was sein Auto angeht. Und als wir auf den Parkplatz gehen, kann ich sehen, warum.

„Magst du Rot?", fragt Nonno und zeigt erst auf meine Haare und dann auf seinen Mini Cooper.

Ich betrachte den alten, kastigen Mini Cooper, der sicher schon Jahrzehnte alt ist, aber das sieht man der Lackierung nicht an. Das Rot glänzt und strahlt, ein herrlicher Kontrast zum weißen Dach und dem Kühlergrill.

„Dieses Rot gefällt mir besser als dieses Rot." Ich zeige auf sein Auto und dann auf meine Haare.

„Beides wunderschöne Klassiker." Nonno küsst seine Fingerspitzen und lächelt stolz, als er meine kleine Reisetasche nimmt und auf den Rücksitz wirft.

„Du hast sie schon gewaschen, Nonno?", fragt Santino und geht zur Vorderseite des Fahrzeugs, um den Mini zu betrachten.

Nonno schnaubt. „Du hast eine Freundin … Cherry muss sich von ihrer besten Seite zeigen."

Santino lacht und geht hinüber, um mir die Beifahrertür zu öffnen. „Er hat sie Cherry genannt, falls du das nicht mitbekommen hast. Und er zwingt mich normalerweise, sie zu waschen, wenn ich sie mir ausleihe, also muss er dich wirklich mögen."

Ich grinse zu Nonno hinüber. „Nun, ich bin wirklich charmant."

„Cherry eins … Cherry zwei", antwortet Nonno und zeigt erst auf das Auto, dann auf mich, bevor er auf den Fahrersitz rutscht.

Ich strahle stolz. „Ich glaube, ich habe gerade einen Spitznamen von deinem Großvater bekommen."

„Steig einfach ins Auto, Trouble", knurrt Santino und zwickt mir

264

in den Hintern, als ich auf den winzigen Rücksitz rutsche. Er reicht mir seinen Rucksack, damit ich ihn neben mich lege, und faltet sich dann selbst auf den Beifahrersitz. Ich wundere mich, wie zwei große italienische Männer überhaupt in dieses kleine Gefährt passen, denn ich muss hier hinten mit den Beinen seitlich auf unseren Taschen sitzen. Das muss der Grund sein, warum Santino mir gesagt hat, ich solle wenig packen. Hätte ich gewusst, dass ich heute in eine niedliche Blechdose gezwängt werde, hätte ich mich vielleicht nicht für ein Kleid entschieden.

Als Santinos Familie mich das letzte Mal sah, trug ich zerrissene Jeans und hatte mein weißes Oberteil mit Soße bekleckert. Da ich sie heute in offizieller Funktion als Freundin treffe, wollte ich gut aussehen, was auch bedeutet, dass Freya mir heute Morgen beim Anziehen geholfen hat. Sie hat in den Tiefen meines Kleiderschranks ein kleines, luftiges Maxikleid mit Spaghettiträgern gefunden, das ich seit Jahren nicht mehr getragen hatte. Es ist cremefarben und ein bisschen mädchenhaft, aber ich habe es mit einem übergroßen Flanellhemd und braunen Wanderstiefeln kombiniert, um es bequemer zu machen.

Die Fahrt verläuft ruhig, während ich hinten sitze und versuche, die Unruhe in meinem Bauch zu unterdrücken. Als ich Santinos Mutter das letzte Mal sah, waren wir vor allen Anwesenden ganz offen und ehrlich, als ich sie fragte, wie es war, im Teenageralter Mutter zu werden. Ich hoffe, es hat bei ihr keinen schlechten Eindruck von mir hinterlassen, aber ich konnte nicht anders. Ich bin von Natur aus ein neugieriger Mensch, und wenn es um Santino geht, will ich alles wissen. Er weiß sicherlich alles über mich. Ich war ihm gegenüber offener als gegenüber den meisten anderen in meiner Familie. Hoffentlich vertieft diese Reise sein Vertrauen in mich, und wir können als Nächstes eine kleine Reise nach Schottland planen. Meine Eltern würden sich sehr freuen.

Wir fahren in Bourton-on-the-Water ein, und ich kann nicht anders, als mit großen Augen zu staunen, wie schön es ist. Es ist ein malerisches britisches Dorf voller traditioneller Steinhäuser, die mich an Orte in den Highlands erinnern, die wir besucht haben, als ich noch klein war. Das Dorf erhielt seinen Namen, weil die gesamte Stadt einen sanft fließenden Fluss umgibt, über den an verschiedenen Stellen mehrere niedrige Steinbogenbrücken führen. Die Hauptstraße verläuft parallel zum Fluss und beherbergt mehrere dekorative Geschäfte, Restaurants und Bäckereien.

Nonno blickt mich an. „Warst du schon einmal hier?"

„Nein, aber es ist wunderschön", antworte ich, während er für einige Enten bremst, die die kopfsteingepflasterte Straße überqueren.

„Bourton-on-the-Water ist das Venedig der Cotswolds." Nonno zeigt auf eine Brücke, unter der jemand rudert. „Es wird nie an unser schönes Italien heranreichen, aber es ist jetzt unser Zuhause."

Ich bemerke, dass Santino sich vor mir versteift und berühre ihn an der Schulter. Er dreht den Kopf, um mich anzusehen, und zwingt sich zu einem Lächeln, das nicht ganz natürlich wirkt.

Wenige Augenblicke später parken wir in einer Gasse neben einem großen Backsteingebäude, und Santino hält meine Hand, während wir Nonno in Richtung des Straßeneingangs des Feinkostladens folgen. Als Nonno außer Sichtweite um die Ecke biegt, ziehe ich Santino zurück und zwinge ihn, mich anzuschauen. „Geht es dir gut?" Ich drücke seine Hand.

„Natürlich", antwortet er stirnrunzelnd. „Warum sollte es mir nicht gut gehen?"

Ich blicke zu ihm auf und versuche, seinen Blick zu deuten. „Du bist irgendwie seltsam."

„Sei nicht albern." Er zieht mich an sich, legt seine Hände um meine Taille und schenkt mir ein leichtes Lächeln. „Es geht mir gut."

Ich lege den Kopf schief. „Bist du nervös, weil ich deine Familie kennenlerne?"

Er stößt ein Lachen aus. „Du hast meine Familie bereits kennengelernt."

„Ich weiß, aber nicht als deine Freundin." Unsicherheit macht sich in meinem Bauch breit. „Wissen sie, dass wir jetzt zusammen sind?"

„Ja, sie wissen es. Nonno hat das verdammte Auto für dich gewaschen." Er runzelt verwirrt die Stirn. „Woher kommt das?"

Meine Schultern heben sich, während ich versuche herauszufinden, warum ich gerade jetzt den Verstand verliere. „Ich bin einfach nur nervös, schätze ich."

„Du musst nicht nervös sein." Er spannt die Hände an meiner Taille an, während sein Blick auf meine Lippen fällt. „Du weißt, dass ich dich liebe, oder?"

Ein Gefühl der Wärme durchströmt meinen ganzen Körper, denn diese Worte von seinen Lippen haben noch immer nichts von ihrer Wirkung verloren. „Das hast du schon ein- oder zweimal erwähnt."

Er schweigt einen Moment, dann sagt er: „Und du bist glücklich mit mir?" Sein Gesicht ist voller Unsicherheit.

„Ja", antworte ich lachend, weil das alles so bizarr ist, dass wir beide einfach nur unsicher sind, obwohl wir in den letzten Wochen jede freie Minute miteinander verbracht haben. Wie könnte ich mit einem so perfekten und wunderbaren Mann wie Santino nicht glücklich sein? Ich breite meine Handflächen auf seiner Brust aus und fahre mit den Fingern über seinen Hemdstoff. „Ich bin so glücklich, dass ich mir selbst auf die Nerven gehe."

„Gut", antwortet er und schenkt mir ein Grinsen, das meinen Bauch flattern lässt. „Weil du mich kein bisschen nervst."

„Mein Gott, du bist ein Charmeur, nicht wahr?"

Ich hebe eine Hand, um mit den Fingern durch sein Haar zu fahren, und er lässt sich lächelnd auf meine Liebkosung ein. Sein Kiefermuskel zuckt, als er sich zu mir lehnt und mit seiner Nase meine Schläfe stupst, wobei er tief einatmet, was mich dazu veranlasst, meine Lippen auf seine zu pressen. Als unsere Münder sich berühren, ist es eine weiche, geschmeidige Berührung. Seine Zunge streichelt meine, aber nicht auf die besitzergreifende, alles verzehrende Art, wie er mich die ganze Woche geküsst hat. Dieser Kuss ist eher eine sanfte Erweckung, die meine Nippel unter meinem Spitzen-BH zum Kribbeln bringt.

„Santino!" Wir zucken zusammen wie zwei Teenager, die gerade beim Knutschen erwischt wurden …, was so ziemlich genau das ist, was passiert. Es ist seine Nonna, die am Eingang des Gebäudes steht und uns mit einem sehr wütenden Gesichtsausdruck beobachtet. „Vieni dentro velocemente!"

Sie dreht sich um und stürmt davon. Santinos Mutter bleibt zurück, während wir uns mit eingezogenen Schwänzen auf den Weg zu ihr machen. Die Augen seiner Mutter fixieren mich mit einem wissenden Lächeln. „Es ist wirklich schön, dich wiederzusehen, Tilly."

„Es ist schön, hier zu sein", antworte ich und streiche mir die Haare hinters Ohr.

Carlotta wendet sich an Santino. „Figlio mio." Sie zieht ihn in eine Umarmung. „Ich bin so froh, dass ihr beide hier seid."

Sie stellt sich zwischen uns, hakt sich bei uns ein und führt uns um die Ecke zum Eingang des Ladens. Gerade als wir die Schwelle überschreiten, rufen mehrere Stimmen: „Happy Birthday!"

Mir fällt die Kinnlade herunter, als ich Nonno, Bart, Angela sowie einen Mann und eine Frau, die ich nicht kenne, dort stehen und singen sehe. Nonna taucht wieder auf und trägt eine weiße Torte mit Kerzen in Santinos Richtung.

„Du hast Geburtstag?", frage ich mit großen, entsetzten Augen und schaue Santino an, der nicht erfreut aussieht.

„Ich habe ihnen gesagt, dass ich nicht feiern will." Santino wirft seiner Mutter, die zwischen uns steht, einen scharfen Blick zu.

„Er will nie feiern." Carlotta lacht und singt noch lauter, offensichtlich nicht im Geringsten beunruhigt von der Stimmung ihres Sohnes. „Aber er ist an seinem Geburtstag nie zu Hause, also haben wir ihm zu Ehren den ganzen Laden dichtgemacht."

Santino schaut sich verblüfft um und stellt fest, dass keine Kunden in Sicht sind.

„Buon compleanno, Santino", sagt Nonna und hält ihm den Kuchen vor die Nase. „Esprimi un desiderio."

„Das hättet ihr nicht tun müssen." Santino seufzt, sein Kiefer ist angespannt, als er sich widerwillig nach vorn beugt und die Kerzen ausbläst. „Das ist zu viel."

„Niemals zu viel", fügt Nonno mit einem Zwinkern hinzu.

Die Party geht los, und ich lerne schnell Santinos Zio Antonio und seine Frau Belinda kennen, die offiziellen Besitzer des Ladens. Belinda hat dieses große, historische Gebäude nach dem Tod ihrer Eltern geerbt.

Heute leben Antonio und Belinda immer noch in der Wohnung über dem Laden, während Carlotta, Bart und Angela in Santinos Kindheitswohnung hinter dem Laden wohnen, mit Nonno und Nonna eine Etage tiefer. Sie alle sind nur eine Armlänge voneinander entfernt aufgewachsen, und ich finde es äußerst faszinierend, wie das gewesen sein muss.

Wir kehren in den Feinkostladen zurück, trinken Espresso und essen Pasta, Kuchen, Biscotti und eine Million anderer Backwaren, die mir Nonna immer wieder zum Probieren vorsetzt. Dann führt Nonno mich durch den Supermarkt und zwingt mich, all die Käsesorten und Wurstwaren zu verkosten, die sie regelmäßig aus Italien liefern lassen. Vom frischen Burrata bin ich so satt, dass ich fürchte, Santino wird mich aus diesem bezaubernden Laden herausrollen müssen, wenn wir gehen.

Am besten gefällt mir jedoch, wie Carlotta mir ein Fotoalbum von ihren und Santinos jährlichen Reisen der letzten Jahre zeigt. Es ist fast ein ganzes Album, das Santino gewidmet ist. Bilder, auf denen er auf Bergen, in Restaurants und in Altstädten umwerfend aussieht. Es gibt sogar ein Foto, auf dem er sich eine Pediküre gönnt. Es ist bezaubernd, und die Gesichtsmaske aus grünem Tee ergibt jetzt viel mehr Sinn. Carlotta strahlt vor Stolz über die Erinnerungen, die sie mit ihrem Sohn gemacht hat, und ich kann ihr ansehen, dass sie glücklich ist, diese heute mit mir zu teilen.

„Angela, warum hilfst du mir nicht beim Aufräumen?", sagt Antonio, steht auf und richtet seine Hose.

Belinda springt ebenfalls auf, um zu helfen. „Ach ja, sieh nur, wie spät es ist. Wir müssen bald zum Abendessen aufmachen." Angela rollt mit den Augen, steht aber trotzdem auf, um zu helfen, ebenso wie Bart.

„Ich kann nicht glauben, dass ihr dafür den Feinkostladen geschlossen habt", sagt Santino, während er an einem der Luftballons in der Mitte des langen Tisches, um den wir sitzen, herumfummelt.

„Man wird nur einmal siebenunddreißig, Schatz." Carlotta drückt ihrem Sohn einen Kuss auf den Kopf, bevor sie seinen Kaffeebecher vom Tisch nimmt. „Und du kommst nie zu deinem Geburtstag hierher, also mussten wir etwas machen!"

„Warum willst du deinen Geburtstag nicht feiern?", frage ich und stoße ihn mit meinem Ellbogen an.

Er zuckt abweisend mit den Schultern. „Ich bin zu alt für Geburtstagsfeiern."

„Sei still", sagt Nonna und winkt ab, während sie aufsteht, um ein paar Teller zu holen. „Dein Leben ist ein Segen und verdient es, gefeiert zu werden."

„Da bin ich ganz ihrer Meinung." Aufmunternd drücke ich seine Hand. Er war die ganze Zeit, die wir hier waren, angespannt, aber seine Augen werden immer weicher, wenn er mich ansieht. „Und jetzt sagen Sie mir bitte, wer das hübsche Kind auf dem Foto ist."

Ich zeige auf ein Schwarz-Weiß-Foto an der Wand hinter Nonno, der sich umdreht und wissend nickt. „Das è Santino."

„Ich wusste es", antworte ich mit einem Lächeln, während ich auf das Foto eines kleinen Jungen ohne Hemd und mit einem riesigen Teller Spaghetti vor ihm schaue. Sein Gesicht ist komplett mit Soße verschmiert. „Diese dunklen Augen sind damals wie heute umwerfend an dir. Wie alt bist du da?"

„Vier, glaube ich", antwortet Santino, der das Foto mit einem nachdenklichen Ausdruck in den Augen anstarrt. „Ich glaube, das war auch mein Geburtstag."

„Das war es", bestätigt Carlotta, als sie sich wieder zu uns an den Tisch setzt. „Er mochte Geburtstage, als er noch klein war. Er war ein sehr lebhaftes kleines Kind."

Nonno brummt vom anderen Ende des Tisches. „Hat viel Ärger gemacht."

„Hat er das?", frage ich, und mein Gesicht strahlt über das neu gewonnene Wissen. „Warst du furchtbar ungezogen, Santino?"

Carlotta schnaubt. „Er war schlimm! Er hatte mehr Hausarrest, als dass er draußen war."

Ich lache und richte meine Aufmerksamkeit auf Nonno. „Was war das Unartigste, was Santino je getan hat?"

„Das ist einfach." Nonnos Augenbrauen heben sich wissend. „Er hat meine Cherry gestohlen."

Ich muss mir die Hand vor den Mund halten, um nicht laut zu prusten. „Santino!"

„Ich habe Cherry ausgeliehen", korrigiert Santino mit hinreißend schuldbewusster Miene. „Und ich habe sie gewaschen, bevor ich sie zurückgebracht habe."

„Um zwei Uhr nachts", knurrt Nonno, der die Hände auf dem Tisch zu Fäusten ballt. „Ich war so wütend, dass ich eine Woche lang kein Englisch sprechen konnte."

Ich lache schallend. „Was hast du mit Cherry gemacht? Warst du mit einem Mädchen zusammen?"

„Nein." Santino schluckt nervös. „Ich habe sie für ein Straßenrennen benutzt …, das ich gewonnen habe."

Nonno und Nonna schütteln den Kopf und wedeln mit den Händen, immer noch genauso entsetzt wie vor vielen Jahren, als es passierte. Sie entschuldigen sich, um den anderen bei den Vorbereitungen zu helfen, und lassen mich mit Santino und seiner Mutter am Tisch zurück.

Carlotta stützt ihr Kinn auf die Faust und blickt ihren Sohn liebevoll an. „Er war nicht nur ungezogen. Selbst als unartiger Teenager hatte er ein sehr weiches Herz. Es war schwer, ihm böse zu sein, weil er sich selbst mehr bestrafte, als wir es je konnten. Es tat ihm weh, die Menschen zu enttäuschen, die er liebte."

Meine Lippen verziehen sich zu einem traurigen Lächeln. „Das ist sehr süß."

„Das ist mir sehr unangenehm", murrt Santino und schaut zwischen uns beiden hin und her. „Ich werde mit Nonno darüber reden, mir Cherry erneut *auszuleihen*."

„Keine Rennen!", lacht Carlotta und sieht zu, wie Santino weggeht, bevor sie mir in die Augen schaut. „Es ist wirklich schön, dass er dich hergebracht hat."

„Ich kann immer noch nicht glauben, dass er mir nicht gesagt hat, dass er Geburtstag hat."

Carlotta schüttelt den Kopf. „Er kann manchmal sehr verschlossen sein. Und er ist seltsam, wenn es um seinen Geburtstag geht, seit …, nun ja …" Sie winkt mit einer Hand ab. „Es ist meine Schuld. Es ist immer die Schuld der Mutter."

„Oh, aber ihr beide scheint euch blendend zu verstehen", antworte ich und berühre sanft ihren Arm. „Eines der ersten Dinge, über die er mit mir sprach, waren eure jährlichen Ausflüge."

„Wirklich?"

„Ja!", sage ich aufgeregt. „Er hat reizende Dinge über dich zu sagen. Über euch alle, um ehrlich zu sein."

Ihre Lippen verziehen sich zu einem überraschten Lächeln. „Das ist wirklich schön zu hören." Sie lehnt sich nahe heran und hält meine Hand in ihrer. „Du bist gut für ihn, Tilly. Das kann ich sehen. Er ist glücklich mit dir, und das heißt viel für meinen Sohn."

Mein Herz schwillt an. „Nun, ich bin auch sehr glücklich mit ihm."

Sie starrt über meine Schulter zu Santino. „Äußerlich ist er ein bisschen hart, aber sein Herz …, wenn er es ganz öffnet …, wird sich das Warten lohnen, das verspreche ich dir, Liebes. Sei einfach geduldig mit ihm."

Ein warmes Lächeln schleicht sich auf mein Gesicht, als die Erinnerung in meinem Kopf aufblitzt, wie er mir in meinem Schlafzimmer seine Liebe gestanden hat. „Ich habe sein Herz tatsächlich schon gesehen. Er hat mich nicht so lange warten lassen." Ich lache und bedecke meine Wangen.

„Ist das wahr?" Carlottas Lippen werden schmal, und der Blick in ihren Augen ist unverkennbar.

Zweifel.

Das Lächeln auf meinem Gesicht verblasst, als sich der Zweifel auf ihrem Gesicht in etwas anderes verwandelt. Etwas, das ich nicht deuten kann. Ich will sie gerade fragen, warum sie mir nicht glaubt, als sie mir über die Schulter schaut und ein Grinsen aufsetzt.

„Bist du bereit?", unterbricht Santinos tiefe Stimme uns, und ich drehe mich um und sehe ihn mit einer Decke und einem Korb in der Hand hinter mir stehen. Er streckt eine Hand aus, um mir aufzuhelfen. „Wir müssen uns auf den Weg machen, wenn wir den Sonnenuntergang sehen wollen."

Ich schlucke den Kloß in meinem Hals hinunter und nicke hölzern. Mein Verstand wirbelt vor Verwirrung, als Carlotta aufsteht und ihren Sohn umarmt. „Wirst du dich verabschieden, bevor du morgen früh in die Stadt zurückfährst?", fragt sie, als hätte sie nicht gerade eine Bombe platzen lassen. „Und du bist sicher, dass du im Hotel übernachten willst?"

„Ja, Mamma. Wir werden morgen früh vorbeikommen."

Santino küsst sie auf die Wange und tritt zurück, damit sie mich umarmen kann. Ich kann nicht sagen, ob das Zittern von ihr oder von mir kommt, also versuche ich, das seltsame Gefühl, das durch meine Blutbahnen strömt, abzuschütteln und mir einzureden, dass ich mich albern verhalte. Ich setze ein Lächeln auf, in der Hoffnung, dass es echt aussieht. Das Problem ist, dass es vor ein paar Sekunden noch viel einfacher war.

KAPITEL 32

UNSERE FAHRT MIT DEM MINI COOPER IST WUNDERSCHÖN. DIE Herbstluft ist frisch, die Oktobersonne warm, und die sanften englischen Hügel sind atemberaubend. Trotzdem ist es schwierig, sie in vollem Umfang zu genießen, weil ich damit beschäftigt bin, herauszufinden, ob der Zweifel, den ich auf Carlottas Gesicht gesehen habe, echt war oder nur meiner Fantasie entsprungen ist.

Ich flippe ein wenig aus. Währenddessen sitzt Santino auf dem Fahrersitz eines Oldtimers und sieht aus wie ein sexy italienischer Gott. Er trägt eine teure Sonnenbrille, und der Wind peitscht durch sein dunkles Haar, als würde er einen Werbespot für Eau de Cologne drehen.

Ich weiß, dass er sich vielleicht vor mir zurückhält, aber als er meine Hand auf seinem Schoß streichelt, habe ich keinen Zweifel daran, dass er mich liebt. Das muss er. Ich kann nicht so wahnhaft sein.

Aber … er hat mir nichts von seinem Geburtstag erzählt … und ich weiß, dass es Momente gab, in denen er andere Dinge mit mir teilen wollte, aber wir wurden immer unterbrochen. Ich hätte schon längst nachhaken sollen, aber wir waren damit beschäftigt, glücklich zu sein, und ich habe einfach versucht, ein bisschen im Moment zu leben.

Vielleicht ist es das, worum es auf dieser Reise ging. Vielleicht wird er sich öffnen, wenn wir heute Abend allein sind. Vielleicht wird er mir sein Herz ausschütten, und der merkwürdige Gesichtsausdruck, den seine Mutter mir zuwarf, wird danach einen Sinn ergeben.

„Hier draußen gibt es einen Weg, auf dem ich als Kind mit dem Fahrrad gefahren bin", sagt er mit warmer Stimme, während er meine Hand für einen kurzen Kuss an seine Lippen hebt.

„Bist du nur Fahrrad oder Rennen gefahren?" Ich drücke frech sein Bein und versuche, meine Laune ein wenig zu heben.

Er sieht mich an, die Augenbrauen hinter seiner Sonnenbrille hochgezogen. „Nonna hat mich gezwungen, mehr Essen mitzunehmen, wenn du also ein freches Mundwerk haben willst, könnte ich dir etwas geben, um es zu füllen."

„Kein Essen mehr!" Ich schüttle ablehnend den Kopf. „Ich könnte keinen Bissen mehr runterbringen, selbst wenn du mich zwingst."

„Mmm", sagt er und ein knurrendes Geräusch vibriert in seiner Brust. „Ich muss mir etwas anderes einfallen lassen, womit ich deinen Mund füllen kann." Er lacht über seinen eigenen Witz und das Lächeln in meinem Gesicht fühlt sich wieder echt an. Es ist alles gut. Santino und ich sind ineinander verliebt. Das ist echt.

Wenig später parkt Santino in der Nähe einer alten Steinmauer am Straßenrand und schnappt sich den Korb und die Decke. Er nimmt meine Hand und führt uns durch ein großes Mohnfeld, das seine Blütezeit längst hinter sich hat. Die Sonne wirft einen schönen goldenen Schein auf alles, während er auf einen Holzzaun in der Ferne zeigt. „Dort drüben hat man einen tollen Blick auf den Sherborne Park und ein Anwesen aus dem siebzehnten Jahrhundert, das restauriert wurde, als ich noch jünger war. Wir können uns dort hinsetzen und den Sonnenuntergang beobachten, wenn du willst. Die Blätter verfärben sich jetzt, es sollte also schön sein."

„Das hört sich gut an", antworte ich, als wir uns auf den Weg zu einem lauschigen Plätzchen unter einer großen Trauerweide machen.

Santino breitet die graue Decke im Schatten aus und setzt sich mit dem Rücken an den Baum. Als er die Arme ausbreitet, lasse ich mich zwischen seine Beine sinken, lege mich mit dem Rücken an seine Brust, seine Arme eng um mich gelegt, während sein Kinn auf meiner Schulter ruht. Der Blick auf das alte Anwesen und den kleinen See in der Nähe ist wunderschön. Wir sind zufrieden, während wir den Geräuschen der Tiere in der Ferne und dem Wind lauschen, der durch die Weidenzweige weht.

Santino küsst meinen Hals und seine Bartstoppeln kitzeln meine empfindliche Haut, während er mein Flanellhemd von einer Schulter zieht. „Du riechst immer so gut", murmelt er, presst seine Lippen auf mein Schlüsselbein und beißt mich, als wäre ich ein Leckerbissen. „Ich möchte dich einfach in eine Flasche füllen und überallhin mitnehmen."

Ich bewege mich zwischen seinen Beinen, da mein Körper sofort auf seine Berührung reagiert. „Was glaubst du, was du da tust?"

Er zieht den dünnen Träger meines Kleides herunter, was eine Gänsehaut auf meinem Arm verursacht. „Was denkst du denn?"

„Willst du es hier tun? Draußen?" Mein Körper spannt sich beim Nervenkitzel dieses Gedankens an.

„Ich will es immer tun." Er fährt mit seiner Zunge bis zu meiner Ohrmuschel und flüstert: „Ich will jeden Teil von dir kosten, und zwar jetzt."

Mein Körper erbebt bei diesen unanständigen Worten, aber ich drehe mich um und sehe ihm in die Augen, bevor ich meinem Verlangen nachgebe. „Bist du sicher, dass du nicht lieber reden willst?" Ich greife nach oben und streichle seinen Hinterkopf, meine Finger kratzen sanft über seine Kopfhaut, während ich ihm in die Augen schaue.

„Ich bin mir ganz sicher, ja." Gierig starrt er auf meinen Mund, seine Augen voller Hitze, bevor er sanft meinen Nacken packt und unsere Lippen miteinander verschmelzen lässt. Er raubt mir den Atem, als er seine Zunge in einem tiefen, betäubenden Kuss in meinen Mund schiebt.

Für einen Moment werde ich mitgerissen, als mein Körper sich in seiner Berührung krümmt, auf der Suche nach mehr. Bei diesem Mann will ich immer mehr. Niemals weniger. Schließlich unterbreche ich unseren Kuss und sage: „Ich bin immer noch sauer, dass du mir nicht gesagt hast, dass du Geburtstag hast. Ich hätte dir ein Geschenk besorgt."

„Du bist das einzige Geschenk, das ich will, Trouble." Seine Augen sind träge und voller Verlangen. „Lass mich mit dir Liebe machen."

Es ist eine echte, ehrliche Bitte, und in diesem Moment habe ich das Gefühl, dass die Zweifel, die seine Mutter gehabt haben mag, unmöglich der Wahrheit entsprechen können. Dieser Mann gehört mir … mit Leib und Seele. Ich weiß, dass wir noch nicht so furchtbar lange zusammen sind, aber unsere Herzen sind schon viel, viel länger miteinander verbunden.

Das hier ist echt.

Ich nicke, und mit einer schnellen Bewegung dreht er mich um, sodass ich auf seinem Schoß sitze. Meine Arme schlingen sich um seinen Hals, als sich unsere Münder wieder treffen, die Zungen in einem feuchten, wilden Duell. Seine Hände gleiten unter meinen langen Rock, seine Finger umschließen meinen Hintern und kitzeln den Satin meines Tangas, gleiten den ganzen Weg hinunter, bis er meine feuchte Mitte erreicht. Ich bin in seiner Nähe praktisch immer feucht, also ist es keine große Überraschung. Sanft massiert er meine Klitoris durch den dünnen Stoff, bevor er wieder zu meinem Hintern wandert und fachmännisch Druck ausübt.

Der Akt fühlt sich unanständig und aufregend an, nicht nur, weil wir draußen sind, sondern weil er mich an Stellen berührt, an denen er mich noch nie zuvor berührt hat. Ich wimmere gegen seine Lippen, während sich das Verlangen in meinem Bauch sammelt. Mein Gott, Santino ist der einzige Mann, der jemals genau wusste, wie er mich so lebendig werden lassen kann.

Ich werfe mein Flanellhemd weg, als er die Träger meines Kleides herunterzieht, damit ich mit den Armen herausschlüpfen kann. Mein cremefarbener Spitzen-BH ist nun in voller Pracht zu sehen, und sein animalischer Laut, als er den Stoff herunterlässt, um meine harten Nippel freizulegen, lässt mich fast auf der Stelle zum Höhepunkt kommen.

Er umschließt meine Brüste und massiert sie mit seinen großen Händen, bevor er den Kopf senkt und einen Nippel in den Mund nimmt. Ich schreie auf, als seine Zähne mich packen, und er knurrt seine Anerkennung, bevor er zur anderen Seite übergeht. Er saugt so gierig, dass ich spüre, wie ich mich schamlos auf seinem Schoß bewege. Seine Erektion ist durch die Jeans steinhart, und die Reibung an dem dünnen Stoff meines Slips lässt mich mehr wollen.

So viel mehr.

Der Gedanke, dass ich fünf Jahre lang keinen Sex hatte, erscheint mir jetzt unvorstellbar. In den letzten Wochen habe ich nicht einen Tag ohne die Berührung dieses Mannes verbracht. Ich hätte nie gedacht, dass diese Intimität, die wir miteinander geteilt haben, überhaupt zwischen zwei Menschen existieren kann. Er ist mein und ich bin sein.

Er schiebt seine Finger an meinem Tanga vorbei und knurrt tief. „Du bist immer so verdammt feucht für mich, nicht wahr, Trouble?"

„Ja", stöhne ich und reite schamlos auf seinen Fingern. „Immer für dich."

„Lass uns das ausziehen." Santinos Stimme ist rau an meinem Hals, während er ungeduldig an meinem Höschen zerrt. „Ich muss jetzt verdammt noch mal in dir sein."

Auf wackeligen Beinen stehe ich auf, und er hilft mir, den Stoff über meine Stiefel zu ziehen und zur Seite zu werfen. Ich setze mich wieder auf seine Beine, während wir beide hektisch die Knöpfe seines Hemdes öffnen. Ich muss seinen Körper an meinem spüren. Haut an Haut,

Als Nächstes ist seine Jeans dran. Ich öffne sie und greife in seine Boxershorts, um seine heiße, dicke Erektion zu packen. Ich streichle ihn und beobachte fasziniert, wie sein Kopf nach hinten gegen den Baum fällt, seine Bauchmuskeln sich zusammenziehen, seine großen Brustmuskeln sich heben und senken, während die Adern in seinem Hals vor Verlangen pochen wie der Schwanz zwischen meinen Fingern. Ich streiche mit meinem Daumen über den Lusttropfen, der sich an seiner Spitze sammelt, woraufhin er einen gierigen Laut ausstößt.

Plötzlich richten sich seine Augen auf meine, er packt mich an den Armen und zieht mich an seinen harten Körper. Seine Lippen bedecken meine, während er seine Spitze positioniert. Mit einer schnellen Bewegung zieht er mich auf sich herunter und drückt seinen Schwanz in meinen Körper.

Tief …, so tief.

„Fuck“, stöhnt er und unterbricht unseren Kuss, um seine Stirn gegen meine nackte Brust zu pressen. „Ich habe das Kondom vergessen.“

„Ist schon in Ordnung“, keuche ich. Mein Atem ist heiß, als ich meine Hüften kreisen lasse und das Gefühl seines nackten Schwanzes in mir genieße. Ich halte sein Gesicht fest und zwinge ihn, mich anzusehen. „Ich nehme die Pille.“

„Scheiße, Tilly.“ Seine Stimme ist heiser, während seine Hände meine Hüften ergreifen und mich langsam auf ihm bewegen. Seine Augen sind dunkel und gequält. „Wir sollten warten.“

„Warum?“, keuche ich und drücke mich hoch, um wieder auf ihn zu sinken. „Ich liebe es so.“

„Scheiße, du fühlst dich so gut an.“ Sein Kopf fällt nach hinten an den Baum, während er mir dabei zusieht, wie ich ihn reite, sein Gesicht voller Verlangen und Sehnsucht und sogar ein wenig ehrfürchtig. Er fährt mit den Fingern von meiner Wange zu meiner Brust und murmelt: „Sei il mio tutto amore mio.“ *Du bist mein Ein und Alles, mein Liebling.*

„Ich liebe dich auch“, antworte ich, da ich nur den letzten Teil seiner Worte mitbekomme.

Plötzlich packt er meine Hüften und stößt nach oben. Er begegnet meinen Bewegungen mit mehr Kraft, als ich selbst aufbringen könnte. Die Wirkung tritt sofort ein, als er meinen Kanal an dieser perfekten Stelle streichelt, die mich in einen Lustrausch versetzt.

Innerhalb weniger Augenblicke fangen meine Schenkel an zu zittern, als meine Erlösung sich anbahnt. Ich klammere mich an seine Schultern und halte mich fest, während er weiter in mich stößt und hungrig meinen Hals küsst, als unsere Atemzüge immer lauter werden und unsere Geräusche nun mehr tierisch als menschlich sind. Ein pulsierendes Gefühl durchfährt meinen Körper, als Lichtblitze hinter meinen Augenlidern explodieren.

Ein heiserer Schrei entweicht mir, als mein Höhepunkt von mir Besitz ergreift, und Sekunden später erstarrt Santino, sein Griff an meinen Hüften wird fester, als er sich in mir entlädt. Sein Körper zuckt, während mein Körper seine Erlösung Tropfen für Tropfen melkt.

Mein Kopf fällt an seinen Hals, während seine Arme mich mit Wärme umhüllen. Seine Hand kämmt durch mein zerzaustes Haar, während wir Brust an Brust versuchen, unsere Atmung wieder unter Kontrolle zu bekommen. Es dauert einige Augenblicke, bis einer von uns beiden einen zusammenhängenden Gedanken fassen kann.

„Wir haben den Sonnenuntergang verpasst", sagt er mit rauer Stimme.

„Deine Schuld." Ich lache und schaue hinter mich, um zu sehen, dass die Sonne hinter der Herbstlandschaft verschwunden ist. Ich drehe mich zurück und bemerke, wie er mich betrachtet.

Er rückt meinen BH zurecht, damit die Körbchen wieder an ihrem Platz sind. „Ich kann nicht glauben, dass ich das jetzt sage, aber ich habe Hunger."

Wir lachen beide und säubern uns schnell, denn ob wir wollen oder nicht, wir befinden uns an einem öffentlichen Ort. Gott weiß, wer uns jeden Moment erwischen könnte. Die Dämmerung ist wunderschön, während wir an frischem Obst knabbern, und aus irgendeinem seltsamen Grund schweifen meine Gedanken zu etwas ab, worüber ich in den letzten Wochen mit ihm sprechen wollte.

„Ich weiß, dass das unangenehm ist, weil wir noch nicht viel darüber gesprochen haben", sage ich und drehe mich so, dass ich Santino direkt gegenübersitze. „Aber das Geld, das du mir damals in Dundonald für den Privatdetektiv geschickt hast? Ich möchte es dir zurückzahlen."

„Was?", fragt Santino, steckt sich eine Weintraube in den Mund und sieht mich stirnrunzelnd an. Sein Haar ist von meinen Händen zerzaust, und er sieht göttlich aus, an den Baum gelehnt und ein Bein aufgestützt.

„Das hat mich lange Zeit sehr belastet. Ich bekomme bei Harrods einen wirklich netten Bonus zum Vertragsabschluss, also würde ich das gern tun." Ich winke ab und wühle im Korb nach mehr Obst.

Er hört auf zu essen und starrt mich mit einem merkwürdigen

Gesichtsausdruck an. „Tilly, ich will dein Geld nicht. Ich brauche es nicht."

„Ich weiß, dass du es nicht brauchst", antworte ich entschieden. „Es ist für mich eine Sache des Stolzes. Das hat mich schon lange innerlich zerfressen, und jetzt, wo wir richtig zusammen sind, will ich das nicht mehr zwischen uns haben."

„Es war nie etwas zwischen uns." Seine Nasenflügel blähen sich auf. „Ich hatte es schon vergessen."

„Na ja, ich nicht." Ich blinzle ihn an, verwirrt darüber, warum er in dieser Sache so stur ist.

Der Muskel in seinem Kiefer zuckt. „Dann spende es doch einfach für einen guten Zweck."

„Spende du es. Es ist dein Geld", erwidere ich und verschränke die Arme vor der Brust. „Ich habe den Scheck schon ausgestellt."

„Ich werde ihn nicht annehmen."

„Warum nicht?"

„Weil ich es nicht tun werde." Er lässt seinen Blick von mir ab und starrt hinaus auf die Aussicht, als wäre die Diskussion beendet.

Ich beobachte ihn einen Moment lang neugierig, und der Zweifel von vorhin kehrt mit aller Macht zurück. „Warum hast du es mir überhaupt gegeben?"

„Was meinst du?", schnauzt er mich mit zusammengekniffenen Augen an. „Ich habe versucht, dir zu helfen."

„Aber es war mehr als das, was jeder andere Kerl tun würde."

„Na und?"

„Ich bin neugierig. Es muss doch irgendeinen Grund geben", dränge ich weiter, weil ich jetzt mehr denn je jeden einzelnen Teil von ihm kennenlernen möchte.

„Warum muss es einen Grund geben?", knurrt er, als seine Wut hochkocht.

Ich halte inne, während ich ihn anstarre. „Weil es einen Grund dafür geben muss. Genauso wie es einen Grund geben muss, warum du als Kind gern Geburtstage gefeiert hast, jetzt aber nicht mehr."

„Tilly." Sein Kiefer verkrampft sich, als er mich anschaut. „Wir brauchen das nicht zu diskutieren. Nichts davon ist wichtig."

Diese Antwort macht mich nur noch entschlossener. „Hör zu,

ich habe versucht, geduldig zu sein, damit du dich mir öffnest, wenn du bereit bist, aber das ist offensichtlich nicht der Fall, also was soll ich hier tun?"

„Lass es einfach sein." Sein Tonfall ist barsch und endgültig. „Du musst nicht alles über mich wissen."

Seine Worte treffen mich mit einer tiefen, durchdringenden Wucht, die ich nicht habe kommen sehen. Ich muss nicht alles über ihn wissen? Das bedeutet, dass er etwas vor mir verbirgt. Etwas Wichtiges, sonst hätte mich seine Mutter vorhin nicht so angeschaut.

„Ist das wirklich dein Ernst?" Ich beiße frustriert die Zähne zusammen, denn seine verschlossene Körpersprache jagt mir einen Schauder über den Rücken. Es ist so fremd für mich, dieser ganze Austausch ist so anders als alles, was wir bisher zusammen erlebt haben.

„Natürlich ist es mein Ernst." Er schüttelt angewidert den Kopf, und das lässt mich explodieren.

„Gut." Ich werfe eine Beere ins Gras und stehe auf, denn ich kann nicht länger hier sitzen und das ertragen. „Ich musste also in den letzten Wochen eine Menge schwieriger Fragen über meine Trockenheit und meine Fehlgeburt beantworten und Teile meines Schmerzes und meiner Qualen preisgeben, die ich niemandem erzählt habe …, nicht einmal meinem Bruder", ich lehne mich nach vorn, die Hände in die Hüften gestemmt, genau wie meine Mutter, wenn sie mit meinem Vater streitet, „und du darfst da sitzen und dich vor mir verstecken?"

„Ich verstecke mich nicht vor dir." Er stellt sich mir gegenüber. „Ich stehe direkt vor dir."

„Dann sag mir, was los ist, denn ich sehe in deinem Gesicht und im Gesicht deiner Mutter, dass du mir etwas verschweigst!" Ich werfe die Hände in die Luft. „Wenn unsere Liebe echt wäre, würdest du jeden Teil von dir mit mir teilen."

„Kannst du mich nicht einfach so lieben, wie ich jetzt bin?", fragt er, und in seinen Augen blitzt ein Schmerz auf, wie ich ihn noch nie gesehen habe.

Ich atme zittrig ein, weil ich es jetzt sehe. Er ist anders. Etwas an ihm ist zurückhaltender und verschlossener. Früher war er mir gegenüber nicht so. Meine Stimme ist sanft und unsicher, als ich antworte:

„Aber du wolltest mir vor ein paar Wochen etwas erzählen. Du hast gesagt, dass du das tun wolltest. Etwas, das du noch nie jemandem erzählt hast."

„Die Dinge haben sich geändert." Seine Augen werden schmal vor Entschlossenheit.

Angst und Unsicherheit machen sich in meinem Bauch breit. „Liegt es an mir? Willst du mich nicht mehr?"

„Tilly, natürlich will ich dich. Ich liebe dich, verdammt!", knurrt er. Sein Temperament kocht über und lässt die Adern in seinem Hals wütend anschwellen. „Nur weil ich dich liebe, will ich die Sache mit dir nicht ansprechen. Das brauchst du nicht zu wissen."

Ich schlucke den schmerzhaften Kloß in meiner Kehle hinunter, da ich das Gefühl habe, dass seine Worte oberflächlich und bedeutungslos sind. „Weil du mich liebst, darfst du entscheiden, welche Dinge du vor mir verbirgst? Was für eine Art von Liebe ist das?"

Er bückt sich, um den Korb aufzuheben. „Ich glaube, wir sollten gehen."

„Nein!" Ich reiße ihm den Korb aus der Hand, werfe ihn ins Gras und zwinge ihn, mich anzuschauen. „Ich habe mich aufgeschnitten und für dich geblutet, Sonny. Du durftest der Verband sein, der mich zusammengeflickt hat. Und jetzt darf ich deine Wunde nicht einmal sehen?"

„Lass es einfach sein." Sein Kiefermuskel zuckt wütend. „Du weißt nicht, was du da verlangst."

„Santino, was immer es ist, ich kann es ertragen." Ich nähere mich der Verzweiflung, aber es fühlt sich an, als würde er mir durch die Finger gleiten. „Ich bin ein großes Mädchen. Ich habe in meinem Leben schon viel durchgemacht."

„Und deshalb brauchst du nicht auch noch das", brüllt er mit einer Stimme, die hier in der Natur ohrenbetäubend ist. „Fordere mich nicht heraus. Nicht dieses Mal. Du musst mir in dieser Sache vertrauen."

„Aber du vertraust mir nicht!", schreie ich, und meine Augen füllen sich bei dieser schmerzlichen Erkenntnis mit Tränen. Das, was ich an meiner Beziehung zu Santino am meisten liebte, war das Gefühl, wieder normal zu sein. Mich respektiert und nicht kaputt zu fühlen. Verdammt, sogar als er neulich mit meinem Bruder ein Bier getrunken hat, hatte ich das Gefühl, dass er hundertprozentig auf mich und meine Stärke vertraut. Aber diese ganze Situation hat mich wieder in das Wrack verwandelt, das ich war, als ich von einem völlig Fremden ausgenutzt wurde. Und ich bin nicht mehr dieses Mädchen.

Ich trete näher an ihn heran, sodass er über mir aufragt, während Emotionen zwischen uns aufblitzen. Seine Augen sind Schlitze, als ich ihn anstarre. „Du musst mich weder beschützen, retten noch heilen, Santino. Ich bin dir ebenbürtig. Ich dachte, du wüsstest das, aber deine aktuelle Verhaltensweise erinnert mich an den Mann, der vor fünf Jahren vor meiner Tür stand und versuchte, mich zu retten. Und wenn du mir nicht vertraust, dann gibt es keinen Grund für uns, zusammen zu sein.“

Er zuckt zusammen, als hätte ich ihn gerade geohrfeigt, und der Schmerz in seinem Gesicht tut mir im Herzen weh, aber ich muss stark sein. Ich muss Respekt einfordern, denn was auch immer er mir im Moment gibt …, das ist es nicht.

Schock, Abscheu, Schmerz und Verbitterung ziehen wie in einer Filmmontage über sein Gesicht. So viele Emotionen, dass ich nicht weiß, was als Nächstes aus seinem Mund kommen wird. Seine Stimme ist kehlig, als er antwortet: „Das war's dann also? Du wirst die Flinte ins Korn, so wie früher? Dieselbe alte Tilly?“

Tränen brennen mir in den Augen, denn seine Antwort bestätigt, dass er mich nicht so sieht, wie ich dachte. Und wenn ich mir sein Vertrauen bis jetzt nicht verdient habe, werde ich es nie verdienen. Ich habe zu hart gearbeitet und bin zu weit gekommen, um zuzulassen, dass mir jemand das Gefühl gibt, seines ganzen Herzens nicht würdig zu sein, und mir nur die ausgewählten Reste anbietet, die mir zuzuwerfen er sich herablässt.

Ich wische mir die Tränen weg und zwinge mich, stark zu klingen. „Ich habe vor fünf Jahren keinen Ritter in glänzender Rüstung gebraucht, und ich brauche auch jetzt keinen.“

„Na dann.“ Er lacht bitter und bückt sich, um den Korb aufzuheben. „Wir gehen jetzt besser. Du willst doch nicht den letzten Zug zurück nach London verpassen.“

Er stürmt davon und lässt mich allein auf dem Hügel zurück, während ich mich frage, was in aller Welt ich gerade getan habe.

KAPITEL 33

„Wo ist Tilly?", fragt meine Mutter, als ich am nächsten Morgen allein in den Laden komme.

„Sie ist gestern Abend nach Hause gefahren." Ich reiche die Schlüssel an Nonno hinter der Frischetheke weiter. „Kannst du mich jetzt zum Bahnhof fahren?"

Er wirft mir einen sehr ernsten Blick zu, bevor er verschwindet, um seine Jacke aus dem Lagerraum zu holen.

Meine Mutter stürmt um den Tresen herum und kommt auf mich zu. Sie schlägt mir auf den Arm. „Was hast du getan?"

„Nichts", stoße ich hervor, denn mein Verstand weigert sich, meine Mutter in diesem Moment in meinen Kopf zu lassen.

„Lügner!", ruft sie, und die Kunden, die an den Tischen hinter mir einen Kaffee trinken, schauen alle zu mir herüber.

„Würdest du dich bitte beruhigen?", zische ich. Meine Wut kocht in meinen Adern, aber nicht wegen Tilly, sondern wegen meiner Mutter.

Sie atmet aus und nickt. „Ich bin ruhig. Jetzt erzähl mir, was passiert ist."

„Es hat nicht funktioniert." Ich zucke abweisend mit den Schultern.

„Wovon redest du?" Ihr Gesicht verwandelt sich in Verzweiflung. „Ich habe euch beide vor Stunden zusammen gesehen. Du bist verrückt nach ihr. Vero amore. Echte Liebe!"

„Das spielt keine Rolle, Mamma", sage ich mit zusammengebissenen Zähnen. „Sie ist nach Hause gefahren. Es ist vorbei. Lass es einfach gut sein."

Sie presst die Hände an die Wangen und schüttelt wie eine Verrückte den Kopf. „Es kann nicht vorbei sein. Du kannst dich doch sicher entschuldigen."

„Wofür entschuldigen?" Natürlich nimmt meine Mutter an, dass das alles meine verdammte Schuld ist. Ich bin schließlich derjenige mit der verkorksten Vergangenheit. Ganz zu schweigen von der Tatsache, dass Tilly einen Grund fürs Abhauen gefunden hat, bevor sie überhaupt die ganze Wahrheit erfahren hat. „Ausnahmsweise habe ich mal nichts getan."

„Was hast du dann nicht getan?", fragt sie wissend. Sie atmet scharf ein. „Hast du ihr davon erzählt …"

„Nein", unterbreche ich sie, denn ich will nicht einmal über diese Worte nachdenken. „Vergiss es einfach. Es ist vorbei."

„Santino", faucht sie, wobei ihr Tonfall vor kaum verhohlener Wut beißend klingt. „Sag mir, was passiert ist, oder ich hole einen Kochlöffel und prügle es aus dir heraus. Es ist mir egal, dass du siebenunddreißig Jahre alt bist! Was hast du ihr erzählt?"

„Ich habe ihr nichts erzählt und werde ihr auch nichts erzählen, weil sie das nicht verdient. Sie verdient etwas weniger Verkorkstes als mich." Ich lasse mich gegen den Tresen sinken und schüttle angewidert den Kopf.

Meine Mutter atmet zittrig ein. „Aber sie liebt dich."

„Sie liebt mich, weil sie nicht alles weiß", korrigiere ich. „Das ist keine echte Liebe."

„Ich weiß alles", erwidert sie mit brüchiger Stimme, während ihr die Tränen in die Augen steigen. „Ich weiß alles, mehr als jeder andere auf dieser Welt. Glaubst du, meine Liebe ist nicht echt?"

„Nein, aber du bist meine Mutter."

„Und wer ist Tilly?“ Sie verschränkt die Arme vor der Brust. „Ich habe ein starkes, entschlossenes Mädchen gesehen, das sicherlich weiß, was es will. Sie liebt dich, Santino. Das war gestern ganz klar.“

„Das spielt keine Rolle. Ich werde ihr das nicht antun. Ich dachte, ich könnte es, aber ich kann es nicht. Ich kann es einfach nicht.“

„Was ist mit dir?“ Sie stößt mich in die Brust. „Fühlst du Liebe?“

„Ja, ich liebe sie. Ich bin verrückt nach ihr“, entgegne ich und hasse es, dass mich dieses Gespräch mitten in der Feinkostabteilung so zerreißt.

„Das habe ich nicht gefragt.“ Sie verschränkt wieder die Arme und sieht mich eindringlich an. „Liebst du dich selbst?“

Mit einem Schnauben verdrehe ich die Augen, woraufhin sie mein Kinn packt und mich aggressiv zwingt, ihr in die Augen zu sehen. „Du konzentrierst dich auf ihre Reaktion, aber es ist eigentlich deine, um die ich mir Sorgen mache.“

„Das ist keine neue Information für mich, Mamma.“ Ich reiße mein Gesicht aus ihren Händen und richte mich auf, damit sie mich nicht mehr erreichen kann. „Ich lebe schon seit Langem damit.“

„Nicht so lange wie ich.“ Sie deutet auf ihre Brust. „Und ich verspreche dir, dass das, was du tust …, nur auf eine Weise endet … allein.“

Nonno taucht von hinten auf, und ich beuge mich vor, um sie auf die Wange zu küssen. „Es tut mir leid, aber ich fahre zurück nach London. Ich rufe dich später an.“

Ich drehe mich um und gehe, ohne zurückzublicken, denn ich weigere mich, mich von meiner Mutter zu etwas verleiten zu lassen, wenn ich nur versuche, Gedanken an Tilly zu vermeiden. Ich habe nicht an sie gedacht, als ich sie gestern Abend am Bahnhof abgesetzt habe, und ich habe nicht an sie gedacht, als ich allein in diesem Hotelzimmer lag. Ich widme ihr nicht noch mehr Zeit.

Zum Glück ist Nonno während der Autofahrt still. Es ist klar, dass er begreift, dass etwas los ist, aber er respektiert mein Schweigen. Ich bin froh, dass Nonno der Typ ist, der nur spricht, wenn er etwas Wichtiges zu sagen hat. Das ist etwas, worin ich besser werden sollte, dann wäre ich vielleicht nicht in diese Lage geraten.

Als er am Bahnhof vorfährt, greife ich auf den Rücksitz, um meine

Tasche zu nehmen. Als ich sie nach vorn ziehe, schnappt er plötzlich meinen Arm und lässt mich innehalten.

„Es ist meine Schuld", stößt er mit gerunzelter Stirn hervor.

„Was?"

„Du und Cherry Zwei." Er macht eine brechende Bewegung mit den Händen.

„Wieso ist es deine Schuld?"

Seine Lippen verziehen sich zur Seite, während er schwer durch die Nase ausatmet. „Ich habe dir von deinem Vater erzählt. Vielleicht war das ein großer Fehler."

Mich überkommt eine gewisse Kälte angesichts der Richtung, in die das Ganze geht. „Du hast es mir gesagt, weil ich außer Kontrolle war und eine Richtung in meinem Leben brauchte. Und es hat funktioniert. Ich hätte nicht Jura studiert, wenn wir nicht vor all den Jahren miteinander gesprochen hätten."

Er klopft sich auf die Brust, seine Zähne sind vor Emotionen zusammengepresst. „Es tat mir weh, es dir zu sagen." Seine Stimme bricht, während er eine Faust macht und auf sein Herz klopft. „Es hat auch deiner Mutter wehgetan. Vielleicht hatte sie recht und du hättest es nie erfahren dürfen."

„Nonno, wir müssen nicht darüber reden. Ich bin nicht böse auf dich."

Er hält einen Finger hoch, um mich zum Schweigen zu bringen. „Santino, la Famiglia ist jeder deiner Tage, immer."

Mir fallen die Augen zu und ich nicke. „Das weiß ich, Nonno."

„Du hattest viele Pflanzen, die du gegossen hast, aber keine, die du nach Hause gebracht hast, um Cherry zu treffen." Er reibt mit der Hand über das Lenkrad, als würde er über seinen wertvollsten Besitz sprechen …, was vielleicht teilweise stimmt.

Ich atme schwer aus. „Ich dachte, ich könnte ehrlich zu Tilly sein, aber als es darauf ankam, wollte ich nicht, dass sie das über mich weiß. Ich will sie nicht verletzen."

„Du hast Angst, *dein* Herz zu verletzen, nicht ihres." Er zeigt auf meine Brust. „*Du* hast Angst, dass dich niemand lieben könnte. Aber sieh mich an, Santino. Sieh mir in die Augen. Ti amerò per sempre."

Meine Brust zieht sich bei seinen Worten zusammen, die ich

ihm schmerzhaft nachspreche. „Ich werde dich auch für immer lieben, Nonno."

„Du hast Liebe." Er schnieft und räuspert sich, bevor er seine Gefühle abschüttelt. „Wenn du daran denkst, kannst du mutig sein und Cherry Zwei die Wahrheit sagen. Wenn es ihr nicht gefällt, macht das nichts, denn wir sind ja hier." Er zuckt mit den Schultern, als wäre das die einfachste und offensichtlichste Lösung der Welt. Aber das ist sie nicht. Nichts an dieser Sache ist einfach.

Die Wahrheit ist, dass Tilly immer dann wegläuft, wenn ihr die Dinge aus dem Ruder zu laufen beginnen. Sie lief davon, als sie vor fünf Jahren schwanger wurde. Sie hat versucht, sich von mir zurückzuziehen, als Mac sie beschuldigte, wieder zu trinken. Sie zwang uns sogar, unsere Beziehung wochenlang zu verheimlichen, weil sie unbedingt die Kontrolle behalten wollte. Jetzt läuft sie vor mir weg, weil ich mich weigere, ihr all meine innersten Geheimnisse zu gestehen.

Nun, dieses Mal werde ich ihr nicht nachlaufen. Ich breche nicht ihre Tür auf, um sie zu zwingen, mit mir zu reden. Wenn sie so mit Konflikten umgeht, indem sie unsere Beziehung anfangs versteckt und dann wegläuft, wenn die Dinge zu real werden …, dann wird sie nie in der Lage sein, mit der schweren Last umzugehen, die ich trage. Wenn sie jetzt der Typ ist, der wegläuft, wird sie definitiv der Typ sein, der wegläuft, wenn sie die Wahrheit kennt. So sind wir beide besser dran.

KAPITEL 34

„Ich möchte am Sonntag eine Überraschungs-Babyparty für Freya und Mac veranstalten. Meinst du, du könntest mir helfen?", frage ich Allie Montagmorgen am Telefon.

„Oh mein Gott …, daran habe ich gerade auch gedacht! Sie wollte nicht, dass wir etwas planen, als sie Bettruhe hatte, weil Mac so besorgt wegen des Stresses war. Aber jetzt geht es ihr so viel besser!" Allie quiekt so laut, dass ich das Handy von meinem Ohr nehmen muss.

„Ihr geht es wirklich besser. Ich habe mir den Spielplan von Bethnal Green angesehen und sie haben am Samstag ein Heimspiel. Ich sehe, dass Arsenal gegen Chelsea spielt, also sollte Camden auch in der Stadt sein. Danach sind alle für eine ganze Weile verstreut."

„Du hast ja so recht", antwortet Allie wissend. „Wir müssen es diesen Sonntag machen. Und wenn wir es jetzt tun, ist es für sie eine größere Überraschung, also ist es perfekt."

„Ich hoffe, du kannst mir mit der Gästeliste und einer Option für den Veranstaltungsort helfen. Wenn viele Leute kommen, wird es hier nicht genug Platz geben. Außerdem würde das Aufhängen von Luftschlangen die Überraschung verderben."

„Das Haus meines Onkels Vaughn in Chigwell wäre perfekt", ruft sie aus. „Es ist ein Herrenhaus unweit von London, das viel Platz für alle Kinder zum Spielen im Garten bietet. Und wenn ich Vaughn dazu bringe, Mac und Freya zu seinen wöchentlichen Sonntagsessen einzuladen, kann Mac nicht ablehnen, denn Vaughn kann furchterregend sein. Ich bin mir sicher, dass mein Onkel gern aushelfen würde. Und wenn nicht, werde ich seine Tochter Vi auf ihn hetzen, denn kein Mann in dieser Familie kann Vi eine Bitte ausschlagen."

„Das klingt großartig, Allie! Okay, du kümmerst dich um Vaughn und schickst mir die Gästeliste. Ich kümmere mich um alles andere."

„Das wird ein Riesenspaß! Eine Pärchen-Feier mit Kindern, die Freya und Mac vor ihrem Debüt als Eltern richtig terrorisieren, ist genau das Richtige. Außerdem war die ganze Truppe schon ewig nicht mehr zusammen. Was für eine tolle Idee, Tilly!", ruft sie mit einem schrillen Lachen, das auch mich zum Lachen bringt.

Sobald wir aufgelegt haben, mache ich mir sofort eine Liste mit allem, was ich brauche: Dekoration, Spielideen, Essen und Getränke – alkoholische und nicht-alkoholische für die werdende Mama, die Kinder und mich natürlich. Sobald das erledigt ist, gehe ich ins Kinderzimmer neben meinem Schlafzimmer, um eine Bestandsaufnahme von allem zu machen, was Freya und Mac bereits gekauft haben. Ich weiß, wenn die Einladungen rausgehen, wird jeder wissen wollen, was sie den beiden schenken sollen. Da ich sie nicht gerade bitten kann, eine Wunschliste zu erstellen, ohne die Überraschung zu verderben, muss ein ordentliches Herumschnüffeln genügen.

Als ich die Tür zum Kinderzimmer öffne, staune ich über die Verwandlung. Freya hat erwähnt, dass Mac hier fleißig war, aber ich war noch nicht oft genug da, um einen Blick hineinzuwerfen und zu sehen, wie es vorangeht. Es ist wirklich atemberaubend.

Freya sagte, ihre Inspiration sei das Thema Bauernhaus gewesen, und sie haben es wunderbar umgesetzt. Ein dunkelbraunes Kinderbett steht unter dem großen, nach Westen ausgerichteten Fenster, das von einer Wandtapete mit Pferden und Kühen umgeben wird. Eine hohe, rustikal wirkende Stehlampe aus Holz steht neben einem antiken Schaukelstuhl. An der Wand neben dem Stuhl stehen mit Tiermotiven übersäte Regale, die mit alten Büchern gefüllt sind, welche meine Eltern aus unserem Haus geschickt haben. Die Dekoration auf dem Wickeltisch enthält bunte Farbtupfer, und ich spüre, wie sich ein Kloß in meinem Hals bildet, als ich einen Blick in das Kinderbett werfe und einen Strampler entdecke, der fein säuberlich auf der selbstgemachten Steppdecke gefaltet ist, die Freyas Mutter geschickt hat.

In dem Moment, in dem meine Finger die gestickten Worte *Jacob Fergus Logan* auf der Vorderseite des kleinen Outfits berühren, bricht ein unerwarteter Schluchzer aus mir heraus und ich halte mich an der Krippe fest, um das Gleichgewicht zu halten.

Es ist jetzt zwei Tage her, seit ich die Cotswolds verlassen habe, und ich habe es geschafft, alles in mir zu halten, ohne auch nur einen Funken Zeit oder Energie auf das zu verwenden, was dort passiert ist. Bei meiner Rückkehr am späten Samstagabend habe ich sogar in ein Hotel eingecheckt, weil ich Mac und Freya nicht erklären wollte, warum ich so früh zu Hause war.

Ich bin nicht bereit, irgendjemandem zu erzählen, was zwischen Santino und mir vorgefallen ist, wo ich doch so hart daran gearbeitet habe, diese neue, verbesserte Version von mir zu sein. Nach all dem durchgemachten Drama ist es zu demütigend, zu meinem Bruder nach Hause zu schleichen, um ihm zu sagen, dass es mit uns vorbei ist. Der Herzschmerz ist einfach zu groß. Ich habe Mac angefleht, Santino zu verzeihen, weil ich wahnsinnig in ihn verliebt war, und jetzt ist alles einfach weg. Von einem Augenblick auf den anderen.

Auf der Zugfahrt nach Hause war ich so außer mir, dass ein älterer Mann, der hinter mir saß, mich fragte, ob ich eine Umarmung wolle. *Eine Umarmung.* Das hat mich fast gebrochen. Und wenn ich bedenke, dass der Stress, Santino zu verlassen, mich Samstagnacht sogar darüber hat nachdenken lassen, in die Minibar des Hotels zu greifen, dann bestätigt das nur noch mehr die Tatsache, dass mir das alles über den Kopf gewachsen war. Mich in Santino zu verlieben und verletzlich zu machen, hat mich an allem zweifeln lassen, wofür ich in den letzten fünf Jahren gearbeitet habe.

Alles nur, damit er mich zum Narren halten kann.

Rückblickend habe ich bei ihm eine Menge Fehler gemacht. Ich habe mich die Kontrolle verlieren lassen, obwohl ich mir seit Beginn meiner Alkoholabstinenz eigentlich geschworen hatte, es niemals zu tun. Und sein mangelhaftes Vertrauen in mich war ein Trigger, weil ich verletzlich war, und wenn man verletzlich ist, ist man immer offen für Angriffe. Es ist lächerlich, weil ich die ganze Zeit so hart daran gearbeitet habe, meine Mauern für ihn fallen zu lassen, obwohl es eigentlich seine Mauern waren, die einen schnellen Tritt in den Hintern brauchten.

Und die Ausrede, dass er mich beschützen wollte? Damit kann er sich ins Knie ficken. Ich bin meine eigene Person, und ich entscheide, was ich ertragen kann und was nicht. Sein fehlendes Verständnis dafür lässt mich daran zweifeln, ob er jemals wirklich etwas für mich empfunden hat.

Für mich war es real.

Das ist es immer noch auf schmerzliche Weise.

Meine Liebe zu ihm ist immer noch so verdammt stark, dass ich mich dafür hasse, nicht in der Lage zu sein, sie abzuschalten, wie er es so leicht getan hat. Vielleicht macht das deutlich, dass seine Liebe nicht echt war. Niemand, der jemanden liebt, könnte ihn einfach am verdammten Bahnhof absetzen, um allein nach Hause zu fahren. Das ist keine Liebe.

Wie auch immer, ich werde es durchstehen. Ich bin allein trocken geworden, ich habe allein den Verlust eines Lebens betrauert, das in mir gewachsen ist, also kann ich sicherlich auch über eine siebenwöchige Beziehung mit Santino Rossi hinwegkommen.

„Tilly, sag deinem Freund, er soll auf meine SMS antworten!", ruft Mac aus dem unteren Stockwerk. Seine Schritte poltern die Treppe hinauf, und ich wische mir schnell über die Wangen, um die Spuren meiner Tränen zu verbergen. „Der Trottel schuldet mir noch zehn Pfund, weil er am Freitagabend unsere Wette verloren hat."

Mac geht an der offenen Kinderzimmertür vorbei zu meinem Zimmer, hält jedoch inne, als er mich sieht, wie ich im Schaukelstuhl sitze und den Strampler des kleinen Fergie in den Händen halte.

Ich schenke ihm ein verlegenes Lächeln. „Dieses Kinderzimmer ist unglaublich, Mac."

Er tritt ein und betrachtet den Raum mit einem Funkeln in den Augen. „Es geht voran. Freya ist das Köpfchen. Ich bin nur die Muskelkraft." Er spannt seinen Bizeps an und lacht. „Was machst du denn hier drin?"

Ich breite meine Hände auf den Armlehnen des Stuhls aus und wippe hin und her. „Ich bewundere nur deine Arbeit."

„Ist das so?" Er runzelt die Stirn, als er mich einen Moment lang beobachtet. „Für mich sieht es so aus, als würdest du über etwas nachdenken." Er lehnt sich an den Wickeltisch und verschränkt die Arme. „Willst du darüber reden?"

Ich schüttle den Kopf. „Mir geht's gut. Ich freue mich einfach für euch. Wenn ich sehe, wie das alles aufgebaut wird, fühlt es sich so echt an."

„Aye, sicher." Er reibt sich den Nacken, während ein unbehaglicher Ausdruck in seine Augen tritt. „Fühlt es sich jemals seltsam an?"

„Was?"

Er zuckt mit den Schultern und schaut auf den Boden. „Darüber nachzudenken, dass du einen kleinen Fünfjährigen haben könntest, der hier herumläuft, wenn die Dinge für dich anders gelaufen wären?"

Meine Kehle schnürt sich zu, denn mit dieser Frage habe ich nicht gerechnet. Meine Fehlgeburt ist nichts, worüber ich gern rede. Niemals. Aber ich nehme an, da ich mich Mac gegenüber bei allem geöffnet habe, wäre es vielleicht gut für mich, diese Grenzen zu überschreiten.

Ich atme schwer aus und antworte schließlich: „Nicht seltsam. Nur … traurig."

Er nickt nachdenklich. „Du bist immer noch traurig? Auch wenn dich das Arschloch ausgenutzt hat, mit dem du geschlafen hast?"

Ich hebe die Schultern. „Das war nicht die Schuld des Babys." Mein Kinn bebt, also schaue ich schnell aus dem Fenster und versuche, mich zu beherrschen.

Mac schnaubt. „Dieses Kind wäre ein Glückspilz gewesen, dich zu haben, Tilly."

Bei diesem überraschenden Kompliment meines Bruders schaue ich ihn an. „Das ist wirklich nett von dir, Mac." Meine Stimme ist erstickt vor Gefühlen, die ich nicht einmal ansatzweise verbergen kann.

„Ich bin dafür bekannt, dass ich ab und zu nett bin. Auch ein blindes Huhn findet mal ein Korn, weißt du."

Ich stoße ein gekrächztes Lachen aus, das den Druck in meiner Brust lindert. „Du bist ein sehr gutes Huhn."

Der Ausdruck in seinem Gesicht ist zärtlich, als er mich ansieht. „Deine Zeit wird kommen, Tilly. Da bin ich mir sicher."

Als er geht, fließen noch mehr Tränen, denn ich fürchte jetzt mehr denn je, dass meine Zeit nie kommen wird. Und bevor Santino Rossi in mein Leben zurückkehrte, hatte ich damit kein Problem.

Jetzt … will ich mehr.

KAPITEL 35

Sonntag: Einsame Zugfahrt nach Hause mit einem ständigen finsteren Blick auf meinem Gesicht. Ich hasse jeden in diesem verdammten Zug. Und die Tatsache, dass ich einem älteren Ehepaar gegenübersitze, das die ganze Fahrt über Händchen hält, fühlt sich an wie ein riesiges „Fick dich, Santino" des Universums.

Montag: Ich gehe früh zur Arbeit, nachdem ich beschissen geschlafen habe und mitten in der Nacht herumgestampft bin, um alles zu verstecken, was mit Tilly zu tun hat. Ich werfe sogar meine verdammte Basilikumpflanze weg, weil ich sie nicht einmal mehr ansehen kann. Sie erinnert mich nur noch an sie, und sie kann mich mal.

Dienstag: Ich schlafe endlich ein, nur um mitten in der Nacht nach einem schrecklichen Albtraum schweißgebadet aufzuwachen. Die Tatsache, dass ich Tillys Kissen umklammere und schmerzhaft an ihren süßen Honigduft erinnert werde, macht es mir unmöglich, wieder einzuschlafen. Diese Laken können mich auch mal.

Mittwoch: Ich ignoriere weiterhin die Anrufe meiner Mutter. Ich weiß, was sie sagen wird. *Geh zu Tilly und entschuldige dich. Sei offen zu ihr. Sag ihr deine Wahrheit.* Das Problem ist, dass sie die Wahrheit nicht braucht. Wenn sie nicht bei mir bliebt, ohne das zu wissen, wie kann ich dann jemals erwarten, dass sie danach bei mir bleibt? Auch dieser Gedanke kann mich mal.

Donnerstag: Ich überlege, ob ich Tilly anrufen soll, weil ich den Klang ihrer Stimme vermisse, aber ich halte mich zurück, weil sie etwas Besseres verdient hat als mich. Die ganze Welt verdient etwas Besseres als mich. Ich trinke mein Eigengewicht in Whiskey.

Tilly

Montag: Vorbereitung der Babyparty. Nur glückliche Gedanken. Keine Gedanken an Santino. Okay, ein Gedanke an Santino … und es ist kein schöner. Ich weine mich in den Schlaf.

Dienstag: Ich putze das gesamte Haus von Freya und Mac und als ich ein T-Shirt von Santino finde, überlege ich, es in den Kamin zu werfen. Ich weiche Freyas Fragen aus, wo Santino sei, indem ich sage, dass er auf der Arbeit überlastet ist. Sie haben genug um die Ohren. Sie müssen nichts von meinem Beziehungsdrama hören. Ich verbringe den Abend damit, mich mit einem Becher Eiscreme zu trösten und mir Folgen von *Bridgerton* anzuschauen, während ich versuche, *nicht* daran zu denken, wie sehr Santino dem Duke ähnelt.

Mittwoch: Die Einladungen zur Babyparty sind verschickt. Ich hoffe und bete, dass niemand fragen wird, warum Santino nicht auf der Party ist. Ich schaue bei Harrods vorbei, um den Papierkram für den Job auszufüllen. Ich hoffe, dass ich am Montagmorgen wieder ganz die Alte bin und in meinem neuen Job voll durchstarten kann. Keine

Gedanken an Santino. Okay, zwei Gedanken … und sie sind nicht schön.

Donnerstag: Ich vermisse ihn. Schlafen ist unmöglich. Ich bereue es, dass ich sein T-Shirt in den Müll geworfen habe. Ich überlege, ob ich trinken soll, aber ich weiß, dass ich mich dem Schmerz nicht einfach so hingeben werde. Ich möchte ihn anrufen …, unbedingt. Aber ich kann nicht. Es ist sein Fehler, und er muss derjenige sein, der das in Ordnung bringt. Stattdessen versuche ich, mein Eigengewicht in Nudeln zu mir zu nehmen.

Freitag: Immer noch kein Anruf von Santino. Wenn er mich lieben würde, hätte er mich schon längst angerufen. Jeder einzelne Teil meines Körpers schmerzt wegen dieser traurigen Tatsache. Vielleicht ist es wirklich vorbei. Vielleicht hätte es nie anfangen sollen. Vielleicht bin ich dazu bestimmt, für immer allein zu sein. *Ich liebe ihn.*

KAPITEL 36

„Du bist kein Retter in der Not. Du bist nur ein Hurenmeister mit schlechtem Gewissen."

Tillys Worte von vor fünf Jahren, nachdem ich ihr angeboten hatte, für sie und das Baby da zu sein, verfolgen mich die ganze Woche über. Ich höre sie beim Aufwachen am Morgen. Ich denke vor dem Einschlafen in der Nacht daran. Sogar in meinen Träumen ist Tilly da … schreit mich immer wieder an und nennt mich ein Monster. Ich hatte sogar einen Albtraum, in dem jede einzelne Frau, mit der ich in den letzten Jahren ausgegangen bin, mit Tilly in meiner Wohnung auftauchte und Soße machte, und egal, was ich ihnen sagte, wie sie es machen sollen, sie ignorierten mich alle und kippten lächerliche Zutaten wie Batteriesäure und Reinigungsmittel hinein. Mein Verstand ist ein unheimlicher Ort.

Deshalb bin ich froh, dass heute Freitag ist. Es ist das Ende der wahrscheinlich längsten Woche meines Lebens. Ich bin müde, ich bin mürrisch, und ich will einfach nur nach Hause. Auch wenn ich mindestens alle fünf Minuten darüber nachdenke, meine Wohnung niederzubrennen, weil jeder Quadratzentimeter davon nach Tilly riecht.

Gott, ich bin ein Wrack. Ohne sie kann ich nicht mal schlafen. Wann zum Teufel ist das passiert? Ich wohne seit meinem zwanzigsten Lebensjahr allein, und eine schlimme Trennung beschert mir schlaflose Nächte? Das ist nicht richtig.

Am besten ist es, wenn ich mich auf produktivere Dinge wie die Arbeit konzentriere. Leider ist das auch eine kleine Katastrophe, denn Zander Williams' Mutter weicht all unseren geplanten Anrufen aus, und ich weiß immer noch nicht, was ich mit dieser ganzen Situation anfangen soll.

Ich habe mit der oberen Führungsebene über den Stand von Zanders Vertrag gesprochen, und sie erwarten, dass er bald unterschreibt. Ich habe versucht, mit irgendwelchen schwachsinnigen Ausreden zu begründen, warum ich den Vertrag noch einmal überprüfen muss, aber sie haben mich abgeschüttelt. Sie sagten, er sei sogar mit der Wohnung einverstanden, die sie für ihn in einer von Hayden Clarkes Immobilien ausgewählt hatten. Und leider konnte ich ihnen nicht sagen, dass Haydens Frau, Vi Harris, möglicherweise Zanders Halbschwester ist, weshalb es peinlich werden könnte, wenn sie sich über den Weg laufen. *Gott, mein ganzes Leben ist im Arsch.*

Ich will gerade meinen Computer herunterfahren, um meinen Kummer zu ertränken, als Vaughn an meine Bürotür klopft. „Santino! Ich bin so froh, dass ich dich endlich erwischt habe. Wo warst du die letzten Wochen?"

„Oh, ich war hier", stoße ich nervös wie ein schuldbewusstes Arschloch hervor, weil ich ihm immer noch aus dem Weg gehe. „Na ja, nicht immer hier drin. Ich habe ein bisschen in den Konferenzräumen unten gearbeitet."

„Konferenzräume?" Vaughn runzelt die Stirn und verschränkt die Arme vor der Brust. „Hattest du viele Besprechungen?"

„Hatte ich", lüge ich, denn die Wahrheit kommt nicht infrage. „Wie geht es dir? Wie geht es dem Team?"

„Oh, es geht ihnen gut, nehme ich an." Vaughn kommt in mein Büro und lässt sich auf einen der freien Stühle vor meinem Schreibtisch fallen. Seine Nähe macht mich nervös, da ich Angst habe, etwas zu verraten, aber ich muss sagen, es tut gut, ihn wiederzusehen. Es war schwer, ihm fernzubleiben, und ich respektiere den Mann zu sehr, um diese Farce noch länger fortzusetzen.

Er fährt sich mit einer Hand durch sein graues Haar und sagt: „Die Mannschaft war am Anfang etwas wackelig. Die Niederlage gegen Arsenal war ein schwerer Schlag für uns, denn auch die hatten Schwierigkeiten. Ich habe den Jungs in der Umkleidekabine gesagt, dass wir dieses Jahr als ein Jahr des Wiederaufbaus betrachten müssen, da wir in dieser Saison so viele Spieler verloren haben. Ich trainiere nicht die Mannschaft, die wir heute sind. Ich trainiere die Mannschaft, von der ich weiß, dass wir sie eines Tages sein können. Und wenn wir weiter hart arbeiten, können wir hoffentlich unseren Platz in der Premier League behalten und diesen Arschlöchern zeigen, dass wir hierher gehören.“

Ich nicke und stoße ein leises Lachen aus. „Du bist noch lange nicht im Ruhestand, oder?“

„Nächste Saison.“ Er wiederholt die Worte, die er uns allen schon seit Jahren sagt. „Tanner braucht mich noch.“

Meine Augenbrauen heben sich. „Glaubst du, dass Tanner dein Nachfolger werden wird?“

„Mein Gott, ich weiß es nicht.“ Er lacht. „Er ist eigentlich ein guter Trainer, wenn er sich nicht gerade verpisst. Aber du weißt, dass nichts davon meine Entscheidung ist. Es liegt an den Besitzern.“

„Richtig.“ Ich klicke nachdenklich mit meinem Kugelschreiber und versuche, mir Bethnal Green ohne Vaughn Harris vorzustellen. Es ist kein angenehmer Gedanke.

„Erzähl mir von deinem Leben, Santino.“ Er beugt sich vor und klopft auf meinen Schreibtisch. „Ich habe ein kleines Gerücht über dich gehört.“ Vaughn tippt sich an die Nase, und meine Augen weiten sich. „Ich habe gehört, dass du mit Mac Logans Schwester zusammen bist.“ Seine blauen Augen funkeln schelmisch, und ich bin erleichtert, dass er nicht Zander Williams meint, aber dann dreht mir der Gedanke an Tilly den Magen um.

Ich reibe mir den Nacken. „Nun …, ich war mit ihr zusammen.“

„War?“, wiederholt Vaughn. „Tanner hat es mir erst letzte Woche erzählt. Was kann in einer Woche schon passiert sein?“

„Ich wünschte, ich wüsste es genau.“ Ich fahre mir erschöpft mit der Hand durch die Haare und hasse es, wie sehr mich der Gedanke an sie schmerzt.

Vaughn mustert mich einen langen Moment. „Du siehst nicht gut aus."

„Mir geht's gut." Ich richte meine Krawatte und merke erst jetzt, dass ich nach einem langen Tag wahrscheinlich ein wenig zerzaust wirke. „Es war nur eine lange Woche."

„Wie kann ich helfen?"

„Vaughn." Mit einem Lachen zeige ich auf die Tür. „Du hast da draußen einen ganzen verdammten Fußballverein zu managen. Du brauchst nicht hierherzukommen und meinen Therapeuten für den Tag zu spielen. Meine Arbeit leidet nicht darunter, das versichere ich dir."

„Ich spreche nicht über die Arbeit, Santino." Vaughns Gesicht wird ernst und er sieht mich mit dem gleichen Blick an, den er nach einer Niederlage eine Woche lang trägt. „Wir arbeiten jetzt seit fast einem Jahrzehnt zusammen und ich habe dich noch nie so gesehen."

„Wie?"

„Am Boden zerstört."

Ich blinzle ihn an. „Ich bin nicht am Boden zerstört."

„Junge, du hast dunkle Ringe unter den Augen und siehst aus, als hättest du abgenommen. Verdammt, sogar dein Anzug ist völlig zerknittert. Ich habe dich noch nie in einem zerknitterten Anzug gesehen. Du bist völlig fertig."

Ich schaue entsetzt nach unten, als ich feststelle, dass ich mich nicht einmal im Spiegel betrachtet habe, bevor ich heute zur Arbeit kam. Ich weiß nicht einmal, ob der Anzug sauber war, als ich ihn angezogen habe. „Ich war spät dran."

„Blödsinn", schnaubt er und stützt sich mit den Ellbogen auf die Knie, während er mir einen harten Blick zuwirft. „Nahezu jedes meiner Kinder hat irgendwann einmal seine Beziehungen verpfuscht. Also raus damit, und dann sehen wir mal, was wir tun können."

Ich zermartere mir das Hirn, um herauszufinden, wie ich meinem Chef sagen kann, er solle sich verpissen, weil mich jeder Gedanke an Tilly Logan in einen schlaflosen Anfall der Verzweiflung stürzt. Stattdessen kommt mir Jane Williams in den Sinn, also beschließe ich, einen anderen Ansatz zu versuchen. „Wenn jemand ein Geheimnis vor dir verbirgt … und es dir nicht sagt, weil du ihm wichtig bist und er dich beschützen will …, ist das doch in Ordnung, oder? Das wäre doch anständig und moralisch richtig?"

Vaughn runzelt die Stirn. „Reden wir von einem Kind oder einem Erwachsenen?"

„Natürlich von einem Erwachsenen." Ich schlucke den Kloß in meinem Hals hinunter.

Vaughn lehnt sich zurück und denkt einen Moment lang nach. „Nun, Erwachsene können ihre eigenen Entscheidungen im Leben treffen. Dieses Recht haben sie sich verdient."

„Richtig …, aber nehmen wir an, dass diese Person gesetzlich verpflichtet ist, es nicht zu sagen."

Vaughn runzelt die Stirn. „Was hat das Gesetz mit der Liebe zu tun?"

Meine Lippen werden schmal. „Es ist kompliziert."

„Dann entkompliziere es", schnauzt Vaughn und schlägt mit der Faust auf sein Knie. Seine Augen werden dunkel, als er hinzufügt: „Ich habe vor vielen Jahren die Liebe meines Lebens verloren, Santino, und das war wirklich kompliziert. Es hat mich bis ins Mark verändert. Ich war gebrochen, leer, wütend. Ich war nicht ganz richtig im Kopf. Ohne Vilma machte nichts mehr Sinn."

Meine Brust zieht sich bei diesen vertrauten Worten zusammen, denn ich bin schon die ganze Woche ohne Tilly verloren. Ich weiß nicht, was ich tun, was ich essen, was ich fühlen soll. Tilly Logan kam zurück in mein Leben gestürmt und ich habe mich sofort an sie gewöhnt, als sollte sie schon immer hier sein … *bei mir*.

Jetzt ist sie aus meinem Leben verschwunden, und *ich vermisse sie*. Ich vermisse das Gefühl ihres Körpers an meinem, und nicht nur den Sex. Der Sex war natürlich hervorragend, aber ich vermisse es, sie zu berühren und ihr Lachen zu sehen, wenn ich sie wegen ihres Starrsinns aufziehe. Ich vermisse es, wenn sie mich ausschimpft, weil ich immer über meine eigenen Witze lache. Ich vermisse ihre zuckende Nase, wenn sie über etwas nachdenkt. Ich vermisse es, sie in meinem Bett zu haben und ihr beim Schlafen zuzusehen. In diesen

Momenten sah sie so unschuldig aus. Unbefleckt und unberührt von den Schrecken des Lebens. Unkompliziert, so wie sie sein sollte.

Mein Gott, ich bin in der Hölle.

„Was ist, wenn das, was ich tue, das Beste für sie ist, Vaughn?", frage ich und versuche nicht mehr, das Gespräch auf Jane Williams zu lenken, denn ich werde Tilly so schnell nicht vergessen. „Ich will Tilly nicht in meine Dunkelheit hinunterziehen. Ich möchte, dass sie ein wunderschönes Leben führt, und egoistischerweise möchte ich, dass sie es mit mir lebt, aber sie muss darauf vertrauen, dass ich weiß, was in dieser speziellen Situation das Beste für sie ist."

Vaughn schüttelt traurig den Kopf. „Ich dachte immer, ich wüsste, was das Beste für Vilma ist." Seine Nasenflügel blähen sich auf, als er tief einatmet. „Bei ihr wurde Krebs im vierten Stadium diagnostiziert, und ich habe sie gezwungen, einen Test nach dem anderen zu machen, eine Operation nach der anderen. Ich ließ sie zu Spezialisten gehen und verschiedene Therapien ausprobieren. Ich habe sie gezwungen, alles zu tun, was ich für richtig hielt, und weißt du, was am Ende passiert ist? Ich habe unsere Liebe ruiniert." Seine Stimme zittert am Ende, und ich kann den eindringlichen Schmerz und den Kummer in seinen Augen sehen.

Es ist, als würde ich in einen verdammten Spiegel schauen.

Ich schlucke den schmerzhaften Kloß in meiner Kehle hinunter. „Aber du wolltest doch nur helfen. Du hast sie geliebt."

Vaughn zuckt zusammen. „Santino, Kumpel, ich habe versucht, mir selbst zu helfen, weil ich die Realität nicht akzeptiert habe. Und glaube mir, wenn ich dir sage, dass deinen Partner auf einen Weg zu zwingen, den du für richtig hältst, keine Liebe ist." Er wirft mir einen ernsten Blick zu. „Liebe bedeutet, Freude und Leid zu teilen. In guten wie in schlechten Zeiten."

Mein Kiefer verkrampft sich, während ich angewidert den Kopf schüttle. „Du kennst mein Leid nicht. Es ist zu viel für mich, geschweige denn für jemand anderen."

Vaughn beugt sich vor. „Santino, meine Frau ist an einem Krebs gestorben, der ihren Körper nicht verlassen wollte. Wenn du die Möglichkeit hast, deinen Krebs herauszuschneiden und dich davon zu befreien, musst du das tun und darauf vertrauen, dass die Liebe, die du mit Tilly teilst, stark genug sein wird, um diese Wunde zu heilen.“

Seine Worte haben eine unmittelbare Wirkung und klingen so ähnlich wie die von Tilly letzte Woche. *„Ich habe mich aufgeschnitten und für dich geblutet, Sonny. Du durftest der Verband sein, der mich zusammengeflickt hat. Und jetzt soll ich deine Wunde nicht einmal sehen?“*

Meine Mutter hatte recht. Meine Sorgen drehten sich so sehr um Tillys Reaktion, dass ich die Wahrheit ignoriert habe, dass ich derjenige mit dem Problem bin. Ich bin derjenige mit der Wunde – derjenige, der zu viel Angst hat, sie jemandem zu zeigen. Ich muss die Kraft finden, mir selbst zu verzeihen, sonst werde ich nie in der Lage sein, Tilly gegenüber ehrlich zu sein. Und ich muss darauf vertrauen, dass Tilly nicht das tut, was ich am meisten fürchte, und wieder die Flucht ergreift.

Mein Herz hämmert in meiner Brust, als ich schließlich antworte: „Danke, Vaughn. Du hast mir eine Menge zum Nachdenken gegeben.“

„Nun, denke nicht zu lange nach.“ Vaughn tippt auf meinen Schreibtisch und steht auf. „Wusstest du, dass das Sonntagsessen dieses Wochenende in eine Babyparty umgewandelt wird?“ Er lacht und zuckt mit den Schultern. „Wie auch immer, ich erwarte, dich dort zu sehen.“

KAPITEL 37

DAS ANWESEN VON VAUGHN HARRIS IST EIN WUNDERSCHÖNES HAUS mit weißen Säulen in den östlichen Vororten Londons. Die große Treppe und der Marmorfußboden, die einen beim Betreten des Hauses begrüßen, sind ein wenig einschüchternd, aber nachdem ich Allie den Flur hinunter gefolgt und nach links durch die Küchentür gegangen bin, konnte ich sehen, dass nichts an dieser Familie spießig ist.

Der warme, einladende Raum in der Gourmetküche ist funktionell, nicht übertrieben eingerichtet, und die Caterer haben die meisten Speisen auf der langen Kücheninsel angerichtet. Die Wohnküche ist größer als die meisten formellen Esszimmer, mit einem Tisch, an dem vierzehn Personen Platz finden. Der gesamte Raum öffnet sich durch mehrere Glastüren in den hinteren Garten mit vielen Terrassenmöbeln und allem, was man in einem Haus einer Fußballfamilie erwartet – Torpfosten, Fahnen und Spielzeug … jede Menge Outdoor-Spielzeug für die Kinder.

So … viele … Kinder.

„Sie werden die Polizei rufen", keuche ich und halte mir mit der

Hand den Mund zu, als ich den Wahnsinn sehe, der sich in Vaughns Garten entfaltet. „Sollen wir alle nach drinnen bringen? Sicherlich kann das jemand hören und wird sich wegen Ruhestörung beschweren." Ich blicke mit großen Augen zu Allie, die den weinenden Neo auf ihrer Hüfte hält.

Sie winkt ab. „Wir machen das ständig. Es ist in Ordnung!"

„Ihr macht das jeden Sonntag?"

„Das hängt von den Terminen ab, aber viele von uns kommen jede Woche. Sei froh, dass es nicht regnet!" Sie macht sich auf den Weg, um sich um den unglücklichen Neo zu kümmern.

Guter Gott, ich würde bei Regen untergehen. Erstaunt schüttle ich den Kopf, während ich versuche, mir einen Reim auf alle Personen zu machen, die an diesem schönen Sonntagnachmittag in Vaughns Haus eingetroffen sind. Zuerst waren da der älteste Harris-Bruder Gareth und seine Frau Sloan aus der Boutique. Sie waren ein willkommener Anblick, denn sie kamen früh und ihre kleine Tochter Sophia bot mir an, mir bei der Dekoration zu helfen. Ihr kleiner Sohn Milo stürmte die große Treppe hinauf, und ich habe ihn seitdem nicht mehr gesehen.

Als Nächstes kamen Booker, der Torwart und jüngste Harris-Bruder, und seine Frau Poppy mit ihren Zwillingsjungen, deren Namen mir gerade nicht einfallen. Teddy und Oliver, glaube ich? Süße Namen, aber diese beiden kleinen Teufel haben mehr als die Hälfte der Dekoration zerstört, die Sophia und ich vorberietet haben. Freya und Mac kommen erst in einer Stunde, und ich fürchte, es wird nichts übrigbleiben, wenn ich nicht einen Käfig finde, in den ich die beiden kleinen Dämonen stecken kann.

Tief durchatmen, Tilly. Tief durchatmen.

Camden, Indie, Tanner und Belle sind alle zusammen aufgetaucht, jeder mit einem Kind. Ich hatte nicht wirklich über das Verhältnis zwischen Erwachsenen und Kindern nachgedacht, als ich Allie sagte, sie solle alle einladen, von denen sie glaubt, dass Freya sie hier haben möchte, und jetzt frage ich mich irgendwie, warum keine Kindermädchen in Sicht sind. Sind nicht alle diese Leute stinkreiche Fußballer und Ärzte? Wo ist die bezahlte Hilfe?

Als Vi Harris und ihr Mann Hayden mit nur einem Kind

auftauchen, bin ich eigentlich erleichtert. Wenigstens ein Mitglied der Harris-Familie bringt nicht jedes Jahr ein Kind zur Welt.

Hinzu kommen Haydens Bruder Theo und Leslie. Sie haben ihre Tochter Marisa im Schlepptau.

Ich hätte eine größere Hüpfburg bestellen sollen.

Als meine Eltern zur Tür hereinkommen, breche ich fast in Tränen aus, denn ich habe sie schrecklich vermisst, und ich brauche ihre Hilfe so verdammt dringend.

„Tilly!" Meine Mutter Jean umarmt mich fest, und ihre warme Umarmung ist wie eine Kindheitserinnerung, verpackt in einer Berührung. Ich war begeistert, als sie gestern einen Flug gefunden haben, um zur Party hier zu sein. Sie haben letzte Nacht in einem Hotel übernachtet und reisen heute Abend ab, also ist es eine kurze Reise für sie. Sie wollten Freya aber noch vor der Geburt des Babys sehen und planen, nach der Geburt für einen längeren Besuch zurückzukommen.

Sie zieht sich zurück und berührt mein gelocktes Haar. „Mein Gott, du siehst umwerfend aus! Und sieh dir dieses wunderschöne blaue Kleid an. So feminin für dich. Trägst du tatsächlich hohe Schuhe?"

„Ja, anscheinend schon", antworte ich lachend und streiche mit den Händen über meine Hüften. Das Kleid ist von Kindred Spirits. Ein knielanges Modell aus Knautschsamt mit Glockenärmeln und einer engen Taille aus Satin. Ich schiebe die neugierigen Hände meiner Mutter spielerisch weg und wende mich mit einem breiten Lächeln an meinen Vater James. „Hallo, Dad."

„Hiya, kleines Mädchen." Er zieht mich an sich und hüllt mich in den vertrauten Duft seines Brute-Cologne. „Was für eine tolle Party du hier für Macky und Freya geplant hast."

„Und ich bin mir ziemlich sicher, dass sie überrascht sein werden." Ich ziehe mich zurück und lächle in Richtung der Party, die bereits in vollem Gange ist. „Mac war sauer auf mich, weil ich heute nicht mit ihnen zum Sonntagsessen komme, da es eine heilige Harris-Tradition ist, aber ich habe ihnen gesagt, dass ich noch eine Menge zu tun habe, bevor ich morgen meinen neuen Job antrete."

„Oh, Schatz, wir sind so stolz auf dich", sagt meine Mutter, während sie mir immer noch liebevoll über das Haar streicht.

Mein Vater stößt mich mit dem Ellbogen an. „Mum hat uns gezwungen, bei Harrods einzukaufen, bevor wir herkamen. Das ist ein sehr schöner Laden, Mädchen. Ein bisschen zu nobel für meinen Geschmack, aber ich bin mir sicher, dass du da gut reinpasst."

Ich kichere. „Danke. Sie haben die Sache mit Freyas Haustierlinie großartig gemeistert. Alles ist vorbereitet und startklar, und ich freue mich einfach, dass ich ihnen nützlich sein konnte."

„Was höre ich da von einem Jungen, mit dem du ausgehst?", flüstert Mum, wobei ihre Lippen sich zu einem verschmitzten Lächeln verziehen. „Mac sagt, er sei der Anwalt des Teams und nicht der Idiot, für den wir ihn alle hielten. Ich kann mich nicht erinnern, etwas über einen Santino Rossi gewusst zu haben, also kannst du mir erklären, wovon er spricht?"

„Mum", unterbreche ich sie kopfschüttelnd. „Es tut mir leid, aber … Santino und ich sind nicht mehr zusammen."

Ihr Gesicht wird lang. „Was?"

„Und Mac und Freya wissen es noch nicht, also wäre ich dir sehr dankbar, wenn du es für dich behalten könntest. Ich möchte ihnen ihren großen Tag heute nicht verderben."

„Muss ich mit dem Jungen reden?" Mein Vater sieht sich um, seine Augen zu schmalen Schlitzen zusammengekniffen. „Ist er hier?"

„Nein, Dad. Er ist nicht hier. Entspann dich. Ich brauche niemanden, der mit ihm redet … Es hat einfach nicht funktioniert." Mein Hals schmerzt bei diesem Gedanken, während ich ein Lächeln für sie aufsetze.

Meine Mutter seufzt. „Nun, ich bin einfach froh zu hören, dass du dich endlich wieder verabredest. Wenn du einen gefunden hast, kannst du sicher auch einen anderen finden."

„Mum, ich suche nicht nach meinem Seelenverwandten. Es war nur eine zwanglose Sache."

Meine Eltern sehen beide niedergeschlagen aus, aber ich habe keine Zeit, ihre gebrochenen Herzen wegen meines gebrochenen Herzens zu pflegen, also ziehe ich sie hinüber, wo Vaughns und Freyas Eltern am Erwachsenentisch Platz genommen haben. Freyas Eltern sind heute Morgen um fünf Uhr aufgebrochen, um bei der Party dabei zu sein, und ich weiß, dass sie sich sehr freuen wird, sie zu sehen.

Endlich ist die Zeit für die Ankunft von Freya und Mac gekommen, und so eile ich aus dem Garten nach drinnen und sage allen, sie sollen still sein – sehr zum Unmut der Kinder. Na ja, nicht aller Kinder. Rocky und Sophia halten sich an meinen Händen fest, als wir hören, wie sich die Haustür öffnet, und sie beschließen, dass wir in die Hocke gehen sollten, um uns auf ihr Erscheinen vorzubereiten.

Ich runzle die Stirn, als ich keine Stimmen höre, weil Mac und Freya nichts leise tun. Als sich die Tür zur Küche öffnet, schlägt mir das Herz bis zum Hals, denn es sind nicht mein Bruder und seine Frau, die hereinkommen.

Es ist Santino.

Meine Beine werden zu Brei, als ich ihn erblicke, denn ich habe ihn hier nicht erwartet. Er trägt einen schwarzen Anzug ohne Krawatte. Oben an seinem weißen Hemd hat er ein paar Knöpfe offengelassen, was seine olivfarbene Haut entblößt und mir praktisch das Wasser im Mund zusammenlaufen lässt. Seine Augen treffen fast augenblicklich auf meine, und wir beide erstarren für einen Moment. Ich schwöre, dass es sich anfühlt, als würde das gesamte Universum in der Zeit stehenbleiben, während mein Herz in einen Galopp ausbricht.

Es kommt mir vor, als wäre es gleichzeitig Sekunden und Jahre her, seit ich ihn gesehen habe. Sein Gesicht hat einen gequälten Ausdruck, und sein Anzug liegt nicht so eng an, wie es normalerweise der Fall wäre.

Plötzlich merke ich, dass der ganze Raum uns anstarrt, und unser ruhiger Moment wird unterbrochen, als Tanner brüllt: „Geh aus dem Weg, Santino. Fuck!"

„Fuck!", wiederholt eines der Kleinkinder laut, wobei der Klang vom Marmorboden widerhallt.

Mehrere Stimmen fangen an, Tanner zu schelten, und die Kinder fangen alle an zu kichern, während sie das Wort nachplappern, das ihr Onkel gerade gesagt hat. Es ist ein Chor von Fucks, der völlig unkontrolliert durch den Flur hallt.

Plötzlich tauchen Mac und Freya mit großen, verwirrten Augen durch die Küchentür auf. Etwa die Hälfte von uns bemerkt es und ruft: „Überraschung!" Einen Moment lang ist es still, und ein weiteres

Kind sagt „*Fuck!*“, um die Katastrophe des Augenblicks vollends zu unterstreichen.

Ich bin entsetzt.

„Was ist hier los?“, fragt Freya, die in ihrem langen geblümten Umstandskleid bezaubernd aussieht, als sie Macs Arm ergreift und sich neugierig umschaut. „Was ist die Überraschung?“

Ich trete vor, Sophia und Rocky immer noch an meine Hände geklammert, und jetzt haben wir anscheinend auch ein paar der anderen Mädchen im Schlepptau … Marisa, Bex und Joey. „Wir schmeißen eine Babyparty für euch.“ Ich lächle strahlend, und mein Gesicht fällt, als Freya anfängt zu flennen.

„Nicht weinen!“, rufe ich und schaue nervös zu meinem Bruder, der … oh, um Himmels willen … auch weint.

„Ich muss weinen!“, verkündet Freya und fuchtelt mit den Händen vor ihrem roten Gesicht herum. „Ich bin schwanger, und das ist mittlerweile im Grunde alles, was ich mache!“

„Scheiße“, knurrt Mac, während er sich über die Augen wischt. „Ich bin nicht schwanger. Ich bin nur gerührt.“

Alle lachen darüber, und wer hätte es gedacht?

Mehr Fucks von den Kindern.

Gott sei Dank ist dies eine vergebende Familie.

Die Party beginnt größtenteils im Garten, aber die Leute kommen und gehen, um etwas zu essen. Die Kinder sind alle wild und zumindest teilweise in der Hüpfburg beschäftigt, während die Erwachsenen das Essen und die Getränke genießen. Ich beginne mit den albernen Spielen und tue mein Bestes, um Santinos Anwesenheit zu ignorieren, was leicht ist, weil er mir auch aus dem Weg zu gehen scheint.

Das beste Spiel, das ich organisiert habe, besteht darin, dass die Jungs sich Luftballons unter die Hemden stecken und darum wetteifern, wer sich die Schuhe am schnellsten zubinden kann. Natürlich haben die Harris-Brüder meine Spielidee noch übertroffen und Fußball in den Mix eingebracht. Jetzt müssen sie nicht nur ihre Schuhe mit dem Ballon unter dem Bauch zubinden, sondern auch einen Fußball quer durch den Garten dribbeln und einen Kopfball ins Tor machen, bevor sie sich auf den Bauch fallen und ihre Ballons platzen lassen.

Es ist tatsächlich ein wenig verstörend, und wenn ich daran denke, dass es sich um hochbezahlte Profisportler handelt, die mit falschen Schwangerschaftsbäuchen herumlaufen, während ihr Vater sie anschreit, sich nicht zu verletzen, bekommt die ganze Szene ein Eigenleben. Am Ende mache ich mir vor lauter Lachen fast in die Hose. Freya macht sich tatsächlich in die Hose. Aber das ist nicht schlimm. Die Mütter sagen alle, das sei ganz normal.

KAPITEL 38

HEUTE WAR ICH AUF VIELE DINGE NICHT VORBEREITET. ICH WAR nicht darauf vorbereitet, einen Luftballon unter mein Hemd zu stecken. Ich war nicht darauf vorbereitet, dass Tanner mich zu einem Torwandschießen herausfordern würde. Ich war nicht darauf vorbereitet, in ein Geschäft zu gehen und das erste Babygeschenk meines Lebens zu kaufen. Ich habe drei Packungen Windeln gekauft, weil alles im Internet sagte, das sei eine vernünftige Geschenkidee.

Und ich war nicht darauf vorbereitet, wie schön Tilly Logan heute aussehen würde.

Sie sieht sogar noch umwerfender aus als bei der Wohltätigkeitsgala vor über zwei Monaten. Ich kann nicht glauben, dass sie so schön und so ungerührt aussehen kann, wo ich doch schon seit acht Tagen ein Wrack bin.

Es ist furchtbar. Mein Bett riecht immer noch nach ihr, weil ich mich weigere, meine Laken zu wechseln. Meine Wohnung ist immer noch übersät mit Gegenständen, die sie zurückgelassen hat, eine Zahnbürste, ein paar Klamotten, ein paar Fotos von Straßenkunst, von denen sie dachte, dass sie mir gefallen würden und die ich noch einrahmen muss. Ich bringe es nicht über mich, irgendetwas davon in eine Kiste zu packen. Wahrscheinlich müsste ich alles verbrennen, wenn ich Tilly jemals aus meinem Kopf bekommen will.

Aber ich will sie nicht aus meinem Kopf bekommen. Ich will sie in meinem Kopf, in meinen Armen, in meinem Bett … und in meinem Leben.

Als ich sie von der anderen Seite des Rasens aus beobachte, wie sie mit all den anderen Frauen lacht, schleicht sich ein Teil meiner alten Zweifel ein. Vielleicht ist sie ohne mich besser dran. Vielleicht war es ein Fehler, herzukommen.

Aber dann erinnere ich mich daran, wie ich mit ihr im Tower Park Fußball gespielt habe und wie sie beliebige Zeichnungen auf einer Telefonzelle zu schätzen wusste. Ich erinnere mich an unsere gemeinsamen morgendlichen Duschen und daran, dass wir an manchen Tagen nicht einmal Sex unter der Dusche hatten, weil wir zu sehr mit Reden beschäftigt waren. Jetzt steht sie hier vor mir, und ich kann nur daran denken, wie sehr ich sie vermisse und sie berühren möchte. Die schmerzende Schwere in meiner Brust wird immer intensiver, je länger ich sie ansehe.

Gott, ich liebe sie.

Vaughns Worte hallten das ganze Wochenende in mir nach. Und ob es mir nun gefällt oder nicht, mein Herz ist gewachsen, als ich mich in sie verliebt habe, und nicht mit ihr zusammen zu sein bedeutet, dass es eine Leere in mir gibt, die ich mehr hasse als meine Dämonen. Ich muss mit ihr reden.

Tilly geht zum zehnten Mal ins Haus, und ich fasse endlich den Mut, mit ihr zu reden. Ich sehe sie aus der Küche kommen und folge ihr eilig in den langen Eingangsflur, durch den ich gekommen bin.

„Tilly." Meine Stimme hallt in der riesigen Größe von Vaughns Haus wider. „Können wir reden?"

Sie zögert an der Treppe, den Rücken zu mir, die Schultern hochgezogen. „Ich wollte gerade etwas aus meinem Auto holen."

Plötzlich stürmen Bookers Zwillinge durch die Küchentür, rennen gegen mich und machen schnelle Drehungen, während sie ihr Gleichgewicht wiederfinden und durch die Tür hinaushuschen.

Als sie weg sind, macht Tilly auf dem Absatz kehrt und sieht mich mit ihren großen blauen Augen an, die in der letzten Woche das Highlight meiner Träume waren. „Kann das nicht bis später warten?"

Ich öffne den Mund, um etwas zu erwidern, da ertönt ein lautes Rauschen aus der Flurtoilette zwischen Tilly und mir. Einen Moment später kommt Bookers Frau Poppy heraus und schaut zwischen uns hin und her. „Entschuldigung …, ich musste nur mal auf die Toilette."

„Ist schon Ordnung", sagt Tilly lächelnd. Sie deutet mit dem Daumen in Richtung Tür. „Ich habe gerade gesehen, wie deine Jungs zur Haustür raus sind, falls du es wissen willst."

Sie rollt mit den Augen und schnaubt. „Booker sollte auf sie aufpassen." Sie geht auf die Tür zu, hält jedoch kurz inne. „Wisst ihr, im Wald hinter dem Haus gibt es ein richtig süßes Spielhaus. Die Kinder dürfen da noch nicht allein hin, weil die Kleinen noch zu klein sind, und dann kriegen sie einen Anfall, wenn einige gehen dürfen und sie nicht. Das ist eine Katastrophe für alle. Wie auch immer …, wenn ihr etwas Privatsphäre wollt, gibt es einen Pfad neben dem Haus, der euch direkt dorthin führt. Geht einfach durch die Haustür hier auf der linken Seite. Ihr könnt ihn nicht verfehlen."

„Danke, aber wir kommen klar", sagt Tilly mit einer Handbewegung.

„Nein, tun wir nicht", antworte ich und trete entschlossen näher an sie heran.

Poppys Augen weiten sich. „In Ordnung. Ich gehe nur schnell nachsehen, ob meine Kinder nicht wieder versuchen, ein Auto wegzufahren."

Sie eilt zur Haustür hinaus. Mein Kiefer ist angespannt, als Tilly mich mit einem wütenden Blick und zuckender Nase ansieht. Ich dränge sie erneut. „Ich möchte wirklich mit dir reden."

„Santino, jetzt ist kein guter Zeitpunkt." Sie schaut weg, eindeutig im Kampf mit sich selbst.

„Warum nicht?", frage ich. „Die Geschenke und der Kuchen sind erledigt. Alle reden nur noch miteinander. Kannst du mir wirklich nicht ein paar Minuten deiner Zeit schenken? Bin ich so ein großes Monster für dich?"

Ihr Gesicht sieht verletzt aus, als sie mich wieder ansieht. „Ich habe dich nie ein Monster genannt."

„Dann bitte … komm einfach mit mir nach hinten raus."

Sie atmet schwer aus, ihre Augen sind voller Bedauern, als sie nickt und sich auf dem Absatz umdreht, um aus der Haustür zu gehen, ohne mir einen Blick zuzuwerfen. Um sie einzuholen, jogge ich und bin schockiert darüber, dass sie mit ihren Keilabsätzen so schnell laufen kann. Ich kann nicht anders, als ihren Hintern und ihre Beine zu bewundern, als sie das Tor öffnet und den schmalen Weg hinuntergeht, der genau zu dem führt, was Poppy beschrieben hat.

Es ist ein märchenhaftes Häuschen, umgeben von alten Bäumen und riesigen gefallenen Blättern. Draußen steht ein Tisch, und es ist offensichtlich ein beliebter Ort für die Harris-Kinder.

Tilly stellt sich davor und dreht sich zu mir um.

„Sollen wir reingehen?", schlage ich lachend vor, wobei ich auf die kleine Eingangstür zeige.

„Das ist privat genug", faucht sie, die Arme vor der Brust verschränkt.

Ich atme langsam aus und knöpfe mein Jackett auf. „Du wirst es mir nicht leicht machen, oder?"

„Warum sollte ich?", erwidert sie mit vor Wut geweiteten Augen. „Du warst letztes Wochenende ein Idiot zu mir. Du hast mich nachts in den Zug steigen und allein nach Hause fahren lassen. Du hast mir nicht geschrieben oder mich angerufen, um zu sehen, ob ich gut angekommen bin. Du hast mich einfach aus deinem Leben verschwinden lassen, ohne auch nur einen Blick zurückzuwerfen. Hat es dich diese Woche überhaupt gestört? Oder war es nur eine weitere Woche im Büro, in der du darüber gelacht hast, dass eine weitere Zweimonats-Idiotin dran glauben musste?"

„Tilly", antworte ich mit einem schweren Seufzer. Der Schmerz in meinem Körper darüber, wie schrecklich ich zu ihr war, macht es mir schwer, aufrechtzubleiben.

„Antworte mir", fordert sie, stampft mit dem Fuß auf und lässt die trockenen Blätter am Boden rascheln.

Mein Kiefer verkrampft sich vor Frustration. „Natürlich hat es mich gestört."

„So siehst du aber nicht aus", schnaubt sie und zeigt auf meinen Anzug. „Du siehst perfekt aus, wie immer. Perfekter Anzug, perfekter

Job, perfekte Familie …, sogar deine blöde Basilikumpflanze ist wahrscheinlich noch perfekt."

„Das musst du gerade sagen", erwidere ich und rucke mit dem Kopf zurück. „Du hast dich heute definitiv mit dem Ziel angezogen, jemanden zu beeindrucken, und ich kann mir nicht vorstellen, dass es Freyas und Macs Baby ist. Triffst du dich später mit Belles Bruder?"

„Oh mein Gott, so eifersüchtig?"

„Ja", knurre ich zurück und versuche nicht einmal, meinen Ärger zu verbergen. „Ich habe dich noch nie mit hohen Schuhen gesehen."

„Wen interessiert schon, was ich an den Füßen habe?"

„Mich interessiert es", rufe ich. Mein Körper spannt sich an, weil ich sie berühren möchte, jetzt, wo sie direkt vor mir steht. „Mich interessiert alles, was mit dir zu tun hat, Tilly. Und du sollst wissen, wie leid mir das letzte Wochenende tut. Der Gedanke daran, wie du allein im Zug sitzt, hat mich umgebracht. Aber ich war ein Wrack. Ich hatte Angst, dich zu verlieren, während ich dich weggestoßen habe. Ich habe keine Entschuldigung, außer dass ich ein verdammtes Arschloch bin."

„Das warst du definitiv", schnauzt sie und ihre Stimme bebt, während sich ihre Augen mit Tränen füllen. „Du warst ein Arschloch, und ich war dumm. In den letzten Wochen habe ich all meine beängstigenden, unsicheren Seiten geteilt und mich selbst als die Verkorkste abgestempelt, während du dasitzen und mit deinen Geheimnissen perfekt sein durftest."

„Ich bin nicht perfekt", antworte ich, wobei meine Stimme nur ein Flüstern ist, während der Schmerz meiner Wahrheit an die Oberfläche steigt. Ich trete näher an sie heran, atme tief ein und nehme mir vor, mutig zu sein, wie Nonno es gesagt hat. Ich bin ein siebenunddreißigjähriger Mann, der immer noch die Stimme meines Nonnos im Kopf braucht, um Vertrauen zu haben. „Mein ganzes Erwachsenenleben habe ich versucht, mich auf eine bestimmte Art und Weise darzustellen … Als ein Mann, der Erfolg hat, der sich Ziele setzt, der sich um alles und jeden kümmern kann. Ich habe das getan, um mir zu beweisen, dass ich mich nicht schämen muss. Und ich habe es nicht gespürt. Niemals. Nicht einmal bei den Frauen, mit denen ich in den letzten Jahren zusammen war.

Aber, Tilly, je näher wir uns kamen und je mehr ich mich in dich verliebte …, desto mehr hatte ich Angst, dass du deinen Blick auf mich ändern könntest, wenn du die Wahrheit über mich wüsstest. Und es tut mir leid, aber ich habe mich in dieser Vorstellung von Perfektion zwischen uns verfangen. Ein glückliches, sorgloses Leben. Ich liebte es, dass du mich für perfekt hieltest. Es hat meine Seele genährt. So fühlte ich mich lebendig und rein und eines schönen Lebens mit dir würdig."

„Du bist würdig, du Arschloch!", schreit sie mit geröteten Augen. „Wie kannst du glauben, du seist es nicht?"

„Weil ich nicht perfekt bin, und als ich sah, wie du mich verlassen hast, wurde mir das wieder bewusst." Meine Nasenflügel blähen sich auf, als ich mich darauf vorbereite, den nächsten Teil hinzuzufügen. „Ich habe große Angst davor, dir diese Wahrheit zu sagen, denn wenn du wieder vor mir wegläufst, glaube ich nicht, dass ich es überleben werde."

„Santino, ich will nicht weglaufen!", krächzt Tilly mit erstickter Stimme. „Mir ging es diese Woche ohne dich auch miserabel. Ich habe mich in die Planung dieser Babyparty gestürzt, denn mich hinzusetzen und darüber nachzudenken, wie mein Leben ohne dich aussehen wird, ist ein Schmerz, der mich brechen wird … erneut."

Sie tritt näher und nimmt mein Gesicht in die Hände. Ihre Berührung, nach der ich mich gesehnt habe, schickt Schockwellen durch meinen ganzen Körper.

Ihre tränengefüllten blauen Augen sind auf mich gerichtet, als sie sagt: „Ich weiß, dass das Weglaufen ein Verhaltensmuster von mir ist, weil ich mich schwach und unfähig fühle, wenn ich Hilfe annehme, aber ich habe mich noch nie so stark und inspiriert gefühlt wie in deiner Gegenwart."

Ich atme einen reinigenden Atemzug ein und hebe meine zitternden Hände, um auch ihr Gesicht zu umfassen, während ich beginne, das zu sagen, weswegen ich hergekommen bin: „Tilly, ich will dir alles erzählen …"

„Warte nur", unterbricht sie mich schnell blinzelnd. „Sag es mir nicht jetzt. Sag es mir nicht unter Druck oder weil du denkst, dass ich gehe, wenn du es nicht tust. Ich will dich so, wie du heute bist. Und wenn das, womit du lebst, etwas ist, das du im Dunkeln halten willst, werde ich dich unterstützen."

„Bist du sicher?", frage ich stirnrunzelnd, während ich ihr Gesicht nach Zweifeln absuche.

„Ja, Sonny. Ich liebe dich." Sie presst ihre Lippen für einen keuschen Kuss auf meine, dann zieht sie sich mit einem Schniefen zurück. „Ich liebe dich bedingungslos."

Ein paar glorreiche Sekunden lang lasse ich diese Worte in mich und meine Seele eindringen. Ich lasse sie ihre Flügel ausbreiten und mache es mir gemütlich, denn es sind vielleicht die besten Worte, die je jemand zu mir gesagt hat.

Tief einatmend schiebe ich meine Finger in ihr Haar und ziehe ihre Lippen auf die meinen. Sie lässt ein leises Wimmern hören, bevor sie ihre Arme fest um meinen Hals schlingt und mich an sich zieht. Wir verlieren den Halt und stolpern rückwärts, wobei ich unseren Sturz mit einer Hand gegen das Spielhaus abfange.

Mit dem Rücken fest gegen das Holz gepresst, lösen wir uns schwer atmend voneinander, während unsere Augen über die Gesichter voneinander wandern, bevor wir wieder aufeinanderprallen. Ich packe ihre Seite und lasse eine Hand hinuntergleiten, um ihren Po zu kneten, während ich mich an ihren Körper lehne und wieder das Gefühl ihrer Berührung genieße.

Ich knabbere an ihrer Unterlippe und zwinge ihren Mund, sich zu öffnen, während ich meine Zunge gegen ihre stoße. Sie stöhnt, zieht ihr Bein an meiner Hüfte hoch und lässt meinen Schwanz in meiner Hose noch dicker werden. Ihre Hände streichen wild durch mein Haar, als würde sie es ausreißen, während wir übereinander herfallen wie zwei hungrige Tiere in der Wildnis.

„Verdammte Scheiße!", dröhnt eine Stimme hinter uns, woraufhin wir uns voneinander losreißen und umdrehen, um Mac zu sehen, der dasteht und ..., na ja ..., nicht gut aussieht. „Was zum Teufel knutscht ihr zwei hier draußen vor einem kleinen Spielhaus? Ihr könntet dafür in öffentlichen Parks verhaftet werden, wisst ihr!"

Wir kämpfen darum, wieder zu Atem zu kommen, während wir uns aufrichten. Tillys Stimme ist heiser, als sie antwortet: „Brauchst du etwas, Mac?"

Mac verzieht angesichts der Szene vor ihm weiter das Gesicht. „Ja, aber im Moment führe ich einen riesigen inneren Kampf, um nicht zu euch zu kommen und Santino die Zähne auszuschlagen, weil er meine kleine Schwester auf der Babyparty meiner Frau geknutscht hat."

„Mac", warnt Tilly.

„Ja, ich weiß, ich weiß. Wir sind ‚Team Santino'", knurrt er unbeeindruckt, da er eindeutig unseren bisherigen Bromance-Status vergessen hat. Er stößt ein lautes Schnauben aus. „Ich bin gekommen, um dich zu holen, weil die Caterer hier sind, um ihre Sachen abzuholen, und niemand weiß, wo die Punschschalen geblieben sind. Die Zwillinge haben etwas damit zu tun, wenn ihr mich fragt."

Tilly fährt sich mit einer Hand durch ihr zerzaustes Haar und zupft einen Holzsplitter heraus, der sich darin verfangen hat, bevor sie sich widerwillig aus meiner Umarmung löst. „Ich komme schon."

Sie macht Anstalten, sich von mir zu entfernen, aber ich trete schnell neben sie und verschränke meine Finger mit ihren. Ich habe sie einmal verloren. Ich werde sie nicht noch einmal verlieren. Sie beißt sich auf die Lippe und schenkt mir ein Grinsen, das alles sagt, was ich hören muss. Währenddessen fängt Mac lautstark zu würgen an. „Ihr zwei müsst euch zusammenreißen, sonst werde ich wirklich kotzen."

KAPITEL 39

Eine Liste von Dingen, die das Schlimmste sind, nachdem du dich mit deinem Freund versöhnt hast und ihm die Kleider vom Leib reißen willst:

1. Aufräumen nach der Babyparty
2. Abscheuliche Kinder, die nicht aus der Hüpfburg herauskommen wollen, damit die netten Männer ihre Geräte abbauen können
3. Mütter und Väter, die die Hüpfburg als kostenlosen Babysitter betrachten und sich nicht an den abscheulichen Kindern stören
4. Profifußballer, die eigentlich trainieren sollten, aber anscheinend entschlossen sind, jeden einzelnen Tropfen Alkohol zu trinken, damit er nicht verschwendet wird
5. Freundliche Senioren, die nach besagter Babyparty Lust auf eine schöne Tasse Tee haben
6. Übereifrige Eltern, die viel zu lange verweilen und fast ihren Flug nach Hause verpassen, nur weil sie nicht aufhören können, mit meinem Freund zu reden

Okay …, das war gar nicht so schlecht. Eigentlich war es sogar ganz nett.

Nachdem wir die Punschschalen dort aufgespürt hatten, wo die kleinen Teddy und Oliver sie unter geparkten Autos versteckt hatten, marschierte ich mit Santino zu meinen Eltern und stellte ihn als meinen Freund vor. Sie zögerten nicht, als sie aufstanden und erklärten, dass sie schon so viel über ihn gehört hätten. Mein Vater versuchte, eine kostenlose Rechtsberatung zu bekommen, und meine Mutter fragte Santino, welche Größe seine Weste habe. Sie hält sich selbst für eine gute Strickerin, und es soll dieses Jahr ein kalter Winter in London werden. Es war genau das, was ich erwartet hatte.

Und vielleicht sogar ein wenig von dem, wovon ich immer geträumt habe.

Als endlich alle weg sind, folge ich Santino zurück in seine Wohnung, und schwöre, dass der Bastard langsamer fährt als Freyas Eltern. Ich weiß, dass wir vorsichtig sein müssen, weil es Nacht ist, aber wir waren über eine Woche getrennt. Ich will Santino nackt im Bett, und zwar sofort.

Sobald wir seine Wohnung betreten, packe ich ihn an der Jacke und ziehe seine Lippen auf meine. Das wird nicht die Art von süßem, zärtlichem Versöhnungssex, bei dem wir uns zuflüstern, wie leid es uns tut und wie sehr wir einander vermisst haben. Ich werde keine Tränen vergießen, während ich mir vorstelle, wie furchtbar mein Leben ohne ihn gewesen wäre. Dies wird ein verzweifelter, hektischer Fick sein, den ich mehr brauche als meinen nächsten Atemzug.

Wir sind noch nicht einmal aus dem Eingangsbereich heraus, da ziehe ich ihm schon die Jacke aus und kämpfe damit, meine Schuhe abzustreifen. Ich fummle an den Knöpfen seines Hemdes herum, während seine großen Arme mich umfassen, um den Reißverschluss auf meinem Rücken zu öffnen. Das Geräusch ist ein erotischer Vorbote von vielem, was noch kommen wird. Als das Kleid von meinen Schultern rutscht und sich zu meinen Füßen sammelt, brummt er anerkennend, während er meinen schwarzen BH und meinen Slip in Augenschein nimmt.

Gott, ich habe seine Laute vermisst. *Aber ich habe es nicht laut gesagt, also zählt es nicht als die gefühlsduselige Art des Fickens.*

Als wir beide nackt sind, packe ich seinen Schwanz und ärgere mich gleichzeitig darüber, wie weit das Schlafzimmer entfernt ist. Er scheint das genauso zu sehen, denn er packt meinen Hintern und setzt mich auf den kleinen Tisch neben der Wohnungstür. Ich schnappe nach Luft, als ich nach unten greife und seinen Schwanz an meinem Eingang positioniere. Sobald er dort ist, wo er hingehört, lehnt er sich zurück und starrt nach unten, während er meine Hüften packt und hart in mich stößt, ohne auch nur über meine Mitte zu streichen, um zu sehen, ob ich bereit für ihn bin.

Ich bin immer bereit.

Seine Augen sind fasziniert, als er zusieht, wie er in mir verschwindet, und sein Blick wandert von meinem Gesicht zu meinen Brüsten bis zu der Stelle, wo wir verbunden sind. Seine Stöße sind schnell und unerbittlich, seine Augen sind voller Anerkennung. Ich liebe es verdammt noch mal. Meine Lustschreie sind laut, als er sich immer wieder zurückzieht. Ich spanne meine Beine um ihn herum an und bewege meine Hüften, um ihm entgegenzukommen. Meine Klitoris pocht, als sein Daumen sie mit einer kleinen kreisenden Bewegung berührt, während er immer wieder in mich hineingleitet.

Als ich ihn zu mir heranziehe, um ihn zu küssen und die Stoppeln an seinem Kiefer zu spüren, streifen meine Nippel seine Brust und er unterbricht unseren Kuss, meine Spitzen mit seiner Zunge zu umspielen. Er fährt mit den Lippen über meine Brust und an meinem Schlüsselbein entlang, bevor er an meinem Hals flüstert: „Resta con me per sempre." Mit vor Verlangen schwerer Atmung stößt er wieder hart in mich hinein.

Ich packe ihn an den Haaren und zwinge ihn, mich mit seinen dunklen, halb geschlossenen Augen anzuschauen. „Was bedeutet das?", frage ich neugierig.

Sein Adamsapfel wippt in seinem Hals, während er mich mit einem herzzerreißend verletzlichen Blick ansieht. „Bleib für immer bei mir."

Bei diesen Worten verkrampfen sich meine inneren Wände um seine Erektion und mein Körper kommt zum Höhepunkt, woraufhin mein Kopf gegen seine Brust fällt, während ich mich an ihn klammere und versuche, nicht zu weinen.

KAPITEL 40

„Lass uns einfach sagen, wir haben uns nicht getrennt. Wir haben uns nur acht Tage lang gestritten", sagt Tilly. Ihre Stimme klingt sanft in der Dunkelheit meiner Wohnung, durch deren Fenster nur die blaue Farbe der Lichter der Stadt hereinströmt.

Meine Hand streichelt ihr feuchtes Haar, und mein Körper arbeitet daran, ein Muskelgedächtnis dafür zu entwickeln, wie sie sich an meiner Brust anfühlt.

Nach unserem schnellen Fick haben wir geduscht, wieder gefickt, uns fürs Bett angezogen, wieder gefickt, und jetzt sind wir hier …, sexuell verausgabt und analysieren unsere Trennung wie ein richtiges Paar.

„Können wir unsere Streitereien in Zukunft kürzer machen?", frage ich, während ich sie an mich ziehe.

„Oder … hier ist eine verrückte Idee …" Sie rutscht von meiner Brust und legt sich auf den Bauch, wobei sie mit den Füßen in der Luft wackelt. „Wir hören einfach ganz auf zu streiten."

Ich lache, drehe mich auf die Seite und lege einen Finger auf ihre zuckende Nase. „Du bist eine sture Schottin, also wird das wohl nicht passieren."

„Gutes Argument." Sie kichert und sieht in diesem Moment so unschuldig aus. Das Make-up des Tages ist verschwunden, und ihr schlanker Körper ertrinkt in einem meiner weißen T-Shirts. Sie ist absolut perfekt, und sie hier bei mir zu haben, ist alles, was ich wollte.

Aber nicht alles, was ich brauche.

„Tilly."

„Ja?"

„Ich will dir sagen, was passiert ist."

Im schummrigen Licht sieht sie mich stirnrunzelnd an. „Ich habe gesagt, dass du das nicht tun musst, Sonny."

„Ich weiß." Ich schlucke den Kloß in meiner Kehle hinunter. „Aber hier mit dir zu liegen und glücklich zu sein, während das auf meinen Schultern lastet …, das verdirbt es. Ich will nicht mit dir zusammen sein und diesen Teil von mir verstecken."

Sie nickt langsam, nimmt meinen Kiefer in eine Hand und streicht mit dem Daumen zärtlich über meine Wange. „Also gut. Wenn du dir sicher bist."

Ich atme tief ein und drehe mich auf die Seite, um mich aufzusetzen und mich mit dem Rücken auf das Kopfteil zu stützen. Die Dunkelheit des Zimmers ist beruhigend …, als könnte ich mich verstecken, während ich die Worte herauszwinge.

Mein Kiefer ist angespannt, als ich sage: „Meine Mutter wurde vergewaltigt, als sie sechzehn Jahre alt war. Und ich bin das Produkt dieser Vergewaltigung."

Tilly atmet hörbar ein, ihr Mund steht offen, als sie diese Information verarbeitet. Sie streckt eine Hand aus, um mich zu berühren. „Sonny, das tut mir so …"

„Bitte, kein Mitleid." Mein Körper spannt sich an, als ich mich zurückziehe und die Decke auf meinem Schoß festhalte. Ich wünschte, ich hätte jetzt ein Oberteil an, denn ich fühle mich in mehr als einer Hinsicht nackt. „Mitleid macht alles noch viel schlimmer."

Sie senkt ihre Hand und nickt langsam. „Darf ich fragen, was passiert ist?"

Tief in meiner Seele grabe ich nach dem Mut, von dem ich dachte, dass er mir mit Leichtigkeit kommen würde, als ich die von mir geliebte Frau fand. Ich dachte, es wäre reinigend und ich würde mich zum ersten Mal in meinem Leben gesehen fühlen, wenn ich ihr dies mitteilte. Damit habe ich mich geirrt. Die Tatsache, dass ich sie liebe, macht es nur zehnmal schwieriger.

Ich schlucke einen Kloß in meinem Hals hinunter. „Es war eine Person, mit der meine Mutter zur Schule ging. Es geschah auf einer Party, glaube ich. Meine Familie kannte seine Familie, aber sie leugnete, dass es je passiert war. Meine Großeltern haben versucht, zur Polizei zu gehen, aber es stand Aussage gegen Aussage, und es gab einfach keinen Fall. Meine Familie lebte in einem kleinen Dorf außerhalb von Venedig, und die Leute redeten. Zio Antonio war so wütend über den Vorfall, dass er aus England zurückkam und den Jungen verprügelte, der es getan hatte. Er war sechzehn, also hätte Antonio wegen Körperverletzung eines Minderjährigen ins Gefängnis gemusst, aber die Familie hat keine Anzeige erstattet …, was nur bestätigt, dass sie von der Tat ihres Sohnes wussten und ihn nicht dafür zur Rechenschaft gezogen haben."

Tilly atmet scharf ein, und ich zwinge mich, keinen Augenkontakt mit ihr herzustellen, sonst kann ich nicht zu Ende sprechen.

„Als sie ein paar Wochen später entdeckten, dass meine Mutter schwanger war, beschlossen sie, Italien zu verlassen und ein neues Leben zu beginnen, weit weg von all dem Geflüster. Nonno sagte, dass meine Mutter so viel Angst hatte, dass sie nicht einmal tagsüber allein auf die Straße gehen konnte. Also zogen sie zu meinem Zio in die Cotswolds und hofften, dass ein Neuanfang in einem neuen Land ihr helfen würde.

Nonno sagte, sie hätten über verschiedene Möglichkeiten gesprochen … Abtreibung, Adoption oder sogar, mich zu meinem Onkel und meiner Tante zu geben. Meine Großeltern sind ziemlich gläubige Katholiken, aber mein Großvater sagte, er hätte meine Mutter unterstützt, wenn sie die Schwangerschaft hätte abbrechen wollen. Aber meine Mutter hat sich entschieden, mich zu behalten. Sie sagte, dass es für sie nie einen Zweifel gab.

In meiner Kindheit wusste ich nie etwas darüber. Meine Mutter sagte nur, dass mein Vater kein guter Mensch sei und wir ohne ihn besser dran wären. Als ich noch ganz klein war, habe ich mir im Fernsehen die Gesichter von Fußballern angesehen und so sehr gebetet, dass ich zu einem von ihnen gehöre und dass sie jeden Moment kommen und mich vor meiner schrecklichen Mutter retten.

Je älter ich wurde, desto mehr nahm ich es ihr übel, dass sie mir nicht sagte, wer er war. Ich fand, ich hätte ein Recht darauf, mir meine eigene Meinung zu bilden. Es kam mir so vor, als würde sie ihn mir vorenthalten, und ich war ihr deswegen jeden Tag böse. Dann heiratete sie Bart, und ich war ein mürrischer Teenager, eifersüchtig darauf, dass die kleine Angela mit zwei Elternteilen aufwachsen durfte, die eine glückliche Familie spielten. Ich fühlte mich wie ein Ausgestoßener.

Als ich in London auf die Universität ging, hoffte ich, ein neues Leben beginnen zu können, aber ich konnte mich einfach nicht konzentrieren. Ich war immer noch so wütend. Ich fing an, in allen meinen Kursen durchzufallen und bekam eine Verwarnung. Da beschloss ich, dass es genug war …, ich wollte meinen Vater finden.

Ich kam zurück nach Bourton und verlangte von Nonno, mir seinen Namen zu sagen, da meine Mutter ihn nicht nennen wollte. Ich sagte ihm, wenn er ihn mir nicht gibt, würde ich das Studium abbrechen. Vergiss nicht, dass ich der Erste in meiner Familie war, der die Universität besuchte, und als ich diese Worte sagte, war das wie ein Dolchstoß in Nonnos Herz. Sie hatten jeden Pfennig gespart, den sie im Geschäft verdienten, um meine Ausbildung zu finanzieren.

Da setzte er sich mit mir zusammen und sagte mir, mein Vater sei ein Monster und ein Vergewaltiger, der meine Zeit und Aufmerksamkeit nicht wert sei. Ich fühlte mich, als hätte man mir eine Ohrfeige verpasst. Ich fühlte mich schmutzig und falsch …, als hätte ich das Blut eines Monsters in meinen Adern. Dann fing Nonno an zu weinen. Mein stoischer, geradliniger Großvater weinte direkt vor meinen Augen. Er sagte, ich sei zu Größerem bestimmt, denn wenn man sein Leben mit einer Tragödie beginnt, muss man sein Leben mit Glück beenden. Und der beste Weg, es dem Mann heimzuzahlen, der meiner Mutter wehgetan hatte, war, besser zu sein als er. Etwas aus mir zu machen. Erfolgreich zu sein. Das Studium zu beenden. Ihn nicht gewinnen zu lassen. Er sagte, meine Mutter hat ihn nicht gewinnen lassen und ich sollte es auch nicht tun."

Ich blicke auf und sehe, wie Tilly Tränen über das Gesicht laufen. Sie blinzelt sie schnell weg und bemüht sich, gefasst zu bleiben. Meine Hände schmerzen, als ich merke, dass sie die ganze Zeit zu festen Fäusten geballt waren.

Ich versuche, sie zu entspannen und fahre fort: „So schrecklich es auch war, das alles zu hören, es hat verdammt noch mal funktioniert. Ich habe mein Leben umgekrempelt, mein Jurastudium als Jahrgangsbester abgeschlossen und einen Job bei Bethnal Green bekommen."

Tilly schnieft laut, ihre Stimme ist erstickt, als sie fragt: „Hast du jemals versucht, ihn zu finden?"

„Diesen Vergewaltiger?", erwidere ich, den Kiefer vor Wut angespannt, denn ich hasse den Geschmack dieses Wortes in meinem Mund, aber ich weiß, dass er keine andere Bezeichnung verdient hat. „Nein, und das werde ich auch nie tun. Ich habe mit meinem Onkel darüber gesprochen, und er sagte, dass selbst das Einschlagen des Gesichts dieses Bastards den Schmerz in seinem Herzen über das, was passiert ist, nicht lindern konnte. Und in vielerlei Hinsicht denke ich, dass die Suche nach ihm ein Verrat an meiner Mutter wäre. Sie sagt, ihr Leben sei genau so, wie es sein sollte, und sie hat einen Sohn, der sie jeden Tag daran erinnert."

Tillys Kinn bebt vor Rührung. „Das ist genau das, was ich von ihr erwartet hätte."

Ich lächle zärtlich und nicke. „Ich dachte, einen guten Job zu finden und erfolgreich zu sein, wäre alles, was ich im Leben erreichen müsste, um mir zu beweisen, dass ich mehr bin als meine Herkunft." Ich schlucke den Kloß in meiner Kehle hinunter. „Bis du gekommen bist, Tilly."

„Ich?", krächzt sie.

Ihr verwirrter Gesichtsausdruck lässt mein Herz in meiner Brust pochen. „Als ich in jener Nacht in deine Wohnung kam und du mir erzähltest, was dir passiert war, war es das erste Mal in meinem Leben, dass ich mich um jemand anderen als mich selbst kümmerte. Vor diesem Moment hatte ich nie etwas Langfristiges mit einer Frau gewollt, weil ich nie nahe genug sein wollte, um jemandem sagen zu müssen, dass ich die Ausgeburt eines Vergewaltigers bin."

„Santino …" Tilly sagt traurig meinen Namen, aber ich winke ab.

„Aber als du in deiner Situation warst, wurde mir klar, dass ich im Leben zu mehr fähig bin. Ich könnte mich um dich kümmern und das Leben eines Kindes verbessern. Heute weiß ich, dass ich mich als Retter in der Not aufgespielt habe, was du mir zu Recht vorgeworfen hast. Und ich habe damals meine Hilfe nicht aus den richtigen Gründen angeboten. Ich habe es angeboten, weil ich einem Baby den Vater geben wollte, den ich nie hatte. Aber das war nicht meine Verantwortung. Es war deine. Genauso wie es die meiner Mutter war."

Tilly unterdrückt ein Schluchzen und wischt über ihre Tränen. „Und was bedeutet das alles jetzt für uns?"

Mein Gesicht wird weicher, als ich sie ansehe und mir klar wird, dass ihre Rückkehr in mein Leben kein Zufall war. Wir haben vielleicht vor fünf Jahren auf dem falschen Fuß angefangen, aber diese Vergangenheit hat uns heute hierhergebracht, wo wir beide verändert und besser sind und bereit für ein richtiges Leben. Alles geschah aus einem bestimmten Grund.

Ich strecke eine Hand aus und streiche ihr eine Haarsträhne hinter das Ohr. Sie atmet scharf ein und wartet mit angehaltenem Atem auf das, was ich als Nächstes sagen werde. „Es bedeutet, dass ich jetzt weiß, dass ich kein Baby mit dir will, um dich zu retten. Ich will ein Baby mit dir, weil ich dich liebe."

„Was?", flüstert sie mit großen Augen. „Du willst ein Baby?"

„Ja."

„Du sagtest, du wärst dir in Sachen Kindern nicht sicher."

„Ich habe gelogen."

„Santino, das ist verrückt." Sie setzt sich neben mir auf die Knie und wischt sich mit den Händen über das Gesicht. „Wir sind gerade erst wieder zusammen, und du hast eine schwere Last abgeworfen, die du schon lange mit dir herumgetragen hast. Wie kannst du nur an Babys mit mir denken?"

„Wir hatten einen achttägigen Streit", korrigiere ich. Ich greife nach ihrer Hand, verschränke meine Finger mit ihren und empfinde eine Freiheit in meinem Herzen, wie ich sie noch nie zuvor erlebt habe. „Und nichts an diesem Streit hat meine Gefühle für dich geschmälert. Hat das, was ich dir gerade gesagt habe, deine Gefühle für mich verändert?"

„Nein", keucht sie mit entsetzter Miene. Ihre Augen fixieren mich mit Aufrichtigkeit, während sie mein Gesicht umschließt und mich zwingt, ihr in die Augen zu sehen. „Mein Gott, Santino. Nicht einmal ein bisschen. Wie um alles in der Welt könntest du glauben, ich würde dich weniger lieben, nachdem ich das erfahren habe?"

Ihre Frage löst in meinem Körper einen Schmerz aus, den ich tief in mir vergraben und verzweifelt zu ignorieren versucht habe. Einen Schmerz, weil ich nicht weiß, wie viel von diesem Monster tatsächlich in mir lebt.

„Ich habe damit gekämpft, dieses Gefühl der Scham abzuschütteln, dass ich nicht aus einem Akt der Liebe entstanden bin …, dass meine Existenz auf eine traumatische Erfahrung meiner Mutter durch die Hand eines Monsters zurückzuführen ist." Ich hebe meinen Blick zu Tilly, und meine Nase brennt. „Ich weiß, dass meine Familie mich liebt, aber sie sind verpflichtet, mich zu lieben. Deshalb war ich nach deinem Weggang fest entschlossen, eine Lebenspartnerin zu finden, die mich in Kenntnis meiner ganzen Geschichte akzeptiert. Das war der einzige Weg, wie ich mir selbst verzeihen konnte."

Tilly atmet scharf ein und ihr treten Tränen in die Augen, als sie seufzt. „Oh, Sonny."

Ich räuspere mich. „Als wir dann wieder zusammenkamen … und ich … *mich in dich verliebte* …" Meine Stimme zittert, und ich muss tief einatmen, um mich zu stärken, „stand plötzlich so viel mehr auf dem Spiel, und die Vorstellung, dass du mich mit Scham ansehen könntest, war eine Realität, vor der ich zu viel Angst hatte."

Unsere Blicke bleiben eine Sekunde lang aneinander haften, bevor Tilly sich an meine Brust wirft und ihre Arme um meinen Hals schlingt, während sie vor Rührung zittert und gegen meine Schulter murmelt: „Santino, du hast alles falsch verstanden." Sie zieht sich zurück, um mich anzusehen, und ihre Tränen lassen meine eigenen fließen. Tränen, die ich nur selten vergieße. Sie streicht mir mit dem Daumen über die Wangen und fügt hinzu: „Ich weiß, dass das Vergehen an deiner Mutter schrecklich ist, aber vergiss nicht, dass deine Existenz das Produkt unzähliger Liebesgeschichten davor ist. Nonno und Nonna, deren Eltern davor, und deren Eltern davor. All diese Liebesgeschichten ebneten den Weg für deine wunderbare Existenz. Es tut mir leid, dass das mit deiner Mutter passiert ist, aber ich bin froh, dass du hier bist, und nichts wird das jemals ändern."

Ihre Worte zeigen sofort Wirkung, und ich packe sie im Nacken, um sie innig, fest, verzweifelt zu küssen. Ich will ihr Gewicht spüren, ihre Realität, ihren Trost. Ich will diesen Moment in Erinnerung behalten, während unsere Lippen miteinander tanzen.

Meine Mutter hat ähnliche Worte zu mir gesagt, Nonno, Nonna auch …, sogar Bart. Sie alle haben mir gesagt, dass meine Existenz wichtig und besonders sei. Aber das kommt von der Frau, die ich liebe. Es kommt von Tilly Logan, von einer Frau, mit der ich mir vorstellen kann, mein ganzes Leben zu verbringen … Es ist alles, wonach ich gesucht habe. Sie kennt mich jetzt mit Leib und Seele, und ich werde alles tun, was ich kann, um ihrer würdig zu bleiben.

Ich ziehe mich zurück und mein Atem zittert, als ich gegen ihre Lippen murmle: „Du hast keine Ahnung, wie sehr ich das hören musste, Tilly."

Ihre Finger kämmen durch mein Haar und sie drückt ihre Stirn gegen meine. „Ich werde es dir jeden Tag sagen. Ich bin fasziniert von dir. Du hast das alles dein ganzes Erwachsenenleben lang allein getragen, und wenn du glaubst, dass dich diese Geschichte in meinen Augen weniger perfekt macht, liegst du völlig falsch."

Ich brumme vor Vergnügen und fühle mich leichter, freier und wohler als je zuvor. Meine Mundwinkel zucken nach oben, als ich ihr in die Augen schaue. „Ich schätze, ich muss mir einen anderen Weg einfallen lassen, um es zu versauen. Vergiss nicht, dass ich ziemlich eifersüchtig bin. Wenn ich diesen Ronald noch einmal sehe, werde ich ihm wahrscheinlich eine Tracht Prügel verpassen, nur weil er dich angesehen hat."

„Nein, das wirst du nicht." Sie kichert, und es klingt wie eine Mischung aus Weinen und Lachen. Ihr Körper bebt, und ich umarme sie fest und genieße das schönste Gefühl der Welt. Sie.

Ich küsse sie auf die Stirn, und mein Herz schwillt an, als ich hinzufüge: „Weißt du, wenn jemand in dieser Beziehung ein Retter in der Not ist, dann du."

Sie lacht gegen meine Brust. „Das hört sich gut an."

„Natürlich tut es das." Ich hebe ihr Kinn und bringe ihre Lippen zu meinen, um ihr einen federleichten Kuss auf den Mund zu geben, bevor ich flüstere: „Du hast mich auf eine Weise gerettet, die du nicht einmal verstehst, Trouble."

Weitere Tränen laufen ihr über die Wangen, als sie antwortet: „Ich liebe dich, Sonny."

„Ich liebe dich auch, Trouble."

KAPITEL 41

Ich wache durch ein leises Summen auf, das sich anfühlt, als würde es schon seit Ewigkeiten ertönen. Blinzelnd schaue ich auf die Uhr und sehe, dass es erst sechs Uhr morgens ist. Ich habe meinen Wecker auf sechs Uhr fünfzehn gestellt, weil heute mein erster Arbeitstag ist. Der Weg zur Unternehmensverwaltung von Harrods wird eine gute Stunde dauern, und ich muss erst zu Mac und Freya zurückfahren, um mich fertig zu machen. Zum Glück sind meine Kleider gebügelt und bereit, so dass ich rechtzeitig vor dem Einführungsgespräch um 9:30 Uhr an meinem neuen Arbeitsplatz sein sollte.

Santinos Handy hört auf, auf dem Nachttisch zu summen, und auf dem Display blinkt, dass er zwei Anrufe verpasst hat. Ich frage mich, wer ihn um diese Zeit noch anrufen könnte? Mein Blick fällt auf ein Stück Papier auf Santinos leerem Kopfkissen:

Ich bin losgegangen, um uns etwas zu essen zu besorgen, weil ich hier nichts habe und möchte, dass du an deinem ersten Arbeitstag gut genährt bist. Ich bin wieder da, bevor du gehen musst.

Alles Liebe – Sonny

Ich lächle, halte den Zettel an meine Lippen und atme tief ein, als könnte ich irgendwie seine Essenz aus ihm herausholen. Gestern war … eine Menge. Alles, was zwischen Santino und mir vorgefallen ist, lässt diese verrückte Babyparty wie ein Kinderspiel erscheinen.

Mein Gott …, was mit seiner Mutter passiert ist, ist schrecklich. Und zu sehen, wie ein starker Mann wie Santino mit dieser Wahrheit kämpft, unsicher, ob er jemals jemanden finden würde, mit dem er wirklich offen darüber reden kann, muss schwer für ihn gewesen sein. Und als ich ihn gestern Abend beobachtete, während wir über nichts redeten und in den Schlaf sanken, konnte ich eine Zufriedenheit in ihm spüren, die er noch nie zuvor hatte. Er hat einen Teil von sich losgelassen, der ihn viel zu lange gefangen gehalten hat. Ich schätze mich glücklich, Zeugin dieser Veränderung sein zu dürfen.

Und dann hat er ganz beiläufig fallen lassen, dass er Babys mit mir haben will. Babys! Mein Gott. Es fühlt sich an, als hätten wir mehrere Schritte übersprungen, aber die Tatsache, dass er eine langfristige Zukunft mit mir anstrebt, ist genau das, was ich mit ihm will. Also, schätze ich …, Babys!

Ich kann mir das Lächeln nicht verkneifen, als Santinos Handy wieder zu vibrieren beginnt. Ich drehe mich um und sehe, dass es seine Mutter ist. Ich gehe nur ungern an sein Handy, aber sie hat schon dreimal angerufen, also ist es vielleicht wichtig.

„Hallo Carlotta, hier ist Tilly … Entschuldige, Santino ist gerade im Laden und hat wohl sein Handy vergessen.“

„Tilly?“ Carlottas Stimme ist unsicher. „Du bist bei Santino?“

„Ja, ich bin in seiner Wohnung. Ist alles in Ordnung?“

„Ja, es ist alles in Ordnung.“ Sie zögert eine Sekunde lang. „Er hat diese Woche meine Anrufe nicht entgegengenommen. Ich dachte, vielleicht klappt es, wenn ich es morgens versuche.“

„Oh, ich verstehe.“ Ich schlucke nervös. „Tut mir leid wegen letztem Wochenende und einfach … allem. Du musst mich für schrecklich unhöflich halten.“

„Nein“, stößt Carlotta hervor. „Tatsächlich bin ich begeistert, dass du da bist. Bedeutet das, dass zwischen euch beiden … alles gut ist?“

„Zwischen uns ist es mehr als gut“, antworte ich und atme tief ein. „Wir hatten gestern Abend ein langes Gespräch und haben alles geklärt."

„Wirklich?", fragt sie mit unsicherer Stimme. „Er hat also mit dir geredet?"

„Ja", antworte ich zögernd, unsicher, ob Santino überhaupt will, dass seine Mutter weiß, dass ich es weiß, aber ich kann im Moment nicht anders. Ich habe meine Beziehung zu Carlotta mit Ehrlichkeit begonnen, statt um schwierige Themen herumzuschleichen, und seltsamerweise kann ich sehen, dass sie das an mir zu schätzen wusste. „Darf ich mich dafür bedanken, dass du so einen wunderbaren Sohn großgezogen hast?"

„Ähm …, okay?" Sie lacht ein wenig verlegen.

Meine Kehle schnürt sich zu. „Als ich dich kennenlernte, fühlte ich mich auf seltsame Weise mit dir verbunden, und nach dem Gespräch mit Santino weiß ich auch, warum."

„Warum?", fragt sie atemlos.

Ich stähle mich, um mutig zu sein und den nächsten Teil zu sagen. „Vor etwa fünf Jahren wurde ich von jemandem ausgenutzt, und obwohl ich nicht ansatzweise verstehen kann, was du durchgemacht hast, kann ich dir sagen, dass ich vollkommen verstehe, wie unmöglich es für dich gewesen wäre, Santino aufzugeben."

Sie atmet tief und zittrig ein, bevor sie antwortet: „Es ist mir nie in den Sinn gekommen. Er war etwas Schönes aus etwas Schrecklichem, und er musste das Gefühl haben, dass dieser Schmerz einen Sinn hat."

Meine Augen füllen sich mit Tränen, während ich mich räuspere, um meine persönliche Reaktion auf diese Worte zu verdrängen, die mich mitten ins Herz getroffen haben. „Ich liebe deinen Sohn wirklich."

„Und er liebt dich." Sie atmet tief ein. „Dessen bin ich mir jetzt sicher, und das schenkt mir großen Trost."

Sobald wir aufgelegt haben, stoße ich die Luft aus, von der ich nicht wusste, dass ich sie angehalten hatte. Santinos Kopf taucht plötzlich in der Tür auf, die Augen weit aufgerissen. „War das …?"

„Deine Mutter", beende ich seinen Satz. „Tut mir leid, aber sie hat mehrmals angerufen, und ich habe mir Sorgen gemacht, dass es einen Notfall gibt."

„Für eine italienische Mutter ist alles ein Notfall." Das Bett senkt sich, als er sich neben mich setzt und meine Hand in seine nimmt. „Ich meide ihre Anrufe seit Tagen."

Ich blinzle ihn an. „Warum?"

„Ich habe mich um mein gebrochenes Herz gekümmert." Er verzieht leicht das Gesicht. „Und meine Beziehung zu ihr ist kompliziert. Ich weiß, dass sie ein Opfer ist, aber das bin ich in gewisser Weise auch. Wir haben damit beide einen sehr unterschiedlichen Weg zu gehen, und manchmal verliert sie das aus den Augen und versucht, mir ihre Stärke aufzuzwingen. Sie ist fantastisch, aber ich verarbeite die Dinge anders."

„Ihr seid beide fantastisch." Ich streiche über sein Gesicht, seine Augen scheinen heller und klarer zu sein, als ich sie je gesehen habe. „Fühlst du dich jetzt besser, nachdem du es mit mir geteilt hast?"

„Gott, ja", antwortet er lachend. „Weißt du, ich bin mit all den Frauen ausgegangen, auf der Suche nach der perfekten Liebe und dem perfekten Leben. Aber das will ich nicht mehr. Ich will echte Liebe und ein echtes Leben. Und das will ich mit dir."

Erneut treten mir Tränen in die Augen. „Ich will das Gleiche."

KAPITEL 42

Ein paar Wochen später

„Herzlichen Glückwunsch zum Dreimonatigen", sagt Tilly und streckt mir ihren Kaffeebecher in einem Außenrestaurant in der Nähe der Harrods-Firmenzentrale entgegen. „Ich bin deine erste offizielle Freundin, die es über die Zweimonats-Trottel-Marke hinaus geschafft hat. Fühlst du dich gut? Hast du noch warme Füße? Brauchst du eine Umarmung?"

„Ich brauche viel mehr als nur eine Umarmung." Ich zwinkere ihr schmutzig zu, woraufhin ihre Wangen erröten.

Sie blickt sich nervös um. „Wir sind in der Öffentlichkeit, Sonny."

Ich ziehe die Augenbrauen hoch. „Das hat uns in der Vergangenheit nicht aufgehalten."

„Damals war ich ein wildes Partygirl. Jetzt bin ich eine berufstätige Erwachsene mit Verantwortung." Sie nippt genüsslich an ihrem Kaffee. „Und du sollst wissen, dass ich in meinem neuen Job großartig bin."

„Das bezweifle ich keine Sekunde", erwidere ich und lasse meinen

Blick von der anderen Seite des Tisches an ihrem Körper hinab schwei-fen. „Und ich muss sagen, dein professioneller Geschäftsanzug macht ein Treffen zum Mittagessen wirklich verdammt schwierig." Ich nippe an meinem Espresso, um mich zu stärken. „Ich bin sicher, dass sich alle Männer in deinem Büro den ganzen Tag vor dir verstecken müssen."

„Was soll das denn heißen?", fragt Tilly, ihre blauen Augen weit aufgerissen und schockiert. Sie wirft einen Blick auf ihr Ensemble aus schwarzem Bleistiftrock, cremefarbener Bluse und Pumps, die ich heute Abend auf jeden Fall um meine Hüften spüren möchte, wenn sie vorbeikommt.

„Das bedeutet, dass du eine wandelnde Fantasie bist, und ich denke, ich sollte dich von jetzt an für die Arbeit anziehen. Ich werde weite Jogginghosen und meine schmutzigen T-Shirts aussuchen, damit alle Männer einen guten Hauch von mir bekommen und sich verpissen."

„Okay, du hast dich jetzt in einen kompletten Höhlenmenschen verwandelt. Bist du glücklich?" Sie wirft mir einen finsteren Blick zu, aber ich kann sehen, wie fröhliche Heiterkeit in ihren Augen tanzt. „Ich erwarte fast, dass du dein Mittagessen mit den Händen isst, wenn es kommt."

Ich antworte mit einem Knurren, und sie kichert schamlos. *Gott, ich liebe sie.*

„Lass uns zu unserer Diskussion zurückkehren", sage ich und setze meine Tasse ab.

„Welche Diskussion?"

„Natürlich darüber, dass du bei mir einziehst."

Sie seufzt. „Freya ist immer noch schwanger."

„Und hat keine Bettruhe. Und du arbeitest Vollzeit und verbringst die meisten Nächte in meiner Wohnung. Was macht das für einen Unterschied?"

Sie kaut nervös auf ihrer Lippe, während ihre Miene ernst wird. „Ich möchte noch ein bisschen warten."

„Warum?", frage ich und ziehe verwirrt die Stirn in Falten.

Ihre Augen werden nachdenklich. „Weil das mein Neuanfang mit meinem Bruder ist. Wir haben uns wirklich auseinandergelebt, während ich trocken wurde, und sie sollen nicht denken, ich würde sie im Stich lassen."

Ich atme schwer aus. „Tilly, das verstehe ich, aber irgendwann musst du dir die Dinge der Vergangenheit verzeihen und erkennen, welch toller Mensch du heute bist. Und wir werden Mac und Freya immer noch oft sehen. Ich habe das Grillen am Freitagabend sehr genossen. Wir können das zu einer wöchentlichen Sache machen, wenn du willst."

„Das würdest du tun?"

„Natürlich würde ich das tun", antworte ich schnell. Mein Gott, weiß diese Frau denn immer noch nicht, dass ich alles für sie tun würde?

Mein Herz klopft in meiner Brust, weil ich diese Momente habe, in denen ich Tilly ansehe und das Gefühl habe, dass mein ganzes Leben bis zu ihrem Auftauchen nur auf der Stelle getreten ist. Ich weiß, dass das verrückt ist und es im Leben viel mehr gibt, als nur einen Partner zu finden, aber mit all meinem Ballast hatte ich keine Ahnung, wie viel Groll ich in mir trug, weil ich nicht offen über meine Vergangenheit gesprochen habe. Ich habe Mac eines Abends bei einem Bier sogar erzählt, was mit meiner Mutter passiert ist. Er schaute mich so respektvoll und mitfühlend an, dass mir klar wurde, wie dumm ich gewesen war, den Menschen all die Jahre keinen Vertrauensvorschuss zu geben.

Meine Vergangenheit definiert mich nicht, aber sie zu verleugnen hat mich in einer Weise gefesselt, die mir nicht bewusst war. Jetzt habe ich Frieden damit geschlossen und weiß, was ich will.

Ich will Tilly.

Ich stoße einen Atemzug aus und halte ihre Hand. „Ich werde dich nicht unter Druck setzen, was das angeht. Ich möchte nur, dass du weißt, dass ich bereit bin, wenn du es bist."

Sie lächelt und schüttelt den Kopf. „Siehst du? Du bist verdammt perfekt."

KAPITEL 43

Sechs Wochen später

„Ihr leistet hervorragende Arbeit!", ruft Freya von ihrem Platz auf dem Sofa aus, während Mac und Santino jeweils die letzten Kartons die Treppe hinuntertragen. „Ich würde ja gern helfen, aber ich bin gerade dabei, ein Nashornbaby auszutragen, also habe ich nur noch vierzig Wochen vor mir."

Ich lache, während ich Jasper im Arm halte, um ihn davon abzuhalten, durch die offene Tür zu huschen. „Halt einfach noch sechs Tage bis Weihnachten durch, Freya! Dann werde ich die Wette um den Geburtstermin gewinnen!"

Sie stöhnt dramatisch. „Du bist ein Arschloch, dass du Weihnachten aussuchst. Bis dahin bin ich längst überfällig, du blöde Kuh!"

Mac erscheint in der Tür. „Beachte sie nicht. Ihre Wortwahl wird mit jedem Tag frecher, an dem der Kleine nicht anklopft."

„Er klopft!", ruft sie laut. „Er klopft an jedes einzelne meiner Organe und ungefähr alle vier Minuten an meine Blase. Apropos …, ich muss mal wieder auf die Toilette. Kann mir jemand aufhelfen?"

Mac eilt herbei, um Freya von der Couch zu helfen, und ich zwinge mich, sie nicht anzustarren. Vor ein paar Monaten hätte ich nicht gedacht, dass sie noch runder werden kann. Jetzt ist sie kurz davor, ihren Geburtstermin zu überschreiten und zu platzen. Jedes Mal, wenn sie geht, habe ich Angst, dass sie umkippt.

„Morgen wird mein Bauch so groß sein, dass du für mich abwischen musst.“

„Mit Vergnügen, Cookie.“

„Komm mir nicht mit Cookie“, schnauzt sie. „Das ist herablassend.“

Santino kommt von draußen zurück, schließt schnell die Tür hinter sich und schlingt seine Arme um meine Taille, um sich zu wärmen. „Was habe ich verpasst?“

„Frag nicht“, flüstere ich und sehe zu, wie Freya in ihrem geblümten Muumuu auf mich zu watschelt, während Mac ihre Hand hält.

Freya hebt angewidert den Blick zu Santino. „Sieh ihn dir nur an …, wie er seine Arme um ihre dürre Taille legt, als wäre es ein x-beliebiger Tag.“ Freya schaut wieder zu Mac. „Weißt du noch, als du das mit mir machen konntest? Denn ich weiß es nicht mehr. Ich bin schon so lange schwanger, dass ich schon alt bin und an Demenz leide.“

Mac sieht mich mit ernsten Augen an. „Bist du sicher, dass du heute in Santinos Wohnung einziehen musst, Tilly? Es scheint, als könnten wir hier wirklich Hilfe gebrauchen. Ich habe nicht viel Übung im Abwischen bei Frauen. Ich bin eher für andere Dinge da unten qualifiziert.“

„Mach keine Sex-Witze, wenn ich so aussehe!“, schreit Freya. „Du kannst froh sein, wenn du meine Vagina jemals wieder siehst, nachdem dieses Nashornbaby rausgekommen ist.“

Mac zuckt zusammen und sieht aus, als wüsste er nicht einmal mehr, wie er einen Fuß vor den anderen setzen soll. Der arme Kerl. Ich fühle mich schrecklich, aber ich hatte immer vor, vor der Geburt des Babys auszuziehen. Das Letzte, was Freya und Mac brauchen, ist, dass ich im Haus herumlaufe, wenn sie sich darüber streiten, wer mit dem nächtlichen Füttern dran ist. Sie sollten diese Zeit für sich haben.

Und ich bin bereit für eine Veränderung. Mein Job bei Harrods läuft wunderbar. Es ist zwar ein ziemlicher Arbeitsweg aus dem Londoner Osten, aber ich habe nicht vor, in nächster Zeit in den Westen zu ziehen, und ich darf sogar ein paar Tage in der Woche von zu Hause aus arbeiten, sodass es wirklich kein Problem ist.

Außerdem hat Santino mich gebeten, bei ihm einzuziehen, seit wir wieder zusammen sind. Wenn ich ihm sagte, dass ich bei Freya und Mac ausziehe und in meine eigene Wohnung gehe, würde er wahrscheinlich wieder einen achttägigen Streit mit mir anfangen. Wir sind zwar sehr gut darin, uns nach einem Streit wieder zu versöhnen, aber nicht zu streiten ist viel wünschenswerter. Außerdem bin ich mir ziemlich sicher, dass er „der Eine" ist, warum also die Dinge langsam angehen lassen? Ich bin vor zwei Wochen dreiunddreißig geworden. Ich werde also nicht gerade jünger.

Plötzlich ertönt ein tröpfelndes Geräusch, das meine Aufmerksamkeit von Santino auf Freya lenkt, die mit großen Augen auf mich blickt. „Habe ich gerade im Flur gepinkelt?"

Ich schaue auf die Flüssigkeit, die an ihren Knöcheln heruntertropft. „Ich bin ja keine Expertin, aber meinst du nicht, dass deine Fruchtblase geplatzt sein könnte?"

„Heilige Scheiße! Das Nashornbaby kommt!", ruft Freya aus und dreht den Kopf zu Mac. „Ruf Belle an … ruf Allie an … ruf meine Mutter an. Ruf deine Mutter an. Scheiße, wir hätten noch ein Handy besorgen sollen!"

„Du rufst Belle an. Ich rufe alle anderen an, sobald wir im Krankenhaus sind!", sage ich und wende mich an Santino, der einen sehr seltsamen Gesichtsausdruck hat. Vielleicht ist das Platzen der Fruchtblase ein bisschen zu viel für ihn. Kerle können solche Babys sein.

Ich renne den Flur hinunter und hole den Krankenhauskoffer, der schon seit über einem Monat gepackt ist. Als ich zurückkomme, zieht Mac Freya ihren Mantel an, der sich nicht zuknöpfen lässt, und geht zur Tür hinaus.

„Wir sind gleich hinter euch", rufe ich, als sie sich auf den Weg zu ihrem Auto machen.

„Nachdem wir Tillys Sachen abgeliefert haben", fügt Santino hinzu.

Ich sehe ihn stirnrunzelnd an. „Was meinst du?"

„Tilly, wir können mein Auto voller Wertsachen nicht auf einem Krankenhausparkplatz abstellen. Es könnte alles gestohlen werden."

Ich zeige auf das Auto. „Aber Freya bekommt ihr Baby."

„Sie wird kaum im Krankenhaus angemeldet sein, bevor wir fertig sind."

Ich grummle genervt, als wir in Santinos Auto steigen und er in die entgegengesetzte Richtung des Krankenhauses fährt. „Du hast die Abzweigung zu deiner Wohnung verpasst", sage ich und zeige auf die Straße, an der wir gerade vorbeigefahren sind.

„Oh, wir müssen einen Zwischenstopp einlegen", antwortet er beiläufig.

„Was?"

„Es wird ein kurzer Zwischenstopp sein."

„Santino! Freya liegt in den Wehen."

„Hilfst du Belle bei der Geburt?"

„Nein", murmle ich und verschränke die Arme vor der Brust. „Aber ich möchte bei der Geburt des Kindes dabei sein. Jacob Fergus Logan wird nicht einen Tag in seinem Leben verbringen, ohne zu wissen, wer seine Tante Tilly ist."

„Tante Trouble", korrigiert Santino.

Ich werfe ihm einen Seitenblick zu und werde immer frustrierter, je weiter wir uns von seiner Wohnung entfernen. „Santino, ernsthaft, wohin fahren wir? Ich habe gesagt, ich würde die Anrufe tätigen!"

„Es wird dir gefallen."

„Es wird mir gefallen, meinen Neffen zu sehen, wenn er geboren ist! Wir haben keine Zeit, um zu trödeln!"

„Mein Gott, bist du herrisch."

„Wenn du mich nicht vor der Geburt ins Krankenhaus bringst, werden wir beide einen weiteren achttägigen Streit austragen."

Er runzelt die Stirn und sieht mich schmollend an. „Zu früh."

„Wirklich? Zu früh?" Ich rolle mit den Augen. „Ich ziehe offiziell in deine Wohnung ein, und du bist immer noch sauer wegen unseres Streits, der schon ewig her ist?"

Er schenkt mir ein sexy Grinsen, das meine Gedanken in eine ganz andere Richtung lenkt. Ich konzentriere mich und frage ihn erneut: „Wohin fahren wir?"

„Es ist ein neues Wandgemälde, das gerade entstanden ist, und anscheinend ist es auf einer tageweise bezahlten Wand, sodass es nur heute da ist. Du wirst es lieben."

„Oh ja, ich habe diese tageweise bezahlten Wände gesehen!", erwidere ich und hole mein Handy hervor, um die Fotos durchzusehen, die ich gemacht habe. „Das ist so eine coole Idee, aber es ist immer schade, dass sie sie einfach übermalen, um etwas Neues zu schaffen."

„Kapitalismus", schnaubt Santino.

Wir parken direkt neben der Mauer, und ich steige aus, um es mir anzusehen, mein Foto zu machen und wieder ins Auto zu steigen. Als ich um die Ecke biege, fällt mir die Kinnlade herunter.

Es ist ein atemberaubendes *Der Pate*-Gemälde von Marlon Brando als Vito Corleone mit einem berühmten Zitat neben seinem erhobenen Finger, das besagt: „Ich werde ihr ein Angebot machen, das sie nicht ablehnen kann."

„Sie haben es falsch gemacht!", rufe ich über meine Schulter und schüttle verwirrt den Kopf. „Sie haben das Zitat falsch gemacht! Kannst du das glauben? Ich meine … erstens … ist es ein Er. Vitos Patenkind bittet seinen Patenonkel, ihm zu helfen, eine Filmrolle zu bekommen, weil dieser Produzent, ein Mann, ihn abgelehnt hat, und Vito sagt im Film: ‚Ich werde ihm ein Angebot machen, das er nicht ablehnen kann.' Aber im Buch heißt es: ‚Ich mache ihm ein Angebot, das er nicht ablehnen kann', also wirklich, wenn man etwas macht, sollte man es richtig machen, weißt du? Wie konnten sie das vermasseln? Es ist ein Kultklassiker! Ein kurzes Googeln hätte …"

Meine Stimme wird leiser, als ich mich umdrehe und feststelle, dass Santino mich mit einem wissenden Lächeln ansieht, als würde er meinen kleinen Ausbruch genießen. „Ich habe nicht damit gerechnet, dass bei Freya ausgerechnet heute die Wehen einsetzen, aber ich fürchte, ich habe das schon eine Weile geplant, also wird Baby Fergie das Rampenlicht teilen müssen."

„Rampenlicht?", frage ich mit verwirrter Miene.

Er bekommt einen merkwürdigen Gesichtsausdruck und geht plötzlich auf ein Knie.

Zucken. Meine Nase zuckt unkontrolliert.

Seine Stimme ist ruhig und gefasst, als er sagt: „Ich habe dieses Bild in Auftrag gegeben und ihnen gesagt, dass sie es so schreiben sollen, weil ich hoffe, dir ein Angebot machen zu können, das du nicht ablehnen kannst."

Ich halte mir schockiert die Hände vor den Mund, während mein Bauch vor Schmetterlingen flattert. „Okay …, ähm …, dir ist schon klar, dass das irgendwie morbid ist, weil dieses Angebotskonzept in den Büchern im Grunde genommen Todesdrohungen bedeutet. Ich meine, Vitos Angebot an den Produzenten beinhaltet einen Pferdekopf. Du hast doch nicht vor, mir einen Pferdekopf zu geben, oder?" Meine Stimme hebt sich zu einer quietschenden, nervösen Tonlage, von der ich ziemlich sicher bin, dass nur Hunde sie hören können.

„Keine Pferdeköpfe." Lachend greift Santino in seine Tasche und holt eine blaue Samtschachtel heraus. „Nur das hier."

Er öffnet sie und enthüllt den atemberaubendsten funkelnden, rundgeschliffenen Diamanten auf einem Goldring, den ich je gesehen habe. Obwohl ich ehrlich gesagt nicht glaube, jemals einen Diamanten gesehen zu haben, der mir nicht gefiel.

„Du hast mir in mehr als einer Hinsicht eine Wiederholung des Lebens ermöglicht, Trouble. Und ich weiß, dass alles zwischen uns schnell zu gehen scheint, aber es fühlt sich auch richtig an. Und echt. Und wichtig. Ich will ein Leben mit dir. Ich will eine Familie mit dir. Ich will, dass du ein Teil meines Alltags bist, und zwar für immer." Er hält inne, um den Ring aus der Schachtel zu ziehen, und ich schluchze äußerst unelegant. Er hält ihn hoch und fragt: „Willst du mich heiraten?"

„Ja!", schreie ich, während mir unkontrolliert Tränen über das Gesicht laufen. „Ich könnte dein Angebot niemals ablehnen!" Ich lache und werfe mich in seine Arme, wodurch wir beide fast umkippen.

Seine Brust vibriert mit seiner eigenen Belustigung, als er mir den Ring an den Finger steckt und mich gleichzeitig zärtlich, leidenschaftlich und verzweifelt küsst.

Was zweite Chancen angeht, so war diese gar nicht so schlecht.

KAPITEL 44

Ein paar Wochen später

„ICH FAHRE NUR KURZ ZUR WOHNUNG DIESES NEUEN REKRUTEN, um ein paar Papiere abzugeben, und bin gleich wieder da", sage ich und strecke mich über die Mittelkonsole meines Autos, um Tilly auf die Lippen zu küssen.

Sie packt meinen Wintermantel, hält mich fest und duelliert ihre Zunge mit meiner, bevor sie murmelt: „Beeil dich, ich bin total am Verhungern."

Ich lache und schüttle den Kopf. „Warum hast du nichts zu Mittag gegessen, bevor wir losgefahren sind?"

„Weil wir Hochzeitstorten probieren werden und ich nächsten Monat in mein Kleid passen muss." Sie verschränkt die Arme und beginnt zu schmollen.

„Du musst nicht darauf achten, was du isst. Niemals." Ich werfe einen Blick auf ihren Körper, der in jeder Hinsicht perfekt ist.

Sie rollt mit den Augen. „Das ist so ein Männerspruch."

„Na ja, es ist die Wahrheit." Ich mustere Tillys nachdenkliches Gesicht. „Kommst du zurecht? Eine Hochzeit in nur zwei Monaten zu planen, ist stressig. Außerdem hält dich dein Job in letzter Zeit sehr auf Trab. Wir müssen das nicht überstürzen."

„Santino", unterbricht sie mich. „Der freie Termin im The Shard nächsten Monat für unseren Hochzeitsempfang war ein Zeichen, dass wir genau das tun sollten! Das ist der Ort, an dem wir uns zum zweiten Mal getroffen haben. Es wird wunderschön werden! Und sieh mal, wenn du Babys haben willst, bevor du vierzig wirst und dein gutes Aussehen verlierst und alte, faltige Eier bekommst, dann ist eine schnelle Hochzeit genau das, was wir brauchen."

Meine Schultern beben vor Lachen. „Ich habe noch ein paar Jahre Zeit, bevor meine Eier schlaff werden, vermute ich."

„Ja, aber wenn du mehr als ein Baby willst, dann müssen wir uns sputen."

Ich lächle sie breit an. „Ich denke, es ist das Beste, wenn wir ein paar zusätzliche Trainingsstunden einschieben, damit wir für unsere Hochzeitsnacht gut vorbereitet sind."

Ich beuge mich vor und versuche, sie zu küssen, aber sie stößt mich weg – ziemlich grob sogar. „Erledige deine Besorgungen, damit wir essen können! Hast du schon vergessen, dass ich am Verhungern bin?"

Ich lache und schlüpfe aus dem Auto, um mich auf den Weg zu Zander Williams' Wohnung zu machen, die der Verein für ihn gebucht hat. Der Amerikaner ist erst vor zwei Tagen hier angekommen, und seitdem habe ich ein flaues Gefühl im Magen.

Meine gute Laune verdüstert sich, je näher ich seiner Tür komme. Es wird eine Erleichterung sein, wenn Tilly und ich verheiratet sind, denn dann kann ich diese Last loswerden, die ich wegen dieser verdammten Geheimhaltungsvereinbarung schon seit Monaten mit mir herumtrage. Eine Ehefrau kann vor Gericht nicht gegen ihren Mann aussagen, also wird es sich anfühlen, als würde mir eine große Last von den Schultern genommen, wenn ich dieses Geheimnis lüfte und mir einen Rat hole.

Das Geheimnis ist, dass Zander Williams ein heimlicher Harris-Bruder sein könnte.

Verdammte Scheiße.

Hätte ich nur nie diese blöde Geheimhaltungsvereinbarung von

Zanders Mutter unterschrieben. Dann wäre ich nicht schlauer als alle anderen. Und ich habe es nicht geschafft, den Vertrag aufzulösen, ohne Alarmglocken schrillen zu lassen. Das liegt außerhalb meines Wirkungsbereiches. Und ehrlich gesagt, wollte ich ihn nicht auflösen. Zander wird eine großartige Ergänzung für das Team sein, und wenn man bedenkt, dass seine Mutter noch immer nicht auf meine Anrufe reagiert, kann man mit Sicherheit sagen, dass ich ihr nicht traue.

Verdammt noch mal, in diesem Job gibt es immer Drama.

Wie dem auch sei, heute habe ich Papierkram, den Zander für seinen Wohnungsmietvertrag unterschreiben muss. Ich habe beschlossen, ihn persönlich vorbeizubringen, weil ich das Gefühl habe, dass ich diesem jungen Spieler in die Augen schauen und zweifelsfrei wissen werde, dass er nicht Vaughns Sohn ist, dass seine Mutter sich geirrt hat und die Welt wieder in Ordnung sein wird.

Ich klopfe an die Tür und bereite mich auf Klarheit vor. Auf begründete Zweifel. Auf alles, was den Rest dieser Fußballsaison nicht zu einem lebenden Albtraum macht.

Die Tür öffnet sich und ein Vierundzwanzigjähriger, der Gareth Harris in diesem Alter gefährlich ähnelt, starrt mich an.

Meine Stimme ist heiser, als ich ausatme. „Na, scheiße.“

Ende

Du willst wissen, wie die Story mit Zander weitergeht? Gibt es wirklich noch einen geheimen Harris-Bruder? Finde es in Sweeper – Mein heißer Nachbar, der Fußballstar heraus! https://geni.us/SweeperDE

Interessiert, mehr über Mac und seine Freya zu erfahren? Dann lies ihre Geschichte in Blindsided – Eine beste Freundin mit gewissen Vorzügen. https://geni.us/BlindsidedDE

Lust auf weitere heiße Sport-Romance-Bücher? Du kannst alle Harris-Brüder in ihren eigenen Geschichten jetzt mit Kindle Unlimited hier lesen: geni.us/HarrisBrosGermanSeries

Oder stürze dich in meine heiße romantische Komödie namens „Ein Mechaniker zum Verlieben – Wait With Me“ – und als Verfilmung gibt es die auch! https://geni.us/WWM-German

Und melde dich für meinen deutschen Newsletter an, um alle Updates darüber zu erhalten, wann Freya und Mac erscheinen: www.subscribepage.com/amydaws_deutscher_newsletter

WEITERE BÜCHER VON AMY DAWS

Die Harris-Brüder-Reihe:

Challenge – Ein Bad Boy zum Verlieben: Camdens Geschichte

Endurance – Ein Feind zum Verlieben: Tanners Geschichte

Keeper – Ein bester Freund zum Verlieben: Bookers Geschichte

Surrender – Ein Boss zum Verlieben und *Dominate – Ein Fußballstar zum Verlieben*: Gareths Geschichte

Payback – Ein knisternder Racheplan Roans Geschichte

Blindsided – Eine beste Freundin mit gewissen Vorzügen Macs Geschichte

Replay – (K)eine Chance für Mr. Dunkel und Gefährlich Santinos Geschichte

Sweeper - Mein heißer Nachbar, der Fußballstar Zanders Geschichte

Ein Mechaniker zum Verlieben - Wait With Me

Wait With Me als Verfilmung

Für weitere Informationen zu allen Büchern von Amy, schau hier auf Amys Website nach: amydawsauthor.com/deutsch

Und wenn du einfach per E-Mail informiert werden möchtest, wenn das nächste Buch erscheint, abonniere Amys deutschen Newsletter: www.subscribepage.com/amydaws_deutscher_newsletter

MEHR ÜBER DIE AUTORIN

Amy Daws ist eine Amazon-Bestsellerautorin der Harris-Brüder-Reihe und vor allem für ihre wortwitzigen, fußballspielenden britischen Playboys bekannt. Die Harris-Brüder und ihre London-Lovers-Reihe fachen ihre Leidenschaft für alles an, das mit London zu tun hat. Wenn Amy nicht gerade schreibt, schaut sie Gilmore Girls oder singt mit ihrer Tochter Karaoke im Wohnzimmer, während Dad hilflos lächelnd aus der Ferne zusieht.

Mehr von den deutschen Ausgaben von Amys Büchern findest du auf ihrer Website amydawsauthor.com/deutsch und generell alles von Amy unter den unten stehenden Links.

www.facebook.com/amydawsauthor
www.instagram.com/amydaws.deutsch
www.tiktok.com/@amydaws_deutsch

Abonniere auch den deutschen Newsletter, um keine Neuigkeit zu den deutschen Veröffentlichungen von Amy zu verpassen:
www.subscribepage.com/amydaws_deutscher_newsletter

www.ingramcontent.com/pod-product-compliance
Lightning Source LLC
Chambersburg PA
CBHW010639190726
48289CB00009B/2772